W9-DDL-907

Anne Perry | Muerte de un extraño

Título original: *Death of a Stranger*

Traducción: Borja Folch

1.ª edición: enero 2004

Bailén, 84 - 08009 Barcelona (España)
www.edicionesb.com

Fotografía de cubierta: © ACI
Diseño de colección: Ignacio Ballesteros

Printed in Spain
ISBN: 84-666-1627-6
Depósito legal: B. 621-2004

Impreso por LITOGRAFÍA ROSÉS

Anne Perry | # Muerte de un extraño

A David Thompson,
por su amistad e inmensa ayuda

Todos los personajes de esta obra son ficticios excepto William Colman, quien se ganó el derecho a figurar como personaje en el relato. Por supuesto, sus palabras y actos son fruto de mi invención. Espero que le resulten aceptables.

El espléndido olor del agua,
El soberbio olor de una piedra,
El olor a rocío y truenos,
Los viejos huesos enterrados,
Son cosas con las que topan
Y yerran, cuando se los deja solos.

La canción del perro Quoodle,
de G. K. CHESTERTON (1913)

Prólogo

Monk contemplaba desde la orilla los reflejos de la luz en las turbias aguas del Támesis mientras la ciudad se sumía en la penumbra del atardecer. Había resuelto su último caso a plena satisfacción del cliente y llevaba la nada despreciable suma de veinte guineas en el bolsillo. Tras él, los carruajes surcaban el ocaso primaveral y las risas puntuaban el chacoloteo de cascos y el tintineo de jaeces.

Estaba demasiado lejos de Fitzroy Street para ir a pie a casa y, por otra parte, un coche de punto constituía un gasto innecesario. En ómnibus iría la mar de bien. No tenía prisa, ya que Hester no lo estaría esperando. Aquélla era una de las noches en las que trabajaba en la casa de socorro de Coldbath Square que se había abierto con dinero de Callandra Daviot con el propósito de ofrecer asistencia médica a las mujeres de la calle que hubiesen resultado heridas o caído enfermas, las más de las veces en el desempeño de su oficio.

Se sentía orgulloso del trabajo que hacía Hester, a pesar de que echaba en falta su compañía por la noche. Aún lo invadía un cierto temor cada vez que percibía hasta qué punto, desde la boda, se había acostumbrado a hacerla partícipe de sus pensamientos, así como a su risa, a sus ideas o, simplemente, a levantar la vista y verla en la misma habitación. Reinaba una calidez en la casa que desaparecía cuando ella no estaba.

¡Qué poco encajaba aquello con su antigua forma de ser! En el pasado jamás hubiese compartido su intimidad con otra persona, como tampoco habría permitido que nadie le resultara tan importante como para que su estado de ánimo llegase a depender de su presencia. Se sorprendió al constatar lo mucho que prefería al hombre en el que se había convertido.

Pensar en asistencia médica y en la ayuda de Callandra llevó el hilo de sus pensamientos hacia el último asesinato del que se había ocupado, y hacia Kristian Beck, cuya vida había quedado destrozada por éste. Kristian había descubierto cosas sobre sí mismo y su esposa que habían invalidado sus creencias e incluso los cimientos de su propia identidad. Toda su herencia había resultado ser algo ajeno a lo que siempre había supuesto, así como su cultura, su fe y la esencia de su ser.

Monk comprendía como nadie el susto que se había llevado y la abrumadora confusión que se había apoderado de él. Un accidente de carruaje acaecido seis años atrás, en 1856, lo había desposeído de todo recuerdo anterior a esa fecha, obligándolo sin remedio a crear de nuevo su propia identidad. Monk había deducido muchas cosas acerca de sí mismo partiendo de pruebas irrefutables y, si bien algunas le parecían admirables, también abundaban las que le disgustaban y ensombrecían lo que aún le quedaba por descubrir.

A pesar de su felicidad actual, esas vastas extensiones de ignorancia seguían turbándolo de vez en cuando. Los demoledores descubrimientos de Kristian habían despertado nuevas dudas en el fuero interno de Monk, así como una dolorosa conciencia de no saber prácticamente nada sobre sus raíces ni sobre las personas y creencias entre los que había crecido.

Monk era oriundo de Northumberland, de un pueblecito costero donde seguía viviendo su hermana Beth. Había perdido contacto con ella y la culpa era sólo de él; en parte por temor a lo que pudiera contarle sobre su persona, en parte por mera enajenación de un pasado que ya no podía recordar. No se sentía en absoluto vinculado con cuanto a aquella vida concernía.

Seguro que Beth le habría hablado de sus padres y posiblemente hasta de sus abuelos, pero prefirió no preguntar.

¿Acaso ahora que las circunstancias apremiaban debería intentar tender un puente hacia su hermana para enterarse de cuanto ella pudiera revelarle? ¿O tal vez descubriría, como Kristian, que su herencia no tenía nada que ver con su ser actual y que lo habían apartado de los suyos? Quizás averiguaría, como había hecho Kristian, que las creencias y la moralidad de aquéllos eran contrarias a las suyas.

En cuanto a Kristian, le habían arrancado de las manos el pasado en el que creía y que le había otorgado una identidad, demostrando ser una invención fruto del instinto de supervivencia, muy comprensible, aunque no admirable, y tremendamente difícil de poseer.

Si Monk por fin se conociera a sí mismo tal como a la mayoría de las personas les ocurre de forma espontánea —los vínculos religiosos, las lealtades, los amores y odios familiares—, ¿acaso descubriría también dentro de sí a un desconocido que, para postre, no sería de su agrado?

Dejó de contemplar el río y anduvo por la acera hacia el lugar más cercano donde cruzar la calle entre el tráfico y tomar el ómnibus para regresar a casa.

Quizá volviese a escribir a Beth, aunque no de inmediato. Precisaba saber más. La experiencia de Kristian pesaba sobre su conciencia y no lo dejaría en paz. Pero también tenía miedo, pues las posibilidades eran muchas y todas inquietantes, y valoraba demasiado lo que con tanto esfuerzo había creado como para correr el riesgo de echarlo a perder.

1

Se oyó un ruido fuera de la casa de socorro para mujeres de Coldbath Square. Hester hacía el turno de noche. Se volvió del hornillo, con una cuchara de palo en la mano, al tiempo que la puerta de la calle se abría. Tres mujeres ocupaban la entrada, como apoyándose la una en la otra. Sus ropas baratas estaban rasgadas y manchadas de sangre, igual que los rostros, amarillentos a la luz de la lámpara de gas que había en la pared. Una de ellas, con un moño de pelo rubio medio deshecho, levantó la mano izquierda como si temiera tener la muñeca rota.

La mujer del medio era más alta, llevaba la melena morena suelta y jadeaba; le costaba trabajo respirar. La sangre manchaba la pechera de su ajado vestido de raso, así como sus altos pómulos.

La tercera mujer era de más edad, rayaba los cuarenta, y presentaba moretones en los brazos, el cuello y la mandíbula.

—¡Eh, señora! —dijo mientras empujaba a las demás para que entraran en la cálida y amplia habitación, que tenía el suelo de entarimado reluciente y las paredes encaladas—. Señora Monk, tendrá que echarnos una mano otra vez. Ésta es Kitty, y está hecha un desastre. Igual que yo. Y para mí que tiene la muñeca rota.

Hester dejó la cuchara y se acercó a ellas, no sin antes volver la vista atrás para asegurarse de que Margaret estuviera preparando agua caliente, paños, vendas y la infusión de hierbas, lo cual haría la limpieza de las heridas más fácil y menos dolorosa. La función de aquel lugar era atender a las mujeres de la calle que estuvieran heridas o enfermas, pues no tenían dinero para pagar a un médico ni se las admitía en otras instituciones benéficas más respetables. La idea de abrir la casa de socorro había sido de su amiga Callandra Daviot, quien había aportado los fondos iniciales antes de que las circunstancias de su vida personal la reclamaran lejos de Londres. También gracias a ella Hester había conocido a Margaret Ballinger, desesperada por librarse de una proposición matrimonial muy decente pero nada interesante. Que emprendiera una labor como aquélla inquietó hasta tal punto al caballero en cuestión que en el último momento eludió declararse, para gran alivio de Margaret y mayor disgusto de su madre.

Hester condujo a la primera mujer hasta una silla junto a la mesa que ocupaba el centro de la habitación.

—Acérquese, Nell —la instó—. Siéntese.

La mujer negó con la cabeza.

—¿Willie ha vuelto a pegarle? No me diga que no podría buscar un hombre mejor. —Miró los moretones de los brazos de Nell, a todas luces resultado de haber sido agarrada con fuerza.

—¿A mi edad? —respondió Nell con amargura a la vez que se acomodaba en la silla—. ¡Venga, señora Monk! Ya sé que lo dice con buena intención, pero no tiene los pies sobre la tierra. A no ser que me esté ofreciendo a su apuesto hombre. —Le lanzó una mirada lasciva en broma—. Entonces tal vez aceptara. Tiene algo que lo hace distinto. Entre malo y divertido, no sé si me entiende. —Soltó una risotada que se convirtió en una tos convulsiva y se inclinó hacia delante presa del paroxismo.

Sin esperar a que se lo pidieran, Margaret sirvió un

poco de whisky de una botella, volvió a ponerle el corcho, y agregó agua caliente del hervidor. Sostuvo el tazón sin mediar palabra hasta que Nell se recobró lo bastante como para sostenerlo. Aún le corrían las lágrimas por el rostro y respiraba con dificultad. Tomó unos sorbos de whisky y le sobrevino una arcada, pero se repuso y lo terminó de un trago.

Hester se volvió hacia la mujer llamada Kitty y la encontró mirando horripilada, con los ojos muy abiertos, el cuerpo rígido, los músculos tan tensos que los hombros casi desgarraban la tela gastada de su canesú.

—Señora Monk... —susurró con voz ronca—. Su marido...

—No está aquí —aseguró Hester—. Aquí nadie va a hacerle daño. ¿Dónde está herida?

Kitty no contestó. Temblaba tanto que los dientes le castañeteaban.

—¡Mira que eres burra! —exclamó Lizzie con impaciencia—. No va a hacerte ningún daño y no contará nada a nadie. Nell sólo da la tabarra porque le gusta su hombre. Todo un caballero, por cierto. Viste como si el sastre le debiera algo y no al revés, como suele pasar. —Se tocó la muñeca e hizo una mueca de dolor—. Termina de una vez. Tal vez tú tengas toda la noche, pero yo no.

Kitty echó un vistazo a las camas de hierro, cinco a lo largo de cada lado de la habitación, a los fregaderos de piedra del extremo más alejado y a los cubos y aguamaniles que se llenaban en el pozo del rincón de la plaza. Luego miró a Hester, e hizo un gran esfuerzo por dominarse.

—Me metí en una pelea —murmuró—. No estoy tan mal. Más que nada ha sido el susto.

Su voz sorprendió a Hester: era grave y un poco ronca, pero de dicción muy clara, lo que indicaba que en el pasado seguramente había recibido cierta educación. Avivó una punzada de pena tan aguda en Hester que por un instante fue incapaz de pensar en otra cosa. Procuró no dejarlo traslucir en su expresión. Lo último que deseaba aquella mujer era la compasión de una intrusa. Sin duda era lo bastante consciente de su desgracia como para no necesitar que nadie se la recordara.

—Tiene unos cardenales muy feos en el cuello. —Hester los miró más de cerca. La forma de las señales daba a entender que la habían agarrado por la garganta, y un rasguño profundo le cruzaba la clavícula, como si una uña gruesa la hubiese cortado adrede—. ¿Es suya esta sangre? —preguntó, señalando las manchas que salpicaban su canesú.

Kitty se estremeció.

—No. ¡No! Yo... Creo que le di en la nariz cuando le devolví el golpe. No es mía. Me pondré bien. Nell está sangrando. Mejor la atiende a ella. Y Lizzie se ha roto la muñeca o, mejor dicho, alguien se la ha roto.

Hablaba con generosidad, pero seguía temblando y Hester tuvo claro que no estaba ni mucho menos en condiciones de marcharse. Le habría gustado saber qué otros cardenales ocultaba bajo la ropa, o qué palizas había soportado en el pasado, pero no le preguntó nada. Una de las reglas que habían acordado por unanimidad era la de no pedir información de carácter personal, como tampoco repetir lo que dedujesen u oyeran sin querer. El único objetivo de la casa de socorro era tan simple como proporcionar ayuda médica hasta donde alcanzaban sus conocimientos o los del señor Lockhart, que pasaba por allí de vez en cuando y a quien era fácil localizar si se presentaba un caso urgente. Lockhart había suspendido unos exámenes cruciales poco antes de terminar la carrera de medicina debido a su debilidad por la bebida más que por ignorancia o incompetencia. Estaba encantado de poder prestar sus servicios a cambio de compañía, un poco de amabilidad y la sensación de pertenecer a algún lugar.

Le gustaba conversar, solía compartir los alimentos que sus escasos clientes le daban a modo de honorarios y, cuando tenía los bolsillos vacíos, dormía en una de las camas de la casa de socorro.

Margaret ofreció a Kitty un tazón de whisky con agua caliente y Hester se volvió para examinar el corte de Nell.

—Eso habrá que coserlo —dictaminó.

Nell torció el gesto. Ya conocía la labor de aguja de Hester de una ocasión anterior.

—De lo contrario tardará mucho tiempo en cicatrizar —advirtió Hester.

Nell puso mala cara.

—Si todavía lo hace como cuando me cosió a mí, la echarían a patadas del más miserable taller de confección —espetó de buen talante—. ¡Sólo me faltan unos botones! —Inspiró entre los dientes cuando Hester retiró la tela de la herida y ésta comenzó a sangrar de nuevo—. ¡Caray! —exclamó, muy pálida—. Vaya con cuidado, ¿quiere? ¡Tiene manos de peón!

Hester estaba habituada a ser blanco de según qué improperios, pues le constaba que ése era el único recurso de Nell para disimular su miedo y su dolor. Aquélla era la cuarta vez que iba a la casa de socorro en el mes y medio que ésta llevaba abierta.

—Sabiendo que cuidó a los soldados en Crimea con Florence Nightingale y todo eso, pues me dije: seguro que es la mar de fina, ¿sabe usted? —prosiguió Nell—. Y ahora que la conozco me juego lo que sea a que acabó con tantos de los nuestros como la mismísima guerra. ¿Quién le pagaba entonces? ¿Los rusos?

Miró la aguja enhebrada con hilo de tripa que Margaret tendía a Hester. Se le ensombreció el semblante y apartó la vista para no ver cómo la aguja le atravesaba la carne.

—Siga mirando hacia la puerta —recomendó Hester—. Iré tan deprisa como pueda.

—¿Cree que así me sentiré mejor? —preguntó Nell—. Aquí tiene otra vez a ese cerdo entrometido.

—¿Cómo dice?

—¡Jessop! —exclamó Nell con marcado desdén.

En ese preciso instante, la puerta de la calle volvía a cerrarse tras un hombre alto y corpulento con levita y chaleco de brocado que golpeaba el suelo con los pies como para sacudirse el agua, aunque en realidad aquella noche no caía una gota de lluvia.

—Buenas noches, señora Monk —saludó con afectación—. Señorita Ballinger...

Pestañeó al mirar a las otras tres mujeres, con una leve mueca de desprecio. No hizo comentario alguno, pero su rostro dejaba patente su superioridad, su condición acomodada, la curiosidad que ellas le suscitaban por más que lo hubiese negado rotundamente. Miró a Hester de arriba abajo.

—Resulta muy complicado dar con usted, señora —prosiguió—. No me gusta tener que andar por la calle a estas horas de la noche con tal de verla. Se lo digo con absoluta sinceridad.

Hester empezó a coser con sumo cuidado la herida que Nell tenía en el brazo.

—No espero otra cosa de usted, señor Jessop —respondió Hester fríamente y sin mirarlo.

Nell se movió un poco y rió por lo bajo, pero acabó soltando un chillido al notar que el hilo de tripa le atravesaba la carne.

—¡Por el amor de Dios, cállese, mujer! —dijo Jessop, cuyos ojos seguían con fascinación el movimiento de la aguja—. ¡Debería agradecer que la estén atendiendo! Hay muy poca gente respetable dispuesta a hacerlo. —Se obligó a apartar la vista—. Veamos, señora Monk, me desagrada sobremanera tener que discutir mis asuntos delante de estas desgraciadas, pero no puedo esperar a que usted disponga de tiempo libre. —Metió los pulgares en los bolsillos del chaleco—. Como sin duda ya sabe, es la una menos cuarto de la mañana, y tengo un hogar donde me esperan. Es preciso que reconsideremos nuestros acuerdos. —Levantó una mano y con un ademán abarcó la estancia—. Éste no es el mejor uso que cabe dar a esta propiedad, compréndalo. Estoy haciéndole un gran favor al permitirle alquilar este local por un precio tan bajo. —Se balanceó levemente hacia delante y hacia atrás sobre las puntas de los pies—. Como he dicho, debemos reconsiderar nuestro acuerdo.

Hester sostuvo la aguja inmóvil y lo miró.

—No, señor Jessop, bien al contrario, es preciso que nos atengamos a lo dispuesto en el contrato. Nuestros abogados lo redactaron y dieron fe, de modo que es válido.

—Tengo que pensar en mi reputación —prosiguió Jessop; desvió la vista hacia una de las mujeres y después volvió a posarla en Hester.

—Tener fama de caritativo no es malo para nadie —replicó Hester, y prosiguió cosiendo con cuidado. Esta vez Nell no emitió sonido alguno.

—Sí..., pero hay caridades y caridades. —Jessop apretó los labios y reanudó su leve balanceo, volviendo a meter los pulgares en los bolsillos del chaleco—. Hay personas más merecedoras que otras... No sé si capta lo que quiero decir.

—No me interesan nada los méritos, señor Jessop —respondió Hester—. Lo único que me importa es la necesidad. Y esa mujer —señaló a Lizzie— tiene huesos rotos que hay que recomponer. No podemos pagarle más de lo que le pagamos, y tampoco tenemos por qué. —Anudó el último punto y levantó la vista para mirarlo a los ojos. Le pasó por la cabeza que parecían caramelos hervidos, concretamente de los de menta a rayas blancas y negras—. La reputación que uno gana por no mantener la palabra es mala para un hombre de negocios

—agregó—. De hecho, para cualquier hombre. Y resulta conveniente, sobre todo en un terreno como éste, contar con la confianza de los demás.

El rostro de Jessop se endureció hasta perder el más superficial matiz de benevolencia. Tenía los labios muy apretados y las mejillas cubiertas de manchas.

—¿Me está amenazando, señora Monk? Sería una insensatez por su parte, se lo aseguro. Usted también necesita amigos. —Imitó su tono de voz—. Sobre todo en un terreno como éste.

Antes de que Hester tuviera ocasión de contestar, Nell levantó la vista, airada, hacia Jessop.

—Cuidado con esa lengua, señor. Quizá pueda maltratar a furcias como nosotras —empleó la palabra con malicia, tal como él lo hubiese hecho—, pero la señora Monk es una dama, y no sólo eso, sino que su marido estuvo en la policía y ahora es investigador privado; vamos, que trabaja por encargo. Aunque eso no significa que no tenga amigos en sitios que cuentan. —Sus ojos brillaban de admiración y cruel satisfacción—. Y es todo lo duro que hay que ser cuando toca serlo. Si la toma con usted, ¡querrá no haber nacido! Pregunte a sus amigos ladrones si les gustaría toparse con William Monk. ¿A que no se atreve? ¡Se mearía encima sólo de pensarlo!

Jessop se puso blanco de ira, pero no respondió. Miró a Hester echando chispas.

—¡Espere a la renovación del contrato, señora Monk! Más le vale ir buscando otro sitio, aunque ya me encargaré de advertir a otros propietarios sobre la clase de arrendataria que es usted. En cuanto al señor Monk... —Esta vez escupió las palabras—: ¡Que hable con cuantos policías quiera! Yo también tengo amistades, ¡y algunas duras de pelar!

—¡Caray! —exclamó Nell fingiendo asombro—. ¡Y nosotras que pensábamos que se refería a Su Majestad!

Jessop se volvió y, tras lanzar a Hester una mirada

glacial, abrió la puerta. El aire frío de la plaza adoquinada, húmedo en aquella noche de principios de primavera, se coló en la estancia. El rocío hacía resbaladizas las piedras y brillaba bajo la farola de gas que quedaba a unos veinte metros, mostrando la esquina de la última casa, mugrienta, con los aleros oscuros y los canalones torcidos y goteantes.

Dejó la puerta abierta a sus espaldas y bajó a paso vivo por Bath Street en dirección a Farringdon Road.

—¡Cabrón! —masculló Nell con asco, antes de mirarse el brazo—. Cada vez lo hace mejor —añadió a regañadientes.

—Gracias —dijo Hester con una sonrisa.

—¡Todo irá bien, ya lo verá! —exclamó una sonriente Nell—. Si ese gordo de mierda quiere ponérselo difícil, cuente con nosotros. Puede que Billy me sacuda un poco de vez en cuando, y eso no está bien, pero sabrá darle una buena paliza a ese cerdo empalagoso o a quien convenga.

—Gracias —repitió Hester, con actitud seria—. Lo tendré presente. ¿Quiere un poco más de té?

—¡Pues sí! Y mejor con un chorrito de vidilla. —Nell levantó la taza.

—Más vale que esta vez pongamos menos vidilla —indicó Hester mientras Margaret, que disimulaba una sonrisa, obedecía.

Hester dirigió su atención a Lizzie, quien se mostraba cada vez más inquieta a medida que se acercaba su turno. Recomponer un hueso roto iba a resultar muy doloroso. Hacía ya varios años que se disponía de anestesia para las operaciones más graves. Con ella era posible efectuar toda suerte de incisiones profundas, como las precisas para quitar piedras de la vejiga o extirpar un apéndice inflamado. Ahora bien, en caso de lesiones como la suya, así como para las personas que no podían o no querían ir al hospital, no había más paliativos que una generosa dosis de licor e infusiones de hierbas que embotaban los sentidos y mitigaban el dolor.

Hester hablaba sin cesar de lo que fuera —el tiempo, los mercachifles del barrio y lo que éstos vendían—, con el propósito de distraer la atención de Lizzie en la medida de lo posible. Trabajó deprisa. Estaba acostumbrada a las terribles heridas del campo de batalla, donde no había anestesia y a veces ni siquiera brandy, salvo para limpiar el bisturí. La celeridad era la única clemencia posible. En esa ocasión la piel no se había desgarrado, lo único que se veía era el brazo torcido y el dolor reflejado en el rostro de Lizzie. Lo tocó suavemente y ésta soltó un grito ahogado; luego le dieron arcadas al oír que rozaban los extremos rotos del hueso. Hester los juntó con un gesto rápido y decidido, y los sujetó mientras Margaret, que apretaba los dientes, le vendaba la muñeca con toda la firmeza de que era capaz sin llegar a impedir que la sangre le llegara a la mano.

Lizzie hizo arcadas de nuevo. Hester le dio whisky con agua caliente, mezclado esta vez con una infusión de hierbas. Tenía un sabor amargo, pero el licor y el calor la aliviarían y, pasado un rato, las hierbas reconfortarían su estómago y la ayudarían a dormir.

—Quédese a pasar la noche —propuso Hester con amabilidad, al tiempo que se levantaba y rodeaba a Lizzie con el brazo para ayudarla a sostenerse de pie—. Tenemos que comprobar que el vendaje esté bien. Si se le hincha mucho la mano habrá que aflojarlo —agregó, guiándola lentamente hacia la cama más cercana mientras Margaret apartaba el cobertor.

Lizzie miró a Hester horrorizada, pálida como la cera.

—El hueso se curará —aseguró Hester—. Lo único que debe hacer es procurar que no reciba ningún golpe.

Mientras hablaba ayudó a Lizzie a sentarse en la cama, se agachó para quitarle los zapatos y le levantó las piernas hasta dejarla recostada sobre las almohadas. Margaret la tapó con el cobertor.

—Descanse aquí un rato —le recomendó Hester—. Si luego quiere meterse en la cama, le prestaremos un camisón.

Lizzie asintió con la cabeza.

—Gracias, señora —dijo con profunda sinceridad. Buscó algo más que añadir y, al final, se limitó a sonreír.

Hester regresó hacia el lugar donde Kitty aguardaba pacientemente su turno. Tenía un rostro interesante: facciones marcadas, una boca ancha y sensual; no hermoso en el sentido convencional, pero sí bien proporcionado. No llevaba en las calles el tiempo suficiente como para tener la piel ajada o cetrina por la escasez de comida y el exceso de alcohol. Hester se preguntó por un momento qué tragedia familiar la habría conducido por ese camino.

Examinó sus heridas. En su mayor parte se trataba de cardenales que se oscurecían por momentos, como si se hubiese peleado con alguien, aunque no lo bastante como para sufrir las lesiones que presentaban Nell y Lizzie. Sería preciso limpiar el profundo rasguño de la clavícula, pero no sería necesario darle puntos. No sangraba mucho y bastaría con aplicar un ungüento que lo ayudara a cicatrizar. El dolor de los moretones se iba a prolongar, pero un poco de árnica lo aliviaría.

Margaret se presentó con más agua caliente y paños limpios, y Hester comenzó a trabajar poniendo todo el cuidado de que fue capaz. Kitty apenas hizo una mueca cuando le tocó el rasguño para limpiar la sangre, que se había secado, y dejar al descubierto la carne viva desgarrada. Como de costumbre, no preguntó qué había ocurrido. Los proxenetas solían castigar a sus mujeres si pensaban que no trabajaban lo suficiente o que se apropiaban de una parte demasiado grande de sus ganancias. Las peleas con saña entre mujeres eran harto frecuentes, casi siempre por motivos de territorio. Lo mejor era no mostrarse curiosa pues, en cualquier caso, conocer esos detalles no le serviría de nada. Todas las pacientes recibían el mismo trato, sin que importara el origen de sus lesiones.

Hester hizo cuanto estaba en su mano por Kitty y, así, tras aceptar una taza de té fuerte con azúcar y un chorrito de whisky, Kitty le dio las gracias y volvió a salir a la noche, envuelta en su chal. La vieron cruzar la plaza hacia el norte con la cabeza muy alta hasta que la sombra negra de la prisión la engulló.

—Ay, no sé... —Nell sacudió la cabeza—. No tendría que hacer la calle. Eso no es para ella, la pobre.

No había nada apropiado que decir. Una infinidad de circunstancias llevaba a las mujeres a la prostitución, como, lo que ocurría a menudo, complementar un salario demasiado exiguo percibido por otras tareas. Aunque todo emanaba de la eterna lucha por el dinero.

Nell miró a Hester.

—No suelta palabra, ¿eh? Gracias, señora. Volveremos a vernos pronto, espero. —Entornó los ojos, y observó a Hester con sardónica amabilidad—. Si alguna vez puedo ayudarla... —Dejó la frase sin terminar, y se encogió levemente de hombros. Saludó a Margaret con una inclinación de la cabeza y salió a su vez, cerrando la puerta tras ella sin hacer ruido.

Hester se fijó en Margaret y percibió el destello de humor y piedad de su expresión. Las palabras estaban de más; ya habían dicho cuanto había que comentar al respecto. Estaban allí para curar, no para sermonear a unas mujeres cuyas vidas sólo comprendían en parte. Al principio Margaret había querido cambiar las cosas, exponer lo que consideraba verdad, guiada por sus propias creencias. De manera gradual se fue dando cuenta de lo poco que sabía sobre sus propias ansias, salvo que verse atada en un matrimonio de conveniencia en el que la emoción no fuese más que respeto mutuo y cortesía supondría una negación de cuanto albergaba en su fuero interno. Quizá pareciera cómodo al principio, pero cuando, con el paso del tiempo, reprimiera sus sueños más íntimos, acabaría por ver a su marido como su carcelero, para luego despreciarse a causa de su propia falta de honradez. La elección era suya; no habría nadie a quien culpar.

La había tomado, poniendo un pie en lo desconocido, consciente de estar cerrando puertas que más adelante quizás echaría en falta y que después de aquello jamás podría volver a abrir. No solía preguntarse a qué había renunciado, pero en algunas largas noches con pocas pacientes ella y Hester habían conversado con franqueza, comentando incluso el precio de las distintas clases de soledades, aquellas que los demás percibían y las que quedaban disimuladas por el matrimonio y la familia. Toda opción presentaba un riesgo, aunque para Margaret, igual que para Hester, acomodarse a las medias verdades resultaba imposible.

—¡No puedo hacerlo, por su propio bien! —había dicho Margaret con una tímida sonrisa—. El pobre merece algo mejor. Terminaría por despreciarme por esto, y a sí mismo por haberlo permitido.

Acto seguido fue por un cubo de agua para fregar el suelo, tal como hacía en ese momento. Juntas pusieron orden y guardaron los ungüentos y vendas que no habían utilizado, antes de hacer turnos para dar una cabezada.

Antes del alba llegaron otras dos mujeres. La primera precisaba dos puntos en la pierna, y Hester se los dio con presteza y eficiencia. La segunda estaba muerta de frío, enfadada y presentaba unos moretones terribles. Tras tomar un tazón de té caliente, mezclado con coñac y tintura de árnica, se encontró en condiciones de regresar a su habitación y enfrentarse al nuevo día, durante el cual, probablemente, no haría más que dormir.

El amanecer llegó despejado y bastante templado. A eso de las ocho, mientras Hester desayunaba una tostada y una taza de té recién preparado, la puerta de la calle se abrió y la silueta de un agente de policía se recortó contra la luz del sol. Sin pedir permiso, entró.

—¿Señora Monk?

Su voz sonó grave y un tanto áspera. La policía casi nunca se presentaba en la casa. Su presencia no era grata, y así se lo habían hecho saber de modo inequívoco. Por lo general respetaban la labor que se realizaba en ese lugar, y cuando querían hablar con alguna de las mujeres se contentaban con aguardar y hacerlo en otro lugar. ¿Qué le había llevado hasta allí esa mañana, y además a las ocho?

Hester dejó la taza de té y se levantó.

—Usted dirá, agente Hart. —Lo había visto varias veces por la calle—. ¿Qué sucede?

El policía cerró la puerta y se quitó el casco. A la luz su rostro se veía cansado, no sólo por haber pasado la noche en vela de servicio, sino también por un indefinible hastío. Algo lo había herido, trastornándolo.

—¿Ha venido esta noche alguna mujer que presentara golpes, quizá cortes, y magulladuras? —preguntó. Echó un vistazo a la tetera que había sobre la mesa, tragó saliva y volvió a mirar a Hester.

—Vienen casi todas las noches —respondió ésta—. Con cuchilladas, huesos rotos o magulladuras; enfermas... Cuando hace mal tiempo, las hay que tan sólo tienen frío. ¡Pero eso ya lo sabe!

El agente Hart inspiró profundamente y suspiró, al tiempo que se atusaba la cabellera.

—Me refiero a alguna que se hubiese visto envuelta en una pelea de verdad, señora Monk. No estaría aquí preguntando si no me viera obligado a hacerlo. Limítese a contestarme, ¿de acuerdo?

—¿Le apetece una taza de té? —preguntó Hester,

posponiendo la respuesta unos instantes—. ¿O una tostada?

Hart titubeó. Su agotamiento saltaba a la vista.

—Sí..., gracias —respondió, y se sentó frente a ella.

Hester alcanzó la tetera y sirvió un segundo tazón.

—¿Una tostada?

El agente asintió con la cabeza.

—¿Mermelada? —ofreció Hester.

Hart bajó la vista hacia la mesa. Su expresión se relajó y esbozó una sonrisa tímida.

—¡Caramba, grosella negra! —dijo en voz baja.

—¿Quiere un poco?

La pregunta no precisaba contestación, pues ésta era obvia. Margaret aún dormía, y preparar la tostada le daría un poco más de tiempo para pensar, de modo que estuvo encantada de hacerlo.

Regresó a la mesa con dos rebanadas que untó con mantequilla, una para ella y otra para él, y luego le acercó el tarro de mermelada. Hart llenó una cucharada bien colmada, la extendió por la tostada y se la comió con fruición.

—Vino alguien —sentenció, transcurridos unos instantes, mirándola casi como quien se disculpa.

—Vinieron tres —contestó Hester—. Hacia la una menos cuarto, poco más o menos. Y otra más tarde, a eso de las tres; y la última una hora después.

—¿Todas con señales de pelea?

—Lo parecían. No pregunté. Nunca lo hago. ¿Por qué?

Hart apuró el tazón de té.

Hester aguardó, observándolo. Tenía unas ojeras profundas, como si hubiese pasado demasiadas noches sin dormir, y llevaba las mangas manchadas de polvo y de algo que parecía sangre. Al fijarse en este detalle, reparó que tenía más salpicaduras en las perneras del pantalón. La mano con que sostenía el tazón estaba cubierta de arañazos y tenía una uña rota. Sin duda le dolía, pero no daba muestras de ello. Hester sintió una punzada de compasión, mezclada con un escalofrío de miedo.

—¿Por qué ha venido? —preguntó en voz alta.

Hart dejó el tazón sobre la mesa.

—Se ha cometido un asesinato —contestó—. En el burdel que regenta Abel Smith, en Leather Lane.

—Lo lamento —dijo automáticamente.

Fuera quien fuese, el suceso era triste; una vida desperdiciada y el sufrimiento de quién sabía cuántas más. Ahora bien, los asesinatos no eran algo insólito en un barrio como aquél, como tampoco en decenas de otros de Londres muy parecidos. Los callejones y plazuelas estaban a pocos metros de las calles concurridas, pero constituían un submundo de prestamistas, burdeles, talleres donde se explotaba a los obreros y casas de vecinos atestadas que olían a cloaca y madera podrida. La prostitución era una ocupación peligrosa, ante todo por el riesgo de contraer enfermedades y, de vivir lo bastante, por el hambre que se pasaba cuando una se hacía demasiado mayor como para seguir ejerciendo, esto es, cumplidos los treinta y cinco o cuarenta años.

—¿Por qué ha venido aquí? —preguntó Hester—. ¿Es que alguien más resultó herido?

Hart la miró con el ceño fruncido y los labios apretados. No era una expresión de desdén, sino de comprensión y piedad.

—La víctima no ha sido una mujer —explicó—. No esperaría que pudiera ayudarme en tal caso. Aunque bien es cierto que a veces pelean entre sí, pero no hasta la muerte, por lo que conozco. Al menos, yo nunca lo he visto.

—¿Un hombre? —preguntó Hester, sorprendida—. ¿Piensa que quien lo mató es un proxeneta? ¿Qué ha ocurrido? ¿Un borracho, supone usted?

Hart tomó otro sorbo de té, dejando que el líquido caliente le aliviara la garganta.

—No lo sé. Abel jura que no tiene nada que ver con sus chicas...

—Bueno, tampoco iba a decir lo contrario, ¿verdad? —Hester descartó la idea sin siquiera sopesarla.

Hart no iba a dejarse convencer tan pronto.

—La cuestión es, señora Monk, que el fallecido era un encopetado..., y me refiero a un encopetado de verdad. Tendría que haber visto su ropa. Sé reconocer la calidad. Y la pulcritud. Sus manos también estaban limpias, hasta las uñas. Y eran tersas.

—¿Sabe de quién se trataba?

El agente negó con la cabeza.

—No. Le robaron el dinero y las tarjetas de visita, si es que llevaba. Pero alguien lo echará de menos. Ya lo averiguaremos.

—Es bien sabido que incluso los hombres de su clase van con prostitutas —observó Hester con sentido común.

—Sí, pero no de la clase de las de Abel Smith —replicó Hart—. Tampoco es que eso sea lo más importante —agregó—. La cuestión es que han asesinado a un hombre de peso y que esperarán que atrapemos cuanto antes a quien demonios lo hiciera, y tampoco faltará quien ponga el grito en el cielo para que se limpie la zona, se erradique la prostitución y las calles vuelvan a ser seguras para la gente decente; ya ve.

Dijo esto en tono de desdén, sin torcer el gesto o alzar la voz, pero con evidente indignación.

—De haber permanecido en casa junto a su esposa, lo más probable es que siguiera con vida —contestó Hester con amargura—. Pero no puedo ayudarlo. ¿Por qué piensa que una mujer resultó herida y podría saber algo sobre lo sucedido, o que se atrevería a contarlo, en caso de que así fuera?

—¿Cree que lo hizo su chulo? —Hart enarcó las cejas.

—¿Usted no? —contraatacó Hester—. ¿Por qué iba

a matarlo una mujer? ¿Y cómo? ¿Lo apuñalaron? No sé de ninguna mujer que vaya por ahí con una navaja, ni tampoco que ataque a sus clientes. Lo peor que he oído es que emplean uñas y dientes.

—¿Que ha oído? —interrogó Hart.

Hester sonrió torciendo un poco los labios hacia abajo.

—Aquí no vienen hombres.

—Sólo mujeres, ¿eh?

—En busca de asistencia médica —explicó Hester—. Además, si una prostituta ha arañado o mordido a un hombre, ¿qué vamos a hacer por él?

—Aparte de reírse de él, nada —convino Hart. Acto seguido adoptó la expresión grave de antes—. Pero ese hombre está muerto, señora Monk, y a juzgar por el aspecto del cuerpo, se vio envuelto en una pelea con una mujer, para de un modo u otro acabar llevándose la peor parte. Tiene rasguños y cortes en la espalda, y tantos huesos rotos que uno no sabe por dónde empezar.

Hester quedó perpleja. Había imaginado una pelea entre dos hombres que había acabado en tragedia; quizás el más corpulento o fornido había asestado al otro un golpe fatal, o puede que el más débil hubiese recurrido a un arma, probablemente un cuchillo.

—Pero ha dicho que le robaron —señaló, pensando ahora en una agresión por parte de varios hombres—. ¿Lo atacó una banda?

—Eso no suele darse por estas calles —repuso Hart—. Para eso están los chulos. Ganan su dinero con el comercio de la carne. Les interesa velar por la seguridad de sus clientes.

—Siendo así, ¿por qué ha muerto éste? —se preguntó en voz baja Hester, que comenzaba a entender por qué Hart se había presentado allí—. ¿Por qué iba a matarlo una de las mujeres? ¿Y cómo, si lo apalearon de la forma que ha descrito?

Hart se mordió el labio inferior.

—De hecho, fue más bien una caída —contestó.

—¿Una caída? —inquirió Hester, que no acababa de entender.

—Desde cierta altura —explicó Hart—. Puede que por una escalera.

De pronto todo estuvo más claro. De haberlo pillado desprevenido, por sorpresa, una mujer pudo muy bien haberlo empujado.

—¿Y qué me dice de los rasguños y cortes en la espalda que ha mencionado? —preguntó Hester—. Eso no pudo hacérselo al rodar por unas escaleras.

—Había muchos cristales rotos —repuso Hart—. Y sangre, mucha sangre. Puede que rompiera un vaso, lo dejara caer y luego aterrizara encima, supongo. —Se mostró abatido, como si de una tragedia personal se tratara. Volvió a echarse el cabello hacia atrás con la mano, en un gesto de infinito cansancio—. Pero Abel jura que nunca estuvo en su garito y, sabiendo cómo es ese sitio, lo creo. Aunque frecuentó algún otro.

—¿Por qué iba a matarlo una de las mujeres de Abel Smith? —preguntó Hester mientras servía más té para ambos—. ¿Y un accidente? ¿Es posible que tropezara y cayera por la escalera?

—No lo encontraron al pie de la escalera, y lo niegan. —Sacudió la cabeza y tomó otro sorbo de té—. Se encontraba en el suelo de uno de los cuartos de atrás.

—¿Dónde estaban los vidrios rotos? —preguntó Hester.

—En el pasillo y al pie de la escalera.

—Quizá lo trasladaron antes de darse cuenta de que no se podía hacer nada por él —sugirió Hester—. Y luego lo negaron, llevados por el miedo. A veces las personas dicen mentiras estúpidas cuando sienten pánico.

Hart miró abstraído al vacío, hacia la estufa panzuda que había en mitad de la estancia junto a la pared; su voz era tan queda que apenas llegaba al otro lado de la mesa a la que estaban sentados.

—Hubo pelea. Los arañazos del rostro no son consecuencia de ninguna caída. Parecen hechos por uñas de mujer. Y el topetazo lo mató: todos esos huesos rotos y la contusión en la cabeza. Es imposible que se moviera después de eso. Y tiene sangre en las manos, aunque no presentan heridas. No fue un accidente, señora Monk. Al menos no del todo.

—Entiendo.

Hart suspiró.

—Se va a armar un buen revuelo. ¡La familia removerá cielo y tierra! Nos pondrán a todos a patrullar las calles y a hostigar a cuantas mujeres veamos. Lo van a aborrecer..., y los clientes aún más. Y los peores serán los macarras. Todo el mundo andará con un humor de perros hasta que encontremos a la que lo hizo y la pobre imbécil lo pague con la horca.

Estaba tan consternado que ni siquiera reparó en que había empleado una palabra despreciativa delante de ella ni se le ocurrió disculparse.

—No puedo ayudarlo —dijo Hester en voz baja al acordarse de las mujeres que habían acudido a la casa de socorro la noche anterior, todas ellas con heridas más o menos graves—. Vinieron cinco mujeres, pero todas se marcharon, y no tengo ni idea de adónde. No hago preguntas.

—¿Y sus nombres? —aventuró Hart sin convencimiento.

—Tampoco les pregunto al respecto, ellas me dicen cómo quieren que las llame.

—Eso podría ser un comienzo. —Dejó el tazón sobre la mesa y sacó la libreta y un lápiz del bolsillo.

—Una Nell, una Lizzie y una Kitty —respondió Hester—. Más tarde una Mariah y una Gertie.

Hart meditó por un instante y dijo con desaliento:

—No puede decirse que sea gran cosa. Todas se llaman Mary, Lizzie o Kate. Dios sabrá con qué nombre las bautizaron, si es que lo fueron, las pobres.

Hester lo miró a la clara luz de la mañana. Una oscura sombra de barba le cubría las mejillas y tenía los ojos enrojecidos. Sentía mucha más lástima por las mujeres de la calle que por sus clientes. Por su mente cruzó la idea de que en el fondo no deseaba atrapar a quienquiera que hubiese empujado a aquel hombre por las escaleras. Sin duda se colgaría al asesino por algo que, al menos en parte, quizás hubiese sido un accidente. Tal vez su muerte no fuese intencionada, pero ¿quién iba a creerlo, siendo la acusada una prostituta y el difunto un hombre rico y respetable? ¿Qué juez o jurado podría permitirse aceptar que semejante hombre fuese, siquiera en parte, responsable de su propia muerte?

—Lo siento —repitió Hester—. No puedo hacer más.

Hart suspiró.

—Y tampoco lo haría si pudiera... Me consta. —Se puso de pie lentamente, pasando el peso de una pierna a la otra como si las botas le apretaran—. De todos modos tenía que preguntar.

Eran casi las diez de la mañana cuando el coche de punto se detuvo ante la casa de Hester en Fitzroy Street.

Monk estaba sentado en la sala delantera que empleaba para recibir a quienes acudían para solicitar sus servicios como investigador privado. Tenía varios papeles sobre el escritorio y los estaba leyendo.

Hester se sorprendió gratamente al verlo. Hacía siete años que lo conocía, pero llevaban casados menos de dos, y cada vez que reparaba en ello la embargaba una alegría inmensa. Se encontró sonriendo sólo por eso.

Monk dejó a un lado los papeles y se levantó; la miró con dulzura a su vez. Sus ojos querían saber.

—Llegas tarde —dijo, no en tono de reproche, sino con compasión—. ¿Has desayunado algo?

—Una tostada —respondió Hester, encogiéndose de hombros. Iba desaliñada y le constaba que olía a vinagre y ácido fénico, pero aun así deseaba que le diera un beso. Se puso frente a él, con la esperanza de no estar poniéndose en evidencia. Estaba tan enamorada que le habría incomodado resultar demasiado obvia.

Monk le desabrochó el sombrero y lo lanzó con despreocupación sobre la silla; luego la rodeó con sus brazos y la besó con más ardor del que ella esperaba. Hester correspondió sin reservas y, luego, al recordar a las mujeres solitarias y marginadas a quienes había tratado durante la noche, mantuvo los brazos alrededor de él y lo estrechó entre ellos.

—¿Qué sucede? —preguntó Monk con voz inquisitiva, al percibir con extrañeza el gesto de su esposa.

—Esas mujeres... —respondió Hester—. Anoche hubo un asesinato. Por eso llego tarde. La policía se ha presentado en la casa de socorro esta mañana.

—¿Por qué? ¿Qué podías saber tú al respecto? —Monk estaba desconcertado.

Hester adivinó lo que su marido se estaba figurando: atendían en la casa a una prostituta con golpes y heridas sangrantes; luego ésta regresaba al burdel y volvían a pegarle, esta vez hasta matarla.

—Nada. Además, no fue como imaginas —contestó Hester—. La víctima fue un hombre, un cliente, si es que se le puede llamar así. Piensan que peleó con una de las mujeres y que ésta, de un modo u otro, lo arrojó escaleras abajo. Querían información sobre aquellas que vinieron anoche con golpes y cortes que hicieran pensar en una pelea.

—¿Y viste alguna? —preguntó Monk.

—Pues claro. ¡Como cada noche! Casi siempre es lo mismo; y alguna que otra enferma. No pude colaborar porque por lo general no sé cómo se han hecho las heridas ni tampoco dónde dar con ellas una vez que se marchan.

Monk la apartó un poco de sí y la miró fijamente a los ojos.

—¿Y ayudarías a la policía, si pudieras?

—Creo que no —admitió Hester—. No lo sé...

Monk esbozó una sonrisa, aunque interpretaba su mirada a la perfección.

—Está bien... —convino Hester—. Me alegra no estar en condiciones de colaborar. Me quita un peso de encima no tener que decidir si lo haría o no. Al parecer, según me contó el agente Hart, el muerto era un hombre importante, de modo que la policía se lo hará pasar mal a todo el mundo, ya que la familia se asegurará que así sea. —Hizo una mueca de asco—. ¡Probablemente nos digan que era un filántropo que recorría las calles y callejones tratando de salvar el alma de las mujeres descarriadas!

Monk levantó la cabeza y con suma delicadeza apartó los cabellos que tapaban parcialmente la frente de Hester.

—Es inverosímil..., aunque supongo que posible. Creemos lo que necesitamos creer..., al menos mientras podemos.

Hester apoyó la cabeza en el mentón de Monk.

—Ya lo sé. Pero eso no justifica que hostiguen a un montón de mujeres que bastante desdichadas son ya, o a los proxenetas que no harán más que desquitarse con ellas. No van a cambiar nada.

—Alguien lo mató —señaló Monk, con toda la razón—. No pueden pasarlo por alto.

—¡Ya lo sé! —Hester suspiró profundamente—. Ya lo sé.

2

Hester suponía que la zona cercana a Coldbath Square sería donde la policía habría de concentrar más esfuerzos, hostigando a las mujeres que fuesen prostitutas o que no pudieran demostrar su ocupación legítima; pero cuando eso sucedió, la realidad sobrepasó sus previsiones y la dejó desconcertada. A la noche siguiente lo constató de inmediato en la casa. Margaret no iba a ir; se dedicaría a alternar con la buena sociedad a la que pertenecía, intentando obtener más donaciones de dinero para sufragar tanto el alquiler de la casa como el coste de las vendas y medicinas necesarias para tratar a las pacientes. Había otros gastos a los que hacer frente, como los de combustible para la estufa, el ácido fénico y el vinagre para limpiar y, por supuesto, los alimentos.

La primera mujer que acudió a la casa de socorro no estaba herida, sino enferma. Tenía una fiebre intermitente que, a juicio de Hester, era un síntoma de enfermedad venérea.

Poco podía hacer por ella aparte de ofrecerle consuelo y una infusión de hierbas para bajarle la temperatura y proporcionarle un poco de alivio.

—¿Tiene hambre? —preguntó Hester, acercándole el tazón humeante—. Tengo pan y un poco de queso, si le apetece.

La mujer negó con la cabeza.

—No, gracias. Tomaré sólo la medicina.

Hester se fijó en su rostro pálido y sus hombros encorvados. Lo más probable era que no tuviese más de veinticinco o veintiséis años, pero estaba cansada, y la falta de sueño, la mala comida y la enfermedad la habían despojado de toda energía.

—¿Le gustaría quedarse a pasar la noche? —preguntó. Sabía que ésa no era la función de la casa de socorro, aunque dada la ausencia de otras mujeres más necesitadas, ¿por qué no iba a poder usar aquélla una de las camas?

Una chispa brilló un instante en los ojos de la mujer.

—¿Cuánto me costará? —preguntó, precavida.

—Nada.

—¿Y podré irme por la mañana?

—Puede marcharse cuando lo desee; por la mañana está bien.

—Caramba, gracias. Esto está de maravilla. —Seguía sin acabar de creerlo. Apretó los labios—. No hay nada que hacer ahí fuera —dijo en tono grave—. No hay negocio. Sólo polis por todo el maldito barrio; son como moscas en una rata muerta. No hay nada para nadie, ni siquiera para las que aún están limpias.

Se refería a las que no estaban infectadas, a diferencia de ella.

Hester nada podía decir. La verdad supondría una condescendencia que aquella mujer no necesitaba. No le daría esperanza, pues lo único que conseguiría sería apartarla de la sensación de ser comprendida.

—Es por ese maldito ricacho que liquidaron anoche —prosiguió la mujer con abatimiento—. ¡Hay que ser estúpida! Me gustaría saber para qué iba nadie a hacer una cosa así.

Tomó un sorbo de hierbas y el sabor amargo le hizo torcer la boca.

—Es posible que el azúcar lo empeore —dijo Hester—. Pero puede ponerse un poco, si quiere.

—No, gracias. —Negó con la cabeza—. Ya me acostumbraré.

—Quizá descubran a quien lo hizo y todo vuelva a la normalidad —aventuró Hester—. ¿Cómo suelen llamarla? —No era exactamente lo mismo que preguntarle su nombre: el nombre era una cuestión de identidad, y aquello no era sino una palabra que usar para hacer el trato más personal.

—Betty —fue la respuesta, tras un largo trago de infusión de hierbas.

—¿Seguro que no le apetece un trozo de pan con queso? ¿O una tostada?

—Sí... Una tostada me iría bien. Gracias.

Hester hizo dos y las preparó con queso. Betty aguardó a que Hester se sirviera una antes de coger la suya; con satisfacción, casi urgencia, la agarró con toda la mano.

—Me da que la familia está muy molesta —prosiguió al cabo de un momento—. Los polis van de aquí para allí como si los persiguiera el diablo. Pobres desgraciados. No son mala gente, la mayoría. Saben que tenemos que ganarnos la vida y que los hombres que vienen por aquí lo hacen porque quieren. No es asunto de nadie más, la verdad. —Comió la mitad de la tostada antes de seguir hablando—. Digo yo que vienen a buscar lo que no les dan sus mujeres. Nunca he acabado de comprenderlo, pero, oiga, doy gracias a Dios.

Hester se levantó y se dispuso a preparar otra tostada; pinchó el pan con el tenedor y lo acercó a la puerta abierta de la estufa hasta que el calor de las brasas lo dejó dorado y crujiente. Regresó con otro buen trozo de queso y se lo dio a Betty, quien lo aceptó con silenciosa gratitud.

Hester sentía cierta curiosidad. Había colaborado

con Monk en tantos casos que había adquirido el hábito de intentar razonar los hechos, aunque también le preocupaba el trastorno ocasionado en el barrio.

—¿Por qué iba una de las mujeres a matar a un cliente? Seguro que sabía que esto tenía que terminar así.

Betty se encogió de hombros.

—Quién sabe. Aunque estuviera como una cuba, debería tener más cabeza, ¿no cree? —Hincó el diente en la tostada con queso y siguió hablando con la boca llena—. Ha desatado la cólera de Dios contra todas nosotras, la muy estúpida —sentenció, aunque en su voz había más resignación que enojo. Centró toda su atención en el queso y no dijo nada más.

Hester no volvió a sacar el tema hasta primera hora de la mañana, después de que, tras haberse tendido a dormir en una de las camas, la despertase el agente Hart, que llamaba a la puerta.

Se levantó y lo invitó a pasar. Parecía hecho trizas y apenado. Echó un vistazo a la sala y sólo vio una cama ocupada.

—¿Poco movimiento? —dijo sin fingir sorpresa. Quizás involuntariamente, los ojos se le fueron a la estufa y el hervidor.

—Iba a tomar una taza de té —anunció Hester—. ¿Le apetece?

Hart sonrió ante su tacto y aceptó.

Una vez listos el té y las tostadas, y sentados a sendos lados de la mesa, Hart comenzó a hablar. Fuera, en la calle, ya era de día, pero apenas había tráfico aún. La inmensa mole de la prisión de Coldbath se erguía imponente y silenciosa hacia el norte; el sol apenas lamía sus muros. Las juntas de los adoquines de la calle todavía estaban húmedas, y la luz destellaba sobre los desperdicios que había amontonados en la alcantarilla.

—Me figuro que no se habrá enterado de nada —dijo con cierta esperanza.

—Sólo sé que las calles están llenas de policías y que a las mujeres no les va bien el negocio —respondió Hester, antes de tomar un sorbo de té—. Supongo que lo mismo podrá decirse de otros oficios.

Hart rió con ganas.

—¡Y que usted lo diga! ¡Los robos han caído en picado, y los asaltos también! Ahora es tan puñeteramente seguro caminar por estas calles que podrías pasearte con un Albert de oro en el bolsillo del chaleco desde Coldbath hasta Petonville y llegar con el reloj en su sitio. ¡Y eso vale igual para la gente corriente como nosotros que para los sifilíticos!

—En ese caso, tal vez colaboren —insinuó Hester—. Que el agua vuelva a su cauce. ¿Sabe ya quién era la víctima?

Hart levantó la vista hacia ella, con ojos solemnes y preocupados.

—Sí. Su hijo se inquietó al ver que no acudía a una importante reunión de negocios y que tampoco regresaba a casa por la noche. Al parecer, no era un hombre que hiciera cosas de este estilo y, claro, se angustiaron. Fueron a su comisaría a preguntar por accidentes y demás. —Se sirvió abundante mermelada de grosella negra en la tostada—. Vivía en Royal Square, frente a la iglesia de Saint Peter, pero los muchachos de allí arriba hicieron correr la voz, y nosotros hicimos lo propio, a sabiendas de que no era de nuestro territorio. El hijo se presentó anoche para verlo en el depósito de cadáveres. —Mordió la tostada—. Lo reconoció al instante —dijo con la boca llena—. Armó un escándalo de mil demonios. Que si las calles no son seguras para los hombres honrados, que si adónde está yendo a parar el mundo, y toda esa monserga. Que escribiría a su representante en el Parlamento, dijo también. —Sacudió la cabeza, perplejo.

—Pienso que por el bien de la familia lo más sensato sería hablar de ello tan poco como se pueda, al menos de momento —contestó Hester—. Si encontraran a mi padre muerto en el tugurio de Abel Smith, sólo se lo contaría a quien no tuviera más remedio que contárselo. O aunque lo encontraran vivo, ya puestos —agregó.

Hart le dedicó una breve sonrisa y volvió a ponerse serio.

—Se llamaba Nolan Baltimore —informó—. Un hombre rico, director de una empresa ferroviaria. El que vino al depósito era su hijo, Jarvis Baltimore. Ahora es el director de la compañía y se va a asegurar de armar la de Dios es Cristo si no encontramos a quien mató a su padre y lo ve colgado en la horca.

Hester era capaz de entender una reacción de aturdimiento, de dolor, de indignación, pero pensó que el joven señor Baltimore acabaría por lamentar lo que se disponía a hacer. Cualquier cosa que su padre hubiese estado haciendo en Leather Lane resultaba muy poco probable que su familia quisiera que llegase a oídos de sus amigos. Dado que se trataba de un asesinato, la policía tendría que hacer cuanto estuviera en su mano para establecer con claridad los hechos y, de ser posible, llevar al responsable ante la justicia, pero para la familia Baltimore todo habría ido mucho mejor si el asunto hubiese podido permanecer en el misterio, una desaparición trágica e inexplicable.

Ahora bien, esa opción ya no estaba a su alcance. No había sido más que un pensamiento pasajero, un instante de compasión ante la desilusión, pero luego vendrían la humillación pública, las risas de súbito acalladas al entrar ellos en una estancia, las frases susurradas, las invitaciones que dejarían de llegar, los amigos tan incomprensiblemente ocupados que ni invitarían ni se dejarían invitar. Todo el dinero del mundo no bastaría para comprar lo que tal vez estuvieran a punto de perder.

—¿Y si no tiene nada que ver con ninguna de las mujeres del establecimiento de Abel Smith? —propuso

Hester—. A lo mejor alguien lo siguió hasta Leather Lane y aprovechó una buena oportunidad cuando se le presentó.

Hart la miró fijamente, debatiéndose entre la esperanza y la incredulidad.

—¡Dios nos asista si es así! —susurró—. Entonces no lo encontraremos nunca. ¡Podría ser cualquiera!

Hester cayó en la cuenta de que no había atinado demasiado.

—¿Tienen algún testigo? —preguntó.

Hart se encogió de hombros.

—¡Ya no sé a quién creer! Su hijo dice que era un hombre recto y honrado que se dedicaba a grandes negocios, respetado en sociedad y con muchos amigos influyentes que querrán ver cómo se hace justicia y se limpian las calles de Londres para que la gente decente pueda transitar por ellas.

—Por supuesto —convino Hester—. No puede decir otra cosa. Tiene que hacerlo, para proteger a su madre.

—Y a su hermana —apuntó Hart—. Que además no está casada, pues es una tal señorita Baltimore. No haría ningún bien a sus expectativas que se supiera que su padre solía frecuentar lugares como Leather Lane por su comercio habitual. —Frunció el ceño—. Es curioso, ¿no cree? Quiero decir que quizás un hombre que va a esos sitios por su cuenta podría abandonar a una muchacha porque su padre hace lo mismo. No hay quien entienda a la gente, por lo menos a los ricos.

—No será por el padre, agente, sino por la madre —explicó Hester.

—¿Cómo? —Hart dejó el tazón sobre la mesa—. Ah, claro. Ya entiendo. Aun así, no nos sirve de nada. La verdad es que no sé por dónde empezar si no es por Abel Smith, y el tipo jura por lo más sagrado que a Baltimore no lo mataron en su local.

—¿Qué opina el forense?

—Aún no lo sé. Murió a causa de los huesos rotos y las hemorragias internas, pero no sé si lo hizo al pie de la escalera de Abel o en otra parte. Si ocurrió en la escalera, pudo haberle empujado cualquiera.

—O quizás estuviera borracho y simplemente cayó —aventuró Hester.

—Si me concedieran tres deseos ahora mismo, los tres apuntarían a eso —dijo Hart con mucho sentimiento—. Toda la zona es un auténtico avispero, desde Coldbath hasta Petonville, al norte, y Smithfield, al sur. ¡Y aún será peor! En este momento sólo tenemos encima a las mujeres y los chulos. —Suspiró—. Dentro de un par de días todos esos ricachos cuyo mayor placer es venir por aquí a divertirse un rato comenzarán a refunfuñar, eso sí, con discreción, pues ahora no pueden hacerlo sin toparse con un policía en cada esquina. ¡A unos cuantos se les caerá la cara de vergüenza si vienen! Y otros tantos se pondrán de muy mal humor si no lo hacen. No podemos ganar, hagamos lo que hagamos.

Hester se mostró comprensiva, le sirvió más té y luego una tostada con mermelada de grosella negra, que Hart comió con fruición para luego darle las gracias y salir, muy a su pesar, a la luz cada vez más clara del día, a fin de reanudar su ingrata tarea.

Al día siguiente los periódicos publicaron en primera plana la noticia de la espeluznante muerte del respetable empresario ferroviario Nolan Baltimore, hallado en extraordinarias circunstancias en Leather Lane, cerca de Farringdon Road. La familia estaba desolada, y toda la sociedad se mostraba indignada ante el hecho de que un hombre decente de reputación intachable hubiese sido atacado en plena calle y abandonado a su suerte en circunstancias tales que le causaron la muerte. Constituía un escándalo nacional y su hijo, Jarvis Baltimore, había jurado emprender una cruzada para erradicar el crimen y la prostitución que mancillaban el honor de la capital dando lugar a tan viles asesinatos. La policía metropolitana había fracasado en el cumplimiento de su deber para con los ciudadanos de la nación, y era responsabilidad de todo hombre bondadoso asegurarse de que las cosas no quedaran así.

Lo que más preocupaba a Hester era que la noche siguiente a la segunda visita que le hiciera el agente Hart, llegó a la casa de socorro una muchacha en un estado tan deplorable que sus amigas tenían que llevarla en volandas y pidieron permiso para aguardar, enojadas y asustadas, apiñándose en un rincón sin perder detalle.

La muchacha quedó tumbada en la mesa hecha un ovillo; se sujetaba el vientre con las manos sin conseguir detener la sangre, y temblaba de la cabeza a los pies.

Pálida como la cera, Margaret miró a Hester.

—Sí —convino Hester en voz baja—. Mande a una de las mujeres en busca del señor Lockwood. Que le diga que venga en cuanto pueda.

Margaret asintió con la cabeza y se volvió. Indicó a una de las mujeres que esperaban por dónde tenía que empezar a buscar al médico, insistiendo en que no cejara hasta dar con él. Después fue en busca de agua caliente, vinagre, brandy y paños limpios. Reunía las cosas necesarias con gesto mecánico, pues estaba demasiado impresionada y horrorizada como para ser totalmente consciente de lo que hacía.

Hester tuvo que contener la hemorragia y sobreponerse a su propio horror ante semejante herida, obligándose a sí misma a recordar los campos de batalla, los hombres destrozados que había ayudado a bajar de los carromatos después de la carga de la Brigada Ligera en Sebastopol, o tras la batalla del Alma, empapados en sangre, muertos o agonizantes, con los miembros rotos, astillados por disparos o con tajos de espada.

Entonces había sido capaz de ayudarlos. ¿Por qué era tan distinto con aquella mujer? Hester estaba allí para prestar un servicio, no para regodearse con sus propias emociones, por profundas o compasivas que éstas fuesen. Aquella muchacha no necesitaba compasión sino asistencia.

—Aparte las manos —dijo con dulzura—. Voy a intentar detener la hemorragia.

Encomendándose a Dios, cogió las manos de la muchacha entre las suyas, y notó que aquellos músculos agarrotados le transmitían miedo, como si por un instante ambas fueran parte de la misma carne. Notaba el sudor que le empapaba la piel y le enfriaba todo el cuerpo.

—¿Puede hacer algo por ella? —preguntó una de las mujeres a sus espaldas. Se había acercado en silencio, incapaz de mantenerse a distancia a pesar del temor.

—Creo que sí —respondió Hester—. ¿Cómo se llama?

—Fanny —contestó la mujer, con voz ronca.

Hester se inclinó hacia la muchacha.

—Fanny, déjeme ver la herida —dijo Hester con firmeza—. Tengo que examinarla.

Hizo fuerza para apartar las manos de la muchacha y vio la tela empapada de rojo de su vestido. Rogó para que encontraran a Lockwood y que éste acudiera pronto. Iba a necesitar su ayuda para curarla.

Margaret pasó las tijeras a Hester, quien procedió a cortar la tela para dejar la carne al descubierto.

—Vendas —dijo sin levantar la vista—. Enrolladas —agregó.

Separó el vestido de la herida y vio la carne viva; todavía manaba sangre, aunque sin borbotones. La invadió un inmenso alivio que la hizo sudar de nuevo. Tal vez fuese una herida superficial, después de todo. Cuando menos, la sangre no procedía de una arteria, como había temido. Aun así, no podía permitirse aguardar hasta que llegara Lockwood. Le falló la voz por un instante, pero pidió paños, brandy y una aguja enhebrada con hilo de tripa.

Detrás de ella, una de las mujeres rompió a llorar.

Hester hablaba sin cesar mientras trabajaba. A buen seguro, casi todo lo que decía no eran más que tonterías; su mente estaba en la carne ensangrentada, ocupada en tratar de coserla de manera uniforme, sin rebordes, sin olvidar un vaso por el que aún corría la sangre, sin causar más dolor que el estrictamente imprescindible.

Margaret, en silencio, fue dándole un paño tras otro y llevándose los que, ya empapados, resultaban inservibles.

¿Dónde estaba Lockwood? ¿Por qué no llegaba? ¿Volvía a estar borracho, durmiendo en una cama ajena, debajo de una mesa o, peor aún, tendido en el arroyo, donde nadie lo reconocería y mucho menos lo encontraría para despejarlo? Lo maldijo entre dientes.

Había perdido la noción del tiempo que hacía que Margaret había enviado a la mujer en su busca. Lo único que importaba en ese momento eran la herida y el dolor. Ni siquiera advirtió que la puerta se abría y volvía a cerrarse.

De pronto había otro par de manos, delicadas y fuertes y, sobre todo, limpias. Hester llevaba tanto rato con la espalda inclinada que al erguirse le dolió, necesitó unos segundos para ver con claridad al hombre que tenía a su lado. El joven iba arremangado hasta encima del codo y tenía el cabello mojado sobre la frente, como si se hubiese lavado la cara. Miraba atentamente la herida.

—Buen trabajo —dijo, asintiendo con la cabeza en señal de aprobación—. Creo que no hay más que hacer.

—¿Dónde diablos estaba? —repuso Hester en un murmullo, embargada de alivio por tenerle junto a ella y furiosa por su tardanza.

Lockwood sonrió atribulado y se encogió de hombros, para luego volver a fijar su atención en la herida. La examinó con tacto experto y delicadeza, mirando una y otra vez el rostro de la paciente para asegurarse de que no estuviera peor de lo que parecía.

Hester pensó que le debía una disculpa por su reproche implícito, pero decidió que en aquel momento no revestía la menor importancia. No serviría de nada, y tampoco le pagaba, de modo que quizá no le debiera nada. Sorprendió a Margaret mientras ésta la miraba y sus ojos le dijeron que también ella se sentía aliviada.

Al parecer, la hemorragia había cesado. Hester pasó a Lockwood las últimas vendas empapadas en bálsamo y éste terminó de afianzarlas antes de erguirse de nuevo.

—No está mal —dijo con gravedad—. Debe permanecer en observación por si aparece alguna infección. —No se tomó la molestia de preguntar qué había sucedido. Sabía que nadie se lo diría—. Un poco de caldo de carne, o de jerez, si lo hay. Pero todavía no; dentro de un rato. Lo demás ya lo sabe. —Levantó los hombros sin llegar a encogerlos y sonrió—. Probablemente, mejor que yo mismo.

Hester asintió con la cabeza. Una vez solucionada la emergencia le sobrevino el cansancio. Tenía la boca seca y temblaba un poco. Margaret había ido a la estufa a por agua caliente para limpiar las manchas de sangre y preparar té para todos.

Hester se volvió hacia las tres mujeres que aguardaban. En sus rostros leyó la misma pregunta.

—Hay que darle tiempo —explicó en voz baja—. Aún no podemos decir nada. Es demasiado pronto.

—¿Puede quedarse aquí? —preguntó una de ellas—. ¡Por favor, señora! Se lo volverá a hacer si regresa.

—¿Qué le pasa a ese hombre? —Hester por fin liberó su ira—. Podría haberla matado. Tiene que estar loco. Deberían librarse de él. No les queda ni una pizca de...

—¡No ha sido Bert! —la interrumpió otra de las

mujeres—. Lo sé porque cuando ocurrió estaba borracho como una cuba, tirado junto al bordillo. Lo sé muy bien porque lo vi con mis propios ojos. ¡Maldito zopenco inútil!

—¿Un cliente? —preguntó Hester sorprendida y cada vez más enojada.

—No. —La mujer se estremeció.

—Eso no lo sabes —apostilló la tercera mujer en tono grave—. Fanny no quiere decir quién ha sido, señora. Tiene tanto miedo que no soltará prenda, aunque apuesto que ha sido algún cabrón que ella conoce; pero su chulo no, pues, como ha dicho Jenny, estaba demasiado borracho como para golpear a alguien. —Hizo una mueca—. Además, ¿qué sentido tiene dejar a una mujer fuera de combate para que no pueda trabajar? ¡Por Dios! Bastante tenemos con lo que está pasando como para rajar a nadie. No hay que ser muy listo para darse cuenta.

—En ese caso, ¿quién lo hizo? —preguntó Hester.

Mientras tanto, Margaret vertía agua caliente en un barreño dispuesto en la otra mesa; después añadió fría para poder lavar los paños sucios en ella. El ácido fénico estaba al alcance de la mano.

Lockwood se subió más las mangas, haciendo caso omiso de la sangre que las manchaba, y comenzó a frotar. Hester fue derecha tras él y le dio una toalla.

Margaret preparó té para todos y lo sirvió, caliente y muy cargado. Hester estuvo encantada de poder sentarse por fin y no hizo ademán de moverse cuando Lockwood se llevó el barreño para vaciarlo en la alcantarilla.

Fanny yacía en la mesa principal, con la cabeza apoyada sobre una almohada y el rostro ceniciento. Era demasiado pronto para moverla, siquiera a una cama.

—¿Quién lo hizo? —repitió Hester, mirando a la muchacha.

—No lo sé —contestó la primera mujer—. Gracias. —Aceptó el tazón de té que le dio Margaret—. Eso es lo que nos tiene a maltraer. Fanny es buena chica. Nunca se queda nada que no le toque. Siempre hace lo que le dicen, la muy tonta. Igual en otros tiempos llevaba una vida más decente. —Bajó la voz—. De sirvienta o algo por el estilo. Tendría algún problema y en menos que canta un gallo se vio haciendo la calle. No habla mucho, pero para mí que lo ha pasado mal.

Lockwood regresó con el barreño vacío y agradeció su tazón de té.

—Si pudiera ponerle las manos encima al cabrón que le ha hecho eso —dijo la segunda mujer—, le cortaría los... Perdone, señora, pero es lo que haría.

—¡Cierra el pico, Ada! —atajó su compañera—. Hay maderos por todas partes. Salen de quién sabe dónde. Si por ellos fuese, nada, pero los están presionando por todos los lados, a los pobres. Unos les dicen que nos quiten de en medio. Otros que nos dejen en paz, para seguir pasándolo bien. Los pobres maderos van de acá para allá como moscas verdes, tropezando unos con otros.

—Sí. ¡Y las tontainas como Fanny terminan apuñaladas por el primer chiflado que se cruza en su camino! —replicó Ada, con la cara transida de amargura, levantando la voz al borde de la histeria.

Hester prefirió no echar más leña al fuego. Guardó silencio y meditó sobre el asunto, pero sin hacer más preguntas. Las tres mujeres les dieron las gracias y, tras despedirse de Fanny y prometer que regresarían, salieron de nuevo a la noche.

Al cabo de una hora Lockwood examinó detenidamente a Fanny, quien daba muestras de encontrarse mejor, al menos en lo que a su miedo respectaba. Ayudó a Hester y Margaret a trasladarla hasta la cama más próxima, aseguró que volvería al día siguiente y se marchó.

Hester propuso a Margaret que se acostara mientras ella hacía el primer turno de guardia. Ella dormiría después. Por la mañana vendría Bessie Wellington a hacer la limpieza y ocuparse de la casa de socorro durante el día. Antaño había sido prostituta, y se comportaba con bastante amabilidad con las pacientes que debían guardar cama. No pedía salario y su conocimiento del barrio resultaba casi tan valioso como su trabajo.

Cuando Hester regresó a la noche siguiente encontró a Bessie esperándola junto a la puerta, con la cara colorada y la negra cabellera peinada hacia atrás y retorcida en un moño improvisado del que se desprendían varios mechones. Parecía sumamente indignada.

—¡Ese falso asqueroso de Jessop vino otra vez a por dinero! —exclamó en un susurro que llegó al otro lado de Coldbath Square—. ¡Le ofrecí una taza de té y no se la quiso tomar! ¡Será desconfiado el muy cabrón!

—¿Qué puso en el té, Bessie? —preguntó Hester, disimulando una sonrisa irónica.

La familiaridad de la habitación la envolvió, el entarimado fregado que aún olía a lejía y ácido fénico, el leve tufillo a vinagre, el calor de la estufa y, más cerca de las mesas, los penetrantes aromas del whisky y las hierbas medicinales. Instintivamente llevó la mirada a la cama en la que había dejado a Fanny. Vio la maraña de su pelo y el bulto de su cuerpo bajo las mantas.

—Está bien, la pobre putilla —dijo Bessie con una nota de enojo en la voz—. Pero no suelta prenda sobre quién le hizo eso. No lo entiendo. ¡Si yo estuviera en su lugar, andaría maldiciéndolo a diestro y siniestro, lo mismo si me escuchaban que si no! —Sacudió la cabeza—. Sólo un poco de regaliz —contestó a la pregunta original—. Y un chorrito de whisky para disimular el sabor, claro. Qué rabia, desperdiciar así un buen whisky. ¡Y conste que ninguno es malo! —Sonrió, revelando varios huecos en su dentadura.

—¿Lo tiró? —preguntó Hester, simulando preocupación.

Bessie la miró de soslayo.

—¡Pues claro, bendita sea! ¿Cómo iba yo a darle té frío a nadie?

Puso cara de burlona inocencia y Hester no pudo evitar pensar que ojalá Jessop se lo hubiese bebido. Seguro que Bessie no le habría provocado más que un agudo malestar y, quizás, una situación vergonzosa.

Se acercó a ver a Fanny, que seguía asustada y aquejada de un persistente dolor. Le llevó más de media hora retirar el vendaje, inspeccionar la herida para asegurarse de que no estuviese infectada, volver a vendarla y convencer a la paciente de que tomara un poco de caldo. Aún no había terminado cuando la puerta de la calle se abrió, dejando entrar una corriente de aire frío y húmedo. Hester se volvió y encontró a una mujer de edad indefinida que apenas había cruzado el umbral. Iba vestida con sencillez, como una doncella de categoría, y torcía el gesto con evidente desaprobación. Arrugaba hasta la nariz, aunque resultaba imposible saber si se debía al olor a lejía y ácido fénico o al profundo asco que sentía.

—Hola —dijo Hester con expresión inquisitiva—. ¿Qué desea?

—¿Es éste... el sitio donde acogen a mujeres lesionadas que son..., son...? —Se detuvo, a todas luces incapaz de pronunciar la palabra que tenía en mente.

—Prostitutas —dijo Hester por ella, con una pizca de acritud—. Sí, lo es. ¿Está usted herida?

La mujer se puso colorada de vergüenza. A continuación palideció. Giró sobre sus talones y salió sin cerrar la puerta.

Bessie se aguantó la risa.

Acto seguido, apareció en la entrada una muchacha de aspecto bien distinto. Su tez era extremadamente blanca; su cabellera, rubia y abundante. Tenía las cejas y las pestañas claras, y aunque su rostro presentaba buen color, no alcanzaba para hacer de ella una mujer guapa, si bien la serenidad y la franqueza que transmitía despertaban un inmediato sentimiento de agrado. Se la veía nerviosa y resultaba obvio que estaba dominando profundas emociones, si bien no se percibía en ella signo alguno de lesión o dolor físico. La calidad de su ropa, que a pesar de ser del todo negra saltaba a la vista le había costado una buena suma de dinero, así como su porte —cabeza alta, mirada directa—, dejaban claro que no era una mujer de la calle, ni siquiera de las triunfadoras. Hester cayó en la cuenta, con una punzada de vergüenza, de que probablemente la primera mujer era en efecto su doncella, tal como había sospechado, y que se encontraba allí contra su voluntad. Lamentó haberse mostrado tan mordaz con ella.

Dejó el plato y la cuchara con los que estaba dando de comer a Fanny y se aproximó a la recién llegada.

—Buenas noches. ¿Qué desea?

—¿Es usted la responsable de este lugar? —preguntó la muchacha. Su voz sonaba grave y un tanto ronca, como si la tensión para contener sus emociones le cerrase la garganta, pero su dicción era perfecta.

—Sí —contestó Hester—. Me llamo Hester Monk. ¿En qué puedo servirla?

—Soy Livia Baltimore. —Suspiró profundamente—. Tengo entendido que este lugar es... —Se guardó muy bien de mirar alrededor—. ¿Esto es como un refugio al que acuden las mujeres de la calle cuando resultan heridas? Ruego me perdone si estoy equivocada. No es mi intención ofenderla, pero mi doncella me ha informado de que éste es el sitio indicado. —Cerró los puños con fuerza a los costados del cuerpo, muy tiesa.

—No es ningún insulto, señorita Baltimore —respondió Hester con serenidad—. Hago esto porque quiero. La medicina está al servicio de quien la necesita, prescindiendo de prejuicios sociales. —Titubeó por un instante, insegura sobre si aludir o no a la muerte de Nolan Baltimore, pero el instinto acabó por imponerse—. La acompaño en el sentimiento, señorita Baltimore. Pase, por favor.

—Gracias. —Echó un vistazo tras de sí y cerró la puerta—. Quizá también pueda ayudarme a mí...

—Si supiera algo al respecto, ya se lo habría referido a la policía —dijo Hester, regresando junto a la mesa.

Le constaba que Livia Baltimore se había personado allí para investigar por su cuenta. Resultaba bastante comprensible y demostraba una buena dosis de coraje, aunque no demasiada sensatez. La enterneció el dolor que debía de estar sintiendo aquella muchacha al descubrir la sordidez de los lugares que su padre había frecuentado en vida, fuera por el motivo que fuese. De haber permanecido en casa, sus emociones, sus sueños y su desconsuelo estarían en mucho mejor recaudo. Por otro lado, aunque se hubiese personado allí para obtener información, quizá también podría facilitarla. Pese a que buena parte de la vida cotidiana de su padre le fuese del todo desconocida, sin duda tendría una idea formada acerca de su personalidad.

—Siéntese, por favor —la invitó Hester—. ¿Le apetece un té? Hace un tiempo deprimente.

Livia aceptó el ofrecimiento. Al parecer la doncella tenía instrucciones de esperarla en el carruaje o en cualquier otro medio de transporte que hubiesen utilizado. O bien Livia deseaba mantener aquella conversación en privado, o bien la doncella había rehusado entrar en un lugar como aquél. Posiblemente ambas cosas.

Al tiempo que resoplaba, Bessie volvió a llenar el hervidor con el agua que contenía el aguamanil que estaba en el suelo y lo puso a calentar.

—Tardará un rato —advirtió de mala gana, molesta por la condescendencia que notaba.

—Por supuesto —convino Hester, y se volvió hacia Livia—. Le aseguro que no tengo la más remota idea de lo que le ocurrió al señor Baltimore —dijo con amabilidad—. Aquí nos limitamos a atender a las heridas y las enfermas. No hacemos preguntas.

—¡Pero tiene que haberse enterado de algo! —exclamó Livia—. La policía no me cuenta nada. Hablan con mi hermano, pero dicen que hubo una mujer implicada y que a buen seguro resultó herida. —Abría y cerraba las manos enguantadas de negro, apretando su bolso de mano—. Quizá vio a una mujer en apuros, trató de ayudarla y entonces lo agredieron —aventuró con expresión de ansiedad y desesperación—. De haber sido así, lo más seguro es que ella viniera aquí, ¿no es cierto?

—Sí —convino Hester, sabiendo que aquello era verdad, aunque no así lo que daba a entender.

—En ese caso, usted o su ayudante la habrían visto.

Livia señaló con un ademán de la cabeza casi imperceptible a Bessie, que aguardaba de pie y cruzada de brazos junto a la estufa.

—La habría visto —concedió Hester—, pero cada noche pasan por aquí varias mujeres, y todas ellas están heridas o enfermas.

—Pero esa noche..., la noche en que fue... ¿asesinado? —Livia se inclinó un poco sobre la mesa, olvidando su aversión llevada por el apremio—. ¿Quién estuvo aquí entonces? ¿Quién estaba herida y pudo haber presenciado su... asesinato? —Los ojos se le llenaron de lágrimas sin que diera muestras de percatarse—. ¿No le importa que se haga justicia, señora Monk? Mi padre era un buen hombre, honrado y generoso. Trabajó duro para conseguir lo que tenía y amaba a su familia. ¿Acaso no reviste importancia para usted que alguien lo matara?

—Sí, claro que tiene importancia —replicó Hester, preguntándose cómo responder a aquella mujer, poco más que una niña, sin abrumarla con hechos que sería incapaz de comprender o creer—. Siempre tiene importancia que maten a alguien.

—¡Pues entonces ayúdenos! —suplicó Livia—. Usted conoce a esas mujeres. ¡Dígame algo!

—No, no las conozco —atajó Hester—. Hago lo que está en mi mano para sanar sus heridas... Eso es todo.

Livia la miró con los ojos como platos, sin comprender nada.

—Pero...

—Entran por esa puerta —Hester señaló hacia la entrada con la cabeza—. Unas veces las he visto antes y otras, no. Suelen estar lesionadas con cortes, magulladuras o huesos rotos, o se encuentran en un estado crítico de enfermedad, las más de las veces sífilis o tuberculosis, aunque no siempre. Sólo les pregunto su nombre de pila para saber cómo llamarlas. Hago lo que puedo, que con frecuencia no es gran cosa, y cuando están en condiciones de irse, se van.

—¿Y no sabe cómo resultaron heridas? —insistió Livia, levantando la voz—. ¡Tiene que saber lo que ocurrió!

Hester bajó la mirada hacia la mesa.

—No necesito preguntarlo. Puede que un cliente haya perdido los estribos o que se hayan quedado un poco de dinero para ellas y que su proxeneta les haya dado una paliza —contestó Hester—. Y de vez en cuando buscan clientes en terreno ajeno y acaban envueltas en una pelea. Hay mucha competencia. Sea lo que sea, realmente no supone ninguna diferencia para el trabajo que yo tengo que hacer.

Resultaba obvio que Livia no entendía de qué le hablaba. Se trataba de un mundo, incluso de un lenguaje, que quedaba más allá de su experiencia y del alcance de su imaginación.

—¿Qué es un... proxeneta?

—El hombre que cuida de ellas —contestó Hester—. Y que se queda casi todo lo que ganan.

—Pero ¿por qué? —Livia seguía sin comprender.

—Porque es peligroso que una mujer se dedique a eso por su cuenta —explicó Hester—. La mayoría de ellas no tiene otra elección. Los proxenetas son los amos de los edificios y, en cierto modo, también de las calles. Evitan que otras personas hagan daño a las mujeres, pero cuando piensan que una es perezosa o está estafándolos, les pegan, normalmente sin llegar a marcarles la cara o dejarlas inútiles para trabajar. Sólo un idiota estropea adrede algo que le pertenece.

Livia negó con la cabeza como para librarse de semejante idea.

—Siendo así, ¿quién hace daño a las que acuden a usted?

—Tal vez un cliente que se ha emborrachado y no es consciente de su propia fuerza, o que ha perdido los estribos sin más —dijo Hester—. A veces otra mujer. Con frecuencia vienen porque están enfermas.

—Hay mucha gente que coge la tuberculosis —señaló Livia—. Toda clase de personas. Una prima mía murió de eso. Sólo tenía veintiocho años. La llaman la Muerte Blanca. Y la otra es... —No llegó a pronunciar el nombre. La vergüenza que le causaba el asunto le impedía hablar con franqueza. Por fin se permitió echar un vistazo a la habitación, con sus paredes encaladas y sus armarios, algunos cerrados.

Hester reparó en ello.

—Ácido fénico, lejía, potasa, vinagre —explicó—. Van bien para limpiar. Y tabaco. Lo guardamos bajo llave.

Livia abrió mucho los ojos.

—¿Tabaco? ¿Permite que los pacientes fumen tabaco? ¿Incluso las mujeres?

—Es para quemar —explicó Hester—. Resulta muy

útil para fumigar, va muy bien contra los piojos, las garrapatas y cosas por el estilo.

Livia torció el gesto como si pudiera olerlo.

—Sólo quiero saber qué vieron —suplicó—, qué le sucedió a mi padre.

Hester escrutó su rostro, la lozanía de las suaves curvas del mentón y el cuello, la ausencia de arrugas, la mirada seria. La sombra de la aflicción ya la había alcanzado, presentaba el contorno de los ojos hundido y apergaminado, y un rictus de tensión en los labios. El mundo ya no era el mismo que tres días atrás, y no recuperaría jamás la inocencia perdida.

Hester se devanaba los sesos buscando algo que decir para detener a aquella niña —pues eso es lo que era a pesar de su edad—, y enviarla de regreso a su vida, creyendo lo que quisiera creer. A no ser que se celebrara un juicio, no tendría por qué enterarse jamás de lo que su padre hiciera en Leather Lane.

—Aguarde a que la policía lo averigüe —dijo en voz alta.

—¡No han descubierto nada! —exclamó Livia, indignada—. ¡Esas mujeres no van a hablar! ¿Por qué iban a hacerlo? Es alguien que conocen quien lo mató. Lo más seguro es que tengan miedo de hablar.

—¿Cómo era su padre? —preguntó Hester, y al instante lo lamentó. Se trataba de una pregunta estúpida. ¿Qué iba a decir una mujer a propósito de su difunto padre? Pues lo que ella quisiera que fuese, la realidad distorsionada por el sentimiento de pérdida, por la lealtad, por un sentido de la decencia que impide hablar mal de los muertos—. Me refiero a qué pudo traer a su padre a Leather Lane aquella noche —se corrigió.

Livia se mostró algo incómoda y un tanto a la defensiva.

—No lo sé. Me figuro que alguna clase de negocio.

—¿Qué dice su madre al respecto?

—No hablamos del asunto —contestó Livia, como si su respuesta fuese de lo más normal—. Mamá está inválida. Procuramos evitarle todo lo que pueda resultarle molesto o angustiante. Jarvis, mi hermano, dice que sin duda fue a reunirse con alguien, posiblemente por algún asunto relacionado con los peones o algo por el estilo. Mi padre era propietario de una compañía ferroviaria. Están a punto de terminar una nueva vía férrea. Irá desde los muelles de Londres hasta Derby. Y también tenemos una fábrica cerca de Liverpool donde se construyen vagones de tren. ¿Quizá quedó con alguien para tratar algo relacionado con los obreros o con el acero, o algo por el estilo?

Hester no podía mirarla a los ojos y contestar. Ésa no era la clase de negocio que la gente llevaba a cabo en Leather Lane en plena noche, aunque no había motivo alguno para hacérselo ver a la hija de Baltimore.

—Esas mujeres no sabrían nada acerca de eso —dijo, en cambio—. Se ganan la vida como buenamente pueden vendiendo su cuerpo, y pagan un precio muy alto por ello... —Reparó de nuevo en que la muchacha no comprendía de qué estaba hablando—. ¿Piensa que deberían trabajar en una fábrica, o a destajo en un taller de confección? ¿Sabe cuánto ganan ahí?

Livia titubeó.

—No...

—¿O cuántas horas trabajan?

—No..., pero...

—Pero es honrado, ¿verdad? —Se le escapó un dejo de desdén y percibió su efecto en el rostro de Livia—. No se pueden permitir ser honradas ganando siete peniques al día por una jornada de catorce o quince horas —agregó con más amabilidad, sin despojarse aún del todo de su enojo, no por Livia sino por los hechos. Vio que Livia abría los ojos y encogía la garganta—. Sobre todo si tienen hijos que criar o deudas pendientes —concluyó—. En la calle consiguen de una a dos libras cada noche, incluso después de pagar al proxeneta su parte.

—Pero... —repitió Livia una vez más, mirando hacia la silueta de Fanny acurrucada en la cama más próxima.

—¿Los riesgos? ¿Lesiones, enfermedades, lo desagradable que llega a ser? —inquirió Hester—. Asómese a uno de esos talleres cuando tenga ocasión y dígame si allí están mejor. Están abarrotados, mal iluminados, sucios. Allí hay tantas o más enfermedades. De otra clase, tal vez, pero no por ello menos graves. La muerte es la muerte, cualquiera que sea su causa.

—¿No puede hacer nada por mí? —preguntó Livia en voz baja, con una mezcla de aturdimiento y algo semejante a la humildad en su mirada—. ¿Preguntar, al menos?

—Preguntaré —prometió Hester, llevada una vez más por la compasión—. Pero, por favor, no abrigue esperanzas. No creo que nadie lo sepa. Y, además, si vino por un asunto de negocios, seguro que no tuvo nada que ver con ninguna de estas mujeres. La policía dice que lo encontraron en la... casa... de Abel Smith en Leather Lane, pero Abel jura que ninguna de sus mujeres lo mató. Puede que diga la verdad y que lo asesinara la persona con quien se había citado.

Odiaba decir lo que sabía casi a ciencia cierta que era pura mentira. Aunque con toda probabilidad nadie sabría nunca quién había matado a Baltimore y mucho menos por qué, de modo que su hija podría aferrarse a sus ilusiones.

—Tuvo que ser así —dijo Livia, cogiendo al vuelo aquel atisbo de esperanza como si de un salvavidas se tratase—. Gracias por su lógica y su sensatez, señora Monk.

Hester aprovechó aquella pequeña ventaja, aunque sólo en parte por Livia.

—¿Cree que su hermano dejaría de pedir con tanta insistencia a la policía que saquen a esas mujeres de las calles? —insinuó—. Es probable que el asunto no tenga nada que ver con ellas, y si se sienten acosadas será más difícil que se decidan a hablar.

—Pero ¿y si no saben nada...? —comenzó Livia.

—Puede que no hayan visto nada —admitió Hester—, pero acabarán por enterarse. En estos barrios las noticias vuelan.

—No lo sé. Jarvis no atiende a...

Antes de que terminara de hilvanar sus pensamientos la puerta de la calle se abrió de golpe y un muchacho gritó pidiendo ayuda, con la voz ronca de pánico. Estaba pálido, con el flequillo caído en la frente por la lluvia, y llevaba una camisa gastada y empapada adherida a su pecho delgado.

Livia giró en redondo y Hester se levantó justo cuando un hombre muy corpulento entraba dando traspiés con una mujer en brazos. Estaba pálida como el papel, tenía los ojos cerrados y su cabeza colgaba como si hubiese perdido la conciencia.

—Póngala allí —indicó Hester, señalando la mesa grande y vacía.

—¿No tiene una cama? —El hombre reprimió un sollozo; la ira que lo embargaba era mucho menos dolorosa que el terror que sentía.

Hester estaba acostumbrada a toda suerte de sentimientos descontrolados y tenía por norma no juzgarlos ni responder a los poco oportunos.

—Tengo que ver qué tiene —explicó—. Necesito una superficie dura y buena luz. Póngala ahí.

El hombre obedeció; imploraba ayuda con los ojos, una respuesta que fuese más allá de lo que imaginaba.

Hester contempló a la muchacha que yacía delante de ella. El hombre la había depositado con tanto cuidado como había podido, pero aun así saltaba a la vista que tenía varios huesos rotos. Los brazos y piernas descansaban torcidos; la carne se hinchaba y los moretones se oscurecían mientras Hester observaba. Las venas del cuello y los hombros estaban azules; la piel, cenicienta. Respiraba, pero no movía los párpados.

—¿Puede ayudarla? —preguntó el hombre, con el muchacho pegado a él.

—Lo intentaré —prometió Hester—. ¿Qué ha sucedido? ¿Lo sabe usted?

—¡Alguien le ha dado una paliza de muerte! —exclamó él—. ¿Es que no lo ve? ¿Está ciega o qué le pasa?

—Sí, lo veo perfectamente —dijo Hester, sin apartar la vista de la muchacha—. Lo que quiero saber es cuánto tiempo hace que ocurrió, cómo la encontró, si tiene cortes o cuchilladas. Si usted puede decírmelo sin que tenga que moverla, tanto mejor. Me doy cuenta de cómo tiene los brazos y las piernas. ¿Qué sabemos del resto de su cuerpo? ¿Ha visto dónde le daban puñetazos o patadas?

—¡Por Dios, señora! ¿Cree que le habrían hecho algo si yo lo hubiese visto? ¡Habría matado a ese ca-cabrón si lo hub-hubiese visto! —tartamudeó, en un vano esfuerzo por hallar una palabra lo bastante mala como para expresar la rabia que lo carcomía—. Si no puede ayudarla, al menos no le haga más daño, ¿me oye?

Hester pasó las manos con sumo cuidado por los brazos de la muchacha, palpando los bordes rasposos de hueso ahí donde la carne ya estaba deforme y dañada. Descubrió una fractura en el brazo izquierdo y dos en el derecho. La rodilla izquierda estaba dislocada y había al menos dos huesecillos rotos en el pie derecho. Tenía una clavícula fracturada, aunque poco podría hacer al respecto. Al cortar el tejido de su corpiño, descubrió una magulladura morada de casi un palmo de anchura que le cruzaba las costillas y se prolongaba por debajo de la cintura. Aquello era lo que más temía, una hemorragia interna que no lograse detener. Poseía buenos conocimientos de anatomía, en su mayoría aprendidos en el frente viendo la realidad de los cuerpos despedazados, no en la pulcra y pausada formación de la facultad de Medicina ni en la disección de cadáveres. Aun así, sabía dónde se encontraban las arterias principales y qué podía suceder cuando éstas se dañaban.

—¡Haga algo! ¡Maldita sea! —exclamó el hombre llevado por la desesperación, desplazando su enorme peso de un pie a otro para apaciguar su inquietud.

Hester no respondió y siguió averiguando cuanto pudo sin mover el cuerpo roto de la muchacha. Deseó que Margaret estuviese allí para echarle una mano. Bessie era buena persona, mas no tenía la serenidad de espíritu y las manos firmes de Margaret. Se identificaba demasiado con las mujeres, pues había pasado toda su vida entre ellas. Veía el dolor y el miedo desde dentro, y le resultaba imposible tomar la distancia precisa para prestar ayuda práctica en heridas tan críticas como aquéllas.

—Vaya a buscar al señor Lockwood —ordenó Hester, comprobando que el rostro de Bessie se llenaba de alivio por poder hacer algo útil y, al mismo tiempo, escapar al dolor. Salió a la calle zumbando, sin siquiera llevarse el sombrero.

Hester se volvió hacia Livia, haciendo caso omiso del hombre.

—¡Señorita Baltimore! —dijo con firmeza—. ¿Tendría la bondad de pasarme ese rollo de venda que hay encima de la mesa? Y luego traiga una tablilla de aquel armario de allí. —Señaló con la otra mano—. O mejor, traiga tres.

Livia se puso de pie muy despacio. Estaba tan pálida que parecía que iba a desmayarse.

—Deprisa, por favor —la conminó Hester, con un ademán.

Livia hizo lo que le pedía, moviéndose aún como si estuviese soñando, cogiendo a tientas la venda y separando el extremo para luego dirigirse al armario. Acto seguido, regresó con tres tablillas y tendió una a Hester.

Hester la cogió.

—Ahora hágame el favor de sujetar los hombros de la muchacha, ¿quiere? Apóyese en ellos. Necesito que permanezcan inmóviles.

—¿Cómo dice?

—¡Obedezca! Apoye su peso en los hombros de ella. Con firmeza pero con cuidado. —Levantó la vista—. ¡Vamos! Voy a recolocar estos huesos de modo que se suelden de la forma más recta posible. Necesito que alguien la sujete para que no se mueva. Es mucho más caritativo hacerlo mientras aún está inconsciente. ¿Se imagina cuánto le dolerá si esperamos a que recobre el sentido?

Livia estaba petrificada.

—¡No se va a contagiar de ninguna enfermedad! ¡Haga lo que le digo! —la espetó Hester—. Yo sola no puedo. Usted ha venido para averiguar quién mató a su padre. Si ni siquiera es capaz de ver cómo es este mundo, ¿cómo pretende aprender nada acerca de él? ¿Quiere que estas personas la ayuden? Si es así, será mejor que también usted les ayude un poco.

Despacio, aún dando muestras de estar a punto de desmayarse, Livia puso las manos sobre los hombros de la muchacha y se inclinó hacia delante, apoyando el peso de su cuerpo en ellos.

—Gracias —dijo Hester.

Sostuvo el antebrazo con cuidado y, notando el escalofriante chirriar de los huesos, lo enderezó. El joven le pasó la tablilla y las vendas, dejándolas con gesto delicado junto al brazo, y Hester las unió con tanta fuerza como le pareció prudente. Por suerte la piel no estaba dañada, de modo que no había riesgo de suciedad, pero sabía de sobra que podría haber importantes hemorragias internas que ignoraba cómo detener.

Con la renuente ayuda de la aturdida Livia recompuso los demás huesos fracturados. El hombre avivó el fuego y fue en busca de más agua. Hester preparó un emplasto y lo aplicó a las heridas.

—Ahora sólo nos queda esperar —dijo por fin.

—¿Se pondrá bien? —preguntó el hombretón.

—No lo sé —contestó Hester con sinceridad—. Haremos cuanto podamos.

—Esto... —El hombretón tragó saliva—. Perdone si antes he sido un poco brusco con usted. La chica está a mi cuidado, pero no es de por aquí. La mitad del tiempo no sé por dónde anda. —Se pasó la manaza por la cara, como si así intentase borrar sus emociones—. ¡Dios mío! ¿Quién le mandaba insolentarse con nadie? ¡Le he dicho mil veces que mantenga la boca cerrada! Pero las hay que ya no tienen la inteligencia con la que nacieron. ¿Creen que porque un hombre les da dinero va a tratarlas bien? ¡Hay cerdos que piensan que con media corona les compran el alma! ¡Cabrones! —Carraspeó sonoramente como si fuese a escupir, pero cambió de parecer.

—Ahora no puede hacer nada más por ella —dijo Hester con amabilidad—. Lo mejor será que regrese a casa. —Se volvió hacia Livia Baltimore—. Y usted también debería irse. Supongo que su carruaje seguirá esperándola cerca de aquí.

—Sí —repuso Livia en voz muy baja.

Hester se preguntó cómo la recibiría su doncella. Probablemente se mostraría glacial, haciendo gala de una desaprobación que no osaría expresar, aunque sin duda hallaría el momento de dar parte a la mañana siguiente, llenando de desazón a la impedida señora Baltimore con un indignado relato de todo el episodio. Livia iba a necesitar todo el coraje y la paciencia del mundo para lidiar con aquello.

—Gracias por su colaboración —dijo Hester con un atisbo de sonrisa—. Si me entero de algo que pueda serle útil, se lo referiré a la policía.

Livia sacó una tarjeta del bolso de mano y se la tendió.

—No deje de hacerlo. Escriba o visítenos.

—Lo haré —prometió Hester, consciente de que Livia no las tenía todas consigo.

—La acompañaré hasta su coche —propuso el hombretón.

Livia se mostró asustada y acto seguido aliviada. Un destello que bien pudo ser de humor iluminó su mirada.

—Gracias —aceptó, y salió por la puerta hacia Coldbath Square escoltada por el hombre.

Diez minutos más tarde Bessie regresó con Lockwood, cansado y despeinado, como de costumbre, pero perfectamente dispuesto a ayudar.

—¡No come bastante! —le reprendió Bessie, dando la impresión de haber estado haciéndolo desde que lo encontrara—. ¡Lo que necesita es un buen filete y empanada de riñones! —Se acercó a la estufa—. Le prepararé un té. No puedo hacer más. ¡Pero es todo culpa suya!

No explicó a qué se refería, y Lockwood miró a Hester con expresión irónica y afectuosa a la vez. Lockwood comprendía a Bessie mejor que ella misma.

Hester le refirió lo que había hecho por la recién llegada y lo llevó junto a ella.

Lockwood la examinó con detenimiento, tomándose su tiempo, pero no supo decirle lo único que le urgía saber, esto es, si había hemorragia interna o no.

—Lo siento —se disculpó, al tiempo que sacudía la cabeza y la miraba compungido—. No lo sé, sencillamente. Pero si no empeora durante la noche, es posible que sobreviva. Regresaré hacia el mediodía. Hasta entonces, ni usted ni yo podemos hacer nada más por ella. Ha realizado un buen trabajo con los huesos.

Eran poco más de la siete cuando Hester despertó para encontrar a Bessie junto a su cama, con los ojos brillantes; su pelo luchaba por zafarse del apretado moño y tenía el vestido más arrugado que de costumbre.

—¡Ha vuelto en sí! —dijo con su penetrante susurro—. Tiene mal aspecto, la pobre. Mejor que vaya a verla. He puesto agua a calentar. A usted también parece que acaben de sacarla del depósito de cadáveres.

—Gracias —dijo Hester con una pizca de aspereza, mientras se incorporaba con una mueca.

Le dolía la cabeza y estaba tan cansada que se sentía peor que antes de acostarse. Apoyó los pies en el suelo y se levantó, cobrando conciencia de la muchacha que yacía en la otra cama, a pocos metros de ella, con los ojos abiertos y el rostro tan blanco que apenas si se distinguía de la almohada.

—No se mueva —le indicó Hester con ternura—. Aquí está a salvo.

—Estoy rota por dentro —musitó la muchacha—. ¡Dios mío, cómo duele! —Su voz era dulce, su dicción muy clara, no como la de quienes trabajaban en aquellas calles.

—Lo sé, pero no tardará en reponerse —le aseguró Hester, esperando que fuese verdad.

—No me diga eso —suplicó la muchacha con resignación—. Me estoy muriendo. Supongo que éste es mi castigo. —No miró a Hester, sino que mantuvo la vista fija en el techo.

Hester puso suavemente una mano sobre la de la muchacha.

—Los huesos sanarán —dijo—. Me consta que ahora le duelen, pero cada vez será más llevadero. ¿Cómo debo llamarla?

—Alice. —De pronto se le llenaron los ojos de lágrimas, aunque se encontraba demasiado débil y cansada como para sollozar. También estaba demasiado rota como para poder abrazarla.

—Ahora tiene que descansar —dijo Hester, ansiando poder hacer algo más por ella—. Aquí está a salvo. No la dejaremos sola. ¿Quiere que avise a alguien?

—¡No! —Se volvió hacia Hester con expresión temerosa—. ¡Por favor!

—No lo haré si usted no quiere —le prometió Hester—. No se preocupe.

—No quiero que nadie lo sepa —prosiguió Alice—. Deje que me muera aquí y que me entierren... dondequiera que lleven a quien nadie conoce. —Lo dijo sin ninguna autocompasión. No pedía ayuda sino un final, privacidad.

Hester no tenía ni idea de si se recobraría o no. Tampoco estaba segura de cómo ayudarla ni de si podría hacerlo. Tal vez lo mejor fuese dejarla en paz, aunque eso no iba con ella. Su propio instinto de supervivencia le impedía permitir que otra persona se diera por vencida. Si la derrotaban sería distinto, pero eso aún no había pasado.

—¿Quién le ha hecho esto? —preguntó—. ¿No quiere que lo detengan antes de que se lo haga a otra persona?

Alice volvió un poco la cabeza.

—No hay quien lo detenga. Nadie puede.

—Se puede detener a cualquiera, si se sabe cómo, y somos muchos los que lo intentamos —sentenció Hester con decisión—. Ayúdenos. ¿De quién se trata?

Alice volvió a apartar la vista.

—No podrán. Estaba en su derecho. Le debo dinero. Pedí demasiado prestado y luego no pude pagar.

—¿A quién? ¿A su proxeneta?

Alice levantó la vista al techo.

—Qué más da que lo sepa. Ahora ya no puede hacerme nada. Pero no sé cómo se llama, me refiero a su nombre verdadero. Entonces era una mujer decente, ¡institutriz! ¿Se lo imagina? Me dedicaba a enseñar a hijos de caballeros, en Kensington. Y me enamoré. —Hablaba con una amargura insondable y su voz era poco más que un susurro, lo que obligaba a Hester a aguzar el oído—. Nos casamos. Tuvimos seis meses de felicidad, y entonces, un día, me di cuenta de que jugaba. Decía que no podía evitarlo. Quizá fuese verdad. En fin, no lo dejó... Y empezó a perder. —Inspiró profundamente y dio un grito ahogado de dolor.

Hester aguardó.

—Pedí prestado para pagar sus deudas... —continuó al fin—, y luego me abandonó —prosiguió Alice—. Sólo que yo aún tenía que devolver el dinero. Entonces fue cuando el prestamista me dijo que podía encargarse de que cuidaran de mí en las calles..., sobre todo... si iba a cierto burdel. Allí satisfacen a los hombres que buscan chicas de las que llaman limpias..., que sepan hablar bien y cómo comportarse. Pagan mucho dinero por ellas. Así podría saldar mi deuda y volver a ser libre.

—Y usted fue... —dijo Hester despacio. Resultaba tan fácil de comprender el dolor que sentía la muchacha, su miedo, las ansias de librarse de la desesperación y creer en las promesas. El precio quizá no pareciese mucho más alto que la alternativa.

—Al principio, no —contestó Alice—. Aguanté otros tres meses. Para entonces la deuda se había duplicado. De eso hace dos años.

Guardó silencio.

Bessie se acercó con una taza de caldo e interrogó a Hester con los ojos.

Hester miró a Alice.

—Pruebe a tomar un poco —propuso.

Alice no se molestó en contestar. Estaba sumida en sus pensamientos, recordando la pena, el fracaso, quizá más humillación de la que jamás podría olvidar.

Hester le sostuvo los hombros con un brazo y la incorporó un poco. Alice jadeó de dolor, pero no ofreció resistencia. Se dejó caer contra Hester, con los miembros entablillados tiesos y el cuerpo rígido.

Bessie le acercó la taza a los labios, con cara de honda preocupación y tanto cuidado que el contacto de sus manos apenas si se percibía como un cálido roce.

Transcurrió un cuarto de hora antes de que se terminara el té. Hester no sabía si le serviría de algo, pero no se le ocurrió qué otra cosa hacer.

Alice cayó dormida y su sueño fue agitado. Iban a dar las nueve cuando Margaret llegó. Su optimismo acerca de la recaudación de fondos se desvaneció en cuanto Hester le refirió lo sucedido por la noche.

—¡Eso es monstruoso! —exclamó hecha una furia—. ¿Me está diciendo que ahí fuera hay alguien que presta dinero a mujeres decentes que se ven en apuros económicos, y que luego exige que le salden la deuda trabajando en un burdel que suelen frecuentar hombres a quienes les gusta servirse de mujeres que ellos creen decentes para... ¡Dios sabe qué!?

—Y ahora, con policías por todas partes, no encuentran clientes con los que pagar, y por eso les dan estas palizas —terminó Hester por ella—. Sí, eso es exactamente lo que quiero decir. Casi seguro que Fanny también es una de ellas, sólo que está demasiado asustada para contárnoslo. —Se acordó de Kitty, que también hablaba bien y se conducía con orgullo—. A saber cuántas más habrá ahí fuera.

—¿Qué vamos a hacer? —preguntó Margaret, convencida de que iban a hacer algo. No esperaba menos de Hester, su rostro lo dejaba bien claro, así como su mirada valerosa y franca.

Hester no quería decepcionarla, como tampoco a aquellas mujeres que confiaban en que sería capaz de hacer lo que ellas no podían. Aunque esos motivos eran triviales. Por encima de todo, planeaba el mal que tan poco le costaba imaginar infligido a cientos de mujeres que conocía, o incluso a sí misma, a poco que su suerte hubiese sido algo distinta.

—No lo sé —reconoció—. Todavía no. Pero lo haremos.

Preguntaría a Monk. Era listo, imaginativo, y jamás se rendía. Una leve calidez se adueñó de su ser ante la certeza de contar con su ayuda. Monk aborrecería aquella situación exactamente con el mismo encono que ella.

—Lo haremos —repitió.

3

Antes de que Hester regresara de Coldbath Square la mañana siguiente a la agresión contra Alice, Monk recibió a una nueva clienta en Fitzroy Street. Entró en la habitación con el aire de tensión y nerviosismo rigurosamente controlado del que casi todos sus clientes daban muestra. Calculó que tendría unos veintitrés años. No es que fuese agraciada, aunque su porte emanaba tanto garbo y vitalidad que necesitó unos instantes antes de darse cuenta. Iba vestida con una falda negra y una chaqueta entallada a juego, cuya tela, pese a su discreción, debía de ser costosa a juzgar por la caída. Llevaba un bolso de mano mucho mayor de lo habitual, cuadrado y de unos treinta centímetros de lado.

—¿El señor Monk? —preguntó, como mera formalidad. La determinación de su actitud dejaba claro que estaba allí porque sabía quién era él—. Me llamo Katrina Harcus. Tengo entendido que efectúa investigaciones por encargo, a título privado. ¿Me han informado bien?

—Es un placer, señorita Harcus —saludó, indicando con un ademán uno de los amplios y confortables sillones que flanqueaban la chimenea.

El fuego estaba encendido. Pese a ser ya primavera, a primera hora de la mañana y por la noche todavía hacía un poco de frío, más aún si uno permanecía largo tiempo sentado o se hallaba angustiado por algo.

—Su información es correcta. Siéntese, por favor, y dígame en qué puedo servirle —añadió Monk.

La joven aceptó el ofrecimiento, dejando el bolso a sus pies. La forma y dimensiones de éste hicieron suponer al detective que contenía algún tipo de documentos, lo cual aún hacía más inusual a aquella mujer. La mayoría de las mujeres que acudían a él lo hacían por asuntos personales más que de negocios: joyas extraviadas, un sirviente que no inspiraba confianza, un futuro yerno o nuera sobre quien deseaban saber más pero sin ponerse en evidencia preguntando a su círculo de amistades.

Monk se sentó frente a ella.

Katrina Harcus carraspeó como para disipar su nerviosismo y comenzó a hablar en voz baja y clara.

—Estoy a punto de comprometerme en matrimonio con el señor Michael Dalgarno. —Sonrió al pronunciar el nombre, y el brillo de sus ojos puso de manifiesto sus sentimientos, si bien prosiguió sin dar pie a una posible felicitación por parte de Monk—. Es socio de una gran empresa de tendido de vías férreas. —Aquí se le endureció el semblante, y Monk se dio cuenta de que su inquietud iba en aumento. Tenía la costumbre de observar a la gente con minuciosidad: el ángulo de la cabeza, las manos tensas o relajadas, las sombras de una expresión..., cualquier cosa que le indicase cuáles eran las emociones que su interlocutor escondía tras las palabras.

No la interrumpió.

Katrina hizo una inspiración profunda y soltó el aire sin el menor ruido.

—Esto me resulta muy difícil, señor Monk. Necesito hablar en confianza, con la misma reserva que si fuese usted mi consejero legal. —Lo miró fijamente. Sus ojos eran muy hermosos, pardos con reflejos dorados.

—No puedo ocultar un crimen, señorita Harcus, si

tengo pruebas de que se ha cometido —advirtió—. Por lo demás, todo lo que me cuente quedará entre usted y yo.

—Es lo que me habían dicho. Perdone que haya tenido que asegurarme por mí misma, pero es que me dolería mucho que alguien llegara a enterarse de lo que quiero contarle.

—Mientras no sea para encubrir un crimen, nadie se enterará.

—¿Y si hubiera un crimen de por medio? —preguntó aguantando la mirada y con bastante firmeza, aunque casi en un susurro.

—Si se trata de la planificación de un crimen, debo procurar impedirlo a toda costa, informando a la policía si es preciso —contestó Monk—. Si el crimen ya se ha perpetrado, mi obligación es poner al corriente a las autoridades de cuanto sepa, siempre y cuando esté seguro de que es cierto. De lo contrario me convertiría en cómplice.

Le picó la curiosidad. ¿Qué clase de ayuda iba a solicitarle aquella muchacha tan serena? Su comportamiento resultaba inusual y todo parecía indicar que su petición lo sería aún más. Fue consciente de que se llevaría un disgusto si, finalmente, le proponía un caso que no estuviera en condiciones de aceptar.

—Lo comprendo. —Katrina asintió con la cabeza—. Lo cierto es que temo que se cometa un crimen, y mi deseo es que usted lo impida, si eso es posible. Si estuviera capacitada para hacerlo yo misma, lo haría. No obstante, mi mayor preocupación es proteger a Michael, el señor Dalgarno. Puede que esté equivocada, desde luego, pero tanto si lo estoy como si no, ¡nadie debe enterarse de mis sospechas!

—Por supuesto —convino Monk, deseoso de ahorrarle una explicación que a todas luces le dolía—. Si son inocentes resultaría cuando menos embarazoso, y si son culpables no debemos ponerles sobre aviso.

—Percibió alivio en la expresión de Katrina y constató su rapidez de comprensión—. Cuénteme qué le da miedo y por qué, señorita Harcus.

La muchacha titubeó, reticente a dar el paso definitivo que la comprometería. Era fácil comprenderla, de modo que Monk aguardó en silencio.

—Es algo que he deducido a partir de cosas que el señor Dalgarno me ha contado en nuestras conversaciones —comenzó, sin apartar sus ojos de los de Monk, juzgando con atención sus reacciones—. Retazos de información que he oído sin querer..., y también estos documentos que traigo conmigo para que usted los lea y saque sus conclusiones. Yo... —Apartó la vista por primera vez—. Los he cogido..., o robado, si lo prefiere.

Monk se guardó de manifestar sorpresa.

—Entiendo. ¿De dónde?

Katrina levantó la vista.

—De casa del señor Dalgarno. Estoy muy preocupada por él, señor Monk. Me parece que hay algo fraudulento en el tendido de la nueva vía de ferrocarril, y me da mucho miedo que él pueda estar implicado, aunque estoy convencida de que es inocente..., o al menos... estoy casi segura. A veces las buenas personas ceden a la tentación de hacer la vista gorda cuando sus amigos están envueltos en algo ilícito. En ocasiones las lealtades están... mal ubicadas, sobre todo cuando debes buena parte de lo mejor de tu vida a la generosidad y la confianza que otra persona ha depositado en ti.

Miró a Monk de hito en hito, como juzgando hasta qué punto había comprendido sus palabras.

Tras escucharla, Monk sintió que un lejano recuerdo lo asaltaba, pero mantuvo el rostro inexpresivo. No podía contarle hasta qué punto conocía esa clase de compromiso ni cuánto dolía quebrantarlo.

—¿El señor Dalgarno sacaría provecho de ese fraude? —preguntó con ecuanimidad.

—Sin duda. Es socio adjunto de la empresa, de modo que si ésta gana más dinero, él también. —Se inclinó levemente hacia delante; fue un movimiento apenas perceptible, pero su expresión no perdió un ápice de seriedad—. Daría todo lo que tengo por demostrar su inocencia y protegerlo de futuras responsabilidades, si es que las hay.

—¿De qué se ha enterado exactamente, señorita Harcus, y por boca de quién?

Había algo en la mención del ferrocarril que le removía un antiguo recuerdo: luz y sombras, desazón, la conciencia de un mal trago anterior al accidente. Había reconstruido su vida desde entonces, creando algo nuevo y bueno, reconociendo y haciendo encajar los datos sobre sí mismo que había ido descubriendo y los recuerdos fragmentarios que recuperaba. Pero la inmensa mayoría de su pasado estaba perdida como un sueño en algún rincón de su mente, y lo asustaba, porque le era desconocido. El resultado de sus pesquisas no siempre era agradable: un hombre movido por la ambición, implacable, inteligente, valiente, más temido que apreciado.

Katrina lo observaba con sus penetrantes ojos dorados, aunque la consumía su propio desasosiego.

—De grandes beneficios que deben guardarse en secreto —contestó Katrina—. La nueva línea estará terminada muy pronto. Ahora trabajan en la última conexión y, cuando acaben, ya estará lista para abrirla.

Monk se esforzaba por encontrar sentido a todo aquello, por comprender en qué se fundaban las sospechas de la señorita Harcus.

—¿Acaso no es lo normal obtener grandes beneficios de una empresa de ese tipo?

—Por supuesto, pero eso no es motivo para guardarlos en secreto y además... hay otra cosa que aún no le he contado.

—¿Y qué es?

Katrina lo escrutaba como si cada inflexión, por minúscula que fuese, revistiera gran importancia para ella. Su preocupación por Dalgarno era tan profunda, que la inquietud por su implicación en el supuesto fraude le importaba más que cualquier otra cosa. Un juicio erróneo por parte de Monk constituiría un desastre.

Katrina por fin se decidió.

—Si en efecto ha habido fraude, y éste guarda relación con la compra de tierras, sería algo moralmente reprobable —dijo—. Pero si tiene que ver con el propio tendido de la vía, o con la construcción de puentes y viaductos, y se hace algo que no es correcto, relacionado con el diseño o los materiales empleados... ¿No se da cuenta, señor Monk, de que las consecuencias podrían ser mucho más graves, incluso terribles?

Un recuerdo asomó a su conciencia por un instante tan breve que Monk ni siquiera estuvo seguro de no haberlo imaginado, como si se tratase de una zona oscura en los confines de la mente.

—¿En qué clase de consecuencias está pensando, señorita Harcus?

Katrina exhaló un suspiro y tragó saliva.

—Lo peor que logro imaginar, señor Monk, es que un tren descarrilara y se estrellara. Podrían morir docenas de personas, incluso cientos... —Se interrumpió. La idea era demasiado espantosa como para continuar.

Un accidente de ferrocarril. Aquellas palabras removieron algo dentro de Monk, como si una brillante y horrible daga le atravesara la mente. No entendía por qué. Sin duda se trataba de algo espantoso, pero ¿acaso era peor que un naufragio o que cualquier otra clase de desastre, fuese natural o provocado por el hombre?

—¿Lo comprende? —La voz de Katrina le llegó desde muy lejos.

—¡Sí! —respondió Monk bruscamente—. Claro que

lo comprendo. —Se obligó a concentrarse de nuevo en la mujer que tenía delante y en su problema—. Tiene miedo de que algún fraude relacionado con el tendido de la vía férrea, sea por las tierras por las que pasa o por los materiales empleados, provoque un accidente en el que muchas personas podrían perecer. Piensa que el señor Dalgarno quizás esté implicado, a pesar de considerar en extremo improbable que sea moralmente culpable. Su deseo es que yo averigüe la verdad sobre el asunto antes de que suceda algo irreparable, a fin de evitarlo.

—Perdóneme —susurró Katrina, aunque sin bajar la mirada—. No debería haber dudado que me había comprendido. Eso es justo lo que quisiera. Por favor..., antes de seguir hablando, me gustaría que examinase los papeles que he traído. No me atrevo a dejarlos aquí por si los echan en falta, pero creo que son relevantes.

Cogió el bolso que tenía a los pies y lo apoyó en su regazo. Lo abrió y sacó unas quince o veinte hojas de papel, y se las tendió, inclinándose hacia delante.

Monk las cogió con un gesto casi automático. La primera estaba doblada en dos. La desplegó. Era un plano topográfico que abarcaba una vasta extensión de terreno, en su mayor parte bastante accidentado, atravesada por una vía férrea trazada con suma precisión. Le llevó unos instantes reconocer los topónimos. Aquello estaba en Derbyshire, más o menos a medio camino entre Londres y Liverpool.

—¿Ésta es la vía férrea que está tendiendo la empresa del señor Dalgarno? —preguntó Monk.

Katrina asintió con la cabeza.

—Sí. Atraviesa parajes muy hermosos, y enlaza zonas mineras con las grandes ciudades. Será muy utilizada, tanto por trenes de mercancías como de pasajeros.

Monk no repitió su comentario sobre los beneficios que aquello reportaría. Ya lo había dicho una vez. Miró el siguiente papel, que, por tratarse del plano de un sector mucho más pequeño de la misma región, era mucho más detallado. En los ángulos figuraban las coordenadas cartográficas, y debajo la escala empleada. Cada elevación o depresión del terreno estaba indicada y, en la mayoría de los lugares, también la composición del suelo y las rocas por debajo de la superficie. Mientras lo contemplaba experimentó una sensación de familiaridad, como si ya lo hubiese visto antes. Sin embargo, hasta donde él sabía, jamás había puesto los pies en Derbyshire. Los nombres de los pueblos y ciudades le eran desconocidos, y aunque algunas de las cumbres más altas aparecían identificadas, no le decían nada.

Katrina Harcus aguardaba en silencio.

Monk fue examinando los papeles, uno tras otro. Eran escrituras de compraventa de parcelas de tierra. Había visto documentos como aquéllos con cierta frecuencia. Se necesitarían muchos de ellos para tender una vía férrea. La tierra siempre pertenecía a alguien. Los ferrocarriles tenían que parar en las ciudades para ser de alguna utilidad, y la vía de entrada y salida atravesaba zonas que casi siempre estaban urbanizadas. Conseguir el derecho de tránsito preciso solía convertirse en un asunto largo y trabajoso.

Algunos entusiastas creían que los derechos del progreso invalidaban cualquier otra consideración. Toda construcción que se interpusiera en el camino del ferrocarril debía demolerse, tanto se tratara de iglesias y abadías antiguas como de monumentos históricos, obras maestras de la arquitectura o residencias particulares. Otros adoptaban el punto de vista contrario y detestaban el ruido y la destrucción con tanta vehemencia que en ocasiones recurrían a la acción.

Pasó las hojas hacia atrás hasta volver al plano. Entonces cayó en la cuenta de qué era lo que había sobresaltado su memoria; no era ni mucho menos el territorio, sino el hecho de que se tratara de un plano topográfico.

Había visto con anterioridad planos como aquél, en los que aparecía una línea de ferrocarril trazada a lápiz. Guardaba relación con Arrol Dundas, el hombre que había sido su amigo y mentor cuando salió de Northumberland en su mocedad para instalarse en el sur, el hombre a quien había debido la clase de lealtad a la que Katrina había aludido poco antes, contrayendo una deuda de honor. Por aquel entonces trabajaba en la banca y estaba resuelto a hacer fortuna en el mundo de las finanzas. Dundas le había enseñado a comportarse como un caballero, a emplear el encanto, la habilidad y su facilidad con los números para aconsejar inversiones y obtener los correspondientes beneficios.

En buena medida había deducido parte de aquel pasado valiéndose de datos aislados que habían emergido en el curso de distintas investigaciones, produciendo recuerdos incompletos e imágenes fugaces que no alcanzaban para armar una secuencia de hechos concatenados. Y siempre traía aparejado un regusto de impotencia y aflicción. Había fracasado de manera terrible, estrepitosa. Mientras observaba el plano volvió a embargarlo una profunda pena. Arrol Dundas estaba muerto. Le constaba. Había fallecido en prisión, deshonrado por algo que no había hecho. Monk había sido incapaz de salvarlo; conocía la verdad y había intentado por todos los medios que alguien le creyera, pero no lo había conseguido.

Ahora bien, no sabía dónde ni exactamente cuándo. En algún lugar de Inglaterra, Monk se había convertido en policía. Su incapacidad para conseguir que se hiciera justicia entonces lo había llevado a ingresar en el cuerpo. Eso era cuanto había averiguado al respecto. Tal vez no había querido saber más. Aquello formaba parte del hombre que había sido antes y ese personaje no le suscitaba demasiado interés ni admiración. Su juventud pertenecía a ese mismo hombre insensible y ambicioso que estaba sediento de éxito, que despreciaba a los débiles y que con demasiada frecuencia no tomaba en cuenta la vulnerabilidad del prójimo. Además, nada de lo que hiciera en la actualidad serviría para ayudar a Dundas o reivindicar su inocencia. Había fracasado entonces, cuando lo sabía todo. ¿Qué iba a ganar ahora?

¡Nada! Lo único que ocurría era que el plano topográfico con el proyecto de ferrocarril y las escrituras de compra de terrenos habían hecho aflorar un pasado del que no sabía nada, casi como si hubiese salido de un sueño para adentrarse en él, como si ese pasado fuese la realidad y lo acaecido desde entonces pura imaginación.

Tras ese momento de introspección, Monk se encontró de nuevo en el presente, en su casa de Fitzroy Street, sosteniendo un pliego de documentos y mirando a una muchacha atribulada que quería que él demostrara al mundo, y quizás ante todo a ella misma, que el hombre con quien iba a casarse no era culpable de fraude.

—¿Tiene inconveniente en que copie algunos de estos datos, señorita Harcus? —preguntó Monk.

—Al contrario —respondió Katrina con vehemencia—. Me encantaría que se quedase con estos papeles, pero los echarían de menos.

—Naturalmente.

Monk admiraba el coraje y el temple que había demostrado su nueva cliente al habérselos llevado. Se levantó y fue en busca de papel y pluma a su escritorio, sin olvidar el tintero, depositándolo todo sobre una mesita junto a su sillón. Con rapidez tomó notas del primer mapa, y luego del segundo, apuntando las coordenadas cartográficas, los nombres de las principales ciudades y los accidentes geográficos más destacados de la ruta.

De los otros documentos copió las superficies, precios de los terrenos adquiridos y nombres de los propietarios de éstos. Luego revisó el resto de papeles que Katrina le había entregado. Encontró pedidos de aprovisionamiento y recibos a cuenta de ingentes cantidades de materiales como madera, acero y dinamita, así como de herramientas, carromatos y caballos, e interminables listas salariales de los peones que abrían el camino, construían puentes y viaductos y tendían las vías, y, para finalizar, otras tantas de los mozos de cuadra, los herreros, los carreteros, los carpinteros y los agrimensores, sin olvidar una docena más de proveedores y artesanos.

Se trataba de una empresa de gran envergadura. Las cifras que se barajaban sumaban una fortuna. Ahora bien, la construcción de vías férreas siempre corría pareja con la especulación y la relación entre el capital y el riesgo; se ganaba o se perdía todo. Por eso atraía a hombres como Arrol Dundas, que poseían las aptitudes necesarias y estaban dispuestos a exponerse.

Arrol Dundas en el pasado, Dalgarno ahora y Monk tal como había sido muchos años atrás.

Tenía que leer los documentos detenidamente, se dijo a sí mismo. Con las notas no bastaba. Si contenían algo fraudulento no estaría reflejado de modo que cualquiera lo detectara. En tal caso, la propia Katrina Harcus habría sabido verlo y, muy probablemente, lo habría entendido. A no ser, por supuesto, que lo hubiese comprendido pero se sintiera incapaz de enfrentarse a Dalgarno, y que necesitara a Monk para pararle los pies antes de que fuese demasiado tarde.

Repasó las facturas y los recibos con paciencia de contable. Los gastos parecían razonables. La firma de Michael Dalgarno aparecía en un par de ocasiones; el resto eran de Jarvis Baltimore. Las sumas cuadraban y no faltaba ninguna partida. Cierto que algunos terrenos se habían adquirido a precio elevado, pero se trataba de los tramos donde antes había casas, viviendas de obreros y granjas arrendadas. El precio se ajustaba bastante al valor de las propiedades.

Revisó las dos últimas previsiones de jornales para los peones. Encajaban con lo que solía pagarse a los obreros cualificados. Siguió leyendo la lista por encima. Los mamposteros percibían veinticuatro chelines a la semana, igual que los albañiles, los carpinteros y los herreros. Los peones que empleaban pico cobraban diecinueve chelines y los que trabajaban con pala, diecisiete. Estos dos últimos jornales quizá fuesen un poco altos. Comprobó la firma a pie de página; correspondía a Michael Dalgarno. ¿Cabía considerar como fraude uno o dos chelines en el salario de los picapedreros?

Pasó a la última relación de salarios. Los picapedreros cobraban veinticuatro chelines y los paleadores veintidós chelines y seis peniques. La firma era de... Sintió un martilleo en la cabeza. Pestañeó, sin conseguir enfocar la vista. Ahí estaba, delante de él: ¡William Monk!

Oyó que Katrina Harcus decía algo, pero no percibió más que un rumor confuso.

Aquello carecía de sentido: ¡su nombre estampado en el recibo! ¡Y de su puño y letra! Había perdido su pasado en 1856, pero a partir de entonces lo recordaba todo tan bien como cualquier otro. ¿Y la fecha? ¿De cuándo era ese documento? Podría demostrar que no tenía nada que ver con aquello.

¡La fecha! Figuraba arriba, justo debajo del nombre de la empresa. Baltimore & Sons, 27 de agosto de 1846. Diecisiete años atrás. ¿Por qué estaba aquel recibo mezclado con los actuales? Levantó la vista hacia Katrina Harcus y la vio observándole con ojos brillantes, a la expectativa.

—¿Ha encontrado algo? —preguntó ella entrecortadamente.

¿Debía decírselo? Se estremeció sólo de pensarlo. Aquel miedo era suyo y debía permanecer en secreto hasta que lo comprendiera. A ella sólo le preocupaba Dalgarno. Alguien había cogido una hoja de más de modo fortuito y un viejo recibo se había mezclado con los de aquel proyecto. Era pura coincidencia que se tratara de la misma empresa. Aunque, bien pensado, ¿por qué no iba a ser la misma? No había muchos fabricantes y constructores en el sector ferroviario. Y se trataba de la misma región, al noroeste de Londres. En realidad no era tanta casualidad.

—Todavía no —dijo con la boca seca; le costaba trabajo hablar—. Las cifras parecen correctas, pero tomaré nota de todos los datos y los investigaré. Ahora bien, a juzgar por lo que tenemos aquí, yo diría que no hay ninguna irregularidad.

—Les he oído hablar de beneficios inconmensurables, muy por encima de lo habitual —explicó Katrina con ansiedad, arrugando la frente—. Si estuviera reflejado ahí —señaló los documentos—, quizá lo hubiese encontrado yo misma. Pero tengo mucho miedo, señor Monk, ante todo por Michael, por su reputación y su honor, incluso por su libertad. Un hombre puede ir a prisión por fraude...

Monk sintió que un frío glacial recorría su cuerpo. ¡Él lo sabía mejor que nadie! Como si sólo hiciera unos días, horas incluso, vio el rostro pálido de Dundas en el banquillo de los acusados mientras dictaban su sentencia. Rememoró la última vez que se despidieron. Y sabía perfectamente dónde se encontraba él cuando la señora Dundas le comunicó el fallecimiento de su marido. Había ido a visitarla. Estaba sentada en el comedor. Recordaba con toda exactitud la luz del sol que entraba por las ventanas y que brillaba con fuerza en las vitrinas, impidiendo ver con claridad los perros de porcelana de Staffordshire que contenían. El té se había enfriado. Llevaba horas sentada a solas, dejando transcurrir el tiempo, como si el mundo se hubiese parado.

—Sí, me consta —observó Monk de repente—. Comprobaré minuciosamente las adquisiciones de terrenos, la calidad de los materiales y que lo construido se ajuste a lo que se especifica aquí. Si hay algo que pueda provocar o contribuir a que se produzca un accidente ferroviario lo descubriré, señorita Harcus, se lo prometo.

Fue bastante precipitado decir aquello y se dio cuenta en cuanto lo hubo dicho, pero su ímpetu pudo mucho más que la advertencia de cautela que oyó en su interior.

Katrina se relajó y, por primera vez desde que había entrado en la estancia, sonrió. Fue algo deslumbrante, intensamente vivo, que transformó su rostro hasta hacerlo parecer hermoso. Se puso de pie.

—Gracias, señor Monk. Nada podría hacerme tan feliz como lo que acaba de decirme. Estoy convencida de que hará cuanto espero. De hecho, es usted tal como me figuraba.

Katrina aguardaba a que le devolviera los papeles. ¿Podría quedarse el que llevaba su firma? No. Ella lo observaba. Era imposible.

La muchacha tomó el pliego que Monk le tendió y lo metió en el bolso. Acto seguido sacó cinco libras de oro de su monedero y se las ofreció.

—¿Será suficiente como anticipo por sus servicios?

Monk tenía los labios secos.

—Por supuesto. ¿Cómo me pongo en contacto con usted para informarla de lo que averigüe, señorita Harcus?

Katrina volvió a ponerse seria.

—Debo actuar con la mayor discreción. Es fundamental que el señor Dalgarno y, por supuesto, la familia Baltimore, no sepan ni por asomo que abrigo esta sospecha, tal como sin duda usted comprenderá.

—Por descontado.

—No sé en quién puedo confiar, ni cuáles de mis amigos se verían en un conflicto de lealtades si se enteraran de mis temores. Por consiguiente, pienso que sería prudente por mi parte no imponer semejante carga a nadie. Si le parece, iré todas las tardes a los jardines de la Royal Botanic Society a las dos en punto, a partir de pasado mañana, hasta que usted dé señales de vida. —Esbozó una sonrisa—. Para mí no supone ningún inconveniente. Siempre he tenido mucha afición por las plantas y mi presencia allí no sorprenderá a nadie. Gracias, señor Monk. Buenos días.

—Buenos días, señorita Harcus. La veré allí en cuanto tenga algo que contarle.

Siguió sentado un buen rato después de que ella se marchara, leyendo una y otra vez sus notas. Aparte de la orden de compra firmada por él mismo, las demás no tenían nada de raro. Todo era tal como él había supuesto. Obviamente, no constituían más que un botón de muestra de la ingente cantidad de documentos similares que se generaban durante años de actividad. Pero ¿acaso alguien sería tan descarado como para modificar los recibos de modo que cualquiera que los revisara pudiera detectar discrepancias? En caso de haberlas, las diferencias serían entre lo que decía el papel y la realidad. Eso supondría desplazarse hasta Derbyshire e inspeccionar la vía personalmente.

Por otra parte, suponiendo que el fraude residiera en la adquisición de terrenos, lo que era mucho más probable, si acudía a los organismos pertinentes de Derbyshire podría hallar las copias originales de la tasación y comenzar a rastrear los títulos de propiedad, las transferencias de dinero y cualquier otro aspecto relevante de la operación.

Sintió un gran alivio cuando, poco antes de las once, Hester llegó a casa. Estaba agotada, y asustada por los acontecimientos de la víspera. Era más tarde de lo usual y estaba un tanto inquieto. Hizo un esfuerzo para apartar de su mente todo lo referente al ferrocarril, incluso el hecho de que su nombre hubiese aparecido en uno de los recibos. Hester había pasado la noche entera en vela, y era obvio que se moría de ganas de contarle algo con tanto apremio que apenas si aguardó a estar sentada.

—No, gracias —respondió cuando Monk le ofreció

té—. William, alguien está haciendo el más despreciable de todos los negocios en Coldbath. —Procedió a referirle la situación de las muchachas que habían pedido dinero prestado para luego verse obligadas a devolver la suma con unos intereses abusivos, prostituyéndose para satisfacer los caprichos de hombres que buscaban mujeres de buena familia—. Encuentran placer en una clase de humillación que jamás conseguirían sirviéndose de las mujeres de la calle —dijo furiosa—. ¿Qué podemos hacer para poner fin a eso? —Lo miró con los ojos encendidos de ira y las mejillas coloradas.

—No lo sé —respondió Monk con franqueza, y al instante se sintió culpable—. Hester, las mujeres han sido víctimas de tales abusos desde tiempos inmemoriales. No sé cómo combatir eso, salvo de vez en cuando en casos aislados.

Hester no iba a darse por vencida fácilmente. Se sentó en el borde de la butaca, con la espalda muy derecha y el torso rígido.

—¡Tiene que haber algo que podamos hacer! —exclamó.

—No..., no tiene por qué haberlo —corrigió Monk—. Al menos en la justicia de este mundo. Pero si lo hay y das con ello, te ayudaré tanto como pueda. Mientras tanto, tengo un nuevo caso, según parece de fraude en la construcción de vías férreas... —Reparó en la expresión de impaciencia de su esposa—. ¡Te equivocas, no se trata sólo de dinero! —atajó—. El tendido de una vía sobre terrenos obtenidos por medios fraudulentos, sacando un beneficio injusto, es una maniobra ilegal e inmoral; ahora bien, ¿y si la obra se realiza sobre terrenos mal inspeccionados que pueden ceder bajo el peso de un tren cargado de carbón? ¿O si los puentes y viaductos se han construido con materiales de calidad inferior a la prevista o con mano de obra barata? ¡Entonces podría ocurrir un accidente! ¿Alguna vez has pensado cuánta gente muere o resulta herida en un accidente ferroviario? ¿Cuántas personas viajan en un tren de pasajeros?

La impaciencia de Hester se desvaneció. Dejó ir el aire con un leve suspiro.

—Puede que haya fraude en la compra de terrenos; sobre eso no sé nada. Pero los peones conocen los materiales. Nunca construirían algo que no fuese lo bastante bueno, como tampoco lo harían de cualquier manera. —Lo dijo con absoluta certeza, no como si fuese una opinión sino un hecho probado.

—¿Cómo lo sabes? —preguntó Monk, no con condescendencia, sino dando por sentado que Hester le daría una respuesta, no ya porque pensara que la tenía sino porque estaba fatigada y había visto mucho dolor, y no quería atosigarla más.

—Conozco a los peones —contestó Hester, conteniendo un bostezo.

—¿Cómo dices? —Sin duda no había entendido bien—. ¿Qué significa que conoces a los peones?

—En Crimea —dijo Hester, apartándose el pelo de la frente—. Cuando nos quedamos atrapados en el sitio de Sebastopol en el invierno de 1854, a quince kilómetros del puerto de Balaclava y con la única carretera impracticable hasta para las carretas. El ejército se moría de frío mientras lo diezmaba el cólera. —Negó imperceptiblemente con la cabeza, como si el recuerdo aún le pesara—. No teníamos comida, ni ropa, ni medicinas. Enviaron a cientos de peones desde Inglaterra para que nos tendiesen una vía férrea..., y lo hicieron. Sin ninguna otra ayuda, y a lo largo del crudo invierno ruso, trabajaron, maldijeron, pelearon entre sí y, para marzo de 1855, la habían terminado. Una vía doble, con líneas secundarias y todo. Y era perfecta.

Miró a Monk con expresión de orgullo y desafío, como si se tratara de uno de sus hombres, y puede que atendiera a algunos de ellos en caso de accidente o enfermedad.

Monk intentó imaginar a las cuadrillas trabajando para tender una vía a través de las montañas, soportando el frío y la nieve, a miles de kilómetros de casa, para liberar a los ejércitos que no tenían otra vía de escape. Prefirió no pensar en los soldados ni en la incompetencia que había desembocado en semejante situación.

—Nunca me lo habías contado —dijo Monk.

—Nada me había dado pie hasta ahora —respondió Hester, reprimiendo otro bostezo—. Todos eran voluntarios, aunque no creo que los de aquí sean distintos. Pero investígalo. Comprueba si alguna vez se ha producido un accidente por culpa de una mala excavación o por el tendido deficiente de una vía. A ver si encuentras un túnel que se haya hundido o un viaducto que se haya venido abajo, o vías tendidas sobre terrenos inapropiados o con una inclinación equivocada, o cualquier otra cosa mal hecha que sea obra de los peones.

—Así lo haré —convino Monk—. Ahora acuéstate. Has hecho lo que podías. —Se acercó a su esposa y puso las manos sobre las de ella—. No pienses en el usurero y las mujeres. Siempre habrá violencia. Tú no puedes detenerla, lo único que puedes hacer es intentar ayudar a las víctimas.

—¡Eso suena bastante patético! —exclamó con enojo.

—Es como la policía —dijo Monk con una media sonrisa—. Nunca evitábamos que se perpetraran crímenes, nos limitábamos a prender a los culpables después.

—¡Pero los llevabais a los tribunales! —arguyó Hester.

—A veces, no siempre. Haz lo que buenamente puedas, Hester, pero procura no romperte la cabeza con lo que no puedes cambiar.

Se dio por vencida, lo besó en la mejilla y casi dio un traspié camino del dormitorio.

Monk salió de casa y se dirigió al centro para comenzar a recabar la información que le ayudaría a contestar las preguntas de Katrina Harcus. Procuró concentrarse en la labor, pero la imagen de su nombre en el recibo de Baltimore & Sons de diecisiete años atrás lo fastidiaba con la insidia de un sordo dolor de muelas. Ni por un momento pensó que no se trataba de su firma. Había reconocido sin sombra de duda la caligrafía firme y enérgica del hombre que había sido en otro tiempo, antes de contemplarse a sí mismo con mayor detenimiento y entender cómo lo percibían los demás.

Fue a ver a un ejecutivo de un banco mercantil para quien había resuelto un pequeño misterio doméstico.

—¿Baltimore & Sons? —dijo John Wedgewood, disimulando apenas su curiosidad.

Estaban sentados en un despacho revestido de paneles de roble. Sobre una mesa auxiliar había un Tántalo de cristal, pero Monk había declinado cortésmente el whisky que Wedgewood le había ofrecido.

—Una empresa muy respetable. Con un respaldo financiero bastante sólido —prosiguió—. Una verdadera tragedia, sobre todo para la familia. Deduzco que habrán sido ellos quienes le han pedido que investigue. No confían en la policía. —Apretó los labios—. Sabia decisión. Aunque tendrá que moverse con prontitud si pretende evitar el escándalo.

Monk no tenía ni idea de qué le estaba hablando. Debió de hacerlo patente en su expresión, pues Wedgewood se dio cuenta antes de que tuviera tiempo de contestar.

—Encontraron el cadáver de Nolan Baltimore en un burdel de Londres hace dos días —explicó Wedgewood, arrugando la frente con una mezcla de desagrado y algo más, que tanto podía ser compasión como no—. Le debo una disculpa, había dado por sentado que le habían encargado que averiguara la verdad sobre el asunto antes que la policía y, de ser posible, los convenciera de ser discretos.

—No —contestó Monk.

Se preguntó por un instante por qué no había leído nada al respecto en la prensa, pero dio con la respuesta antes de abrir la boca de nuevo. Debía de tratarse del asesinato que Hester le había referido y que había llenado la zona de Farringdon Street de policías para llevar a cabo lo que con toda probabilidad sería una búsqueda infructuosa. Sin duda la prensa no tardaría en descubrir el motivo de tanta actividad. Bastaría con que preguntaran a un vecino que estuviera harto de las molestias ocasionadas para que, tarde o temprano, la historia saliera a la luz, apropiadamente dramatizada.

—No —repitió—. Lo que me interesa es la reputación de la empresa, no la persona del señor Baltimore. ¿Cuán bueno es su trabajo? ¿Cuál es el nivel de preparación y honestidad de sus hombres?

Wedgewood frunció el ceño.

—¿Respecto a qué?

—Respecto a todo —puntualizó Monk.

—¿Lo pregunta en nombre de alguien interesado en invertir?

—En cierto modo, sí. —No era del todo incorrecto: Katrina Harcus iba a invertir su vida, su futuro, en Michael Dalgarno.

—Cuentan con un respaldo financiero sólido —afirmó Wedgewood sin el menor titubeo—. No siempre ha sido así. Hace cosa de quince o dieciséis años tuvieron una mala racha, pero la capearon. No sé a qué se debió en concreto, pues a muchos les ocurrió lo mismo entonces. Fue un momento de gran expansión. La gente corría riesgos.

—¿Qué opina sobre la calidad de sus obras? —insistió Monk.

Wedgewood se mostró un tanto sorprendido.

—Contratan a los mismos peones camineros que todo el mundo. Zapadores, mineros, mamposteros, albañiles, carpinteros, herreros; los oficios al uso, vamos. Y también maquinistas, mecánicos, capataces, supervisores, oficinistas, delineantes e ingenieros. —Se encogió levemente de hombros, al tiempo que miraba perplejo a Monk—. Y todos son competentes, de lo contrario no seguirían trabajando. Los propios hombres velan para que así sea. Sus vidas dependen de que cada uno haga lo que debe, y de que lo haga bien. ¡Son los mejores trabajadores del mundo, y el mundo lo sabe! Los peones británicos han tendido vías férreas por Europa y América, África, Rusia... y sin duda lo harán en India y China, e incluso en Suramérica. ¿Por qué no? Allí también se necesitan ferrocarriles. Como en todas partes.

Monk se armó de valor para hacer la pregunta que más temía.

—¿Qué puede contarme sobre accidentes?

—Dios sabe cuántos hombres mueren en la construcción. —Wedgewood apretó los labios; había un destello de enojo y lástima en sus ojos—. Pero que yo sepa nunca se ha producido un accidente por culpa de una mala construcción.

—¿Materiales de calidad inferior? —preguntó Monk.

Wedgewood negó con la cabeza.

—Conocen los materiales con los que trabajan, Monk. Ningún peón utilizará una piedra o una madera que no sea la apropiada. Saben lo que hacen. Por su propio bien. Si apuntalas mal un muro o pones menos madera de la necesaria, todo el tinglado puede caérsete encima. Les atañe directamente y jamás me han referido un caso de peones que hubiesen trabajado a la ligera.

—¡Pero ha habido accidentes! —insistió Monk—. ¡Colisiones, y muertos!

Wedgewood abrió los ojos de par en par.

—Claro que ha habido accidentes, bendito sea Dios. Algunos terribles. Pero nunca han sido a causa de la vía.

—¿Pues entonces a causa de qué? —Monk se encontró conteniendo la respiración, no por Katrina Harcus sino por sí mismo. Pensaba en Arrol Dundas y en su propia culpa, en lo que fuere que ocurriera diecisiete años atrás.

—A toda clase de cosas —comenzó Wedgewood, mirándolo con curiosidad—. Un error del maquinista, vagones con exceso de carga, frenos en mal estado, señales equivocadas. —Se inclinó un poco hacia delante—. ¿Qué anda buscando, Monk? Si alguien desea invertir en Baltimore & Sons lo único que tiene que hacer es preguntar a cualquier financiero de la ciudad. No es preciso un investigador privado para eso. Cualquier banco comercial puede facilitar la información necesaria.

—Mi cliente está muy nervioso —reconoció Monk. A punto estuvo de aludir al accidente ocurrido en el pasado, pero en el último instante cambió de opinión. ¿De qué se enteraría que fuese a servirle de algo?—. ¿Y terrenos inadecuados? —preguntó en cambio.

—Descártelo —repuso Wedgewood al instante—. Los buenos peones son capaces de construir en cualquier lugar: arenales, incluso ciénagas; simplemente cuesta más. Tienen que poner pontones, o hundir pilotes hasta llegar al lecho de roca. ¿De verdad que no anda investigando su vida personal?

Monk sonrió.

—Le aseguro que no. Mi cliente no es la familia Baltimore ni nadie relacionado con ella. La muerte del señor Baltimore no es de mi incumbencia, salvo si tiene que ver con la honradez y seguridad de sus vías férreas.

—Dudo mucho que así sea —dijo Wedgewood, arrepintiéndose al instante—. Disculpe este lamentable comentario personal.

Monk le dio las gracias y salió para centrarse en otra

idea que cada vez lo acuciaba con más insistencia. Tal vez nadie se arriesgaría a cometer un fraude que el ojo avizor de cualquier peón pudiera detectar. Y el montante del beneficio así obtenido quizá fuese poca cosa. Una maniobra fraudulenta relacionada con la adquisición de terrenos para tender la vía resultaría mucho más sencilla y menos peligrosa, además de generar sumas de dinero bastante más sustanciosas.

No mencionó nada de aquello a Hester. Era demasiado real e íntimo como para depositarlo ante cualquier puerta anónima, aunque no conservase ningún recuerdo concreto. No era más que una inquietud indescriptible, una mancha oscura que ensombrecía sus pensamientos.

Al día siguiente comenzó con las indagaciones concretas. ¿Quién decidía por dónde debía pasar la línea de ferrocarril? ¿A qué disposiciones había que atenerse para adquirir las tierras? ¿De dónde procedía el dinero? ¿Quién llevaba a cabo el peritaje? ¿Quién realizaba la compra?

Sólo después de haber respondido a estas preguntas, que siempre lo devolvían a la empresa ferroviaria, se le ocurrió preguntarse qué había sido de los expropiados que antes vivían en las casas derruidas para abrir paso al progreso o que habían trabajado las tierras ahora divididas o hendidas por las zanjas.

Ninguna de las respuestas le sorprendió, como si alguna vez las hubiese conocido con la misma precisión que el empleado pulcro y menudo que en ese momento le informaba, un tanto perplejo ante la pregunta, desde el otro lado de la mesa de aquella oficina.

—Se van a vivir a otro sitio, señor. ¡No les queda otro remedio!

—¿Y todos se avienen de buen grado?

—No, señor, más bien lo contrario —admitió el empleado—. Y a veces, si se trata de una gran finca, de aristócratas o gente así, pues el ferrocarril simplemente tiene que rodearla. No hay elección. Como son los que mandan, en el Parlamento o donde sea, se las arreglan para que no dividan sus tierras. Y por supuesto hay terratenientes que se ponen como locos con tal de evitar que sus cotos de caza queden partidos en dos.

—¿Perdices y faisanes? —preguntó Monk un tanto sorprendido, pues había imaginado tierras de labranza.

—Zorros, para ser exactos —puntualizó el empleado—. Les gusta perseguirlos, y no pueden hacer que los caballos salten las vías como saltan los setos y las acequias.

El brillo de sus ojos traslucía una cierta satisfacción, aunque el empleado no entró en detalles. Hacía mucho que había aprendido a no tener opiniones personales o, mejor dicho, a evitar que los demás las conocieran.

—Ahora entiendo —dijo Monk.

—¿Ha estado en el extranjero, señor?

—No. ¿Por qué?

—Por nada. Me preguntaba cómo es que no está al corriente de estas cosas. Los periódicos armaron mucho alboroto, hace algún tiempo. Protestas y todo eso. Creían que el ferrocarril era obra del diablo... Si el buen Dios hubiese querido que viajásemos de ese modo, y a esa velocidad, nos habría dado una piel de acero y nos habría puesto ruedas en los pies.

—Y si no hubiese querido que pensáramos, no nos habría dado cerebro —replicó Monk de inmediato. Y mientras aún tenía las palabras en la boca, oyó un eco de las mismas como si las hubiese pronunciado con anterioridad.

—¡Pruebe a decirle eso a alguno de los párrocos que han visto cómo derribaban y trasladaban sus iglesias! —El rostro del empleado hacía patente su sobrecogimiento, así como una nota de humor que le costaba trabajo ocultar.

—¿Derribadas y trasladadas? —Monk repitió aquellas palabras como si las pusiese en duda a pesar de creerlas; de hecho, le constaba que eran ciertas. Había vuelto a asaltarle el recuerdo, desapareciendo acto seguido. Por un momento vio un rostro enjuto, ensombrecido por la indignación, sobre un alzacuello. Luego se esfumó—. Sí, claro —dijo de inmediato. No quería que aquel hombre le contara nada más al respecto. El recuerdo era desagradable, y había en él una sombra de culpa.

—Naturalmente, hay protestas —dijo el empleado encogiéndose de hombros—, de todos los colores. Hablan de Mammón y del demonio, de las tierras que se echan a perder y demás. —Se rascó la cabeza—. He de admitir que no me haría ninguna gracia que arrancaran las lápidas de las tumbas de mis padres y dejaran a éstos enterrados debajo del tren de las seis menos cuarto procedente de Paddington, por poner un ejemplo. Me da que saldría a la calle con pancartas y que amenazaría con el fuego eterno a los especuladores.

—¿Alguien ha ido más allá de las amenazas? —Monk tenía que preguntarlo. De no hacerlo, la duda permanecería grabada en su mente, emborronando todo lo demás, hasta que hallara la respuesta—. ¿Ha habido algún acto de sabotaje?

El empleado enarcó las cejas.

—¿Se refiere a hacer volar un tren por los aires? ¡Dios mío! ¡Espero que no! —Se mordió el labio inferior—. Aunque si uno se para a pensar, algunos accidentes han sido realmente horribles y en un par de casos nadie sabe a las claras qué ocurrió. Por lo general, culpan al maquinista o al guardafrenos. Hubo uno tremendo cerca de Liverpool hará unos dieciséis años, en una línea para la que se derribó una iglesia; el párroco se llevó un buen disgusto, y con razón. —Miraba a Monk con creciente horror—. Ése sí que fue terrible. Yo aún vivía en el pueblo, y recuerdo que mi padre entró en la sala, con el rostro blanco como la nieve, y sin traer el periódico como tenía por costumbre. Era un domingo a la hora de cenar. Habíamos ido a la iglesia, de manera que no habíamos visto los diarios de la mañana.

»—¿Y el periódico, George? —preguntó mi madre.

»—Hoy no vamos a leer el periódico, Lizzie —contestó mi padre—. Y tú tampoco, Robert —agregó, dirigiéndose a mí—. Ha habido un accidente terrible cerca de Liverpool. Han muerto casi cien personas y sólo Dios sabe cuántos heridos habrá. Os lo cuento porque os enteraréis en cuanto salgáis a la calle, pero hacedme el favor de no leer los periódicos. Hay detalles que más vale que no sepáis y dibujos que más vale no ver.

»Lo dijo para proteger a mi madre, claro.

—¿Y usted los leyó? —preguntó Monk, aunque sabía la respuesta de antemano.

—¡Por supuesto! —El empleado palideció al recordar—. Y deseé no haberlo hecho. Lo que mi padre no dijo, por el bien de mi madre, fue que un tren cargado de carbón había chocado contra otro repleto de niños que habían salido de excursión en uno de esos trenes especiales. Regresaban a casa después de un día de playa, pobres inocentes.

Apretó los labios con cara de aflicción y pestañeó para apartar de sí aquella imagen pese al tiempo transcurrido, como si estuviera viendo de nuevo las impresiones del dibujante delante de él con todo su horror y dolor, los cuerpos destrozados entre los restos del tren, los equipos de socorro tratando desesperadamente de llegar hasta ellos mientras aún hubiera esperanzas, empeñados en intentar salvarlos y aterrorizados por lo que podían encontrar.

¿Sería aquello lo que aguardaba enterrado en lo más hondo de la mente de Monk, cual caja de Pandora esperando ser abierta? ¿Qué clase de hombre era él si había tomado parte o al menos tenido conocimiento de algo semejante y lo había olvidado? Y si no había estado envuelto en el asunto, ¿por qué no sentía un pesar inocente como el del hombre que tenía delante?

¿Qué había hecho entonces? ¿Quién había sido él antes de aquella noche de casi siete años atrás cuando, en un instante, su ser fue eliminado y creado de nuevo, con la mente vacía pero con el físico de la misma persona y, por tanto, responsable de sus actos?

¿Acaso había en el mundo algo más importante que enterarse de eso, o más terrible?

—¿Cuál fue la causa del accidente? —Oyó su propia voz como si le llegase de lejos; un desconocido hablando en el silencio.

—No lo sé —respondió el empleado en voz baja—. Nunca lo averiguaron. Culparon al maquinista y al guardafrenos, como ya he dicho. Era lo más fácil, ya que ambos habían muerto y no podían rebatir nada. Quién sabe, tal vez fue culpa de ellos.

—¿Quién tendió la vía férrea?

—No lo sé, señor, pero estaban en perfecto estado. Se han seguido usando desde entonces y nunca ha vuelto a pasar nada.

—¿Dónde fue exactamente?

—No me acuerdo, señor. No ha sido el único accidente ferroviario de la historia. Si lo recuerdo es porque fue el peor... Por lo de los niños, ¿entiende?

—Algo lo causó —insistió Monk—. Los trenes no chocan porque sí.

Ansiaba que le dijeran sin asomo de duda que se había tratado de un error humano, que no había tenido nada que ver con la planificación o el tendido de la vía férrea, pero sin pruebas no le sería posible creerlo. Juzgaron y enviaron a prisión a Arrol Dundas. El jurado lo consideró culpable de fraude. ¿Por qué? ¿De qué fraude? El tiempo había pasado y Monk no sabía nada al respecto, pero ¿qué sabía entonces? ¿Acaso habría podido salvar a Dundas si hubiese estado dispuesto a admitir su parte de culpa? Aquél era el miedo que lo acosaba desde todos los flancos como la caída de la noche, amenazando con arrebatarle todo el cariño y la dulzura que se había granjeado en el presente.

—No lo sé —insistió el empleado—. Nadie llegó a saberlo, señor. Y si alguien lo descubrió, se guardó mucho de hacerlo público.

—Por supuesto. Lo siento —se disculpó Monk—. ¿Dónde podría informarme sobre la adquisición y la peritación de terrenos para el tendido de vías férreas?

—Lo mejor es que vaya a la capital de condado más cercana a la vía en cuestión —respondió el empleado—. Si le interesa la de ese accidente, pues tendrá que ir a Liverpool y empezar desde allí.

—¿Y en Derbyshire? Derby, me figuro. —En verdad no fue una pregunta, pues él mismo la respondió—. Gracias.

—No hay de qué, señor. Espero haberle sido de ayuda —dijo el empleado gentilmente.

—Sí. Sí, gracias.

Monk salió de la oficina en estado de aturdimiento. Liverpool era lo más importante, pero si hacía averiguaciones sobre la adquisición de terrenos para la línea que Baltimore estaba terminando de construir, al menos se familiarizaría con los aspectos prácticos. Liverpool había aguardado dieciséis años y su deber era informar a Katrina Harcus. Si había habido un fraude que de un modo u otro provocara el primer accidente, estaba moralmente obligado, más que ningún otro hombre, a evitar que se repitiera. No podía irse a Liverpool para dar caza a los demonios de su memoria y permitir que toda aquella pesadilla volviera a ocurrir por estar demasiado ensimismado como para ocuparse del caso.

Regresó a Fitzroy Street para recoger ropa limpia y suficiente dinero; además, deseaba contarle a Hester lo que estaba haciendo y por qué. Luego tomó un coche de punto hasta la estación de Euston y allí el primer tren hacia Derby.

El viaje le costó diecinueve chelines y tres peniques, y duró casi cuatro horas, con un transbordo en Rugby que le vino de perlas. El vagón de segunda clase estaba dividido en tres compartimentos, cada uno de un metro y medio de largo y con doce estrechos asientos de madera sin tapizar. Los compartimentos no estaban conectados, y las mamparas aparecían cubiertas de carteles publicitarios. Para postre, la altura interior apenas rebasaba el metro y medio, lo cual significaba que Monk tenía que agacharse para no golpearse la cabeza. Los de primera clase tenían el techo más alto, y también resultaban más caros, aunque no eran por fuerza más calientes o limpios. De todos modos, eso sí, las persianas de las ventanillas impedían que los vendedores ambulantes metieran la cabeza en las estaciones, atufando al pasaje con su aliento a ginebra.

El día era frío; el sol y la lluvia se alternaban, algo habitual a mediados de marzo, y, por supuesto, el vagón no disponía de calefacción. Los calientapiés de metal por los que circulaba agua hirviendo eran exclusivos de la primera clase. Con todo, era muchísimo mejor que los llamados «trenes parlamentarios», obligados a cumplir la legislación de lord Palmerston según la cual los viajes en tren debían estar al alcance de la gente corriente a razón de un penique el kilómetro.

Estuvo encantado de apearse en Rugby y estirar las piernas, ir al lavabo y comprar un bocadillo a uno de los vendedores ambulantes del andén.

También adquirió un periódico para leerlo durante la siguiente etapa del viaje. Puesto que había estado en América justo al principio de la guerra civil que todavía asolaba aquellas tierras, le llamó la atención un artículo sobre el avance de las tropas de la Unión al mando del general Samuel R. Curtis, con lo que se iniciaba una campaña en Misuri. Según los últimos despachos, los confederados, superados en número, se habían retirado al noroeste de Arkansas.

Recordó con un escalofrío la matanza que había presenciado durante la batalla en la que se había visto atrapado el verano anterior, el incontrolable horror que había sentido y el coraje de Hester para ayudar a los heridos. Su admiración por ella nunca había sido tan intensa, fundada en la horrible realidad de los cuerpos maltrechos que intentaba salvar. Vio con ojos nuevos todo cuanto había pensado o sentido acerca de ella con anterioridad, su enojo, su impaciencia, lo incisivo de algunas de sus opiniones que ahora era capaz de compartir.

Contempló el tranquilo paisaje a través de las ventanillas del vagón con una inmensa sensación de gratitud y la imperiosa voluntad de protegerlo, de preservarlo de la violencia o la indiferencia.

Se congratuló cuando el tren paró en la estación de Derby, pues le permitía comenzar sus pesquisas.

Pasó todo el día en las oficinas del registro municipal, revisando cada adquisición a lo largo de toda la vía férrea de un extremo al otro del condado, hasta que los ojos le dolieron y las páginas empezaron a dar vueltas delante de él. Pero no encontró nada ilegal. Sin duda se habían obtenido beneficios, a veces aprovechándose de la ignorancia, y cientos de familias habían perdido sus hogares —aunque también se había hecho algún esfuerzo por encontrarles nuevas viviendas— y una enorme suma de dinero había cambiado de manos.

Monk trató de recobrar las aptitudes que, sin duda, cuando era empleado de banca tuvo con los números, para comprender con toda exactitud qué había sucedido y adónde habían ido a parar los beneficios. Estudió minuciosamente las páginas, pero si había alguna transgresión estaba demasiado bien camuflada como para que él pudiera descubrirla. Quizá la hubiese detectado quince o dieciséis años atrás; de todos modos, si entonces tuvo esa habilidad, ahora la había perdido.

El ferrocarril representaba el progreso. En un país como Inglaterra, con sus minas, su ganadería y sus astilleros, con sus fábricas de tejidos de algodón, había sido inevitable que los canales sucumbieran ante las más rápidas y adaptables vías férreas que podían atravesar montañas, remontar colinas y cruzar valles, sin la lenta y costosa maniobra de llenado y vaciado de esclusas y el trasiego de toneladas de agua. La destrucción que suponía el tendido de las vías era simplemente un mal necesario que ningún arte o habilidad podía evitar. A los granjeros, los terratenientes, los párrocos o los arrendatarios de los pueblos y ciudades no les hubiesen gustado más los canales.

Leyó artículos en los que aparecían imágenes de manifestantes que sostenían pancartas, chistes de periódicos y semanarios que llamaban «obra de Satán» a las rugientes y humeantes máquinas de hierro, cuando en realidad sólo eran obra de la industria y los tiempos que corrían. La corrupción, si la había, formaba parte de la naturaleza humana.

Siguió trabajando hasta que le dolió la cabeza y la nuca se le entumeció, revisando todos los documentos que se había propuesto al comenzar. Halló pérdidas y ganancias, pero no eran más que las acostumbradas vicisitudes del comercio. Había decisiones estúpidas junto a otras que él habría previsto equivocadas con los conocimientos de una experiencia medio recordada. Y, por supuesto, estaban las que simplemente se debían a la mala suerte, aunque también las había afortunadas. Había errores de cálculo, aunque pequeños, referidos a distancias: malas mediciones aquí o allí.

Cuanto más inmerso estaba en el estudio de los papeles, más familiares le resultaban. El tiempo se detuvo, como una rueda de engranaje, y pudo muy bien haber levantado la vista de la lámpara que alumbraba los documentos para encontrar a Dundas sonriéndole, en lugar de la habitación vacía de la posada o las solitarias mesas de las oficinas del registro o de la biblioteca.

Era la segunda noche que se despertaba en la oscuridad, tendido en la cama con el cuerpo rígido, asustado por el silencio y sin la más remota idea de dónde se encontraba. Su cabeza aún estaba llena de gritos, furiosos, acusadores, de personas que se daban empujones, de caras pálidas transidas de dolor.

Le faltaba el aliento, como si hubiese estado corriendo. Sin darse cuenta se había sentado en la cama. Tenía el cuerpo tenso. ¿Qué significaba aquel sueño? ¡Quería escapar, correr y dejarlo tras de sí para siempre!

Y, sin embargo, si lo hacía, le constaba que el sueño lo perseguiría. Si huías de tus temores, éstos te daban caza. Eso lo recordaba muy bien del accidente de carruaje que le había arrebatado el pasado, y de la pesadilla que lo siguió.

No estaba dispuesto a volverse para mirar aquellos rostros acusadores. Era como si lo golpearan, como si pudieran tocarlo, tan reales le habían resultado. Pero no había escapatoria posible, puesto que estaban en su interior, eran parte de su mente, de su identidad.

Volvió a tenderse, lentamente, y sintió las sábanas frías. Estaba temblando. El miedo seguía allí, como un horror indescriptible que aun cuando reunía el coraje para mirarlo, o cuando no le quedaba otro remedio, seguía siendo informe. Recordaba la furia, la pérdida, pero los rostros se habían desvanecido. ¿Qué pensaban que había hecho? ¿Despojarlos de sus tierras? ¿Partir una granja en dos, arruinar una finca, demoler casas, incluso profanar un camposanto? ¡No había sido nada personal, había actuado en nombre del ferrocarril!

De todos modos, ¡cobraba una dimensión tremendamente personal para quienes salían perdiendo! ¿Qué había más personal que el propio hogar o que los campos que tus padres y antes los suyos habían cultivado durante generaciones? ¿O la tierra donde estaban enterrados los huesos de tu familia?

¿Se trataría de eso? ¿De la ciega y aterrada resistencia al cambio? En ese caso, sólo cabía culparlo de ser el instrumento del progreso. Ahora bien, siendo así, ¿por qué le dolía todo el cuerpo y tenía miedo de volver a dormirse, sabedor de que los demonios de su mente regresarían cuando no estuviera en guardia para ahuyentarlos?

¿Acaso no era por la tierra, sino por la otra cosa infinitamente peor que ni siquiera osaba nombrar..., el accidente?

Lo único que había encontrado era la posibilidad de que Baltimore & Sons hubiese obtenido un beneficio demasiado elevado de unos terrenos por los que se había desviado la vía para rodear una colina a la que Monk había subido con sumo placer. Según otro peritaje más antiguo era al menos quince metros más baja. Dando a la zanja la pendiente precisa, el túnel no habría sido necesario. Aunque las voladuras sin duda habrían salido caras. El granito era muy duro y moverlo resultaba costoso. ¿Era el beneficio lo bastante alto como para justificar que se considerase fraude? Sólo si conseguía demostrar conocimiento previo e intención. Y, aun así, cabría dudarlo.

4

La mañana siguiente, Monk tardó una hora y media desde la salida de la ciudad hasta el tendido de la nueva vía férrea.

Hacía buen día y soplaba una leve brisa que ondulaba la hierba y transportaba los perfumes de la primavera y los balidos de las ovejas en la lejanía. Desde lo alto de su montura alcanzaba a ver los serpenteantes setos de espino, en los que se distinguían los nuevos brotes. Luego recordó que acabarían cubiertos de flores blancas. Seguía un sendero que subía lentamente hacia una cumbre que quedaba a un par de kilómetros, tras la cual se encontraba la última curva de la vía férrea. La brisa fresca le daba en el rostro y le traía agradables aromas de tierra y pasto.

Le resultaba muy placentero sentir la fuerza de un buen animal debajo de él. Hacía mucho que no cabalgaba y, sin embargo, en cuanto montó en la silla se encontró la mar de cómodo y a gusto. Aquellos grandes espacios ondulados le transmitieron de pronto una sensación de libertad y la resurrección de algo muy distinto.

A lo lejos, a su derecha, distinguió los tejados de un pueblo medio escondido entre los árboles, sobre los que se elevaba el campanario.

Un conejo salió disparado de entre la hierba casi a

los pies del caballo y corrió unos cuantos metros con su intermitente cola blanca antes de volver a ocultarse.

Faltó poco para que Monk se volviera, sonriente, para comentar lo sorprendido que estaba de haberlo visto, y entonces se dio cuenta, con un sobresalto, de que no había nadie más con él. ¿A quién había esperado encontrar? Lo vio con la misma claridad que si estuviese allí: un hombre alto de pelo cano, rostro enjuto, nariz prominente y ojos oscuros. Él también hubiese sonreído, pues habría sabido exactamente lo que Monk quería decirle, sin necesidad de entrar en detalles. Fue un pensamiento reconfortante.

Arrol Dundas. Lo supo con la misma certeza que si hubiese sucedido. Habían cabalgado juntos en luminosos días de primavera como aquél, remontando colinas en medio de paisajes distintos, camino de vías férreas aún sin terminar donde trabajaban cientos de peones. Otra vez oía el vocerío, el ruido sordo de los picos en la tierra, el martilleo del hierro contra la piedra, el estruendo de las ruedas sobre las tablas, como si todo ello se encontrara al otro lado de la loma. En su imaginación vio las espaldas dobladas de los hombres, barbudos como casi todos los peones, dando paladas, empujando carretillas llenas de roca y tierra, azuzando a los caballos. Él y Dundas estarían yendo a comprobar los progresos de la obra, a estimar el tiempo que faltaba para acabarla o a resolver un problema cualquiera.

Ahora todo era silencio salvo por los ruidos del ganado que el viento transportaba desde la lejanía y el ocasional ladrido de un perro. A cosa de un kilómetro vio una carreta que avanzaba por un camino, aunque no llegó a oír el chiquichaque de las ruedas en los surcos llenos de barro, pues estaba demasiado lejos.

¿Qué clase de problemas? Manifestantes, aldeanos enojados, granjeros cuyas tierras quedaban divididas según las cuales sus vacas no daban leche por culpa de aquel alboroto y que cuando las máquinas pasaran rugiendo, destruyendo la paz de los campos, aún sería peor.

En las ciudades era distinto. Las casas se derruían, cientos de personas se veían despojadas de sus bienes. Recordó vagamente algún plan para utilizar los arcos de los viaductos a fin de albergar a los desahuciados. Habría tres clases de alojamiento: distinta calidad, precio distinto. La inferior sería sobre paja limpia, y gratis. No acabó de tener claro si se había llevado a efecto o no.

Ahora bien, no había tenido que tomar ninguna decisión moral ni práctica. El progreso era inevitable.

Trató de agarrar al vuelo más detalles del recuerdo, y no los emotivos, sino los prácticos. ¿De qué habían hablado? ¿Qué sabía acerca de las adquisiciones de terrenos concretos? ¿Cuál era el fraude en cuestión? Wedgewood había dicho que no existía terreno sobre el que no fuera posible tender una vía férrea. Todo se reducía a una cuestión de coste. Y, en caso necesario, los peones sabían cómo montar raíles sobre pontones capaces de cruzar pantanales, corrientes cambiantes, suelos blandos o lo que fuese que a uno se le ocurriera. Abrían túneles a través de esquisto o arcilla, caliza o arenisca, o cualquier otra clase de roca. Una vez más, lo único que cambiaba era el coste. De nuevo el dinero.

Había que comprar todos los terrenos. ¿Sería algo tan simple como que parte del importe volvía a manos del directivo de la empresa que decidía qué recorrido seguir? ¿Una vía desviada de una ruta a otra mediante el soborno de un propietario que quería mantener intacta su finca? ¿O, por el contrario, tierras sin ningún valor intrínseco vendidas a un precio inflado para luego compartir el beneficio con el directivo, quien se lo metía en el bolsillo, defraudando así tanto a la empresa como a los inversores?

Aquello era obvio, pero ¿tanto como para que se pasara por alto, al menos durante un tiempo? Vaya arrogancia, imaginar que podrían librarse para siempre.

¿Había sido arrogante Dundas? De nuevo intentó recuperar alguna sensación relacionada con el hombre al que una vez había conocido tan bien, y cuanto más se esforzaba más escurridiza se hacía cualquier remembranza clara. Era como si sólo pudiera verlo con el rabillo del ojo: en cuanto lo enfocaba se desvanecía.

El viento que azotaba la hierba era cada vez más cálido, y muy por encima de él oyó el canto penetrante y dulce de las alondras. El tiempo parecía haberse detenido. Tuvo que haber sido así cuando los trenes sólo existían en la imaginación de los hombres, cuando los ejércitos de Wellington se agruparon para cruzar el Canal, o los de Marlborough, o, ya puestos, los de Enrique VIII al encuentro del francés. ¿Por qué no podía volverse en la silla y tener una visión más clara de Dundas?

El brillo del sol en el rostro le devolvió la sensación de afecto, de bienestar, pero nada más que eso, una remembranza de encontrarse sumamente a gusto en compañía de alguien, riendo las mismas bromas, una suerte de felicidad conocida en el pasado que ya no existía, pues Dundas había muerto, solo y en prisión, deshonrado, con la vida arruinada, su esposa aislada, incapaz de seguir viviendo en la ciudad que había sido su hogar.

¿Había tenido hijos? Monk pensaba que no. No recordaba a ninguno. En cierto sentido el propio Monk había sido como un hijo para él, el muchacho a quien había educado y enseñado, a quien había transmitido sus conocimientos, su amor por las cosas excelsas, las artes y los placeres, buenos libros, buena comida, buen vino, buena ropa. Le vino a la memoria un hermoso escritorio; la sedosa y brillante superficie de madera cuyo color semejaba el de la luz al atravesar una copa de brandy.

De pronto se vio con toda nitidez de pie ante el espejo de una sastrería, más joven, más estrecho de hombros y pecho, y vio a Dundas detrás de él, con el rostro tan claro que las diminutas arrugas de las sienes se le marcaban como surcos, delatando los años pasados cuando entrecerraba los ojos para protegerlos de la luz, y la risa fácil.

—¡Por el amor de Dios, ponte más erguido! —le había dicho—. ¡Y anúdate esa corbata como es debido! ¡Pareces un petimetre!

Monk se había sentido abatido aquel día. Había creído que era muy elegante.

Más tarde, entendió que Dundas llevaba razón. Siempre la tenía en cuestiones de buen gusto. Monk lo absorbió como si fuese de papel secante, quedándole una impronta difusa; aunque reconocible, de su mentor.

¿Qué había pasado con el dinero de Dundas? Si lo habían hallado culpable de fraude, tuvo que haber un beneficio de alguna clase. ¿Lo habría gastado, quizás en ropa buena, cuadros y vino? ¿O se lo habían confiscado? Monk no tenía la más remota idea.

Coronó la colina y el panorama que se extendía delante de él lo dejó sin aliento. Los campos y páramos alcanzaban hasta las lomas del fondo, distantes unos nueve kilómetros, y rodeaban la curva de la escarpadura donde estaba sentado. La vía inacabada serpenteaba por las tierras de labranza y los pastizales hacia la súbita hondonada de un arroyo con sus correspondientes riberas pantanosas atravesada por los arcos incompletos de un viaducto. Cuando estuviera terminado tendría casi dos kilómetros. Poseía una belleza extraordinaria. La grandeza de aquella obra de ingeniería le hizo experimentar una sensación de júbilo, casi una exaltación del espíritu por las posibilidades del hombre y la certeza, en su fuero interno, de cómo sería cuando quedara sujeta la última traviesa. Las grandes máquinas de hierro con más potencia que cientos de caballos transportarían toneladas de mercancías y montones de pasajeros como alma que lleva el diablo de una ciudad a otra sin descanso. Constituía una maravillosa, complicada y hermosa demostración de poderío; las fuerzas de la naturaleza aprovechadas por el genio del hombre para servir al futuro.

Recordó sus propias palabras: «¡Estará a tiempo!» Podía ver el rostro de Dundas con la misma claridad que si estuviera allí, con el pelo revuelto por el viento, la tez tostada, los ojos entrecerrados contra la luz. Sintió una punzada de soledad al constatar que no había más que kilómetros de hierba mecida sobre la larga curva que se extendía hasta el valle, salpicada de flores silvestres blancas y amarillas sobre el verde.

Recordó la alegría de antaño como un latido del corazón. No era el dinero ni la ganancia de cosas normales; era el logro, el momento en que oían el silbato en la distancia, y veían la columna de humo blanco, y oían el rugido del tren, una creación de inmensa y magnífica fuerza totalmente disciplinada. Era algo próximo a la perfección.

A Monk le constaba que Dundas había sentido exactamente lo mismo. Aún alcanzaba a oír el vigor de su voz como si acabara de hablar, verlo en su rostro, en sus ojos. Cuántas veces habían cabalgado hasta el agotamiento con tal de ver una gran máquina con la caldera encendida, escupiendo vapor, comenzar a moverse en algún viaje inaugural. Podía verlas, con la pintura verde reluciente, el acero bruñido, las grandes ruedas silenciosas sobre la vía hasta que sonaba el silbato. El entusiasmo se disparaba, los ferroviarios sonreían con el rostro radiante cuando, por fin, la enorme bestia empezaba a moverse como un gigante al despertar. Iría adquiriendo velocidad lentamente: un resoplido, un jadeo y un primer giro de las ruedas, y otro, y otro más, una fuerza tan inmensa e inevitable como la de una avalancha, si bien creada y controlada por el hombre. Constituía uno de los grandes logros de la época. Cambiaría la fisonomía de las naciones y, con el tiempo, la del mundo. Participar en ello era hacer historia.

Eso lo había dicho Dundas. No eran palabras de Monk. Oía la voz de Dundas resonando en su mente, grave, con una entonación muy precisa, como si hubiese practicado para perder un acento que le disgustara, tal como había enseñado a Monk a perder el deje característico de Northumberland.

¿Qué le había unido a Arrol Dundas en realidad? Al principio, probablemente, la ambición, y confiaba que también la gratitud. Más tarde, seguramente, el afecto ocupó un primer plano. Lo que recordaba después de tantos años era la sensación de pérdida, la ausencia del afecto de un amigo y la certidumbre no ya de deberle conocimientos y experiencia, sino cosas mucho más íntimas imposibles de pagar.

Intentó juntar más piezas, recuerdos de risas compartidas, el simple compañerismo durante los viajes. No sólo ascensos a caballo a colinas como aquélla, sino momentos de reposo en una taberna cualquiera, con el sol brillando en un trecho de hierba junto a un canal, pan con encurtidos y el olor de la cerveza. Pero la sensación era siempre la misma: estaba a gusto, mirando sin temor tanto el pasado como el futuro.

Ahora debería sentirse igual. Había encontrado a una mujer a la que amaba de todo corazón, mucho más adecuada para él que las mujeres que solía desear entonces, o que creía desear. A pesar del miedo que presidía su mente, sonrió ante su propia ignorancia, no por ellas sino más bien por sí mismo. Entonces pensaba que buscaba dulzura, flexibilidad, alguien que satisficiera sus apetitos físicos, que se hiciera cargo del hogar que necesitaba como telón de fondo para su éxito y que, al mismo tiempo, no interfiriera en sus ambiciones.

Hester no paraba de entrometerse, tanto si él le daba pie como si no, y estaba presente en cada aspecto de su vida. El coraje y la inteligencia de su esposa hacían imposible mantenerla al margen de nada. Exigía compartir sus sentimientos. Era la compañera de su mente y sus sueños, y también de su ser corporal. La imagen que se había formado Monk de las mujeres era asombrosamente incompleta. Por fortuna no se había comprometido con otra mujer para terminar haciendo desgraciada a quienquiera que hubiese sido y a sí mismo. ¡Ojalá Dios no se la arrebatara nunca!

Monk se obligó a regresar al presente, y estuvo un rato contemplando el llano. Había obreros por todas partes, cientos de ellos, pululando allí abajo, diminutos y escorzados por la distancia. A poco menos de un kilómetro antes del viaducto había una cresta en la que estaban abriendo una zanja. Podía ver la pálida cicatriz de la pared de roca y la cuesta por donde los hombres llevaban las carretillas cargadas de tierra y piedras hasta la cima, manteniendo el equilibrio con destreza sobre los estrechos tablones. Aquélla era una de las labores más peligrosas. Monk lo sabía bien. Un resbalón podía causar una caída y hacer que todo el peso de la carga se te viniera encima.

El tajo estaba casi terminado. La loma no era lo bastante alta como para justificar un túnel. Monk recordó los trabajos de enladrillado, de excavación, de apuntalamiento de los túneles. Le pareció percibir el olor de la arcilla, como si acabara de salir de uno, y creyó sentir el incesante goteo del techo, las salpicaduras en la cabeza y los hombros. Le constaba que se trataba de una labor agotadora. A veces los hombres trabajaban treinta y seis horas seguidas, efectuando breves pausas para comer, hasta que otro turno tomaba el relevo, trabajando también día y noche.

Espoleó al caballo y descendió la cuesta con cuidado, siguiendo los senderos que hallaba, hasta alcanzar el llano y encontrarse a unos cien metros de la vía. Los ruidos le llegaban de todas partes, el sordo chischás de los picos golpeando la tierra y la roca, el traqueteo de las ruedas sobre las rampas de madera de la zanja, el martilleo de las mazas contra el acero, las voces.

El hombre que estaba más cerca de él levantó la vista, sostuvo la pala quieta entre sus manos por un momento e irguió la espalda lentamente. Tenía la piel cubierta de polvo y la surcaban churretes de sudor. Se fijó en la ropa informal de Monk, reparando en el buen corte de sus botas, y sin olvidar el caballo que lo acompañaba.

—¿Viene a ver al topógrafo? —preguntó—. Aún no está aquí. Llega usted un día antes. —Ladeó la cabeza—. ¡Eh, Hedgehog! —gritó dirigiéndose a un hombre bajo y fornido con una mata de pelo anaranjado—. ¿Estás seguro de estar donde tienes que estar?

La ocurrencia fue recibida con risotadas por la media docena de hombres que había un poco más allá, quienes acto seguido reanudaron su trabajo con el pico y la pala.

Hedgehog hizo una mueca.

—¡No, Con, lo suyo sería volver a empezar y agujerear esa maldita colina de ahí! —contestó el aludido.

—Puede que en tres semanas —dijo Con mirando a Monk—. Si eso es lo que quiere saber. Nunca lo había visto por aquí. ¿Ha venido desde Lunnon?

Al parecer, daba por sentado que trabajaba en las oficinas centrales de Baltimore & Sons.

—¿Dónde está el encargado? —inquirió Monk.

—El encargado soy yo, Contrairy York —respondió el primer hombre—. Lo que le digo, tres semanas. No podemos ir más rápido.

—Me hago cargo —repuso Monk.

Con los ojos entrecerrados, siguió con la vista la línea del ferrocarril. El último tramo del viaducto tardaría otras dos semanas por lo menos, y aún faltaría colocar las traviesas, tender los raíles y amarrarlos. La vía era doble casi todo el trayecto, y simple a través de la zanja y hasta el otro lado del viaducto. Sin duda existiría un plan de horarios para organizar el paso de los convoyes. Una distancia tan larga resultaba demasiado cara como para utilizar sólo una máquina a la vez.

Monk había estudiado el mapa topográfico. La ruta más corta pasaba a través de la colina que acababa de cruzar.

—¿No podían haber atajado por allí? —preguntó, señalándola—. Así no habrían tenido que construir el viaducto.

—Por supuesto —respondió Contrairy con desdén—. ¡Pero eso cuesta! Es muy alto para una zanja y los túneles son la cosa más cara que existe. Eche un vistazo a su mapa. ¡Compruebe la altura! ¡Y además, granito! Eso requiere su tiempo.

Monk se volvió y dirigió la vista hacia la colina. Sacó el mapa del bolsillo, leyó la cota de altura y miró la cima otra vez. Un atisbo de recuerdo cruzó su mente sin darle tiempo a fijarlo; no fue sino un momento de inquietud, sólo eso, nada que pudiera explicar. Tendría que inspeccionar las rutas alternativas, averiguar a quién pertenecían las tierras, dónde residían los intereses creados, estimar los costes de abrir una zanja y un túnel para atravesar la colina por el camino más corto, y compararlos con el de la zanja menor que estaban excavando sumados a los del viaducto, los terrenos adicionales y la longitud de los raíles. Sería una tarea larga y tediosa, pero la respuesta, si es que había alguna, la hallaría en las cifras. Antaño se le daban muy bien. Constituían el pilar de su trabajo; el suyo y el de Dundas. Aquel pensamiento le helaba la sangre y, aunque hubiese preferido no tenerlo, no había manera de deshacerse de él.

Dio las gracias al peón, volvió a montar en su caballo y ascendió la ladera sin prisa, sumido en sus pensamientos. Había estudiado los mapas e informes topográficos, así como el presupuesto estimado por Baltimore & Sons para desviar la vía férrea. Sobre el papel parecía razonable. Los inversores lo habían aceptado. El precio de los nuevos terrenos necesarios era un tanto elevado, aunque las tierras para la ruta antigua también salían caras. La diferencia había que buscarla en los costes ocultos: los sobornos para hacer esto o aquello, qué comprar y qué no. Ahí era donde residiría el fraude.

El calor iba apretando a pesar de la brisa que rizaba la hierba. De pronto se asomó un conejo, miró alrededor y echó a correr hasta detenerse a unos veinte metros de distancia, para desaparecer a continuación en una madriguera.

Pasó un rato antes de que aquella visión cobrara sentido para Monk. Hurgó en su memoria. Era el conejo. Significaba algo. Se vio a sí mismo al sol, en otra colina donde hacía más frío. Soplaba viento de levante, las nubes cruzaban raudas el cielo y una sensación de oscuridad se cernía sobre el paisaje a pesar de que era un día radiante.

Recordó que había observado a un conejo que estaba sentado en el suelo, moviendo la nariz, hasta que se asustó por algo y echó a correr hasta una madriguera. ¡Al verlo, poco a poco, le había ido embargando el horror!

¿Por qué? ¿Qué había de extraordinario en que un conejo se sentara en la hierba, huyera de quién sabe qué y se zambullera en un agujero de entrada a la extensa maraña de madrigueras del subsuelo de una colina? Sin duda volvería a aparecer en cualquier otro sitio, a un centenar de metros o más.

Ahora bien, si un conejo era capaz de cavar en la ladera y construir túneles sirviéndose sólo de sus patas, ¡para un ejército de peones con explosivos sería un juego de niños abrir un túnel para el tren! ¡Era imposible que la colina fuese de granito! ¡El informe topográfico mentía!

Volvió a revivir la impresión que se había llevado al apercibirse de aquello, la luz de la lámpara de gas titilando sobre el papel cuando lo desdobló encima de la mesa de la habitación de hotel y leyó los signos convencionales del mapa. Pero era cuanto conseguía recordar, por más que lo intentara, sentado ahora allí con el sol y el viento en la cara, los ojos cerrados, intentando recrear el pasado.

Por supuesto, unos terrenos generaban más beneficios que otros, pero sin duda los inversores también habrían efectuado sus comprobaciones. A buen seguro, sus representantes estaban al corriente de la situación. Tendría que haber sido algo más ingenioso, más sutil que una simple mentira sobre que el terreno no era de arcilla, caliza o lo que fuese sino de granito.

Y agazapado en el fondo de su mente permanecía el horror de algo oscuro, confuso y violento, el grito del acero al desgarrarse, chispas en la noche, llamaradas, y todo ello envuelto en un miedo tan espantoso que encogía el estómago y atenazaba los músculos hasta producir dolor.

Pero nada parecía relacionar ambas cosas. Culpable o no, Arrol Dundas había sido condenado por fraude. Monk había sufrido un accidente que apenas recordaba, y poco después del fallecimiento de Dundas había abandonado la banca mercantil para ingresar en el cuerpo de policía, empujado por la pasión de servir a la justicia en el futuro, lo cual indicaba que entonces creía, con la misma pasión, que no se había hecho justicia.

Allí ya no había nada más que hacer para ayudar a Katrina Harcus o profundizar sobre la verdad acerca de Michael Dalgarno. Si había fraude en Baltimore & Sons, era muy probable que Michael Dalgarno estuviese implicado, aunque el asunto se redujera a la obtención injusta de beneficios en la adquisición de terrenos. Nada iba a causar ningún daño a nadie, excepción hecha de las posibles pérdidas de los inversores. Eso aún estaba por demostrar y la especulación siempre acababa lo mismo en pérdidas que en ganancias. Podría solicitar una auditoría oficial si algún indicio lo justificaba.

Iba siendo hora de que dejara de eludir la antigua

verdad que residía en el meollo de su miedo. Los recuerdos fragmentarios servían de muy poco. Debía hacer uso de las aptitudes detectivescas que tanto había perfeccionado. Si quisiera averiguarlo para un cliente, ¿por dónde empezaría si fuese él y no Dalgarno a quien estuviera investigando por encargo de Katrina Harcus?

Pues lo haría por lo conocido, por hechos que pudiese comprobar y demostrar sin dar lugar a malas interpretaciones. Conocía la fecha de la orden de trabajo con su nombre que Katrina le había mostrado junto con las demás. Aquello probaba que había trabajado para Baltimore & Sons, aunque no dónde, como tampoco que tuviera nada que ver con el fraude por el que habían condenado a Dundas.

¿Era concebible que hubiese más de un fraude? No, sería demasiada coincidencia.

¡Tonterías! Claro que podía haberlos. Un hombre que estafaba una vez sin duda reincidiría si salía bien librado. La pregunta, en ese caso, era si habían pillado a Dundas en su primer intento o bien en el segundo, el tercero o el vigésimo.

Con un sobresalto tan fuerte que asustó al caballo con el repentino y brusco movimiento de las manos que llevaban las riendas, se dio cuenta de que acababa de admitir la posibilidad de que Dundas hubiese sido culpable. De hecho, lo había dado por supuesto. ¡Aquello implicaba poner en duda algo en lo que había creído durante toda su vida!

Volvió grupas y enfiló el sendero que rodeaba la extensa ladera de la colina para regresar a la cuadra donde había alquilado el caballo, y de allí a la estación y a Londres.

¿Dónde hallaría la historia del banco de Dundas y sus negocios? Ni siquiera sabía en qué ciudad se encontraba la oficina central. Podía ser cualquiera entre una docena o más. Por lógica tenían que haberlo encarcelado en el lugar más próximo al tribunal donde lo habían juzgado, y éste a su vez debía de hallarse en la ciudad importante más cercana al lugar donde se había cometido el fraude. ¿O acaso donde los principales inversores tuvieran abiertas sus cuentas?

Aún estaba planteándose por dónde empezar cuando llegó al patio de la cuadra y desmontó a regañadientes. Era un buen animal y había disfrutado montándolo, a pesar de que había traído a su mente unos recuerdos que avivaban la sensación de pérdida.

Pagó al mozo de cuadra y salió a pie del patio con sus olores a cuero, paja y caballos, el ruido de las pezuñas sobre la piedra y los hombres hablando en voz baja a los animales. No volvió la vista atrás, no quería verlo, aunque en su mente estaba más que claro.

El jefe de estación estaba en el andén, de pie casi en posición de firmes con su chistera brillando al sol y el pecho salpicado de medallas de Crimea. Monk ignoraba la significación de cada una de ellas; Hester sí la habría sabido.

Mantuvo una breve conversación con el hombre; y luego estuvo caminando de una punta a la otra del andén a la espera del siguiente tren. Su primera intención había sido regresar a Londres con la poca información que tenía para Katrina Harcus. No había olvidado la promesa que le había hecho. Al menos, había avanzado un paso en el caso. Igual que la otra, se había desviado aquella vía férrea rodeando una colina que estaba falseada en el informe pericial topográfico. Habría sido perfectamente viable, y más barato, abrirse paso con explosivos, primero mediante zanjas y luego, de ser necesario, excavando un túnel.

¿De ser necesario?

Otra cosa azuzó su memoria, algo relativo a coordenadas cartográficas en ciertas zonas del plano, si bien no consiguió desentrañar de qué se trataba. Cada vez que creía fijar un recuerdo, éste se escabullía para no llevarlo a ninguna parte.

Oyó el tren antes de que apareciera rugiendo en la curva de la vía, brillante, para detenerse entre nubes de vapor y ruidos metálicos. El maquinista sonreía. El fogonero, con el rostro tiznado, se pasó una tosca mano por la frente, manchándola de carbonilla.

Las puertas se abrían y cerraban con estrépito. Un pasajero forcejeaba con una caja de madera. Un maletero corrió a ayudarlo.

Monk volvió a subir al vagón de segunda clase y se acomodó en uno de los duros asientos de madera. Pocos minutos después sonó el silbato y el tren pegó un tirón hacia delante y empezó a cobrar velocidad.

El viaje hasta Londres se le hizo interminable, jalonado de paradas en las que podía apearse y estirar las piernas. Le traqueteaban sobre los raíles, con sacudidas rítmicas. Terminó dejándose vencer por un sueño plagado de pesadillas del que despertó entumecido y con una premonición terrible. Se obligó a permanecer despierto, con los ojos bien abiertos, contemplando el paisaje que discurría al otro lado de la ventanilla.

¿Tendría razón Katrina, y Nolan Baltimore había descubierto el fraude y Dalgarno lo había asesinado para evitar que hablara? Ahora bien, aquel viejo recibo con el nombre de Monk estaba fechado diecisiete años atrás y el fraude que había arruinado la vida de Dundas había ocurrido poco después, mucho antes de que Dalgarno hubiese ostentado cargo alguno en la empresa. ¡Si apenas habría acabado el colegio!

¿Seguro que aquel primer fraude había sido en provecho de Baltimore & Sons? ¿Acaso la relación de Monk con ellos era mera coincidencia? Si el banco de Dundas hacía negocios financiando vías férreas sin duda hizo tratos con distintas empresas.

¡Pero el fraude era el mismo! O, al menos, lo parecía.

Recordaba los conejos, el desvío por una ruta más larga, los manifestantes, el enojo, las preguntas acerca de los terrenos que iban a usarse y las acusaciones de especulación.

¿Estaría transfiriendo aquella información sobre un pasado mal retenido en la memoria a un presente con el que no guardaba ninguna relación?

No. Katrina Harcus había acudido a él porque había oído hablar a Dalgarno y a Jarvis Baltimore sobre enormes y peligrosos beneficios que debían mantenerse en secreto, lo que había suscitado en ella el temor de que su prometido estuviera envuelto en un fraude. Aquello era un hecho, no tenía nada que ver con recuerdos verdaderos o falsos, y pertenecía al presente. Igual que el asesinato de Nolan Baltimore, tanto si estaba relacionado con lo anterior como si no.

Por fin, el tren se detuvo en la estación de Euston. Monk se apeó y caminó a toda prisa por el andén entre los empellones de viajeros cansados e impacientes.

El vasto vestíbulo que se abría al final de los andenes, bajo la magnífica bóveda del techo, estaba lleno de vendedores ambulantes, gente que corría para no perder el tren, maleteros con cajas y baúles, amigos y parientes que recibían a los recién llegados o se despedían de quienes se marchaban. Los cocheros buscaban a sus señores.

Un repartidor de periódicos voceaba las últimas noticias. Al pasar junto a éste Monk oyó que en América las tropas de la Unión habían tomado Roanoke Island en la frontera de Kentucky. La violencia y la tragedia de aquella guerra parecían muy remotas; el calor abrasador, el polvo y la sangre de la batalla en la que él y Hester se habían visto atrapados eran ahora cosa de otro mundo.

Cuando por fin llegó a casa encontró a Hester dormida, acurrucada en la cama como si hubiese buscado el contacto del esposo en sueños, sin encontrarlo. Aún tenía un brazo estirado.

Permaneció quieto por unos instantes, dudando si despertarla o no. El hecho de que no se moviera, inconsciente de su presencia, le hizo tomar conciencia de lo cansada que estaba. En otras ocasiones la había despertado, obedeciendo a su impulso. Ella nunca se molestaba. Sonreía y se volvía hacia él.

Esta vez se contuvo. ¿Qué iba a decirle? ¿Que en Derby no había encontrado más que fantasmas que no conseguía ubicar? ¿Que en el pasado había sufrido un accidente tan terrible que no lograba recordarlo ni olvidarlo, y que no osaba indagar los motivos por miedo a que lo comprometieran en algún acto ilícito, aunque no tenía la menor idea de cuál? Para postre, no había averiguado nada que sirviera a los intereses de su cliente.

Se volvió y fue a lavarse, afeitarse y cambiarse de ropa. Hester aún dormía cuando salió para ir a encontrarse con Katrina Harcus en el jardín botánico.

Era una tarde de marzo soleada y ventosa, y muchas personas habían decidido aprovecharla para admirar las flores tempranas, el verde intenso del césped y los gigantescos árboles, todavía desnudos, con el viento soplando ruidosamente entre sus ramas. A pesar de la luz radiante, las señoras habían cerrado las sombrillas. Dadas las circunstancias, de vez en cuando necesitaban ambas manos para evitar que el viento les arrancara el sombrero y las faldas volaran revelando las enaguas.

Enseguida vio a Katrina. La distinción de su porte llamaba la atención. Al parecer lo reconoció de inmediato y se acercó a él sin fingir ni por un instante que se trataba de un encuentro casual. Si ésa había sido su intención original, posiblemente el hecho de que Monk hubiese llegado con un día de retraso le había hecho olvidarla. Tenía el rostro colorado, aunque a buen seguro se debía más al viento y el sol que a su ansiedad.

—¡Señor Monk! —Se detuvo delante de él sin aliento—. ¿Qué ha descubierto?

Un caballero de avanzada edad que paseaba solo se volvió hacia ellos y sonrió, sin duda convencido de asistir al encuentro de unos amantes. Otra pareja que caminaba cogida del brazo les saludó con una inclinación de la cabeza.

—Muy poca cosa, señorita Harcus —contestó Monk en voz baja, pues no deseaba que nadie oyera aquella conversación.

Katrina bajó la mirada y el semblante se le ensombreció con una decepción demasiado profunda para ocultarla.

—He hecho averiguaciones sobre la mano de obra y los materiales —prosiguió Monk—. Por lo que me han contado, los peones ferroviarios están muy bien cualificados y nunca emplearían materiales inadecuados. Además de su reputación y su sustento, también su vida depende de ello. Han tendido vías férreas por todo el mundo y no se ha descubierto ninguna defectuosa.

Katrina levantó la vista y lo miró fijamente a los ojos.

—En ese caso, ¿de dónde proceden los beneficios secretos? —inquirió—. ¡Eso no me basta, señor Monk! ¡Hay algo importante que no ha descubierto! Si los materiales son buenos, ¿quizá se adquirieron de forma deshonesta? —Lo miraba de hito en hito, con el rostro encendido por la emoción.

Monk constató una vez más lo muy enamorada que estaba de Dalgarno y el terrible miedo que la atenazaba por el simple hecho de pensar que su amado se viera envuelto en un crimen que pudiera arruinarlo, no sólo moralmente sino en todos los sentidos, para acabar quizás en la cárcel, igual que Arrol Dundas. Monk conocía como nadie la amargura de esa sensación. Era algo de lo que ni siquiera su confundida memoria había podido deshacerse por completo.

Le ofreció el brazo y, tras un instante de duda, Katrina lo aceptó y echaron a andar entre los arriates floridos.

—Aún estoy investigando un posible fraude en la adquisición de terrenos —explicó Monk en voz baja, para que los transeúntes que paseaban disfrutando de aquella tarde tan luminosa no alcanzaran a oírle.

Se daba cuenta de la curiosidad que despertaban, educadamente camuflada tras asentimientos corteses y sonrisas cuando se cruzaban con ellos. Katrina y él tenían que causar impresión, ambos bien parecidos, vestidos con elegancia y a todas luces enfrascados en una conversación de contenido profundamente emotivo. Ella apenas apoyaba la mano en su brazo con un gesto delicado, más de confianza que de familiaridad.

—Por favor, siga investigando, se lo ruego —pidió en tono apremiante—. El miedo me desespera cuando pienso lo que podría ocurrir si nadie averigua la verdad antes de que sea demasiado tarde. Puede que consigamos evitar no sólo la tragedia de un hombre inocente implicado en un crimen, sino también que la vida de una cantidad incalculable de personas se pierda o se malogre en la clase de desastre que sólo algo como un accidente de tren puede ocasionar.

—¿Por qué teme que se produzca un accidente, señorita Harcus? —preguntó Monk, frunciendo un poco el ceño—. No hay ningún motivo para pensar que los materiales sean defectuosos o los peones negligentes en su trabajo. Si existe fraude en la adquisición de los terrenos, se tratará de algo deshonesto, qué duda cabe, pero eso no provoca accidentes.

Katrina apartó la mirada, de modo que Monk no podía verle el semblante más que en escorzo, y se soltó del brazo de él. Cuando habló, lo hizo con voz apenas audible.

—No se lo he contado todo, señor Monk. Abrigaba la esperanza de no tener que hablar de esto. Me avergüenza reconocer que me detuve en el descansillo y que escuché una conversación que tenía lugar abajo, en el vestíbulo. Apenas hago ruido al caminar y no siempre se me oye. No lo hago a propósito, es un hábito adquirido en la infancia inculcado por mi madre: «Las damas deben moverse silenciosamente y con garbo», solía decirme. —Suspiró profundamente, y Monk la vio pestañear varias veces, como si estuviera conteniendo el llanto.

—¿Qué fue lo que oyó, señorita Harcus? —preguntó con delicadeza, deseando ofrecerle más consuelo, aliviar incluso la inefable aflicción que se hacía patente pese a su comedimiento—. Perdone que insista, pero debo saberlo si quiero dirigir mis pesquisas en la dirección correcta para descubrir la conducta deshonesta que la atormenta.

—Oí que Jarvis Baltimore decía a Michael que mientras nadie descubriera lo que habían hecho —dijo Katrina sin mirarlo—, ambos iban a hacerse muy ricos, y que esta vez no habría ningún accidente que echara a perder el beneficio, y que si lo había, nadie hallaría relación alguna. —Se volvió para mirarlo de frente, con el semblante pálido, los ojos brillantes, exigentes—. ¿Acaso importa dónde ocurra el accidente? Se trata de vidas humanas, personas aplastadas sin que nadie pueda ayudarlas. ¡Por favor, señor Monk, si es lo bastante hábil o inteligente como para evitar que esto suceda, hágalo, no sólo por mi bien, sino por el de las personas que irán a bordo de ese tren cuando se estrelle!

Monk se quedó helado, imaginando los cuerpos destrozados.

—No veo que un fraude en la adquisición de terrenos pueda causar un accidente —insistió—, pero le aseguro que haré cuanto esté en mi mano para averiguar si ha habido algún robo u otro acto delictivo en Baltimore & Sons —prometió.

Tendría que hacerlo tanto por su propio bien como por el de ella. El conocimiento del accidente de Liverpool y el recuerdo de Arrol Dundas eran demasiado intensos como para pasarlos por alto. Nadie sabía la causa de aquella carnicería. Quizá si aprendía más sobre topografía, adquisición de terrenos y movimiento de capitales alcanzaría a ver la conexión.

—Le contaré todo lo que descubra —prosiguió—, pero no espere una respuesta antes de tres o cuatro días.

Katrina sonrió y una expresión de alivio iluminó su rostro como si fuese el sol.

—Gracias —dijo con súbita amabilidad, en tono incluso afectuoso—. Es usted tan bueno como esperaba. Dentro de tres días, aquí me tendrá cada tarde aguardando sus noticias. —Y tocándole levemente el brazo otra vez, se volvió y se alejó por el sendero, cruzándose con dos ancianas en animada conversación, quienes los saludaron con una inclinación de la cabeza, hasta cruzar la verja de salida sin volver la vista atrás.

Monk dio media vuelta y desanduvo lo andado hacia otra salida. No lograba desprenderse de la sensación de opresión que lo perseguía sin tregua. No había imágenes concretas, sólo una pesadez, como si hubiese estado evitando durante mucho tiempo que algo emergiera en la memoria, difuminando su perfil hasta desdibujarlo, pero sin conseguir desprenderse de su presencia. ¿Cuál era ese aspecto de su pasado que se negaba a afrontar? La culpa. Conocía de sobra la sensación de fracaso que le embargó cuando fue incapaz de ayudar a Dundas, y que no hizo más que agudizarse cuando éste murió. Pero ¿cuál había sido su participación en el fraude? Habían trabajado juntos, Dundas como mentor y Monk como pupilo. Monk había creído inocente a Dundas. De eso estaba seguro. La admiración y el respeto que le profesaba seguían intactos.

Ahora bien, ¿eran fruto del conocimiento o de su propia ingenuidad? O, lo que era más sombrío e inquietante, ¿sabía entonces la verdad y no estuvo dispuesto a informar acerca de ella en el juicio de Dundas, porque hacerlo habría sacado a relucir su complicidad?

¿Acaso el choque entre un tren cargado con carbón y otro de pasajeros en un viaje de placer podía tener relación con un fraude? El empleado que le había referido el accidente había asegurado que las causas de éste seguían siendo un misterio. Sin embargo, seguro que se había abierto una investigación. Expertos en distintos campos habrían examinado cada detalle, y de haber existido la posibilidad de un fraude, habrían aparcado cualquier cosa relacionada con él hasta conocer los datos en su totalidad.

Tenía que apartar aquellos pensamientos. Su única culpa había sido creer en la inocencia de Dundas y no conseguir que lo absolvieran, no haber estado implicado en las causas del accidente. Dundas había ido a la cárcel y había muerto allí; un buen hombre que se había mostrado incondicionalmente generoso con Monk, había sido sacrificado por un sistema judicial que cometía errores. Las personas eran falibles, algunas incluso malas o, al menos, hacían maldades.

¿Qué sabía sobre Michael Dalgarno, de quien tan enamorada estaba Katrina Harcus? Ya iba siendo hora de que lo conociera personalmente y se formara su propio juicio.

Cruzó el último sendero circular del jardín y caminó a paso vivo desde York Gate hasta Marylebone Road, donde tomó el primer cabriolé libre que pasó en dirección sur, para ir a las oficinas de Baltimore & Sons en Dudley Street.

La escalinata exterior lo dejó en la entrada principal, desde donde subió la escalera revestida con paneles de roble pensando a toda prisa. Llamó al timbre del mostrador de recepción y acudió un empleado. Para entonces, ya tenía más o menos decidido lo que iba a decir y preparada en el bolsillo del chaleco la tarjeta que se proponía usar.

—Buenas tardes, señor. ¿Qué se le ofrece? —preguntó el recepcionista.

—Buenas tardes —respondió Monk, seguro de sí—. Me llamo Monk. Represento a Findlay & Braithwaite, de Dundee, a quien han solicitado la adquisición de material rodante para unos ferrocarriles franceses, y si las operaciones en ese país resultan satisfactorias, también para Suiza.

El recepcionista asintió.

—Baltimore & Sons goza de una excelente reputación —prosiguió Monk—. Quedaría muy agradecido por el consejo que quienquiera que esté disponible pudiera darme respecto de un negocio de gran envergadura, donde sólo cabe lo mejor. Si la persona a cargo de la adquisición de terrenos y materiales pudiera dedicarme un poco de tiempo, tal vez todos obtengamos grandes beneficios. —Sacó la tarjeta impresa con su nombre, una dirección de Bloomsbury y una ocupación muy general como asesor y agente. Le había resultado útil en numerosas ocasiones.

—Cómo no, señor Monk —dijo el recepcionista con mucha labia, empujando las gafas hasta lo alto de su gorda nariz—. Veré si el señor Dalgarno no está demasiado ocupado. Si tiene la bondad de esperar aquí, señor. —Fue una orden, no una pregunta, y, con la tarjeta en la mano, desapareció tras una puerta dejando al visitante a solas.

Monk echó un vistazo a las paredes donde colgaban varias pinturas y aguafuertes muy llamativos, muchos de ellos de espectaculares obras ferroviarias, imponentes precipicios a ambos lados de desfiladeros tallados por cuadrillas de peones, figuras diminutas ante la grandeza del paisaje. Las rampas subían trazando una curva desde los niveles inferiores hasta los más altos, salpicadas de carros cargados de piedra, tirados por esforzados caballos. Los hombres empuñaban picos y palas, removiendo tierra y cavando.

Pasó al cuadro siguiente, que mostraba el arco exquisito de un viaducto que atravesaba por el medio un valle de tierras pantanosas. También en éste se veían grupos de hombres y caballos levantando, cargando, construyendo para que el ferrocarril se fuese abriendo camino implacable, para llevar la industria de una ciudad a otra a través de donde fuese preciso.

Se acercó a la otra pared, donde los cuadros representaban máquinas concretas: magnífica maquinaria flamante escupiendo vapor al cielo, las ruedas relucientes, la pintura brillante. Sintió el resurgir de un orgullo olvidado mucho tiempo atrás, un escalofrío de entusiasmo y miedo, una euforia extraordinaria.

La puerta se abrió. Monk se volvió casi con aire de culpabilidad, como si lo hubiesen sorprendido permitiéndose un placer prohibido, y vio al recepcionista esperándole.

—Son bonitos, ¿verdad? —dijo el empleado con orgullo—. El señor Dalgarno puede recibirle ahora, señor. Sígame, por favor.

—Gracias —aceptó Monk enseguida—. Sí, son muy hermosos.

Se resistía a apartarse de los cuadros, como si, de mirarlos el tiempo necesario, éstos fueran a decirle algo más. Pero Dalgarno lo estaba esperando, así que no era el momento. Siguió al recepcionista hasta un despacho espacioso, si bien amueblado con mucha modestia, como si perteneciera a una empresa que todavía no generase más beneficios que los que reinvertía en nuevos proyectos y no en lujos para sus directivos.

En cualquier caso, Michael Dalgarno dominaba la habitación de tal modo que un escritorio tallado o unas butacas recién tapizadas habrían resultado superfluos. Tal como le habían dicho, era más o menos de la estatura de Monk y se conducía con la relajada gracia de un hombre que conocía su propia elegancia. La ropa no sólo le sentaba perfectamente, sino que era en todo detalle la más apropiada para su posición, con estilo, discreta y, no obstante, con el ligero toque personal que distinguía a los hombres que no eran del montón. En el caso de Dalgarno, se trataba del inusual pliegue de su corbata. Tenía el pelo oscuro y ondulado, los rasgos regulares, y resultaba agradablemente apuesto más que guapo. Quizá la nariz fuese un poco larga y el labio inferior demasiado grande. Era un rostro recio en el que no cabía descifrar emociones.

—Mucho gusto, señor Monk —dijo cortésmente, aunque no con el entusiasmo que traiciona una excesiva ansia por hacer negocios—. ¿En qué puedo servirle? —Señaló una de las butacas para que tomara asiento, y él hizo lo propio al otro lado del escritorio.

Monk aceptó; se sentía muy a gusto en el despacho, como si hubiese sido el suyo. Los montones de papeles, cuentas y facturas le resultaban familiares. Los libros de la estantería de detrás de Dalgarno versaban sobre las grandes vías férreas del mundo, y también había atlas, índices geográficos, planos topográficos del instituto cartográfico y referencias a fabricantes de acero, aserraderos y las demás industrias pesadas y ligeras relacionadas con la construcción de vías férreas.

—Represento a una empresa que actúa en nombre de un caballero que, por el momento, prefiere conservar el anonimato —comenzó Monk, como si fuese el modo más normal y corriente de abordar un negocio—. Tiene la oportunidad de suministrar a un país extranjero gran cantidad de material rodante; vagones de mercancías y de pasajeros, para ser más exactos.

Percibió el interés de Dalgarno, aunque éste supo ocultar hasta dónde llegaba.

—Naturalmente, estoy haciendo averiguaciones en este campo para conseguir el mejor material al mejor precio —prosiguió Monk—. Uno que resulte beneficioso para todas las partes implicadas en el negocio. Me han comentado que Baltimore & Sons es una empresa bastante más imaginativa que la mayoría, y que su tamaño le permite ofrecer trato y consejo personalizados a sus clientes.

Vio que Dalgarno parpadeaba. Sólo fue un leve movimiento de los ojos, tras el cual recuperó su calma absoluta, pero Monk era experto en observar a las personas y descifrar las palabras no dichas, y dejó que Dalgarno se diera cuenta. Se retrepó en el asiento y sonrió, sin añadir nada más.

Dalgarno lo entendió a la primera.

—Ya veo. ¿Y de qué cantidades estaríamos hablando, señor Monk?

La respuesta acudió a los labios de Monk desde un recoveco sin explorar de su memoria.

—Ochocientos kilómetros de vía, para empezar —contestó—. Si la operación tiene éxito, está previsto llegar a los tres mil en un plazo de diez años. Aproximadamente la mitad discurriría por terreno fácil; la otra mitad supondría mucho trabajo de zanja y voladura, así como unos cinco kilómetros de túneles. El material rodante inicial consistiría en un centenar de vagones de mercancías y quizás otros tantos de pasajeros, aunque para estos últimos tenemos en mente a muy buenos fabricantes. Naturalmente, estamos dispuestos a considerar cualquier otra oferta, siempre y cuando sea mejor.

—Vamos a ver si lo he entendido, señor Monk —dijo Dalgarno.

Su expresión era de absoluta serenidad, como si sólo estuviese ligeramente interesado, si bien Monk reparó en la tensión de sus músculos bajo las elocuentes arrugas de la chaqueta. Más allá de lo que veía o de lo que su voz dejaba traslucir, Monk sabía con toda exactitud cómo se sentía Dalgarno. Había ocupado un puesto como el suyo cuando tenía su edad. Era como si de pronto volviese a estar allí; una sensación más profunda que el recuerdo, un entendimiento preclaro del otro. Sin saber muy bien por qué, mentalmente podía ponerse en el lugar de Dalgarno.

—Ahora me preguntará si mejor significa más barato —se adelantó Monk—. En realidad, significa que cueste lo que valga, señor Dalgarno. El ferrocarril tiene que ser seguro, pues los accidentes salen caros. Y tiene que durar. Cualquier cosa que deba reemplazarse antes de tiempo resulta dispendiosa, por poco que se haya pagado por ella. Hay costes de adquisición, de contratos, de transporte, de deshacerse de lo inservible y, por encima de todo, del tiempo en que se detiene la actividad hasta conseguir el material nuevo.

Dalgarno sonrió de manera instintiva. Poseía una dentadura impecable.

—Sus argumentos son acertados, señor Monk. Puedo asegurarle que cualquier oferta que Baltimore & Sons llegue a hacerle satisfará todos sus requisitos.

Monk también sonrió. No tenía la menor intención de comprometerse a nada, tanto porque si lo hacía Dalgarno dejaría de respetarlo como porque deseaba permanecer en su compañía el mayor tiempo posible. Aquélla sería su única oportunidad para formarse una opinión sobre él. De entrada le costaba creer que fuese un primo. Nunca conocería a Nolan Baltimore para saber si cabía que hubiese utilizado y engañado a los miembros más jóvenes de su empresa pero, si lo había hecho, Monk dudaba mucho que entre ellos se contara el hombre sentado al otro lado de la mesa. La actitud alerta y la confianza de Dalgarno eran patentes para Monk, como si le leyese el pensamiento y conociera su carácter. Comprendió muy bien que Katrina Harcus estuviese enamorada de él, aunque no así que tuviera tan clara su inocencia. Sin duda habría que atribuirlo a la ceguera del amor.

—Si le presento todos los pormenores —prosiguió Monk en voz alta—, ¿cree que podría facilitarme los plazos, costes y especificaciones antes de un mes, señor Dalgarno?

—Sí —respondió Dalgarno sin titubeos—. Puede que la entrega se demore un tanto, sobre todo la de material rodante. Tenemos un pedido muy importante en curso que debemos enviar a India. Ese país está construyendo a un ritmo imparable, como sin duda ya sabe usted.

—Sí, por supuesto, ¡aunque no deja de impresionarme que suministren a India! —exclamó estupefacto, aunque no habría sabido decir por qué.

Dalgarno se relajó, juntando las yemas de los dedos delante de él.

—Nosotros no, señor Monk. Por desgracia aún no somos lo bastante grandes para eso. Suministramos componentes a otra empresa. Aunque supongo que eso también lo sabe...

Aquello no fue realmente una pregunta. Daba por sentado que Monk lo estaba poniendo a prueba, y se permitió mostrar toda su franqueza.

Monk se recobró al instante. No dijo nada, dejando que su expresión lo hiciera por él.

—¿Está autorizado a hablar en nombre de su socio mayoritario, señor Dalgarno?

El rostro de Dalgarno se ensombreció. Resultaba imposible decir si era algo genuino o una cuestión de decoro.

—Por desgracia, nuestro socio mayoritario falleció hace poco —contestó—. Lo sucede en el negocio su hijo, el señor Jarvis Baltimore, que está más que capacitado para ocupar su puesto.

—Lo lamento —interrumpió Monk, apropiadamente—. Le ruego acepte mi pésame.

—Gracias —dijo Dalgarno—. Como comprenderá, en estos momentos el señor Baltimore anda bastante ocupado atendiendo asuntos familiares y tratando de dar consuelo a su madre y a su hermana. Y ahí es donde debería estar yo esta tarde, señor Monk. La muerte del señor Baltimore fue repentina y nos cogió del todo desprevenidos. Aunque, naturalmente, eso no es asunto suyo y los ferrocarriles no esperan a nadie. Le doy mi palabra de que no permitiremos que una tragedia personal nos aparte de nuestro deber. Cualquier promesa que haga Baltimore & Sons será cumplida al pie de la letra. —Se puso de pie y le tendió la mano.

Monk, levantándose a su vez, se la estrechó. Fue un apretón firme y nada afectado. Dalgarno era un hombre seguro por demás de sí mismo, si bien un tanto ansioso, con una ambición en la que Monk podía verse reflejado tal como había sido una vez... De hecho, no tanto tiempo atrás. Se había apartado por completo de la banca mercantil y las finanzas, pero su nueva carrera como policía no había hecho más que dar otra dirección a esa ambición. Cada caso seguía siendo una batalla, un desafío personal.

El encargo de Katrina Harcus era salvar a Dalgarno y evitar cualquier desastre posible, y, para hacer cualquiera de las dos cosas, necesitaba saber cuanto pudiera acerca de Jarvis Baltimore.

—Una pregunta más, señor Dalgarno —dijo con toda tranquilidad—. Siempre se corre el riesgo de que la adquisición de terrenos plantee problemas. Los mejores acuerdos pueden irse a pique si un tramo de la vía proyectada tropieza con dificultades. No todo el mundo ve el progreso como una bendición.

El rostro de Dalgarno daba silenciosa fe de que lo comprendía.

—¿Quién se encarga de estos asuntos en su empresa? —preguntó Monk—. ¿Usted mismo o el señor Baltimore?

¿Hubo un leve titubeo por parte de Dalgarno o fue sólo que Monk quiso verlo así?

—Todos nos hemos encargado de eso, en una u otra ocasión —respondió Dalgarno—. Como bien dice, es un asunto que puede causar grandes quebraderos de cabeza.

Monk frunció el ceño.

—¿Todos?

—El difunto señor Nolan Baltimore también llevaba a cabo adquisiciones de terrenos —explicó Dalgarno.

—Claro. —Monk iba a continuar cuando la puerta se abrió y Jarvis Baltimore apareció en el umbral, con el rostro un poco colorado y expresión impaciente.

—Michael, voy... —Vio a Monk y se interrumpió bruscamente—. Lo siento. No sabía que estabas con un cliente. —Tendió la mano a Monk—. Jarvis Baltimore —se presentó.

Monk le estrechó la mano y notó un apretón demasiado fuerte, como el de alguien resuelto a imponer su autoridad.

—El señor Monk representa a un cliente interesado en una importante adquisición de material rodante —explicó Dalgarno.

Baltimore adoptó una expresión de tranquilidad e interés, aunque su cuerpo aún reflejaba una tensión apenas reprimida.

—Estoy convencido de que podremos ayudarle, señor Monk. Si nos refiere las necesidades de su cliente, le presupuestaremos todos los artículos.

—¿Y los servicios? —Monk enarcó las cejas—. El señor Dalgarno me ha dicho que también tienen experiencia en la negociación de adquisiciones de terrenos y derechos de paso.

—Por supuesto. ¡Aunque con honorarios! —Baltimore sonrió y lanzó una mirada a Dalgarno, luego añadió dirigiéndose a Monk—: Ahora me temo que ambos tenemos que interrumpir esta conversación por hoy. Mi familia ha recibido un duro golpe recientemente, y Dalgarno es un amigo íntimo, uno de nosotros, como quien dice. Mi madre y mi hermana nos esperan...

Monk miró a Dalgarno y reflexionó sobre la inmediata reacción de su rostro y la rapidez de su respuesta. ¿Era ambición, afecto, lástima? Monk no habría sabido decirlo.

—Estoy seguro de que lo entiende —continuó Baltimore.

—Por descontado —convino Monk—. Le ruego acepte mi pésame. Esto ha sido sólo una conversación preliminar. Informaré a mis superiores y veremos qué instrucciones me dan. Muchas gracias por su tiempo, señor Baltimore, señor Dalgarno.

Se despidió y se marchó, reflexionando en sus impresiones mientras iba camino de casa.

—¿Cómo es Dalgarno? —preguntó Hester una hora más tarde mientras cenaban pescado a la parrilla con cebollas y puré de patata—. ¿Piensas que está envuelto en alguna clase de fraude?

Monk titubeó antes de contestar, sorprendido por la firmeza de su propia respuesta. Ella lo observaba con interés, con el tenedor suspendido en el aire.

—No sé si hay algún fraude o no —contestó Monk sin apartar la vista—; ahora bien, si lo hay, me costaría mucho creer que lo engañaron. Me ha parecido inteligente, entendido en la materia y demasiado ambicioso como para dejar nada al azar o a merced de otra persona. No pienso que sea el tipo de hombre que confía su bienestar a un tercero.

—Así pues, ¿la opinión que de él se ha formado la señorita Harcus es fruto de su enamoramiento más que de la realidad? —Esbozó una sonrisa, atribulada—. Todos tendemos a ver a las personas que nos importan tal como deseamos que sean. ¿Vas a decirle que su amado es perfectamente capaz de velar por su reputación?

—No —respondió Monk con la boca llena—. Al menos, no hasta que sepa si ha habido fraude en la adquisición de tierras. Mañana iré a Derbyshire. Quiero echar un vistazo a los informes topográficos y luego reconocer el terreno.

Hester frunció el ceño.

—¿Por qué está ella tan segura de que hay algo malo? Si no ha sido Dalgarno, ¿quién piensa que tiene la culpa? —Dejó el tenedor en el plato, olvidando por completo la comida—. William, ¿es posible que el culpable fuese Nolan Baltimore, el hombre que asesinaron en Leather Lane, y que su muerte estuviera relacionada con un fraude en la adquisición de terrenos y no con la prostitución? Me consta que es poco probable que se encontrara allí por un asunto de tierras —añadió de inmediato—. ¡Sé demasiado bien cómo se gana la vida Abel Smith! —Sonrió apretando los labios—. Y supongo que fue allí con ese propósito. Pero tendría sentido, ¿no crees?, que quienquiera que lo mató lo hubiese seguido y eligiera ese lugar para disimular el verdadero motivo del crimen.

Hizo caso omiso del creciente interés de Monk.

—Y dejó a Baltimore allí para que todo el mundo supusiera lo que está suponiendo —prosiguió—. Salvo su familia, por supuesto. ¿Te conté que su hija fue a verme a Coldbath Square para preguntar si sabía algo que pudiera servir para limpiar su nombre?

—¿Cómo dices? —exclamó Monk—. ¡Eso no me lo habías contado!

—Oh..., vaya, pues tuve intención de hacerlo —se disculpó Hester—. No tiene la menor importancia. No pude, por supuesto. Me refiero a contarle algo a ella. Pero la familia deseará creer que no tuvo nada que ver con la prostitución, ¿no te parece?

—Tampoco creo que les entusiasme pensar que fue por un fraude —repuso Monk con una sonrisa.

No obstante, la idea caló en su mente. Encajaba con lo que había visto de los dos hombres en las oficinas de Baltimore, con lo que Katrina Harcus creía de Dalgarno y explicaba mejor la muerte de Nolan Baltimore que el asesinato a manos de una prostituta o un proxeneta.

Hester lo miraba fijamente, aguardando su respuesta.

—Sí —convino Monk, sirviéndose más pescado y puré—. Pero todavía no sé si hay algún fraude de por medio, aunque, si llevas razón, ¡quizá debería decir hubo! Mañana iré a Derbyshire e intentaré comprobarlo. Necesito todos los planos, los más detallados, y ver qué están haciendo exactamente.

Hester arrugó la frente.

—¿Crees que así conseguirás averiguarlo? Quiero decir, ¿te bastará con estudiar los planos y el terreno?

Había llegado el momento de hablarle del recuerdo que lo perseguía, de la sensación de familiaridad con todo el proceso de peritación topográfica para vías férreas, así como con la adquisición de terrenos y las dificultades que ésta entrañaba. Tiempo atrás le había referido lo poco que recordaba sobre Arrol Dundas, así como su impotencia para demostrar la verdad. Hester comprendería ahora por qué se sentía empujado a descubrir la realidad acerca de Baltimore & Sons, tanto si Katrina Harcus necesitaba conocerla como si no. Si explicaba sus temores, después le resultaría mucho más fácil admitir que, como mínimo, había sido parte implicada en el fraude y en el desastre posterior que éste pudo haber causado.

Pensó en el trabajo que Hester llevaba a cabo con las mujeres en Coldbath Square. Aquella noche acudiría allí otra vez. Ya iba vestida para afrontar la noche de dura e ingrata labor que la aguardaba. Quizá no volviese a verla hasta que regresara de Derbyshire. Más valía esperar otra ocasión, cuando tuviera la oportunidad de quedarse junto a ella y asegurarle... ¿Qué? ¿Que fuera lo que fuese lo que había sido en el pasado él ya no era ese hombre?

—No lo sé —dijo. A fin de cuentas era cierto, aunque no fuese toda la verdad—. No se me ocurre nada mejor.

Hester cogió los cubiertos, dispuesta a seguir cenando.

—Si me entero de algo más acerca de Nolan Baltimore, te lo contaré —prometió.

5

Hester pasó una velada extraña e infeliz tras el regreso de Monk, consciente de que había algo importante dentro de él que quedaba fuera de su alcance. O bien no deseaba compartirlo con ella, o bien no era capaz de hacerlo. Lo había echado de menos durante su ausencia, aprovechando la ocasión para dedicarse de pleno al trabajo en la casa de socorro de Coldbath Square. Ahora habría estado encantada de ir allí más tarde, o incluso de no ir, si él le hubiese dicho una sola vez que deseaba que se quedase.

Pero no lo hizo. Se había mostrado crispado, absorto en sus pensamientos, y pareció casi aliviado cuando ella se despidió poco antes de las diez para salir a la noche, oscura pese a las farolas, y tomar el primer coche de punto que pasara para dirigirse a Coldbath Square.

Hacía bastante frío y agradeció el calor que la envolvió al abrir la puerta y entrar en la casa. Bessie, sentada a la mesa, estaba cosiendo botones a una blusa blanca; levantó la vista, y se le iluminó el rostro al ver a Hester.

—Trae mala cara —dijo preocupada—. Una taza de té caliente le sentará bien. —Dejó la labor sobre la mesa y se puso de pie—. ¿Quiere que le ponga un chorrito de algo fuerte?

Ni siquiera hizo ademán de ir por el whisky, pues sabía bien que Hester no iba a querer. Siempre lo rechazaba, pero Bessie siempre se lo ofrecía. Era una especie de ritual.

—No, gracias —contestó Hester sonriendo, mientras colgaba el abrigo empapado en la percha de la pared—. Claro que eso no quita que lo tome usted.

Aquello también formaba parte del ritual.

—Pues ya que lo dice —aceptó Bessie—, no me importaría.

Fue hasta la estufa para asegurarse de que el agua estuviera hirviendo, y Hester se dirigió a ver a las pacientes.

Fanny, la muchacha a quien habían apuñalado, tenía fiebre y grandes dolores, aunque no daba muestras de estar peor de lo que Hester esperaba. Las heridas como las suyas no se curaban fácilmente. La fiebre parecía ir remitiendo.

—¿Ha comido algo? —preguntó Hester.

Fanny asintió con la cabeza.

—Un poquito —susurró—. Tomé caldo de carne. Gracias.

Bessie se aproximó a ellas, proyectando una gran sombra benévola entre las camas, lejos de la luz del otro extremo de la sala.

—El señor Lockwood quedó muy satisfecho al verla —dijo encantada—. Vino a mediodía. Sobrio como un juez —agregó con orgullo, como si fuera en parte un logro suyo. Tal vez lo fuese.

—¿Le dio de almorzar? —preguntó Hester, sin mirarla.

—¿Y qué si lo hice? —protestó Bessie—. ¡No nos viene de un plato de col y patatas ni de un par de salchichas!

Hester sonrió, pues le constaba que aquella comida habría salido de la mal provista despensa de Bessie.

—Claro que no —convino, fingiendo no saber

nada—. Es lo menos que podemos darle a cambio de todo lo que hace por nosotras.

—¡Cuánta razón tiene! —exclamó Bessie con vehemencia, lanzando una mirada un tanto suspicaz a Hester—. También visitó a Alice, pobrecita mía. Dijo que está todo lo bien que podía estar. Pasó un buen rato hablando con ella. La señorita Margaret lo ayudó a ponerle cataplasmas de árnica, tal como hicimos usted y yo, y parece que le han hecho bien.

La voz de Bessie traslucía su temor. Hester tuvo claro que quería preguntar si Alice iba a vivir, pero que tenía demasiado miedo de la respuesta que pudieran darle. El hecho de que hubiese sobrevivido tres días desde la noche en que le habían infligido las heridas era un síntoma esperanzador. Si hubiese tenido las hemorragias internas que tanto temían ya habría muerto para entonces.

Hester se acercó a ella y vio que dormitaba, inquieta, hablando entre dientes, como a medio camino entre la vigilia y el sueño. No podía hacerse nada por ella. O bien su cuerpo se curaría con el tiempo, o bien desarrollaría fiebre o gangrena y moriría. Más tarde, cuando estuviese más despierta, le darían algo de beber, y después la lavarían con una esponja y agua fresca y le cambiarían el camisón.

Hester volvió a la mesa que había en el otro extremo de la sala, donde Bessie ya tenía el té en infusión y vertía un generoso chorro de whisky en su tazón.

Aún había policías por todas las calles del barrio de Coldbath acosando a los vecinos con sus preguntas. Hester había reparado en ellos; los veía profundamente infelices, pero incapaces de rehuir su obligación. En su mayoría, trabajaban casi siempre en la zona y conocían a las mujeres, así como a los hombres que solían ir allí en busca de placeres, si bien éstos, habida cuenta de la situación del momento, eran cada vez más escasos. El negocio también iba de mal en peor en otros comercios, y cuantos operaban en los límites de la ley estaban nerviosos y de mal talante. No había dinero para gastar en pequeños lujos como agua de menta, flores, bocadillos de jamón, un sombrero nuevo o un juguete para un niño. Los vendedores de cerillas y cordones de zapatos eran prácticamente los únicos a quienes seguía yéndoles bien.

Poco antes de medianoche Jessop se presentó otra vez, e insistió en aumentar el alquiler. Se plantó en medio de la estancia con los pulgares metidos en las sisas de su chaleco de brocado rojo, tratando de añadir restricciones y, en general, dando la lata. Las pocas mujeres heridas o enfermas ya se habían quejado de sus visitas, y volverían a hacerlo si seguía presentándose allí cada vez que le viniese en gana. No se fiaban de él, pues representaba a la autoridad aunque sólo fuese remotamente. Hester así se lo hizo ver, y le pidió que se marchara. Jessop sonrió satisfecho y no se dio por aludido hasta que Bessie perdió la calma y llenó el cubo con agua caliente, lejía y vinagre. Se puso a fregar el suelo, salpicándole los botines de manera deliberada, y por fin Jessop se marchó muy molesto. Entonces Bessie limpió sin más esmero el suelo mojado y tiró el agua apenas sucia. Ella y Hester se acurrucaron en dos de las camas libres y durmieron con un ojo abierto. Las pacientes no las requirieron en casi toda la noche; salvo Alice, un par de veces.

—Le puse el arma en la mano, ¿verdad? —dijo Margaret con pesar cuando Hester le refirió la visita de Jessop a primera hora de la mañana siguiente, poco después de las nueve, aprovechando que Bessie había salido a hacer unas compras.

Margaret era demasiado sincera como para que Hester la tratara con condescendencia sirviéndose de una excusa. Aquella mañana sentía más que nunca una ardiente necesidad de franqueza.

—Me temo que sí —convino Hester, aunque con una atribulada sonrisa para quitar hierro al asunto.

Estaban atareadas separando las vendas usadas que aún estaban en condiciones de lavarse y volverse a emplear. Su situación no les permitía provisiones innecesarias.

—Aunque no creo que vaya a tener la menor importancia dentro de un tiempo —prosiguió—. Tenemos que encontrar un sitio nuevo tan pronto como podamos. Jessop nos echará en cuanto tenga ocasión. Ha sido su intención desde el principio.

Margaret no contestó. Sus dedos manejaban con destreza los rollos de tela, separando los que estaban para tirar de los que conservarían.

—¿Qué vamos a hacer respecto al usurero y las mujeres apaleadas? —preguntó finalmente.

Hester había estado pensando en ello desde el momento en que se enteró de la verdad por boca de Alice, y había llegado a la conclusión de que por sí mismas no podían hacer nada sin correr el riesgo de empeorar más la situación. La usura no era un crimen que la ley pudiera perseguir por los cauces habituales. Había dado vueltas a otras ideas, si bien no había llegado a trazar un plan coherente que pudieran llevar a cabo.

Aquella mañana se sintió más impotente si cabía ante el dolor, pues su propia felicidad estaba empañada y su confianza en sí misma ensombrecida por el hecho de que Monk hubiese marcado distancias entre ellos. Algo atormentaba a su esposo, y éste era incapaz de hacerla partícipe.

—Necesitamos ayuda —dijo Hester en voz alta. Ya había tomado una decisión—. Alguien que conozca la ley mucho mejor que nosotras.

—¿El señor Monk? —inquirió Margaret de inmediato.

—No, me refiero a un abogado. —Se negó a permitir que le doliera la idea de que no fuese Monk a quien iba a recurrir—. Alguien que sepa de usura y esa clase de cosas —prosiguió—. Creo que deberíamos ir tan pronto como abran los bufetes. Para entonces Bessie habrá vuelto, y es muy poco probable que durante la mañana venga alguien que no pueda esperar a que regresemos.

—Pero ¿a quién encontraremos que se interese por casos como los de Fanny o Alice? —preguntó Margaret—. Y no tenemos dinero de más para pagar una minuta. Está todo asignado al alquiler y las provisiones.

Lo dijo con firmeza, por si acaso Hester perdía el sentido práctico y olvidaba las prioridades.

—Al menos sé por dónde empezar —contestó Hester, muy seria—. No voy a gastar nuestra reserva de dinero, se lo prometo.

Todavía no consideraba oportuno decir a Margaret que tenía la intención de visitar a sir Oliver Rathbone. Una vez había estado a punto de pedir a Hester que se casara con él. Titubeó y terminó por no hacerlo. Quizá viera en su rostro que aún no estaba preparada para tomar semejante decisión, o incluso que nunca amaría a nadie con la intensidad y la magia con que amaba a Monk. Era algo superior a Hester, tanto si Monk sentía lo mismo por ella como si no, lo cual por aquel entonces aún desconocía.

Fue después de ese episodio cuando descubrió que Monk la correspondía, profunda y apasionadamente, y que había reconocido que negar ese sentimiento suponía negar todo lo mejor de su ser, así como lo más vulnerable.

Los tres eran amigos, a su manera. Rathbone seguía sintiendo un profundo afecto por ella. Hester lo sabía y sin duda Monk también, pero eran aliados en una causa que invalidaba las heridas y pérdidas individuales. Rathbone jamás había rechazado un caso en el que creyera, por más difícil o improbable que fuese ganarlo, y desde luego nunca había influido en su decisión el que fuese Monk quien se lo planteara.

Ella y Margaret irían a Vere Street y le contarían

cuanto sabían. Al menos sería una carga compartida. De pronto se dio cuenta de lo bien que la haría sentir volver a verlo, ser consciente de su afectuosa consideración y saberse de su confianza.

En realidad, ya habían dado las once cuando hicieron pasar a Hester y Margaret al despacho de Rathbone con su hermoso escritorio con el tablero forrado en piel, las vitrinas llenas de libros y los altos ventanales que daban a la calle.

Rathbone fue al encuentro de Hester sonriendo de oreja a oreja. Su estatura superaba en poco la media y su encanto residía en la inteligencia de su rostro, en su irónico y sutil sentido del humor y en la suprema confianza de su porte. Era todo un caballero y tenía la desenvoltura del privilegio y la educación.

—Hester, no sabes cuánto me alegra verte, aunque sea un problema lo que te haya traído hasta aquí —dijo con sinceridad—. ¿A quién han acusado erróneamente de qué? ¿Es un caso de asesinato? Tratándose de ti, no me sorprendería.

—Todavía no —contestó Hester, un tanto conmovida por el cariño que transmitía su voz.

Se volvió para presentar a Margaret y, cuando Rathbone dirigió su atención hacia ella, Hester reparó en la chispa de súbito interés que iluminó sus ojos oscuros, como si ya la conociera o hubiera algo en ella que le alegraba ver.

—La señorita Margaret Ballinger —dijo Hester aprisa—. Sir Oliver Rathbone.

Margaret tomó aire como para ir a responder. Había un ligero rubor en sus mejillas.

—Ya hemos sido presentados —constató Rathbone sin darle tiempo a hablar—. En un baile, no recuerdo dónde, pero bailamos juntos. Fue justo antes de aquel desdichado asunto del arquitecto. Es un placer verla de nuevo, señorita Ballinger.

La expresión de su rostro daba a entender que lo decía de verdad, no sólo por una cuestión de urbanidad.

Margaret inspiró profundamente, con un leve temblor.

—Gracias por recibirnos a pesar de que no le hayamos avisado que vendríamos, sir Oliver. Ha sido muy amable de su parte.

—Hester siempre me trae los problemas más fascinantes —repuso Rathbone, invitándolas con un ademán a tomar asiento y haciendo lo propio al otro lado del escritorio—. Dices que todavía no han asesinado a nadie. ¿Debo deducir que temes por la vida de alguien? —No había mofa en su tono de voz, era ligero pero perfectamente serio.

—Dos personas han resultado gravemente heridas, y habrá más —dijo Hester un poco más aprisa de lo que quería.

Le constaba que Rathbone era tan consciente de la presencia de Margaret como de la suya. ¿Dónde la habría conocido y en qué circunstancias? Se dio cuenta, con una sensación de vacío interior, de lo mucho que desconocía acerca de su vida. Los hechos tangibles carecían de importancia comparados con la cantidad de personas que conocía, las emociones, la risa y el dolor, los sueños que abrigaba aquel hombre en su fuero interno.

Rathbone aguardó a que prosiguiera.

—La señorita Ballinger y yo hemos alquilado una casa en Coldbath Square, donde ofrecemos asistencia médica a mujeres de la calle heridas o enfermas —dijo, pasando por alto su mirada, una extraña mezcla de ternura, admiración y horror—. Últimamente se han presentado al menos dos mujeres con signos de haber recibido palizas tremendas —continuó—. Una de ellas nos ha contado que había sido institutriz, que luego se casó y su marido la llevó a endeudarse. Pidió un préstamo y se encontró con que no podía devolverlo. —Hablaba de forma atropellada. Se obligó a serenarse—. El usurero le ofreció un puesto de prostituta para atender a hombres a quienes gusta humillar y abusar de mujeres que hubiesen sido respetables. —Percibió la repugnancia de Rathbone. Si la hubiese escuchado sin sentir nada lo habría despreciado.

Rathbone echó una mirada a Margaret, vio su gran enojo y aún suavizó más su expresión.

—Continúa —dijo, dirigiéndose a Hester.

—Me figuro que estarás enterado de que un tal señor Nolan Baltimore fue asesinado en Leather Lane hace poco más de una semana —planteó Hester.

Rathbone asintió con la cabeza.

—Así es.

—Desde entonces la policía ha puesto más agentes que de costumbre a patrullar las calles y, como consecuencia, el comercio de esas mujeres se ha reducido de manera drástica. A duras penas ganan dinero y no pueden pagar al usurero. Por eso reciben esas palizas. —El recuerdo de las dos mujeres aniquiló momentáneamente cualquier noción de su propia soledad. Se inclinó hacia delante, muy seria—. Por favor, Oliver, tiene que haber algo que podamos hacer para acabar con esta situación. Están tan aterradas y avergonzadas que no pueden defenderse por sí mismas.

Advirtió que Rathbone se debatía para hallar el modo de desentenderse del asunto sin herir sus sentimientos. Le estaba pidiendo demasiado. A Hester le hubiese gustado retractarse, ser razonable, pero la realidad del sufrimiento de aquellas mujeres ardía con demasiada fuerza en su interior.

—Hester... —comenzó Rathbone.

—¡Sé muy bien que todos los habitantes de Coldbath Square y Leather Lane están fuera de la ley! —exclamó al instante, antes de que desestimara el asunto—. ¡No debería ser así! ¿Siempre tenemos que esperar a que la gente acuda a nosotros antes de decidir ayudarla? ¡A veces hay que ver el problema y resolverlo por la buenas!

Hester notó que Margaret se ponía tiesa. Tal vez no estuviera acostumbrada a ver que una mujer se dirigiera a un hombre con tanta franqueza. Resultaba indecoroso, no era el modo de conseguir o conservar un marido.

—¿Te refieres a decidir por ellas? —dijo Rathbone con una sonrisa irónica—. ¡Eso no es nada propio de ti, Hester!

—¡Soy enfermera, no abogado! —repuso ella con aspereza—. Demasiado a menudo tengo que asistir a personas que no están en condiciones de decidir nada por sí mismas. ¡Mi destreza está en saber qué necesitan y hacerlo!

Esta vez la sonrisa de Rathbone estuvo llena de afecto y sincera dulzura.

—Eso me consta. Es una especie de coraje moral que he admirado en ti desde el día en que nos conocimos. Me resulta un tanto abrumador, pues yo no lo poseo.

Hester se sintió por un instante al borde del llanto. Sabía que Rathbone lo decía en serio, y le resultó mucho más valioso de lo que hubiese imaginado. Aun así, no bajaría la guardia. Aquello no servía de nada para las mujeres como Alice o Fanny.

—Oliver...

Margaret se inclinó hacia delante.

—Sir Oliver —intervino con apremio, más ruborizada pero con la mirada firme—. Si hubiese visto usted el cuerpo de esa pobre mujer, sus brazos y sus piernas rotos, si hubiera visto su dolor, su miedo, y la vergüenza que siente por haber hecho la calle para pagar las deudas de su marido, sentiría, como nosotras, que cuidarla en su desdicha, al menos hasta su recuperación parcial, y luego dejarla salir a Coldbath para que vuelva a ocurrirle lo mismo, ya que su deuda aumenta sin cesar...

—Señorita Ballinger...

—Entonces... —Margaret se interrumpió de golpe; se puso roja como la grana al darse cuenta de lo atrevida que estaba siendo—. Lo siento —dijo con aire contrito—. Éste no es un caso para usted. Y, además, tampoco tenemos dinero para pagarle. —Se puso de pie, mirando al suelo avergonzada—. Ha sido un acto desesperado...

—¡Señorita Ballinger! —Rathbone también se levantó y rodeó el escritorio hacia ella—. Por favor —prosiguió con amabilidad—. ¡No estoy diciendo que no esté dispuesto a ayudar; simplemente, no sé cómo hacerlo! Ahora bien, le prometo que estudiaré el asunto, y si hay algo que pueda hacerse dentro de los límites que marca la ley, se lo haré saber y seguiré sus instrucciones. El dinero es lo de menos. Si dudo es porque no quiero prometer algo que no esté en condiciones de cumplir.

Margaret levantó la vista hacia él, con expresión de inmensa gratitud.

—Gracias...

Hester fue consciente, con asombro, de que Rathbone estaba aceptando una solicitud completamente en contra de sus intereses y de su disposición natural, sólo para no dar una negativa a Margaret. No era a Hester a quien complacía esta vez, como siempre había ocurrido en el pasado. La alegró el que accediera, por supuesto, y se sintió agradecida, pero en cierto modo le molestó el que no fuese ella la causa. No se trataba de algo evidente, pues en ningún momento dejó de tratarla con amistad, pero la calidad de su atención era distinta. Lo supo con la misma certeza que si hubiese cambiado la temperatura del aire. Debería haber estado contenta por ellos. ¡Y lo estaba! No deseaba que Rathbone pasara el resto de su vida enamorado de ella, que por su parte siempre amaría a Monk. Aunque, en ese momento, fue como si una puerta se cerrase ante sí, y sintió una punzada de dolor.

Rathbone se había vuelto hacia ella. Tenía que sonreír, era imprescindible que lo hiciese.

—Gracias —añadió a las palabras de Margaret—. Creo que te hemos contado todo lo que sabemos. Por ahora es más una cuestión de principios que el caso de unas mujeres concretas, pero si nos enteramos de algo más te lo haremos saber, por supuesto.

No tenían nada que agregar, y eran conscientes de la cortesía que había tenido para con ellas, a expensas de los demás clientes que estaban esperando. Se disculparon, dándole las gracias de nuevo, y cinco minutos después iban a bordo de un coche de punto de regreso a Coldbath Square. No hablaban, cada una sumida en sus propios pensamientos. Margaret aún estaba ruborizada, con los ojos muy abiertos, apartando la cara de Hester y mirando las calles por la ventanilla. Ninguna frase hubiese sido más elocuente. Era obvio que Margaret no había olvidado su primer encuentro con Rathbone y que el tiempo transcurrido no había borrado la impresión que causara en ella. Sin embargo, era algo demasiado delicado como para airearlo. De encontrarse en su lugar, Hester tampoco hubiese hablado, y no tenía la menor intención de entrometerse. Ella y Margaret se habían hecho amigas de forma natural y sincera. Parte de dicha amistad se basaba en el respeto y en comprender cuándo no hablar.

Hester tampoco deseaba compartir sus pensamientos, salvo los más superficiales, la dificultad que entrañaba saber dónde encontrar a las mujeres que debían dinero al usurero, lo complicado que resultaría persuadirlas de que era posible ayudarlas —si es que en efecto lo era— y el esfuerzo necesario para convencerlas de que sólo siendo valientes lograrían poner punto final a su penosa situación. Y por encima de todo ello planeaba la necesidad de estar absolutamente segura de que eso era cierto.

Ahora bien, Margaret llevaba el suficiente tiempo en

Coldbath Square como para saberlo, de modo que Hester también miró por la ventanilla y pensó en asuntos prácticos.

Por la tarde llevaron a otra mujer apaleada a causa de una deuda. No estaba gravemente herida, pero sí muy asustada, y eso era lo que la diferenciaba del enojo y el sufrimiento propio de las mujeres en su situación. Guardó silencio mientras Hester y Margaret se ocupaban de sus dolorosas, aunque superficiales, cuchilladas. No dijo quién se las había hecho, pero saltaba a la vista que eran intencionadas. Ningún accidente hubiese causado tan sanguinarios y abundantes cortes en la piel.

Se quedó unas pocas horas, hasta que estuvieron seguras de haber detenido la hemorragia y consideraron que se había recobrado al menos parcialmente de la impresión. Margaret quiso que se quedara más tiempo pero, negando con la cabeza, se puso su ajado chal, antaño una hermosa prenda con flores y flecos, y salió a la plaza enfilando hacia Farringdon Road.

Margaret se encontró de pie en medio de la sala y contempló los armarios ordenados, las mesas y el suelo fregado.

Hester se encogió de hombros.

—Supongo que debería alegrarnos el que no haya ninguna otra paciente —dijo, esbozando una sonrisa—. ¿Quiere irse a casa? La verdad es que no hay nada que hacer y, si ocurriera algo, Bessie no tardará en venir.

Margaret hizo una mueca.

—¿Y acompañar a mi madre a visitar a damas encantadoras que me miran con amable desesperación, preguntándose por qué he rechazado una oferta de matrimonio tan razonable? —dijo en tono mordaz—. Entonces supondrán que me ocurre algo terrible, demasiado indiscreto para ser mencionado, ¡y pensarán que he perdido la virtud! —Emitió un breve gruñido de frustración—. ¿Por qué se da por supuesto que una muchacha sólo puede tener dos virtudes, la castidad y la obediencia? —inquirió, súbitamente airada—. ¿Dónde quedan el coraje y la sinceridad en las opiniones, más allá de no tomar lo que no te pertenece?

—Eso incomoda a la gente —repuso Hester sin titubeos, y dirigió a Margaret una sonrisa de comprensión.

—¿Es posible imaginar una soledad mayor que la de estar casada con alguien que siempre te diga lo que piensa que quieres oír, sin tomar en consideración qué es lo que realmente piensa? —preguntó Margaret, ceñuda—. ¡Sería como vivir en una habitación llena de espejos, donde todas las caras que vieras no fuesen más que un reflejo de la tuya!

—Me parece que se trataría de una clase de infierno muy particular —contestó Hester, preguntándose con lástima cómo era posible que alguien creyese que podían desear semejante cosa, aunque conocía a muchos que pensaban que era así—. Es todo un don saber expresarlo de forma tan gráfica —agregó con admiración—. ¿Tal vez debería intentar transmitirlo de forma visual?

—Desde luego, valdría la pena dibujarlo —respondió Margaret—. No sabe lo mucho que me aburre hacer lo previsto, limitarme a reproducir lo que veo ante mí, sin darle ningún significado.

—Yo ni siquiera soy capaz de trazar una línea recta —reconoció Hester.

Margaret sonrió.

—¡No hay líneas rectas en el arte, salvo quizá los horizontes del mar! ¿Quiere que salga a ver si encuentro unas buenas empanadas para el almuerzo? Hay un puesto muy bueno en la esquina de Mount Pleasant y Warner Street.

—¡Qué magnífica idea! —exclamó Hester con entusiasmo—. ¿De hojaldre, con mucha cebolla, por favor?

Entrada la tarde llegó Bessie con una cesta con hierbas, té, una botella de brandy y una barra de pan. La dejó encima de la mesa y echó un vistazo a la sala antes de quitarse el sombrero y la capa.

—¡Nadie! —exclamó asqueada, colgándolos en el perchero que había junto a la puerta—. ¡Tampoco se ve un alma en la calle, aparte de los malditos moscardones! Y así ha sido toda la noche, por lo que dicen. —Miró a Hester con expresión de reproche, como si hubiese fracasado en hacer algo al respecto.

—¡Ya lo sé! —respondió Hester de manera cortante—. Los siguen presionando para que descubran al asesino de Nolan Baltimore.

—¡Cualquier chulo cabreado! —repuso Bessie—. ¿Quién si no? ¿Piensan que si siguen preguntando alguien se lo va a decir? No creo que nadie lo sepa, aparte del que lo hizo. Y ése no dirá nada. Estaría colgando al final de una soga antes que canta un gallo. —Fue hasta el armario y comenzó a reordenar su contenido para hacer sitio a las provisiones que había traído—. Tiene su miga, ¿no? Un maldito usurero puede pegar a una chica y dejarla medio muerta sin que a nadie le importe un bledo. Pero mata a un señoritingo que no pague sus deudas y tendrás a la mitad de los maderos de Lunnon en la calle, haciendo preguntas que saben que nadie va a contestar. ¡A veces pienso que se sientan en los sesos y que piensan con el culo! —Miró furiosa a la cesta—. No he encontrado mantequilla. Tendrán que conformarse con pan y mermelada.

Margaret terminó de avivar el fuego y, acto seguido, puso el hervidor a calentar.

—¡No hay trabajo para nadie! —continuó Bessie sin tregua—. Los que traen el dinero tienen miedo de que los pille la pasma... Tanta historia con «mantener las calles limpias». ¡Y los que viven aquí se quedan sin negocio porque nadie tiene dinero! Es perverso, eso es lo que es.

No había respuesta posible, como tampoco tenía sentido que Hester y Margaret se quedaran allí el resto de la tarde. Hester así lo dijo y Bessie estuvo de acuerdo.

—Váyanse —dijo, asintiendo con la cabeza—. No va a pasar gran cosa aquí. Si esa babosa gorda de Jessop viene y pregunta por usted, ¡le daré una buena taza de té! —añadió con una sonrisa maliciosa.

—¡Bessie! —advirtió Hester.

—¿Qué? —Abrió mucho los ojos—. ¡Si no le sienta bien, ya sé qué tengo que darle para hacerle vomitar! No dejaré morir a ese cabrón, le doy mi palabra.

Escupió y efectuó un elaborado gesto trazando una cruz sobre su corazón.

Hester miró a Margaret, y ambas tuvieron que hacer un esfuerzo para no sonreír.

No obstante, mientras volvía a casa y durante el resto de la tarde hasta que Monk llegó, agotado, Hester estuvo pensando en las mujeres y en los policías que peinaban los alrededores de Farringdon Road y la zona de Coldbath. Retirar la presencia policial no era una respuesta moral a la maldad, pero sí una respuesta práctica a la ausencia de comercio que agobiaba a todo el barrio y hacía que muchos perdieran los estribos.

Había procurado no sacar la conclusión que finalmente parecía inevitable: lo único que haría que se marcharan sería resolver el asesinato de Nolan Baltimore. Si la policía iba a lograrlo, sin duda ya debería haberlo hecho a esas alturas. El vecindario había cerrado filas contra los agentes, tal como era de esperar. Nadie les diría nada relevante por miedo a verse implicado, aunque sólo fuese en la prostitución. Y la mayoría de los habitantes de la zona de Leather Lane tenía que ver, al menos indirectamente, con el comercio de objetos robados, falsificación de documentos cuando no de dinero, estafas y una docena más de actividades ilícitas.

Podría pedir a Monk, si no ayuda práctica, por lo

menos que le diera consejo. Sabía de sobra lo que era un asesinato y conocía los entresijos de la investigación. Y tal vez fuese de interés para su propio caso enterarse de cuanto pudiera acerca del hombre que, hasta un par de semanas atrás, había estado al frente de Baltimore & Sons. Si se había cometido un fraude, quizás estuviese al corriente del mismo, o incluso fuese responsable del mismo. Desde luego, parecía razonable suponer que su muerte guardaba algún tipo de relación.

De hecho, por más espantoso que fuera, cabía la posibilidad de que Michael Dalgarno lo hubiese seguido hasta Leather Lane para matarlo, ¡precisamente porque conocía los entresijos del fraude e iba a sacarlo a la luz!

¿Por qué no se le había ocurrido a Monk?

Porque estaba tan absorto en desentrañar la verdadera naturaleza del fraude y la posibilidad de que pudiera provocar un desastre, que había pasado por alto el asesinato de Baltimore.

Hester lo esperó, sin parar mientes en lo que iba haciendo. Se sorprendió a sí misma escuchando el ruido de los caballos en la calle a partir de las seis, la puerta al abrirse y cerrarse, y sus pasos. Cuando por fin los oyó a eso de las ocho menos cuarto la pillaron por sorpresa, y faltó poco para que saliera corriendo hacia el vestíbulo.

Monk vio el semblante a la expectativa de Hester, le dedicó una breve sonrisa y apartó la mirada. Su fatiga y preocupación eran tan palpables que Hester tuvo un momento de duda, ignorando si decir algo más que unas pocas palabras de bienvenida. ¿Debía preguntarle si tenía hambre o había comido, o interesarse por el éxito de su misión de modo que él decidiese si contestar con sinceridad o de manera superficial? No podía dejarlo correr. Si Monk no iba a romper la barrera, tendría que ser ella quien lo hiciese.

—¿Has averiguado algo más acerca del fraude? —preguntó Hester en tono perentorio.

—Nada que me resulte útil —respondió Monk mientras se quitaba la chaqueta y la colgaba en el perchero—. Algunos beneficios de las ventas de terrenos son un tanto sospechosos, aunque me figuro que no más que los de la mayoría de las empresas. Además, también registraron pérdidas.

Para Hester fue como si Monk acabase de cerrar una puerta. No sabía muy bien qué más preguntar, pero se resistió a darse por vencida. Observó a Monk mientras éste iba nervioso de un lado a otro de la sala, sin mirarla directamente, tocando los objetos, suspirando. ¿Acaso estaría agobiándolo justo cuando lo que más necesitaba era la silenciosa comprensión de un amigo? ¿Se mostraba egoísta al esperar que le prestase atención, que la escuchase, que pensara en sus problemas, cuando se sentía exhausto?

¿O estaba rompiendo una barrera cuando aún era lo bastante endeble como para penetrarla con facilidad, antes de que se convirtiera en un hábito?

—Necesitamos descubrir quién mató a Nolan Baltimore —dijo Hester con toda claridad.

—¿De veras? —repuso Monk con expresión de duda. Estaba de pie junto a la chimenea, con la mirada fija en las ascuas. La noche era fría y Hester había encendido el fuego no sólo para caldear la casa sino para que le hiciera compañía—. No veo que sus flaquezas personales puedan guardar relación con un fraude ferroviario, si es que lo hay.

—Si estafó dinero a alguien, Leather Lane sería un lugar muy indicado para matarlo —replicó Hester, deseosa de que la mirase a la cara—. El sitio perfecto para que la culpa recayera en otros y, de paso, redondear la venganza destruyendo su reputación.

Esta vez Monk levantó la vista y sonrió, aunque la suya fue una sonrisa triste. Una chispa de franqueza brilló en sus ojos por un instante, como si nada pudiera ensombrecerlos, y acto seguido se desvaneció, cediendo el paso a la inquietud y, con ella, a la distancia que los separaba.

—En realidad, cuando he dicho «necesitamos» me refería a Margaret Ballinger y a mí —se corrigió Hester—. O quizás a toda la gente de Coldbath. Cada vez hay más mujeres maltratadas porque no tienen modo de pagar sus deudas. Y hay policías por todas partes, así que nadie puede trabajar.

—¿Quieres descubrir quién mató a Baltimore para que la policía se marche y las prostitutas puedan reanudar su comercio? —preguntó Monk con inequívoco tono de mofa—. Tienes unas convicciones morales de lo más extrañas, Hester.

¿Era disgusto lo que de pronto percibía en su voz? ¿Acaso se sentía decepcionado, pues esperaba que ella adoptara una actitud más elevada o puritana? Estaba desengañado, y Hester se sintió en falta.

—¡Si fuese capaz de cambiar el mundo de modo que ninguna mujer tuviera que recurrir a la prostitución, lo haría! —exclamó con aspereza—. A lo mejor, tú sabrás decirme por dónde puedo empezar. ¿Por ofrecer a todas las mujeres una vida decente trabajando en algo más respetable, quizás? ¿O por evitar que ningún hombre desee... o necesite... comprar sus placeres? —Reparó en la expresión de sorpresa de Monk pero hizo caso omiso de ella—. ¿Tal vez todos los hombres deberían casarse y todas las esposas acatar sus deseos? O, mejor aún, que ningún hombre tenga deseos que no pueda satisfacer de manera honorable... ¡Eso resolvería al menos la mitad del problema! Luego, lo único que nos quedaría por hacer sería cambiar la economía... ¡Con semejantes cambios la convivencia humana debería ser relativamente fácil!

—Estás poniendo muy alto el listón de tus exigencias —dijo Monk en tono conciliador—. Pensaba que lo único que pretendías de mí era que resolviese el asesinato de Nolan Baltimore.

Hester sintió que su enojo se desvanecía. No quería discutir con él. Deseaba ardientemente rodearlo con sus brazos y compartir aquello que tanto daño le hacía, cargar al menos con la mitad de ese peso, si no con todo, combatirlo juntos, codo con codo.

Más valía intentarlo, y ser rechazada, que rendirse de antemano. El rechazo no sería más doloroso que aquella distancia que era como una especie de muerte en vida. Dio unos pasos hasta plantarse delante de él, obligándolo así a mirarla a la cara o a apartar la vista adrede.

—Lo único que quiero es que me aconsejes —dijo Hester—. ¿Qué debo hacer? ¿Qué tengo que preguntar? Esas mujeres no confían en la policía, pero algunos confiarán en mí.

—No te metas en eso, Hester. —Monk levantó una mano como si fuese a tocarle la mejilla y la dejó caer otra vez—. Es demasiado peligroso. Tú piensas que confían en ti, y sin duda lo hacen para que cures sus heridas. Pero tú no eres una de ellas ni nunca lo serás.

—¡Pero si es justamente eso, William! —Le cogió una mano y la apretó con fuerza—. ¡Podría haberlo sido! Esas mujeres que deben dinero eran del todo respetables muy poco tiempo atrás. Eran institutrices, primeras doncellas, mujeres casadas que fueron abandonadas o que se endeudaron por culpa de sus maridos. ¡Podrían haber sido enfermeras! Antes de casarme contigo me ganaba la vida trabajando en casas particulares. Una equivocación, una desgracia, y podría haber pedido un préstamo para acabar haciendo la calle a fin de devolver el maldito dinero. —Hizo una mueca como burlándose de sí misma—. ¡Al menos cuando era un poquito más joven!

—No, no lo hubieses hecho —dijo en voz muy baja, pero con absoluta certeza—. Nunca te habrías rebajado a eso, a ninguna edad. Habrías encabezado una rebelión, o subido a bordo del primer barco hacia América, o incluso le habrías clavado un cuchillo entre las costillas, pero jamás te habrías dejado conducir mansamente al matadero.

—A veces tienes una opinión demasiado alta de mi coraje —respondió Hester, aunque la invadió una oleada de calor al constatar la firmeza de su admiración por ella—. No sé lo que hubiese hecho. Gracias a Dios nunca me vi en esa tesitura.

Monk guardó silencio un momento, pero al instante se inclinó y le dio un beso tan largo y tierno, tan dolorosamente profundo, que Hester se emocionó y le asomaron las lágrimas a los ojos.

Monk deshizo el abrazo, se dirigió a la sala que utilizaba como despacho y cerró la puerta a sus espaldas.

Hester dormía, agotada, cuando Monk fue a acostarse. Despertó en plena noche y lo encontró junto a ella, mas no se movió ni la tocó, ni siquiera cuando se arrimó a él.

Por la mañana se había marchado. Había una nota en el tocador:

> Hester:
>
> Me voy para seguir investigando las adquisiciones de terreno para el ferrocarril, en parte porque es el único fraude que veo posible en el caso Baltimore, pero sobre todo porque sé que condenaron a Arrol Dundas por un fraude del mismo tipo en unas circunstancias que parecen casi idénticas. Puede que entonces se tratara de la misma empresa, Baltimore & Sons. Aún no lo sé con toda certeza, pero estoy bastante seguro. Espero que comprendas por qué necesito aclararlo del todo.
>
> Si hay algo que esté en mi mano hacer para asegurarme de que Dalgarno no acabe en prisión como le ocurrió a él, por algo de lo que es inocente, tengo el deber de hacerlo. No pienso fallarle tal como hice entonces. Es posible que tenga que regresar a Der-

byshire para echar otro vistazo a la vía férrea que están tendiendo.

¡Por favor, Hester, ten cuidado! Bastante haces ya trabajando en el barrio de Coldbath, ayudando a personas en apuros que no están en condiciones de pagarte, ni siquiera contándote la verdad. Ten por cierto que tampoco podrán protegerte si atraes la atención de la clase de hombres que abusa de ellas.

Si no estás dispuesta a cuidar de ti misma por tu propio bien o por el mío, hazlo al menos por el de ellas. Si resultaras herida, o sucediera algo peor, ¿a quién podrían entonces recurrir?

En el pasado has criticado con vehemencia a los generales que en Crimea sacrificaron a sus tropas en gestos quijotescos, y llevabas toda la razón. Has dicho repetidas veces que una mujer habría sido más práctica en lugar de buscar la gloria; ahora te toca demostrarlo.

A mi regreso espero encontrarte dedicada a tus asuntos, no a los míos, y entonces, si puedo, te ayudaré a descubrir quién mató a Nolan Baltimore, suponiendo que la policía no lo haya hecho ya.

Aunque no siempre lo parezca, te amo con todo mi corazón y te admiro mucho más de lo que imaginas.

William

Hester sostuvo el papel con las manos como si fuese a darle también una parte de Monk, o como si de ese modo pudiera hacerle conocer las emociones que la embargaban, lo mucho que lo amaba y necesitaba, lo sola que se sentía en su ausencia, y hasta qué punto deseaba ayudarlo en la batalla que estaba librando en su interior, cualquiera que ésta fuese.

¿Cómo podía escribir todo aquello y, sin embargo,

ser incapaz de decírselo a la cara? Supo la respuesta antes de terminar de formular la pregunta. Era evidente: porque así ella podría sostener la carta en sus manos, leerla y releerla, llevarla consigo, pero no podría pedir más explicaciones al respecto. Monk se había marchado... solo.

Y allí ella estaba..., también sola. Monk la amaba, por supuesto. Ahora bien, ¿por qué no confiaba en ella, en su lealtad, su comprensión, su coraje? ¿Por qué temía que pudiese fallarle?

Resultaba demasiado doloroso pensar en ello. Hester decidió que iría a Coldbath Square y se pondría a trabajar. Algo habría para hacer, aunque sólo fuese buscar nuevas ideas para recaudar fondos. ¿Quizá deberían ir buscando otro local? La amistad de Margaret era muy valiosa, aunque había perdido la soltura sin complicaciones que presidía su trato antes de visitar el bufete de Rathbone.

No debía mostrarse celosa. ¡Resultaría mezquino e increíblemente feo! Se despreciaría a sí misma si cayera tan bajo.

Y, por supuesto, tenía que averiguar cuanto pudiese acerca de la muerte de Nolan Baltimore, tomando las precauciones necesarias para no enemistarse con nadie.

Margaret llegó tarde a Coldbath, pero eso no tenía la menor importancia en aquel momento. Los ánimos estaban encendidos en el vecindario y, por consiguiente, era frecuente que las gentes pelearan con saña para liberar su miedo y su frustración, aunque la mayor parte de las veces las víctimas solían ser hombres, y sus heridas, de las que se curaban con el tiempo y sin apenas cuidados, contusiones, cortes superficiales y arañazos. Los proxenetas comenzaban a mostrarse menos propensos a golpear o desfigurar con cicatrices a sus mujeres, su único activo en un mercado cada vez más reducido.

Naturalmente, todo el mundo sabía que aquella situación no iba a prolongarse indefinidamente, pero ya llevaba el tiempo suficiente como para insuflar un frío de amarga realidad en la vida de toda clase de personas. El final todavía se encontraba en algún momento ignorado del futuro. Se vivía al día.

—¿Cómo se encuentra Fanny? —preguntó Hester tras entrar y quitarse el sombrero y la capa, mojados por la llovizna—. ¿Y Alice?

—Bastante bien —contestó Bessie al tiempo que la miraba torvamente desde donde estaba sentada, junto a la mesa vacía salvo por su taza de té a medio beber—. Está todo muy tranquilo. Como un puñetero cementerio. Vinieron dos chicas enfermas, eso es todo. No pude hacer gran cosa por ellas, las pobres. La señorita Ballinger todavía no ha llegado. No me extrañaría que estuviera de visita en alguna casa elegantona. ¡En mi vida había visto cambiar tanto a una persona! —Lo dijo con gran satisfacción y sin hacer siquiera un amago de sonrisa—. Era incapaz de matar una mosca cuando llegó aquí. Ahora tiene más cara que espalda. Pide dinero a todo quisque. Me apuesto seis peniques a que entrará tan campante, con una sonrisa de oreja a oreja, y nos dirá que ha conseguido unas pocas libras más para nosotras.

Hester sí que sonrió, pese a la melancolía de aquella mañana. Era cierto, Margaret había hallado confianza en sí misma, e incluso felicidad, gracias a su trabajo en la casa de socorro.

Aquello era un logro en sí mismo, al margen del servicio que pudieran prestar y de que las pacientes terminaran por volver a caer exactamente en la misma rueda de deudas y abusos.

Bessie tenía razón, pues media hora más tarde llegó Margaret con una expresión de alegría iluminándole el rostro.

—¡He conseguido otras veinte guineas! —anunció con orgullo—. ¡Y me han prometido más!

Tendió el dinero a Hester con los ojos brillantes y el rostro resplandeciente.

Hester se forzó a entusiasmarse con su éxito pese a sentir que el único sabor que podía notar en la boca era la amargura del fracaso.

—¡Eso es estupendo! —dijo en tono de gratitud—. Nos servirá para mantener a raya al pesado de Jessop durante una temporada, y eso nos da tiempo. Muchísimas gracias.

Margaret se mostró apenada.

—No irá a darle más de lo acordado, ¿verdad?

Hester se relajó un poco y a punto estuvo de echarse a reír.

—¡No, desde luego que no!

Margaret sonrió y procedió a quitarse la chaqueta y el sombrero.

—¿Qué podemos hacer hoy? ¿Cómo están Alice y Fanny? —preguntó lanzando una mirada hacia las camas.

—Dormidas —respondió Bessie adelantándose a Hester—. Poco puede hacerse por ellas ahora, aparte de alimentarlas y darles cobijo. —Puso cara de pocos amigos volviéndose hacia la ventana salpicada por la lluvia—. Supongo que lo mejor será que vaya al mercado.

—Quédese aquí sin mojarse, ya saldrá más tarde. —Hester tomó una decisión—. Margaret y yo tenemos que hacer un recado en media hora. Es importante.

Bessie adoptó una actitud suspicaz.

—¿Ah, sí, eh? —No creía que Hester fuese capaz de cuidar de sí misma, pero le faltaba atrevimiento para decírselo sin tapujos—. ¿Y qué van a hacer que no pueda hacer yo por ustedes?

Hester no tenía previsto confiarse a Bessie, simplemente por precaución y también, al menos en parte, porque no estaba segura de que su plan tuviera probabilidad alguna de éxito. De pronto, sin embargo, recapacitó y cambió de idea, resolviendo ser sincera.

—Si queremos solventar el problema que supone tener un policía en cada esquina, con la consiguiente falta de comercio para las mujeres —dijo con tono de eficiencia para no perder el valor—, tenemos que descubrir qué le ocurrió a Nolan Baltimore. —Hizo caso omiso de la mirada incrédula de Margaret y del ruido que hizo Bessie al sorber aire entre los dientes—. Tengo intención de hacer unas cuantas preguntas, al menos. Puede que la gente me cuente cosas que nunca diría a la policía —concluyó.

—Vaya. ¿Eso es lo que piensa hacer? —exclamó Bessie con desdén—. ¿Y quién cree que va a hablarle sobre ese asunto? O, ya puestos, ¿a quién va a preguntar?

—A la gente de Leather Lane, por supuesto —repuso Hester mientras extendía su capa para que se secara—. Tenemos que saber si Baltimore iba allí a menudo o si fue su primera visita. Si acudía allí con frecuencia, seguro que alguien sabrá algo acerca de él y la clase de hombre que era cuando estaba lejos de su hogar y su familia. Me gustaría averiguar si iba allí simplemente en busca de mujeres o si se traía algún otro asunto entre manos. Quizás alguien perteneciente a su entorno familiar lo haya seguido hasta allí. ¡Puede que no tuviera nada que ver con las personas que viven en el barrio de Coldbath!

El rostro de Bessie se iluminó.

—¡Jo! Ésta sí que sería buena, ¿eh?

—Pero es probable que en Leather Lane nadie conozca su nombre —señaló Margaret—. ¡No creo que usara el verdadero!

—Desde luego que no —convino Hester, cayendo en la cuenta—. Lo que necesitamos es un retrato para mostrárselo a la gente.

Margaret abrió los ojos de par en par.

—¡Un retrato! ¿Cómo demonios vamos a conseguir un retrato suyo? ¡Sólo la familia tendrá alguno, y dudo mucho que nos lo quieran prestar!

Hester soltó un profundo suspiro y bajó la cabeza.

—Pues..., tengo una idea. Yo no soy muy buena dibujando, pero usted sí.

—¡Oh! —exclamó Margaret, asustada, y sacudió la cabeza—. ¡Oh, no!

—¿Se le ocurre alguna idea mejor? —preguntó Hester con impostada inocencia.

Bessie se horrorizó al comprenderlo.

—¡No puede ser! —exclamó mirando a Hester—. ¡El depósito de cadáveres! ¿Piensa hacer un retrato del difunto?

—Yo no —repuso Hester—. Nadie reconocería ni a su propia madre si fuese yo quien la dibujara, pero Margaret lo hace muy bien. Tiene talento de retratista aunque sea demasiado modesta para reconocerlo.

—No es que no... —Margaret se detuvo en mitad de la frase; miró fijamente a Hester mientras la incredulidad cedía paso lentamente a la comprensión—. ¿De verdad? —susurró—. ¿Piensa que...? Quiero decir, ¿nos permitirán...?

—Bueno, puede que necesitemos adornar un poco la verdad —admitió Hester con ironía—, pero estoy dispuesta a intentarlo con todas mis fuerzas. —Hizo una pausa y añadió, muy seria—: Es realmente importante.

—Siempre y cuando usted ponga los adornos —dijo Margaret en un último intento de ser sensata.

—Por supuesto —convino Hester, sin tener todavía muy claro lo que iba a decir. Habría tiempo de sobra para pensarlo mientras caminaban el par de kilómetros que había hasta el depósito de cadáveres más próximo, donde sin duda habrían llevado a Baltimore.

—No tengo lápiz ni papel —explicó Margaret—, pero sí un par de chelines... que no estaban destinados a la casa...

—Estupendo —dijo Hester—. Los compraremos en la tienda de la señora Clark, en la esquina de Farringdon

Road. Y creo que una goma de borrar no estará de más. Quizá no tengamos tiempo para empezar una y otra vez.

Margaret se encogió de hombros y a continuación rió, nerviosa. Hester percibió un matiz de histeria en su risa.

—¡No pasa nada! —se apresuró a decir Margaret—. ¡Sólo estaba pensando en lo que diría mi profesor de dibujo si llegara a enterarse! ¡Era un hombre tan mayor que valdría la pena ver la cara que pondría! Le encantaba que dibujase señoritas recatadas. Hacía que mis hermanas y yo nos retratásemos mutuamente. No acababa de ver con buenos ojos que dibujásemos a caballeros. Lo consideraba inapropiado. ¡Le daría un patatús si supiera que voy a dibujar un cadáver! Confío en que estará cubierto con una sábana, al menos.

—Si no es así, le ordeno expresamente que dibuje una —bromeó Hester, no porque le resultara divertido sino porque pensar en lo absurdo de la situación era la única manera de hacer que resultara soportable.

Volvieron a ponerse la ropa de calle y se fueron a paso vivo bajo la lluvia. Compraron un cuaderno, lápices y una goma, y se apresuraron hacia el depósito de cadáveres, un feo edificio que quedaba un tanto retirado de la calle.

—¿Qué quiere que diga? —preguntó Margaret mientras subían juntas la escalinata.

—Sígame la corriente —respondió Hester entre dientes.

En cuanto cruzaron la puerta se encontraron casi de inmediato frente a un hombre de avanzada edad con patillas blancas.

—Buenos días, señoras —inquirió con voz alarmantemente aguda, casi de falsete—. ¿En qué puedo servirles? —Hizo una reverencia muy breve, impidiéndoles el paso con la misma eficacia que si hubiese extendido los brazos. Clavó sus ojos en el rostro de Hester, impasible, aguardando a que ésta se explicase.

Hester sostuvo su mirada sin pestañear.

—Buenos días, señor. Espero que pueda usted satisfacer nuestra solicitud, por delicadeza para con los sentimientos de la señorita Ballinger. —Hester señaló a Margaret, cuyo rostro era la imagen misma del pesar—. Acaba de regresar del extranjero, de visitar a su madre, quien se ha mudado a un clima más cálido por motivos de salud. —Se mordió el labio inferior—. Nada más llegar se ha enterado de la terrible y trágica muerte de su tío.

Esperó para ver si el anciano daba alguna señal de compasión, pero fue en vano. No se atrevió a mirar a Margaret para no llamar la atención sobre su expresión de susto.

El hombre carraspeó.

—¿Y bien?

—La he acompañado para que pueda presentar sus últimos respetos a su tío, el señor Nolan Baltimore —prosiguió Hester—. No puede quedarse hasta el funeral. Sólo Dios sabe cuándo se celebrará.

—¿Quieren ver uno de nuestros cadáveres? —El hombre negó con la cabeza—. No se lo aconsejo, señoras. Es muy desagradable. Si yo estuviese en su lugar, preferiría recordarlo tal como era.

—Mi madre me preguntará —dijo Margaret al fin, con voz ronca.

—Explíquele que descansaba en paz —le recomendó el empleado de modo casi inexpresivo—. Es cuanto necesita saber.

Margaret se las arregló para mostrarse conmocionada.

—¡Oh, no podría hacer eso! —exclamó—. Además..., puede que me pida que se lo describa, y hace tanto tiempo desde la última vez que lo vi que tal vez cometa un error, y eso me haría sentir muy mal. Yo... le quedaría eternamente agradecida si me concediera unos instantes. Usted puede quedarse con nosotras todo el rato, por supuesto, si considera que es la manera correcta de proceder.

Hester apretó los dientes y juró para sus adentros. Una descripción verbal de Nolan Baltimore no serviría de nada. ¡Necesitaban dibujos para mostrarlos a la gente! ¿Cómo era posible que Margaret no lo hubiese entendido? Trató de cruzar una mirada con Margaret, pero ésta no la miró, concentrada como estaba en el empleado y quizás en no dejarse amedrentar por el olor húmedo y ligeramente empalagoso que flotaba en el aire.

—Bueno... —dijo el empleado con aire pensativo—. La verdad es que a mí me da lo mismo, igual que al difunto, imagino. ¡Pero no me hagan responsable si se desmayan! —Miró a Hester—. Más vale que entre y no se aparte de ella. Si una de ustedes se viene abajo, no pienso ir en busca de ningún matasanos. Tendrán que arreglárselas solas. ¿Entendido?

—Por supuesto —dijo Hester en tono áspero. Entonces recordó el papel que estaba interpretando y cambió de actitud—. Por supuesto —repitió, más respetuosa—. Tiene usted razón. Debemos comportarnos apropiadamente.

—Eso mismo. —El hombre se volvió y las condujo por un pasillo hasta la cámara frigorífica donde se guardaban los cadáveres cuando era preciso conservarlos durante periodos prolongados.

—¿Por qué le ha pedido que se quedara? —preguntó Hester a Margaret con un susurro apenas audible.

El empleado se detuvo y se volvió hacia ellas.

—¿Cómo dice?

Hester notó que se ponía colorada.

—Decía... que era usted muy amable al acompañarnos —mintió.

—Tengo que hacerlo —repuso él de mala gana—. Los cadáveres que hay aquí están a mi cargo. La gente no suele darle importancia, pero se quedarían pasmadas si supieran lo que algunos hacen con los cuerpos. ¡El mundo está lleno de locos, y sé muy bien por qué lo digo!

—Soltó un bufido—. Los hay que roban cuerpos para cortarlos, ¡Dios nos asista!

Margaret, muy pálida, tragó saliva con dificultad, pero mantuvo la compostura de manera admirable.

—Lo único que quiero es ver al tío Nolan —dijo con voz ronca—. Le agradecería que me permitiera hacerlo sin tener que oír más... atrocidades. Comprendo muy bien que su cuidado... y... diligencia son necesarios, y los agradezco.

—Sólo cumplo con mi deber —repuso el empleado con fría formalidad. Abrió la siguiente puerta y las hizo pasar a una habitación pequeña y muy fría con las paredes encaladas—. ¿Han dicho Nolan Baltimore? Es el último, ahí al fondo.

Cruzó el húmedo suelo de piedra hasta la cuarta mesa, donde había una figura tendida de espaldas, cubierta por una gran sábana blanca de algodón sin blanquear. Miró a Margaret con expresión de escepticismo, como calculando la probabilidad de que se desmayara o le diera la lata de una forma u otra. Se dio por vencido y, con un suspiro de resignación, retiró la sábana de la cabeza y los hombros del cadáver.

Margaret hizo un ruido sibilante al aspirar entre los dientes y se tambaleó como si estuviera en la cubierta de un barco.

Hester se acercó de inmediato a ella y la rodeó con los brazos, sosteniéndola con tanta fuerza que casi le hizo daño.

Margaret dio un grito, y al parecer eso la serenó.

Ambas bajaron la vista hacia el rostro del difunto, cuya piel aparecía moteada de gris. Era de rasgos toscos, mofletudo y con papada. Tenía los grandes ojos cerrados, aunque las cuencas insinuaban su forma, y el cabello ondulado, con entradas, de un rubio rojizo. Era un hombre a todas luces fornido, ancho de pecho y de brazos fuertes. Más difícil resultaba calcular su estatura, aunque debía de rondar el metro ochenta.

Lo más complicado era imaginar vida y color en aquellos rasgos, pensar qué aspecto habrían tenido cuando los animaba la inteligencia. Y cabía presumir que para crear una empresa como Baltimore & Sons no le había faltado destreza, imaginación y un inmenso empuje.

—Gracias —murmuró Margaret—. Se le ve... muy tranquilo. ¿Cómo murió?

—Hacemos todo lo posible —agradeció el empleado, como si le hubiesen hecho un cumplido.

—¿Cómo? —repitió Margaret con voz ahogada.

—No lo sé. La policía dice que al parecer se cayó por una escalera. Ahora no se ve lo roto que está por dentro. Y, por supuesto, los lavamos.

—Gracias —repitió Margaret, haciendo un gran esfuerzo para no quedarse sin aliento. El frío y el hedor del ácido fénico estaban a punto de vencerla.

Hester miraba la forma que yacía sobre la mesa. Había visto muchos hombres muertos, aunque en su mayoría no estaban expuestos de un modo tan frío y esmerado como aquél. No obstante, sin siquiera tocarlo ni mover nada, reparó en la escasa naturalidad de su postura. Limpio o no, supuso que tendría muchos huesos rotos y articulaciones dislocadas. Debió de ser una caída muy mala. Y al fijarse en su cabeza advirtió los finos arañazos que iban de debajo de la oreja izquierda hasta la parte delantera del cuello, repitiéndose luego encima de la clavícula. ¿Serían de uñas? Eran arañazos, no cortes, y los bordes abiertos eran relativamente recientes, ahora sin sangre, por supuesto, aunque el aspecto de la piel dejaba claro que no había tenido tiempo de curarse.

—¿Ya han visto bastante? —preguntó el empleado, con el ceño fruncido.

—Sí..., sí, gracias —contestó Margaret—. Creo que ya puedo irme. He cumplido con mi deber. Pobre tío Nolan. Muchas gracias por su... —Fue incapaz de conservar la compostura y terminar la frase.

Hester se dio cuenta de que apenas le quedaban fuerzas. Probablemente fuese aquélla la primera vez que veía un hombre muerto, por más que en la casa de Coldbath hubiese muerto una mujer, pues aquello fue distinto, lleno de emoción, de pena y al final de una especie de paz. Allí, en cambio, sencillamente hacía un frío atroz y olía a piedra y ácido fénico. Y era una muerte pasada, vieja de días.

Rodeó por los hombros a Margaret y la llevó hacia el pasillo de salida, tragándose el enfado. Al menos tenía una imagen mental que intentaría poner por escrito.

Una vez en el vestíbulo volvieron a dar las gracias al empleado y, apretando el paso hasta el límite de la decencia, salieron a la calle, a la fina lluvia que caía mansamente.

—¡Necesito un té! —jadeó Margaret—. ¡Y un sitio seco para sentarme!

—¿No prefiere regresar a Coldbath? —preguntó Hester preocupada—. No veo muy claro qué clase de sitio vamos a...

—¡Quiero dibujarlo antes de que se me olvide! —dijo Margaret entre dientes—. ¡Y con esta lluvia no puedo!

Hester la miró completamente perpleja.

—¿Puede...? Quiero decir, ¿sabría...?

—¡Claro que puedo! ¡Siempre y cuando lo haga ahora que aún lo tengo fresco en la mente! Cosa que, en este instante, siento que será para siempre; aunque el sentido común y una sincera esperanza me dicen que no será así.

Margaret miró alrededor y se puso a caminar a paso vivo en busca de un lugar en condiciones. Hester tuvo que correr para alcanzarla y, asiéndola del brazo, evitar que se diera de bruces contra un vendedor ambulante de cordones de zapatos, ansioso por efectuar una venta.

Finalmente, encontraron una taberna y se instalaron en una mesa de un rincón, con dos medias pintas de sidra y un par de empanadillas calientes. En cuanto las hubieron servido, Margaret sacó papel y lápiz, y se puso a dibujar. De vez en cuando bebía un sorbo, pero no probó la empanadilla; quizá la idea de comer mientras contemplaba el rostro de un difunto fuese demasiado para ella.

Hester, en cambio, estaba hambrienta. En su caso, el alivio pesaba más que otros sentimientos más delicados, y en lo único que podía pensar era en lo habilidosa que era Margaret para dar personalidad y vida a los trazos que iba esbozando sobre el papel. Delante de sus ojos el rostro de Nolan Baltimore fue tomando forma, hasta que tuvo la sensación de haberlo conocido.

—¡Es maravilloso! —exclamó, limpiándose los dedos con su pañuelo antes de tomar el último sorbo de sidra—. Cuando mostremos esto a la gente, sin duda sabrán si le han visto o no.

Margaret levantó la vista hacia ella con los ojos brillantes por el halago recibido.

—Será mejor que haga otro —dijo muy seria—. Si perdiéramos éste nos encontraríamos con problemas.

Acto seguido se puso a retratar a Baltimore desde un ángulo un poco distinto, más de perfil.

Hester fue a buscar otras dos medias pintas de sidra y observó pacientemente mientras Margaret hacía un tercer retrato, esta vez sombreado, lo que producía un efecto casi tridimensional.

Entonces, para no arriesgarse a llamar la atención, guardaron los dibujos y se marcharon, saliendo a las calles mojadas aunque con el cielo claro y una brisa templada que prometía mantenerlo así.

Tuvieron una tarde muy tranquila en Coldbath. Hester hizo una siesta corta con vistas a estar preparada para cuando llegase el momento de llevar a cabo sus planes, ya que éstos quizá se prolongarían buena parte de la noche. Sabía que Monk no iba a estar en casa y, por consiguiente, no tenía necesidad de explicar el porqué de su ausencia. Tenía previsto no llevar a Margaret con ella. Ya había hecho un trabajo magnífico ese día.

Por otra parte, también era preciso que hubiese dos personas en la casa, por si resultaba necesaria la asistencia del señor Lockwood. Alguien tenía que ir a por él, y ese alguien era casi siempre Bessie. Parecía poseer un don especial para encontrarlo a cualquier hora. Quizá los amigos de él percibiesen el afecto que le profesaba, mas su propio pasado la había enseñado a no cuestionar ni juzgar nada.

Margaret se resistió un poco; a pesar de todo, Hester percibió cierto alivio en sus ojos cuando le hizo entender que Bessie no podría arreglárselas sola si se presentaba una paciente con heridas graves.

—Sí, supongo que es lo mejor —dijo, aunque un tanto renuente—. Pero ¿y usted? ¡Tampoco tendría que ir sola! ¡Si le pasase algo ni siquiera nos enteraríamos! ¿Por qué no...? —se interrumpió.

Hester sonrió.

—¿Por qué no qué? A ninguna de las dos se nos va a ocurrir una idea mejor. Tendré todo el cuidado del mundo, lo prometo. Mi aspecto es parecido al de las mujeres que viven en esa zona, y ellas van por ahí solas. ¡Además ahora las calles están llenas de policías! Lo sabemos mejor que nadie. Mientras no dé la impresión de andar buscando trabajo, lo cual me cuidaré mucho de hacer, estaré tan segura como cualquiera.

Sin aguardar nuevos argumentos por parte de Margaret, de Bessie o de una cautelosa voz interior, se echó sobre los hombros un viejo chal que sacó del armario de la ropa usada y salió a la calle. Hacía una noche serena, bastante templada. Con la vista fija al frente, caminó deprisa en dirección a Leather Lane.

Había decidido comenzar por el lugar donde habían hallado el cuerpo de Nolan Baltimore, pero debía ser prudente. No quería atraer la atención de ningún policía que anduviera patrullando las calles y callejones, y menos aún la del agente Hart, quien la reconocería al instante y, con toda probabilidad, se formaría una idea bastante acertada de cuáles eran sus intenciones.

Aminoró el paso hasta adaptarlo al de la mujer de mediana edad que iba delante de ella, manteniendo una distancia de unos veinte metros entre ambas, y procurando parecer la misma clase de persona, al menos a simple vista. Llegó al ángulo donde Bath Street pasa a llamarse Lower Bath Street, cruza la gran vía de Theobald's Road y se convierte en Leather Lane.

En la esquina había un agente de aspecto cansado y alicaído. ¿Cómo se las arreglaría para mostrar el retrato sin llamar su atención? Tendría que hacerlo bajo la luz de una farola. Era mucho desear poder reconocer a alguien en la penumbra y las sombras próximas a las paredes, y menos en un portal o un callejón.

El agente la miró sin decir palabra ni mostrar demasiado interés. Bien. Eso significaba que la había tomado por una vecina cualquiera. No resultaba demasiado halagador, pero era lo que necesitaba en ese momento. Reprimiendo una sonrisa, se adentró en Leather Lane.

Había una muchacha apoyada en la farola siguiente. La luz brillaba sobre su cabeza descubierta, convirtiendo su cabello en una masa luminosa. Con toda probabilidad, aún le faltaba bastante para cumplir los veinte y no era especialmente agraciada, si bien aún conservaba una cierta lozanía. Hester no la conocía de nada y de pronto la puso muy nerviosa plantear a un perfecto desconocido las preguntas que tenía que formular.

Sin embargo, era muy plausible que sólo un desconocido tuviera las respuestas que buscaba, ¡y no iba a regresar a Coldbath para decir que había sido tan cobarde que ni siquiera lo había intentado! Sería mucho peor que cualquier cosa que pudiese decirle la muchacha.

—Disculpa —comenzó, tanteándola.

La muchacha la miró, con expresión de desconfianza.

—No te pares aquí, guapa —dijo la muchacha con voz grave y firme—. Estás en mi terreno y mi hombre te marcará la cara como intentes hacértelo aquí. Búscate otro sitio. —Miró a Hester con más detenimiento—. No vales gran cosa, pero caminas con la cabeza alta. A algunos les gusta eso. Prueba por ahí. —Señaló tras de sí, hacia la enorme mole de la fábrica de cerveza de Portpool Lane.

A Hester le costó conservar la calma. Se sintió ofendida, cosa por lo demás ridícula. Conocía de sobra su propia pasión, tenía demasiadas noches que recordar como para que no fuese así, pero a pesar de ello no le gustaba que le dijeran que no valía gran cosa. Sin embargo, aquél no era el mejor momento para pagar con la misma moneda.

—No quiero tu sitio —dijo con ecuanimidad. Su buen sentido le indicó que la muchacha sólo luchaba por su supervivencia. Probablemente tenía que luchar por todo lo que conseguía, y luego volver a luchar para conservarlo—. Sólo quiero saber si has visto a cierto hombre por el barrio.

—Mira, guapa —contestó la muchacha con cierto desdén—, si tu hombre viene por aquí a pasárselo bien, haz la vista gorda y cuida de tu casa y de tus hijos. Si duermes a cubierto y tienes con qué llenar el buche, no vayas por ahí aullando a la luna. Lo único que conseguirás será quedarte ronca, y si incordias más de la cuenta, te caerá un cubo de agua fría encima, o algo peor.

Hester titubeó. ¿Qué historia podía inventar que la chica se la creyera y así conseguir que le diese la información que necesitaba? La muchacha ya le estaba volviendo la espalda. Tal vez la única solución fuese decir la verdad.

—Se trata del hombre al que asesinaron —dijo bruscamente, notando una oleada de calor, seguida de otra de frío al comprender que no podía echarse atrás—. Quiero que la policía se marche del barrio para que todo vuelva a la normalidad. —Reparó en la mirada de incredulidad de la muchacha. No tenía más opción que seguir adelante—. ¡No van a descubrir quién lo hizo! —espetó—. La única manera de conseguir que se larguen es que alguien lo descubra por ellos.

Metió la mano en el bolsillo y sacó el retrato de Nolan Baltimore.

La muchacha le echó un vistazo.

—¿Es éste? —exclamó con curiosidad—. Nunca lo he visto. Lo siento.

Hester estudió el semblante de la muchacha, intentando decidir si debía creerla o no.

La muchacha sonrió con amargura.

—Sé que lo encontraron en el garito de Abel Smith —añadió—, pero jamás lo he visto por aquí.

—Gracias —dijo Hester, y se preguntó si dar un paso más y preguntar a la muchacha dónde se encontraba el burdel en el que podían trabajar mujeres como ella, de las que caminaban con la cabeza alta. Igual sería el garito propiedad del usurero. Cogió aire como para empezar a hablar.

La muchacha la fulminó con una mirada de advertencia.

—Gracias —repitió Hester.

Metió el retrato en el bolsillo y siguió caminando casi hasta High Holborn, preguntando a los transeúntes y mostrándoles el dibujo. Luego, retrocedió hasta Farringdon Road, cruzó por Hatton Wall y regresó a Leather Lane. No encontró a una sola persona que admitiera haber visto a Nolan Baltimore.

Ya era noche cerrada y hacía bastante más frío. Había muy poca gente por la calle. Un hombre con un abrigo que le iba grande andaba deprisa por la acera, arrastrando un poco una pierna, dibujando una sinuosa sombra en las piedras al pasar bajo las farolas.

Una mujer deambulaba por la de enfrente, con aire despreocupado, con la cabeza erguida, mostrándose plenamente confiada. Cuando dobló la esquina de Hatton Wall, un coche de punto aminoró la marcha. Hester no acertó ver si la recogía o no.

Un mendigo se acercó hasta la arcada de un portal y se dejó caer en aquel precario refugio; parecía dispuesto a pasar ahí la noche.

Hester no había conseguido nada. Ni siquiera estaba segura de si la gente le mentía por miedo o perversidad, o si en efecto nadie había visto a Baltimore.

De ser cierto lo último, ¿significaba que no había estado allí? ¿O era simplemente que había sido en extremo precavido? ¿Acaso un hombre como Nolan Baltimore no pondría cuidado automáticamente en no ser reconocido? ¿Qué lo había llevado allí? ¿Una reunión secreta de negocios relacionada con estafas inmobiliarias? ¿O bien, como parecía harto más probable, a satisfacer un gusto por un poco de placer descarnado y ciertas prácticas que no podía permitirse en casa?

Al menos sabía dónde se encontraba el establecimiento de Abel Smith y decidió, como último recurso, ir allí y encararse con él. Volvió sobre sus pasos recorriendo Leather Lane y, finalmente, se metió en un corto callejón y subió unas escaleras desvencijadas. Por todas partes se oía un leve goteo de agua, el crujir de la madera y, de vez en cuando, el correteo de unos pies provistos de garras. Esto último le recordó las ratas que había en el hospital de Scutari, de modo que apretó los dientes y avanzó más deprisa.

La puerta se abrió justo cuando la alcanzaba, asustándola, y un hombre calvo se quedó plantado en el umbral, mirándola con una sonrisa. La luz del interior dibujaba una aureola con los escasos pelos canos de su calva.

—¿Se ha perdido? —preguntó con voz sibilante, como si tuviera algún diente roto. Hester constató que era un poco más bajo que ella cuando subió el último escalón.

—Eso depende de si ésta es la casa de Abel Smith o no —respondió, contenta de que no le faltara el aliento como le faltaban razones—. Si lo es, aquí es donde quería venir.

El calvo sacudió la cabeza.

—Estoy dispuesto a intentarlo casi todo, pero este sitio no es para usted. —La miró de arriba abajo—. Si está desesperada, le dejaré una cama para pasar la noche; pero búsquese otro sitio para mañana. Usted y yo no vamos a hacer negocios.

—Desde luego que no —convino Hester—. Aunque conozco a unas cuantas chicas que sí los harían. Llevo la casa de socorro de Coldbath que se ocupa de algunas de sus enfermas y heridas.

Abel Smith entornó los ojos y emitió un agudo bufido entre los huecos de su dentadura.

—¡No tengo a nadie enfermo aquí, y no he pedido una visita a domicilio!

—No estoy aquí por eso —repuso Hester, decidida a distorsionar un poco la verdad—, sino porque quiero que la policía se marche del barrio y podamos ocuparnos de nuestros asuntos como de costumbre.

—¿Ah, sí? ¿Y cómo va a conseguirlo, si puede saberse? —Con evidente escepticismo, el hombre pasó revista al cuerpo delgado y erguido de Hester, y a sus ojos, clavados en él—. Andan diciendo que el caballerete que liquidaron estaba aquí, en mi casa... Pero nunca estuvo aquí, ¡excepto muerto! —aclaró con desdén—. ¡No le he puesto la mano encima a un cliente en mi vida! Sería una idiotez, se mire por donde se mire. Pero ¿piensa que esos imbéciles de mierda me han creído?

—¿Dónde está la escalera por donde se supone que se cayó? —preguntó Hester.

—¿Por qué? ¿A usted qué le importa? —inquirió Smith.

—¿Por qué no quiere enseñármela? —inquirió Hester.

—¡Largo! ¡Váyase de aquí! —exclamó, al tiempo que agitaba las manos como para espantarla—. Sólo me traerá problemas. ¡Largo!

En algún lugar detrás de ella una rata hizo caer al suelo un cajón. Hester no se movió.

—¡Estoy tratando de ayudarlo, estúpido! —masculló con fiereza—. Si no murió aquí, ¡tuvo que hacerlo en alguna otra parte! ¡No se relacionó con ninguna de las mujeres, y si consigo demostrarlo nos quitaremos a la policía de encima y las cosas volverán a ser como antes! Es lo que usted quiere, ¿no?

Los ojos de Abel Smith eran como dos puñaladas en su rostro sonrosado.

—¿Por qué? —preguntó con cautela—. Pensaba que no era más que una de esas damas de la caridad que intentan salvar el alma de las mujeres descarriadas, pero se lleva algo más entre manos, ¿verdad? —Asintió varias veces con la cabeza—. ¿De qué se trata, pues? ¿Qué es lo que hacen en esa casa de Coldbath?

—¡Eso no es asunto suyo! —espetó Hester, aprovechando la oportunidad—. ¿Es preciso que sigamos hablando aquí fuera para que cualquiera pueda oírnos?

Abel Smith se apartó a regañadientes y abrió la puerta por completo para dejarla pasar. Hester entró tras él y se encontró en un angosto descansillo al que daba media docena de puertas. Él iba delante de ella con un curioso andar, como si hubiese pasado mucho tiempo en el mar. Se detuvo frente a la cuarta puerta, la abrió y entró primero. Era una sala de estar cuyo mobiliario y decoración antaño había sido rojo y verde, si bien ahora mostraba desteñidos y sucios tonos marronosos, como de hojas secas. El escritorio de la pared del fondo estaba lleno de papeles. Había un sillón blando y un hogar diminuto con cenizas frías. El olor a aire viciado resultaba opresivo. El calor sólo lo habría empeorado.

—Me gustaría hablar con alguna de las chicas —pidió Hester.

—No saben nada —dijo Abel en tono cansino.

—¡Me importa un comino su miserable negocio! —dijo levantando la voz sin poder evitarlo—. ¡Quizá vieran a ese hombre en la calle! ¡Alguien lo trajo aquí! Dice que no entró por su propio pie... En ese caso, ¿quién lo trajo? ¿Ni siquiera se ha preguntado quién le ha hecho esta faena?

—¡Claro que sí! ¡Maldita sea! —espetó Abel. Su rostro perdió de súbito el aspecto sonrosado e inocente para encenderse como el de un crío malévolo, curiosamente perverso por lo ridículo que era. De pronto levantó la voz—. ¡Ada! —gritó.

Sonaron pasos en la escalera, pero nadie se presentó.

—¡Ada! —volvió a chillar.

La puerta se abrió de golpe y apareció una oronda mujerona casi de la estatura de Hester, con unos bucles negros que enmarcaban su rostro enrojecido y los ojos brillantes de indignación. Primero miró a Abel y luego a Hester.

—No sirve —dijo sin que le preguntaran—. Demasiado flaca. ¿Para qué diablos me llamas, tonto del culo? ¿Es que no te enteras de nada? ¿Te da lástima, es eso? —Señaló a Hester con un dedo corto y grueso—. Pues no será en esta casa, maldito montón de... —Se interrumpió al advertir que Abel no se defendía. Cayó en la cuenta de su error y se volvió hacia Hester—. ¿A qué ha venido entonces? ¿Se le ha comido la lengua el gato?

Hester sacó el retrato de Nolan Baltimore y se lo mostró.

Ada apenas le echó un vistazo.

—Está muerto —dijo cansinamente—. Unos mierdas lo dejaron tirado aquí, pero no tenía nada que ver con nosotros. No lo habíamos visto nunca, ¡y nadie puede demostrar lo contrario!

—Es su palabra contra la de ellos —dijo Hester, no sin razón.

Ada poseía un gran sentido práctico. Era una superviviente y no discutía por discutir.

—¿Qué es lo que quiere, entonces? ¿Por qué le importa tanto saber quién lo trajo aquí?

—Porque quiero averiguar quién lo mató para que la policía se marche y nos deje en paz. Y también deseo saber quién está prestando dinero a mujeres y obligándolas a devolvérselo haciendo la calle —contestó Hester. Lo dijo un tanto a la desesperada, y notó un hormigueo por el riesgo que corría.

Ada abrió todavía más los negros ojos.

—¿Ah, sí, eh? ¿Por qué? —lanzó la pregunta como un dardo.

—Porque mientras las calles están llenas de policías no hay negocio —contestó Hester—. Y las mujeres no pueden pagar sus deudas. Los ánimos se han caldeado y cada vez habrá más mujeres lastimadas.

Ada seguía en guardia.

—¿Y desde cuándo las mujeres que hablan como usted se preocupan de que las mujeres como yo tengamos o no trabajo? —preguntó, entrecerrando los ojos—. Pensaba que su obsesión era limpiar las calles en nombre de la decencia. —Dijo esto último con un sarcasmo tan cortante como una navaja de afeitar abierta.

—Si cree que poniendo un agente en cada esquina se va a conseguir eso, ¡es una estúpida! —replicó Hester—. Y no me venga con eso de las mujeres como yo y como usted. Cualquier mujer puede terminar endeudada y acabar haciendo la calle para saldar su deuda. Igual tienen que satisfacer gustos un poco raros, pero sacan todo lo que pueden. Es mejor eso que acabar medio muerta de una paliza.

—Nosotros no le hacemos eso a nadie —dijo Ada indignada, pero a pesar de su fariseísmo también había una nota de sinceridad en su voz, y Hester la percibió.

—¿Ofrecen servicios especiales, aquí? —preguntó Hester.

—Aquí no hay ninguna chica por culpa de deudas con las que tengamos algo que ver —respondió Ada—. Son sólo chicas que no ganan lo suficiente para abrirse camino en la vida.

Hester echó un vistazo a la habitación. Lo que Ada había dicho era fácil de creer, aunque era bastante posible que tuvieran un segundo establecimiento, o incluso un tercero, que fuese distinto de aquél. Ahora bien, que ella supiera, nadie había visto a Nolan Baltimore en el barrio. Si lo habían matado en otra de las casas de Abel Smith, suponiendo que existieran, no le hubiesen llevado el muerto hasta allí. Se sintió inclinada a creerles.

Su silencio puso nerviosa a Ada.

—¡No hacemos nada de eso! —insistió—. Sólo lo normal y corriente. Y nunca hemos dado una paliza a nadie. —Inspiró sonoramente—. Menos cuando se les han subido los humos y se lo han buscado. Hay que poner disciplina si no quieres quedarte sin nada. ¡La gente no respeta a los blandengues como él! —Fulminó a Abel con la mirada.

—¿Puedo hablar con sus chicas para ver si alguna vio al señor Baltimore por estas calles o se le ocurre dónde pudo haber ido? —solicitó Hester.

Ada reflexionó por un instante.

—Supongo que sí —respondió por fin. Al parecer había sopesado lo que Hester acababa de contarle y había decidido que con un poco de confianza quizá consiguiese lo que quería—. ¡Pero no se esté toda la noche!

Corren tiempos muy malos. ¡No podemos perder oportunidades!

Hester no se molestó en contestar.

Pasó casi una hora hablando con una mujer aburrida y asustada tras otra, pero ninguna de ellas presentaba señales de haber recibido una paliza, por lo menos visibles. Desde luego, ninguna estuvo dispuesta a admitir que había visto a Nolan Baltimore en Leather Lane, sólo allí, a los pies de la escalera, la noche de su muerte.

—¡Qué pregunta tan tonta! —exclamó en tono de desprecio una tal Polly—. Era un ricacho. Le salía el dinero por las orejas. —Su risa se convirtió en un gruñido, más de asco que de rabia—. ¡Pero mírenos, señora! ¿Cree que alguien como él vendría aquí para estar con nosotras? Quería algo especial y podía pagárselo. —Se encogió de hombros y se subió el tirante del vestido—. Lo más seguro es que parase donde Squeaky Robinson. Sus precios no supondrían ningún esfuerzo para él.

—¿Squeaky Robinson? —repitió Hester, casi temerosa de creerla—. ¿Quién es?

—No lo sé —contestó Polly—. Está cerca de Coldbath, por la fábrica de cerveza. En Hatton Wall, o tal vez en Portpool Lane. Prefiero no saberlo. Y a usted le convendría imitarme.

—Gracias. —Hester se puso de pie—. Me ha sido de gran ayuda. Le quedo agradecida.

—Yo no le he dicho nada —masculló Polly, mientras se subía de nuevo el tirante del vestido.

—No —convino Hester—. Salvo que Nolan Baltimore no murió aquí; de hecho ni siquiera frecuentaba este sitio.

—Tiene razón —dijo Polly—. ¡No venía!

Hester la creyó. Durante el camino de regreso a Coldbath Square fue dándole vueltas hasta acabar convencida de que Nolan Baltimore había encontrado la muerte en otro lugar y que después lo habían llevado hasta la casa de Abel Smith para que éste cargara con el mochuelo.

Sin embargo, apenas estaba más cerca de averiguar dónde y por qué lo habían matado, aunque no olvidaría el nombre de Squeaky Robinson, como tampoco el hecho de que, según Polly, éste ofrecía servicios especiales para hombres de gustos caros.

6

Monk había estudiado a fondo toda la información que poseía acerca de la vía férrea de Baltimore & Sons sin lograr encontrar ninguna evidencia de fraude en la compra de terrenos ni en ningún otro aspecto del proyecto. Pero aun en el supuesto de que hubiese beneficios ilícitos fruto de la decisión de comprar o no determinados tramos de vía, tampoco acababa de ver cómo cabría relacionarlos con el riesgo de un eventual accidente. Y esto le preocupaba hasta extremos que Katrina Harcus jamás llegaría a imaginar. Por descontado, todo peligro real tenía importancia, y era sumamente consciente de que si tal riesgo existía, estaba moralmente obligado a hacer cuanto estuviera en su mano para evitarlo. Ahora bien, lo que le hacía un daño más desgarrador, por irreparable, era el miedo de que en el pasado, el fraude por el que Arrol Dundas había muerto hubiese sido de un modo u otro la causa del accidente que recordaba con un espantoso sentimiento de culpa.

Cruzó a grandes zancadas Regent's Park en dirección a los jardines de la Royal Botanic Society, sin apenas reparar en los demás viandantes. Su mente se dividía entre el pasado y el presente. Cada uno de ellos contenía la clave del otro, y quizás ambos acabaran uniéndose en los escasos fragmentos de información que poseía Katrina, guardados y confusos debido a sus emociones. Al menos tenían aquello en común. Ella estaba aterrada por Dalgarno y cuanto desconocía acerca de él, y temerosa de ver confirmadas sus peores sospechas. Monk estaba aterrado exactamente del mismo modo, sólo que por sí mismo.

Brillaba un radiante sol de primavera y los jardines estaban muy concurridos. Habiéndose armado de valor para encontrarse con ella, sintió una intensa decepción tras buscarla en vano durante varios minutos. Había docenas de mujeres de todas las edades. Vio encajes y sedas de colores, muselinas bordadas, sombreros con flores, sombrillas que formaban una jungla de regatones por encima de las cúpulas de tela. Paseaban de dos en dos o de tres en tres, riendo al unísono, o del brazo de un admirador, con la cabeza bien alta, luciendo sus faldas.

Monk se detuvo junto a la verja de entrada, profundamente decepcionado. Debería regresar al día siguiente. No tenía la menor idea de dónde vivía o dónde encontrarla, y tampoco más vías de investigación que explorar para ocupar el tiempo hasta que ella acudiera a la cita.

—¡Señor Monk!

Se volvió. Allí estaba ella. Se alegró tanto de verla que no se fijó en su vestido, salvo en que era de tonos pálidos y con un discreto estampado. Fue su rostro lo que observó, sus asombrosos ojos pardos, y se dio cuenta de que estaba sonriendo. La sonrisa de él la había inducido a error, como si tuviera buenas noticias que darle, y, aun cuando no era el caso, no logró contenerse. Un inmenso alivio se había apoderado de Monk.

—¡Señorita Harcus! Estaba empezando a pensar que no se presentaría —dijo precipitadamente. No era exactamente lo que quería decir, pero no se le ocurrió nada mejor.

Katrina escrutó su semblante.

—¿Tiene novedades? —preguntó casi sin aliento.

Monk reparó en su palidez. Percibió la emoción de la muchacha con la misma precisión que la suya, tensa como un muelle a punto de romperse.

—No —respondió con mayor brusquedad de la que quería, pues estaba enojado consigo mismo por haberla inducido a pensar lo contrario—. Excepto que no he hallado nada improcedente en la conducta del señor Dalgarno.

No dijo más. Katrina no se mostró aliviada, tal como era de esperar. Era como si no pudiera creerle. En todo caso, su tensión aumentó. Bajo la fina tela del vestido se adivinaba la rigidez de sus hombros, y una respiración tan estrictamente controlada que bastaba con mirarla para sentirla como propia. Katrina comenzó a negar muy despacio con la cabeza.

—No... No...

—¡Lo he investigado todo! —insistió Monk—. Puede que haya algunas irregularidades en la adquisición de terrenos...

—¿Irregularidades? —lo interrumpió Katrina—. ¿Qué significa eso? ¿Es algo honrado o no? ¡No soy una ignorante, señor Monk! Hay personas que han ido a la cárcel por «irregularidades», como usted las llama, si éstas han sido intencionadas y han sacado provecho de ellas. A veces ni siquiera eran intencionadas, ¡pero no pudieron demostrar lo contrario!

Un caballero de avanzada edad interrumpió su paseo un instante y lanzó una mirada a Katrina, preguntándose a qué venía semejante tono de voz. ¿Era enojo o desdicha? ¿Debía intervenir? Resolvió no hacerlo y siguió caminando visiblemente aliviado.

Dos señoras intercambiaron sonrisas al cruzarse con ellos a pocos metros.

—Sí, ya lo sé —dijo Monk en voz muy baja, acosado por perturbadores recuerdos en medio del jardín soleado—. Pero un fraude tiene que demostrarse, y no he conseguido encontrar nada. —Vio que Katrina tomaba aire, como si fuese a interrumpirlo otra vez, pero no le dio tiempo—. La clase de asunto que tengo en mente consiste en trazar el recorrido de la vía férrea por unas tierras en lugar de otras y así complacer a un granjero o al propietario de una finca que no quiere que dividan su propiedad. Puede que haya habido sobornos, pero me sorprendería mucho que hubiesen dejado rastro. La gente suele ser muy discreta en estos casos.

Ofreció el brazo a Katrina, consciente de que si no se movían de sitio llamarían más la atención.

Ella lo apretó con tal fuerza que Monk notó sus dedos a través del tejido de la chaqueta.

—¡Pero habrá un accidente! —exclamó Katrina con creciente pánico en la voz—. ¡Es muy peligroso! No se trata sólo de... —Tragó saliva—. De obtener beneficios que resulten cuestionables. Es un... ¡asesinato! Al menos desde un punto de vista moral.

Obligó a Monk a detenerse otra vez y lo miró fijamente con un horror tan grande que él incluso se asustó.

—Sí, me consta que es así —convino Monk en tono amable, sosteniendo su mirada—, pero el caso es que he visto la vía con mis propios ojos, señorita Harcus, y sé de ferrocarriles. En la adquisición de los terrenos no hay nada, ni siquiera tierras inadecuadas, que ponga en peligro la vida de los pasajeros.

—¿No hay nada? —Katrina consintió en reanudar la marcha y mezclarse con las demás personas que paseaban entre los parterres—. ¿Está seguro?

—Si la tierra ha costado más o menos de lo que debería —explicó Monk—, y los propietarios de la empresa se han metido ese dinero en el bolsillo en lugar de entregarlo a los accionistas, estamos hablando de robo, sin duda, pero eso no afecta a la seguridad de la línea férrea.

Katrina lo miró muy seria. Monk advirtió el pesar y la confusión que teñían su rostro, la desesperación que crecía en su interior. ¿Por qué? ¿Qué sabía sobre Dalgarno que todavía no le hubiese contado a él?

—¿Qué sumas de dinero estarían en juego? —preguntó Katrina, interrumpiendo los pensamientos de Monk—. Serán elevadas, sin duda. ¿Lo bastante como para que un hombre corriente viva holgadamente el resto de su vida?

A Monk le sobrevino un súbito recuerdo de Arrol Dundas, tan vívido que podía ver las arrugas de su piel, la curva de su nariz y la amabilidad de sus ojos mirando a Monk desde cierta distancia. Se encontró de nuevo en el juicio, viendo las expresiones de asombro del público ante la magnitud de las cantidades de dinero mencionadas, sumas que para muchos constituían fortunas inimaginables, pero que en el mundo ferroviario se manejaban a diario. Vio rostros boquiabiertos, oyó gritos ahogados y el susurro del movimiento que recorría la sala, el frufrú de los tejidos y los crujidos de las ballenas de los trajes de las damas.

¿Qué había sido de ese dinero? ¿Estaba en posesión de la viuda de Dundas? No, era imposible. Nadie se quedaba los beneficios de un crimen. ¿Había desaparecido? Para condenar a Dundas, bien hubo que demostrar que lo había poseído en algún momento.

Monk se negó a considerar siquiera la otra posibilidad; a saber: que de un modo u otro se lo hubiese quedado él mismo. Sabía lo suficiente acerca de su vida en el cuerpo de policía como para que semejante riqueza hubiese salido a relucir.

Katrina seguía aguardando su respuesta. Monk volvió a cobrar conciencia del presente.

—Sí, sería una suma importante de dinero —admitió.

Katrina apretó los labios.

—Lo bastante alta para tentar a un hombre a cometer un crimen —dijo con voz ronca—. Para que la gente piense lo peor de cualquiera... con bastante facilidad. Señor Monk, esta respuesta no basta. —Bajó la vista, apartándola de sus ojos y de lo que éstos pudieran leer en los suyos. Cuando volvió a hablar, su voz fue poco más que un susurro—. Temo tanto por Michael que me cuesta trabajo no perder la cabeza. Como tengo miedo, he corrido riesgos que en otras circunstancias no se me habrían ocurrido. He escuchado tras las puertas, he oído conversaciones, hasta he leído papeles guardados en escritorios. Me avergüenza confesarlo. —Levantó la vista—. Pero lo que busco con todas mis fuerzas es evitar un desastre a quienes amo, y también a los hombres y mujeres inocentes que sólo desean viajar de una ciudad a otra y que confían que el ferrocarril es un medio de transporte seguro.

—¿Qué es lo que todavía no me ha dicho? —inquirió Monk, algo menos galante.

Los transeúntes se volvían a mirarlos, quizá porque no se movían de sitio en lugar de pasear, aunque más bien se diría que debido a la pasión y el apremio del semblante de Katrina, y por el modo en que ésta sujetaba el brazo de Monk.

—Me consta que Jarvis Baltimore tiene previsto gastar más de dos mil libras en una finca particular —explicó Katrina en voz entrecortada—. He visto los planos. Dijo que dispondría del dinero en menos de dos meses, gracias a los beneficios que esperan sacar del plan del que habló con Michael. —Miraba a Monk con suma atención, esforzándose por discernir su parecer—. Pero tanto él como Michael dijeron que debía guardarse en secreto, o de lo contrario acabarían arruinados.

—¿Está convencida de haberlo entendido bien? —preguntó Monk—. ¿Fue después de la muerte de Nolan Baltimore?

—No... —respondió Katrina con un hilo de voz.

Así pues, no se trataba de una herencia.

—¿La venta de material rodante a empresas ferroviarias extranjeras? —aventuró Monk.

—¿Por qué iba a constituir eso un secreto? ¿Acaso no sería más normal hablar de ello sin tapujos? ¿No es lo que hacen las empresas constantemente?

—Sí —convino Monk con aplomo.

—Hay un secreto que aún no ha descubierto, señor Monk —dijo Katrina con voz ronca—. Algo terrible y peligroso. ¡Y eso llevará a Michael a la cárcel, cuando no a la muerte, si no lo descubrimos antes de que sea demasiado tarde!

El miedo se apoderó de Monk como una ardiente oleada, aunque indescriptible y carente de sentido. Que a él le constara, sólo había una cosa que encajase con la violencia y la magnitud de lo que Katrina estaba dando a entender.

—¡Señorita Harcus! Hace poco asesinaron a Nolan Baltimore. Casi todo el mundo dio por sentado que fue porque solía frecuentar un burdel de Leather Lane. ¡Pero puede que eso fuese lo que ellos querían que pensáramos!

Katrina levantó la cabeza y lo miró con expresión de terror en el pálido semblante. Permanecía por completo ajena a la gente que la rodeaba, a su alarma o curiosidad.

—¿Piensa que su muerte tuvo que ver con el ferrocarril? —preguntó, y se tapó la boca con una mano como si así pudiera sofocar la verdad.

Monk adivinó los peores temores que anidaban en la mente de Katrina y lamentó su pesar, pero ahora no tenía sentido eludirlos, pues no había manera de ahuyentarlos.

—Sí —contestó con delicadeza—. Si lleva usted razón y en efecto hay una gran cantidad de dinero en juego, y el señor Baltimore padre descubrió la maquinación, puede que lo asesinaran para asegurarse su silencio.

Katrina se puso tan pálida que Monk temió que fuera a desmayarse. Instintivamente la sostuvo por los brazos para evitar que se cayera.

Ella sólo dejó que la sujetara unos segundos; luego, se separó de él con un gesto tan brusco que faltó poco para que rasgara la fina muselina de las mangas.

—¡No! —Tenía el rostro transido de horror, y su voz reflejaba tanta emoción contenida que varias personas de las que pasaban se volvieron para mirar a la pareja, olvidando por un instante la vergüenza que suponía el que las sorprendieran curioseando.

—¡Señorita Harcus! —exhortó Monk—. ¡Por favor!

—¡No! —repitió Katrina, aunque con menos aplomo—. No puedo... pensar que... —No terminó la frase.

Ambos conocían el motivo de que se sintiese atormentada. La posibilidad resultaba demasiado clara. Si la estafa era tan grande como ella temía, y el beneficio tan elevado, resultaba plausible que hubieran asesinado a Nolan Baltimore para que no hablase. Era probable que él lo supiera todo y hubiese peleado con su asesino. Quizá quería una tajada demasiado grande, o había puesto en peligro sus planes de algún otro modo, o los había descubierto por casualidad y tenían que asegurarse de que no los traicionara. Obviamente, todas las sospechas apuntaban a Michael Dalgarno. Que Katrina supiera, sólo éste y Jarvis Baltimore estaban involucrados en el asunto.

Monk sufría por ella. Sabía, a causa de una nauseabunda familiaridad, cómo se sentía uno al vivir con pavor a conocer la verdad, viéndose al mismo tiempo obligado a desentrañarla. Toda resistencia era vana y, sin embargo, el conocimiento último e irrefutable destruiría lo que más importaba.

Para ella significaría que en cierto sentido el hombre al que amaba en realidad no había existido jamás. Incluso antes de haber ido aquella aciaga noche a Leather Lane, antes de hacer nada irrevocable, ya llevaba la semilla dentro de su ser, la crueldad y la codicia, la arrogancia que ponía su propio provecho por encima de la vida de otro hombre. Se había traicionado a sí mismo mucho antes de traicionar a Katrina, o a su mentor y patrón.

Y si Monk había traicionado a Arrol Dundas, teniendo el mínimo conocimiento o parte activa en el accidente ferroviario de entonces, nunca había sido el hombre que Hester creía que era y todo lo que había construido con tanto esmero, esforzándose por desprenderse de su orgullo, se vendría abajo como un castillo de naipes.

De repente, aquella mujer a quien apenas conocía estaba más cerca de él que nadie, pues ambos compartían un temor que dominaba sus vidas excluyendo todo lo demás.

Katrina, sumida en un aterrado silencio, seguía mirándolo.

—Señorita Harcus —dijo Monk con una ternura que lo sobresaltó, y esta vez sin vacilar en tocarla. Fue un ademán muy breve, pero transmitía una extraordinaria comprensión—. Averiguaré la verdad —prometió—. Si existe fraude, lo sacaré a la luz y evitaré que se produzca otro accidente. Y haré cuanto esté en mi mano para descubrir quién asesinó a Nolan Baltimore. —La miró muy serio—. Ahora bien, a no ser que haya fraude y Michael Dalgarno esté implicado, le faltarían motivos para haber cometido un acto semejante. Lo más probable es que mataran a Baltimore durante una pelea por un dinero relacionado con la prostitución, y no hablo de una fortuna sino de un puñado de libras que un proxeneta borracho pensó que le debía. Puede que ni siquiera supiesen quién era. ¿Tenía mal carácter?

La más leve sombra de una sonrisa se posó en los labios de Katrina y todo su cuerpo perdió rigidez.

—Sí —susurró—. Sí, tenía el genio vivo. Gracias de todo corazón, señor Monk. Por lo menos me ha dado una esperanza. Me aferraré a ella hasta que me traiga noticias. —Parpadeó y bajó la vista por un instante—. Ignoro cuánto le debo, y habrá incurrido en gastos con todos los viajes que ha hecho por mi causa. ¿Bastará con otras quince libras de momento? Es... cuanto he podido reunir. —Un leve rubor de vergüenza devolvió el color a sus mejillas.

—Es más que suficiente —contestó Monk, cogiendo el dinero y metiéndoselo en el bolsillo con la máxima discreción, para sacar luego un pañuelo como si ése hubiese sido el motivo del gesto. Vio una chispa de complicidad y agradecimiento en los ojos de Katrina y se sintió más que recompensado.

Había llegado el momento de que Monk considerase más seriamente la posibilidad de que la muerte de Baltimore no estuviese relacionada con la prostitución como la policía y todos los demás daban por sentado, sino que se tratara de un asesinato perpetrado en el burdel de Leather Lane o en las inmediaciones de éste. Si Dalgarno, o incluso Jarvis Baltimore, había querido matar a Baltimore padre, hacerlo tras la máscara de sus vicios personales constituía el crimen perfecto.

No iba a conseguir nada preguntando al comisario a cargo de la investigación, a quien además molestaría su injerencia, pues bastantes presiones recibía ya el pobre hombre por parte de las autoridades y de los indignados ciudadanos que sentían la obligación moral de protestar. La única solución que unos y otros deseaban dar al asunto era que se esfumara sin dejar rastro, y eso no era posible. Si no se quejaban parecería que aprobasen la prostitución y el asesinato de un destacado ciudadano y, si lo hacían, atraían aún más la atención sobre unas prácticas que todos deseaban permitirse libremente, al tiempo que las negaban.

Tampoco tenía demasiado sentido hablar con los agentes que hacían la ronda, quienes se veían forzados a proteger la zona de Farringdon Road contra los intereses de todo el mundo. Si supieran quién mató a Nolan Baltimore, ya se habría acusado al sospechoso y cerrado el caso.

Lo que Monk quería saber eran los movimientos de Nolan Baltimore la noche de su muerte, qué conocimiento había tenido Dalgarno de ellos y dónde había estado éste. ¿Cómo se habían separado? ¿Qué papel había desempeñado Jarvis Baltimore?

¿Quién podría saber todo aquello? La familia y el servicio de la residencia Baltimore, posiblemente el agente que hacía la ronda en el barrio donde se hallaba su domicilio o en el de su oficina si no fue a su casa aquella noche, así como los vendedores callejeros, los cocheros y otras personas cuya ruta cotidiana pasara por la zona.

Comenzó por la más fácil, la que era más probable que le diera alguna información útil. Estaba sentada en una caja desvencijada apoyada contra un muro cerca de la esquina, con la cabeza envuelta en un mantón y una pipa de arcilla sujeta con firmeza entre los dientes que le quedaban. Había dispuesto en cuencos y platos de latón las pastillas para la tos y los caramelos de brandy que vendía, y una piedra sujetaba el montón de papel de envolver.

—Buenas tardes, señor —dijo aquella mujer con un ligero acento irlandés—. ¿Qué se le ofrece?

Monk carraspeó.

—Pastillas para la tos, por favor —respondió con una sonrisa—. Póngame tres peniques. —Buscó una moneda de ese valor en el bolsillo y se la tendió.

La mujer la cogió y con un cucharón de hojalata sirvió una ración de pegajosos caramelos. Los puso encima de uno de los trozos de papel y los envolvió enroscando las puntas de éste antes de dárselos. Dio una profunda chupada pero por lo visto la pipa se había apagado. Hurgó en sus bolsillos, pero Monk se adelantó, ofreciéndole una caja de cerillas.

—Es usted todo un caballero —dijo ella, aceptándola.

Sacó una cerilla y la prendió, acercándola luego a la pipa. Inspiró con fuerza. La pipa se encendió, y la mujer aspiró el humo con inmensa satisfacción. Hizo ademán de devolverle las cerillas.

—Quédeselas —repuso Monk con generosidad.

La mujer no discutió, pero sus ojos brillantes, medio ocultos por las arrugas de su ajada piel, lo miraron divertidos.

—¿Qué es lo que quiere en realidad? —preguntó a bocajarro.

Monk le dedicó la mejor de sus sonrisas. Sabía ser encantador cuando se lo proponía.

—Sin duda estará al corriente de que hace unos días asesinaron al señor Baltimore en Leather Lane —dijo. Le constaba que sería una locura ofender a su inteligencia. Cualquiera que trabajase en la calle a su edad no podía ser tonto.

—Claro, ¿no lo sabe todo Londres? —contestó la mujer. Su expresión delató un claro desprecio hacia el difunto, probablemente no tanto por su moralidad como por su hipocresía.

—Lo vería entrar y salir —prosiguió Monk, señalando con la cabeza la casa de los Baltimore, que quedaba a unos treinta metros de allí.

—Claro que lo veía, maldita sea —respondió la mujer—. ¡No soltaba ni medio penique un día de frío!

Quizá se expresase así para advertir que no abrigaba el menor interés por colaborar en la captura del asesino. Tanto daba si era sincera como si se trataba de un ardid para cobrar por su ayuda, pues Monk estaba dispuesto a recompensarla siempre y cuando le contase algo útil.

—Ando dándole vueltas a la posibilidad de que lo asesinara alguien que lo conocía —dijo Monk—. ¿Lo vio aquella noche? ¿Tiene idea de a qué hora salió de casa, y si iba solo o acompañado?

La mujer lo miró fijamente, tratando de formarse una opinión.

Monk sostuvo su mirada, preguntándose si la mujer quería dinero o si de dárselo en el momento equivocado la heriría en su amor propio.

—Resultaría muy grato descubrir que no tuvo nada que ver con las mujeres de Leather Lane —señaló.

Un destello de genuino interés brilló en los ojos de la mujer, que repuso:

—Desde luego que sí; pero aunque le viera marcharse, y a otros seguirlo, eso no significa que fuesen más lejos del final de la calle, ¿verdad?

—No, por supuesto —convino Monk, procurando mantener un tono neutro de voz. Ni siquiera sabía si estaba excitado o temeroso. ¡No quería que Dalgarno fuese culpable! Era sólo mero olfato lo que había encendido su entusiasmo, por fin un hilo de verdad entre todos los nudos y puntas—. Pero si supiera hacia dónde fueron, quizá lograría encontrar al cochero que los recogió.

—Josiah Wardrup —dijo la mujer sin titubear—. Yo misma lo vi. Se diría que estaba esperando al viejo cabrón.

—Caramba, qué interesante —dijo Monk sinceramente—. Puede que en efecto lo esperase. De hecho, es posible que el señor Baltimore fuera en esa dirección, a esa hora, con cierta regularidad, ¿no?

La mujer emitió un grave murmullo de aprobación.

—Es usted muy listo, ¿me equivoco?

—Bueno, de vez en cuando —admitió Monk. Sacó dos chelines del bolsillo—. Me parece que voy a premiarme con unos pocos peniques de caramelos de brandy.

—Cómo no, ¿y cuántos peniques van a ser, pues? —preguntó la mujer, tomando los dos chelines.

—Cuatro —dijo Monk sin pensárselo dos veces.

La mujer sonrió y le sirvió una ración generosa.

—Gracias. Quédese con la vuelta. Le estoy muy agradecido.

La mujer volvió a llevarse la pipa a la boca, con cara de enorme satisfacción. Había tenido una conversación agradable, ganado un buen puñado de peniques a cambio de nada y, tal vez, colaborado con la causa de la justicia para que la policía dejara de importunar a las pobres desgraciadas que hacían la calle en la zona de Farringdon Road. No estaba mal para menos de media hora de trabajo.

Monk no encontró a Josiah Wardrup hasta el día siguiente, pero le bastó presionarlo un poco para que admitiera que había recogido a Nolan Baltimore en aquella esquina al menos una vez a la semana durante los dos o tres últimos años, y que lo había llevado hasta el cruce de Theobald Road con Grays Inn Road, lugar que quedaba a un tiro de piedra de Leather Lane.

Monk no tuvo muy claro que aquello fuese lo que deseaba oír. Tenía todo el aspecto de tratarse de un capricho que se permitía con regularidad, si bien precisamente esa regularidad habría permitido a cualquiera que quisiera hacerle daño averiguar esa costumbre y seguirlo hasta allí.

Ahora bien, Wardrup no dijo si había visto a alguien más. Miró a Monk con expresión inocente, casi exigiendo su agradecimiento. Y no, no tenía ni idea de adónde iba el señor Baltimore desde aquella esquina. Siempre aguardaba en la acera hasta que Wardrup se había marchado, lo que le resultaba irónicamente divertido. ¿Qué se suponía que iba a hacer un caballero a semejante barrio?

El único dato que a Monk le pareció de interés fue

que en cada ocasión se hubiese apeado en la misma esquina. Las horas variaban, las noches de la semana también, pero nunca el lugar.

Sin embargo, en el burdel de Leather Lane donde se halló su cuerpo negaban en redondo que lo conocieran. Decían que no sólo no había acudido allí aquella noche sino que no lo había hecho nunca.

Monk fue alternando zalamerías y amenazas, pero ni una sola mujer cambió su declaración y, pese a la opinión general acerca de su honestidad y al hecho irrefutable de que se había encontrado allí el cuerpo de Baltimore, para su sorpresa se vio inclinado a creerlas. Por supuesto, también era consciente de no ser ni mucho menos la primera persona en preguntar, de modo que habían tenido tiempo de sobra para cotejar sus respectivas versiones de los hechos y establecer un frente unido.

Con todo, el poco fiable y nada atractivo local de Abel Smith no era la clase de sitio que frecuentaban los hombres con los recursos de Baltimore. Aunque cada cual tenía sus gustos. A algunos hombres les gustaba la suciedad; a otros, el peligro. No conocía a ninguno a quien gustase la enfermedad, excepción hecha, por supuesto, de aquellos que ya estaban infectados.

Al cabo de dos días apenas había averiguado nada nuevo.

Dirigió la atención hacia Dalgarno, sorprendido de lo mucho que le espantaba lo que pudiese averiguar. Y la investigación en sí tampoco resultaba tarea fácil. Dalgarno era un hombre que, al parecer, hacía un montón de cosas solo. No fue difícil establecer la hora en que salió de las oficinas de Baltimore & Sons. Bastó una breve indagación en el mostrador de recepción, aunque esa información tampoco le sirvió de mucho. Se había marchado a las seis, cinco horas antes de que un cabriolé recogiera a Baltimore y lo llevara a la esquina de Grays Inn Road.

Un vendedor de periódicos había visto a alguien, que casi seguro era Dalgarno, entrar en casa de los Baltimore media hora antes que Jarvis Baltimore, pero se había marchado alrededor de las ocho. Ninguna persona de las que Monk consiguió interrogar sabía nada más. Los sirvientes de los Baltimore debían de saberlo, pero no tenía autoridad para hablar con ellos y no se le ocurría ningún pretexto. Además, aunque hubiese podido hacerlo, a Baltimore lo habían asesinado en algún momento después de la medianoche y antes del amanecer. Las investigaciones no demostraron, para bien o para mal, si Dalgarno había permanecido toda la noche en su domicilio. Entrar y salir era fácil, y no había portero de noche ni otro sirviente a quien preguntar.

Habló con el vendedor de pan de jengibre que montaba su puesto en la esquina, a unos cincuenta metros de allí, un hombre menudo y enjuto que daba la impresión de necesitar una gruesa rebanada de su propia mercancía y una taza de té caliente. Éste explicó a Monk que la noche en que murió Baltimore había visto a Dalgarno regresar a casa a eso de las nueve y media. Le dijo que caminaba aprisa, con el rostro convertido en una máscara de furia, el sombrero hundido hasta las orejas, y que había pasado junto a él sin decir palabra. No obstante, el vendedor de pan de jengibre había desmontado su puesto poco después para irse a casa, de modo que no sabía si Dalgarno había vuelto a salir o no.

¡Quizá lo supiera el agente que hacía la ronda nocturna! Durante la misma pasaba por allí de vez en cuando. Sin embargo, dedicó a Monk una sonrisa torcida y un guiño, pues conocía a alguien que frecuentaba aquellas calles por asuntos que exigían cierta discreción y, si le daba unos días, haría sus averiguaciones.

Monk le entregó media corona y prometió otras siete hasta completar un soberano si hacía lo que le proponía, sólo que a Monk no le bastaría con una información de segunda mano. Si había algo de interés, tendría que hablar con el testigo en persona. Los negocios que éste o cualquier otro llevara a cabo en la calle quedarían al margen del interrogatorio.

El agente lo meditó un momento y aceptó el trato. Monk le dio las gracias, dijo que regresaría al cabo de tres o cuatro días y se marchó.

Eran cerca de las tres de la tarde. El frío, el viento y las nubes grises anunciaban lluvia. No podía hacer nada más con relación al caso de Dalgarno y la muerte de Baltimore por ahora. Era probable que acabara siendo exactamente lo que parecía y todos daban por sentado. Ya no cabía seguir posponiendo la investigación que desde el principio supo que tendría que llevar a cabo. Debía remontarse al juicio de Arrol Dundas y ver si los detalles liberaban su memoria por fin, permitiéndole recordar lo que sabía entonces: el fraude, cómo fue descubierto y, por encima de todo, su participación en él.

Ignoraba dónde se había celebrado el juicio, pero todos los fallecimientos quedaban registrados y los archivos se conservaban allí, en Londres. Tenía suficientes datos para encontrarlo y así conocer el lugar. Iría aquella misma noche y se enfrentaría a las pesadillas de su pasado.

Antes tenía que ir a casa, lavarse, comer, cambiarse de ropa y hacer la maleta para viajar a donde tuviera que hacerlo.

Había confiado en que Hester estuviese fuera, bien trabajando en la casa de socorro de Coldbath, bien recaudando más fondos para pagar el alquiler y asegurar el abastecimiento de comida y medicinas. Lo supuso así porque así lo deseaba, para evitar una confrontación con sus propias emociones. Le constaba que era un acto de cobardía y se sentía avergonzado por ello, pero lo que imaginaba que Hester sentiría si se veía obligada a plantarle cara a la verdad, al hecho de que él no valía ni mucho menos lo que ella creía, producía un dolor para el que no estaba preparado. Le resultaba tan violento que desbarataba la concentración y la inteligencia que tanta falta le hacían si pretendía ser fiel a la promesa hecha a Katrina Harcus y evitar un nuevo desastre ferroviario.

Incluso eso constituía una evasión. Era por él mismo por quien iba a hacerlo. Estaba obligado a impedir que algo así volviera a suceder. Tenía que hacerlo para ser capaz de enfrentarse al accidente original que se encontraba en algún rincón de su recuerdo, fragmentado, imperfecto, pero irrefutable.

Abrió la puerta y entró, resuelto a cambiarse de ropa, hacer el equipaje y tomar una taza de té y una rebanada de pan con cualquier fiambre que encontrara en la despensa. Le dejaría una nota a Hester explicando el motivo de su ausencia. En cambio, por poco tropezó con ella cuando ésta salió de la cocina, sonriente, con intención de abrazarlo. Monk reparó en la incertidumbre de su mirada, la cual daba a entender que percibía su soledad, el retraimiento de la sinceridad que los unía de ordinario. Se sentía herida e intentaba ocultarlo por él.

Monk titubeó, pues detestaba mentir y temía la verdad. Sólo contaba con segundos, incluso menos que eso, o sería demasiado tarde. ¡Debía tomar la decisión en el acto! Fue instintiva. Dio un paso al frente y la estrechó entre sus brazos; notó el cuerpo de su esposa ceder y aferrarse al suyo. Al menos aquello era sincero. Nunca la había amado más, a ella y a su coraje, su generosidad, el que ponía para protegerlo y su propia vulnerabilidad, que creía saber ocultar cuando en realidad resultaba tan obvia.

Apretó la mejilla contra su mullido cabello, moviendo los labios con delicadeza pero sin hablar. Así, al menos, no la engañaba deliberadamente. Al cabo de un instante le diría que volvía a marcharse y tal vez incluso por qué, pero de momento se abandonó a la sencilla verdad del tacto, sin más complicaciones. Más adelante recordaría ese instante, pues lo conservaría en su mente y, a un nivel aún más profundo, en el íntimo recuerdo del cuerpo.

Era ya tarde cuando llegó a la oficina del registro civil. Sólo sabía el año en que había fallecido Dundas, no la fecha exacta. Le llevaría un buen rato encontrarlo, pues tampoco estaba seguro de dónde había muerto. Al menos no se trataba de un nombre muy común. Si todavía hubiese pertenecido al cuerpo de policía habría exigido que la oficina permaneciera abierta todo el tiempo que necesitara para averiguar lo que quería. Como ciudadano de a pie no podía pedir nada.

Así pues, se limitó a solicitar la sección del archivo que le interesaba y, una vez lo hubieron conducido hasta el lugar indicado, tomó asiento en un taburete alto y procedió a la lectura de páginas y más páginas escritas con letra de trazos delgados e inseguros.

El encargado del registro acababa de presentarse para anunciar que iban a cerrar justo cuando dio con el nombre de Dundas y el resto de su ficha. Había muerto de pulmonía en la prisión de Liverpool, en abril de 1846.

Cerró el libro y se volvió hacia el funcionario.

—Gracias —dijo con voz ronca—. Ya he visto lo que quería. Le estoy muy agradecido.

Qué irracional resultaba que la frialdad de la escritura lo hiciera tanto más real. Fue como sacarlo de la imaginación y el recuerdo para situarlo en el plano de los hechos imborrables que el mundo conocía tan bien como él.

Salió a toda prisa a la calle y anduvo a grandes zancadas hasta la estación, donde compró un bocadillo y una taza de té mientras esperaba el último tren hacia el norte.

Cuando el tren nocturno paró en la estación de Liverpool poco antes del amanecer, Monk se apeó temblando de frío, con el cuerpo entumecido, y fue directo a tomar un té bien caliente y algo de comer. Después salió en busca de un lugar donde lavarse, afeitarse y cambiarse de ropa antes de comenzar a remover el pasado.

Todavía era demasiado temprano para encontrar abierto el registro u otro archivo, pero sabía sin necesidad de preguntar dónde quedaba la cárcel. A eso de las siete el cielo se había teñido de gris y soplaba un fuerte viento que subía por el Mersey. Las calles estaban llenas de gente que iban a trabajar, con paso vivo y la cabeza gacha. Oyó voces con el característico acento gangoso de Liverpool que marcaba el final de cada frase, el cáustico sentido del humor, las alegres quejas a propósito del tiempo, del gobierno, de los precios de todo, y le resultaron curiosamente familiares. Hasta el argot local entendía. Tomó un coche de punto y no tuvo dificultad en dirigir al conductor, calle tras calle, hasta que los oscuros muros se alzaron delante de ellos y los recuerdos afloraron como la marea creciente, el olor de las piedras mojadas, el tamborileo de la lluvia en los canalones, la irregularidad del adoquinado y el viento gélido ululando en las esquinas.

Pidió al cochero que esperara, se apeó y fijó la vista en la verja cerrada. Había estado allí tantas veces durante los últimos días de Dundas que hasta reconoció el dibujo de luces y sombras de las paredes.

Más intenso que la negrura de las piedras que contemplaba y que el olor a suplicio y suciedad incrustada fue la sensación de impotencia que revivió con demoledora precisión, como si tuviera los pulmones llenos de aire enrarecido y le costara trabajo respirar.

Permaneció inmóvil, esforzándose por rememorar algo tangible, palabras, hechos, cualquier pormenor, pero cuanto más lo intentaba más esquivo se mostraba el pasado. No hallaba más que asfixiante emoción.

Detrás de él el caballo pateó el suelo, haciendo sonar las herraduras contra los adoquines y tintinear los jaeces.

Allí no iba a conseguir nada. No tenía sentido regodearse en el dolor. Nunca había dudado que fuese real, pero lo que necesitaba era un cabo del que tirar.

Caminó lentamente de vuelta al coche de punto y montó en él.

—Me gustaría consultar periódicos viejos —dijo al cochero—. De hace dieciséis años. Lléveme donde los tengan.

—La biblioteca —contestó el conductor—. A no ser que quiera ir a los juzgados.

—No, gracias. La biblioteca está bien —indicó Monk.

Si se veía obligado a pedir una transcripción del juicio, lo haría, pero de momento prefería no hacerlo. Para consultar ese documento tendría que dar su nombre y un motivo. Los periódicos permitían indagar conservando el anonimato; se despreció a sí mismo en cuanto tal razonamiento le vino a la cabeza. Le constaba que una vez más era víctima de su instinto de supervivencia para precaverse contra todo daño posible. El pesar restaba facultades, y todavía tenía que cumplir con lo prometido a Katrina Harcus.

No había nadie más interesado en consultar documentos viejos a tan temprana hora del día, así que dispuso del archivo de periódicos para él solo. No tardó más de un cuarto de hora en localizar el juicio contra Arrol Dundas. Ahora ya sabía la fecha de su fallecimiento, de modo que fue retrocediendo a partir de ella. Allí estaba el titular: EL FINANCIERO ARROL DUNDAS A JUICIO POR FRAUDE.

Fue al comienzo y leyó.

Encontró exactamente lo que se había temido. Las palabras impresas bailaban ante sus ojos, pero podría haber recitado el texto como si estuviera en mayúsculas de tres centímetros. Había incluso un boceto a plumilla de Dundas en el banquillo de los acusados. Era en verdad genial. Monk no tuvo ni un instante de duda para preguntarse si retrataba al hombre que había conocido. Era tan vívido... El encanto, la dignidad, la elegancia innata estaban allí, atrapadas en unos cuantos trazos, así como el miedo y el agotamiento del rostro, los finos rasgos demacrados, la nariz asaz prominente, el pelo ligeramente largo, los pliegues de la piel demasiado profundos, otorgándole un aspecto diez años mayor de los sesenta y dos que mencionaba el texto.

Monk lo miró fijamente y se encontró de nuevo en la sala del tribunal, notando la presión de los cuerpos que lo rodeaban, el ruido, el olor a ira flotando en el aire, las ásperas voces de Liverpool con su ritmo y acento tan peculiares, su innato sentido del humor trocado en malicia contra lo que consideraban una traición.

En todo momento sintió la misma frustración que entonces, los repetidos esfuerzos por hacer algo que cada vez le impedían. La esperanza se desvanecía como agua vertida sobre arena seca.

Había un retrato del fiscal, un hombre corpulento con un apacible y anodino semblante tras el que ocultaba sus ansias de éxito. Había aprendido a hablar sin servirse del dialecto local, pero el tono nasal reaparecía de nuevo cada vez que, excitado, olfateaba a su presa. A cada tanto fingía olvidarse y empleaba modismos, y la muchedumbre quedaba encantada con él. Monk no había reparado entonces en hasta qué extremo actuaba de cara a la galería pero ahora, al mirar atrás, y después de haber asistido a un montón de juicios, se dio cuenta de que lo había hecho como un mal actor.

¿Acaso dependía todo de la habilidad de los letrados? ¿Qué hubiese pasado si a Dundas lo hubiese defendido un abogado de la talla de Oliver Rathbone? ¿Habría supuesto alguna diferencia al final?

Fue leyendo las declaraciones de los testigos: en primer lugar, las de los demás banqueros, quienes negaban tener conocimiento de ningún acuerdo indebido y se afanaban en lavarse las manos al tiempo que proclamaban su inocencia a voz en grito. Recordó el buen corte de sus chaquetas y sus camisas almidonadas, sus rostros limpios y sonrosados, la corrección de su forma de hablar. Se habían mostrado asustados, como si la culpa fuese contagiosa. Monk sintió que la ira lo atenazaba de nuevo, aún apremiante y real, como si no hubiese concluido dieciséis años atrás.

A continuación, venían los inversores que habían perdido dinero o que, al menos, comenzaban a darse cuenta de que no iban a obtener los beneficios que habían previsto. Pasaron de una supuesta ignorancia a un claro enojo cuando se puso en entredicho su competencia como financieros. Fueron quienes más condenaron a Dundas con taimadas y peyorativas palabras, juzgando su temperamento con una fácil crítica a posteriori. Monk recordó la furia que se apoderó de él al verse obligado a escucharlos, sin posibilidad de discutir, de defender, de poner de manifiesto su codicia o sacar a colación el entusiasmo con el que se habían dejado convencer para decidirse por un trazado u otro, una adquisición más o menos, buscando siempre lo más barato.

Entonces había querido testificar. Después del tiempo transcurrido aún sentía la misma rabia, como si todo hubiese sucedido la víspera, y rememoraba su insistencia para que el abogado de la defensa lo dejara intervenir, en lugar de rechazar su oferta en cada ocasión.

«Predispondrá al jurado en su contra», le había dicho el letrado. «Es un pilar de la comunidad. Si arremete contra Baltimore no hará más que empeorar las cosas. Su familia ha puesto dinero en todas las grandes empresas de Lancashire. Conviértalo en su enemigo y tendrá a medio condado contra usted.» Y así sucesivamente, hasta que su testimonio devino tan anodino como para resultar prácticamente inútil. Entró al cuadrilátero como un boxeador con un brazo atado a la espalda, magullado por golpes que no podía devolver.

El terrateniente lo había sorprendido. Había esperado indignación y profundo interés de su parte, y en cambio se había mostrado perplejo, refiriendo con detalle los regateos y las transacciones, los intentos por desviar el ferrocarril para mantener indivisa una u otra finca. Pero sin rencor, sin desesperarse por conservar su reputación.

Grandes sumas de dinero habían cambiado de manos, y sin embargo, a pesar de todos los intentos de la acusación por hacer que parecieran fraudulentas o exorbitantes, eran exactamente lo que cualquiera podía esperar.

No obstante, cuando las cifras se presentaron como pruebas, en aquella minuciosa y fría enumeración de datos, Monk oyó la sentencia de muerte para la defensa. De pronto supo, como si estuviera todo claro en su fragmentada mente, cuál sería el veredicto final, no porque fuese cierto, sino porque Dundas había llevado demasiadas negociaciones en persona; había contratos que llevaban su firma y dinero en sus cuentas. Podía negarlo, pero no desmentirlo. Había actuado en nombre de terceros. Ése era su trabajo.

Ahora bien, no figuraba ningún otro nombre en los documentos. Él había confiado. Ellos sostenían que también. ¿Quién había traicionado a quién?

Naturalmente, Monk conocía el veredicto: culpable.

Sin embargo, necesitaba enterarse de más pormenores, averiguar cómo se había llevado a cabo el fraude para que permaneciese oculto hasta el último momento. ¿Cómo era posible que Dundas hubiese esperado salirse con la suya?

Había un bosquejo de Nolan Baltimore prestando declaración. Monk lo contempló fascinado. Era un rostro feo, pero dotado de una inmensa vitalidad, con unos rasgos enérgicos y una codiciosa sonrisa. Parecía inteligente si bien transmitía carencia de sensibilidad, así como escaso sentido del humor o sutileza. A Monk le provocó rechazo pues, aun no siendo más que un bosquejo, lo que veía era un hombre. No recordaba haber conocido personalmente a Baltimore. No era más que el dueño de la empresa de Dalgarno y la persona cuyo asesinato había causado tantas molestias a Hester y a las mujeres a las que atendía. Había fallecido en Leather Lane, con toda probabilidad empujado escaleras abajo por una prostituta a quien, era de suponer, no había querido pagar.

A no ser que, después de todo, el fraude ferroviario lo hubiese alcanzado y lo hubiesen matado tal como Katrina Harcus temía, bien para evitar que sucediera de nuevo, bien para mantener el hecho en secreto y permitir que siguiera adelante. ¿Acaso también iba a sacar a la luz ese fraude, que no era sino una copia de aquél anterior que habría llegado a buen fin de no haber sido por... Por qué?

Monk dejó el diario encima de la mesa y clavó la vista en las filas de carpetas y legajos que llenaban la estantería que tenía delante. ¿Qué había ocurrido para que desenmascarasen a Dundas? ¿Cómo lo habían descubierto? ¿Le había traicionado alguien, o todo se había debido a un exceso de confianza, una transferencia poco camuflada, un asiento contable anotado con descuido, algo inconcluso, un nombre mencionado en mala hora?

Si alguien hubiese preguntado a Monk si se había enterado mediante confidencias o por deducción, no habría sabido qué responder, por más que lo intentase.

Le escocían los ojos después de tanta letra impresa, y las líneas parecían flotar en el papel, pero reanudó la lectura de las declaraciones de los testigos que iban apareciendo día tras día. Los juicios por fraude siempre eran largos, pues se necesitaban muchos detalles para seguir las complejidades de las ventas y adquisiciones de terrenos, de los informes topográficos, la negociación de los trazados, los estudios sobre métodos, materiales, alternativas.

Se restregó los ojos y pestañeó como si los tuviera llenos de polvo.

Monk también había prestado declaración, pero no había ningún bosquejo de él. No era lo bastante interesante como para atrapar al lector, de modo que, tanto si el artista lo había dibujado como si no, no aparecía en el diario. ¿Se sentía decepcionado por ello? ¿De verdad había sido tan secundario entonces, tan poco importante? Eso parecía.

Leyó lo que se había publicado del interrogatorio a que lo había sometido la acusación. Al principio le desconcertó constatar que por el tono de las preguntas él también era, a todas luces, sospechoso. Pero pensándolo de manera más racional, y sin ponerse a la defensiva, si el fiscal no hubiese tomado seriamente en cuenta esa posibilidad, habría descuidado su deber.

Así pues, si entonces había sido sospechoso, ¿por qué luego le consideraron de tan escaso interés como para no publicar su retrato? Sin duda le habían vindicado. Para cuando el periódico entró en prensa, ya no estaba envuelto en el asunto. ¿Por qué? ¿Acaso importaba ahora? Probablemente no.

Según lo que refería el artículo, Monk había llevado algunas de las negociaciones para adquirir terrenos. Al parecer le habían sonsacado, pese a su extraordinaria renuencia, que no había contratado personalmente al topógrafo, y ese hecho era el que lo exoneraba. En total, había permanecido menos de media hora en el estrado. Si había llegado a decir algo para contribuir a la absolución de Dundas, no lo habían impreso. La acusación lo había considerado un testigo que declaraba en contra de la parte que lo presentaba, pero casi todo lo que le habían preguntado hacía referencia a documentos, de manera que había podido alegar bien poco.

No consiguió recordar lo que había dicho, sólo la sensación de estar atrapado, las penetrantes miradas de la muchedumbre, la manifiesta desaprobación del juez, los miembros del jurado sopesando sus declaraciones y formándose una opinión sobre él, el acoso del fiscal y la muda solicitud por parte de Dundas de una ayuda que él no podía prestarle. Eso era lo que aún conservaba en el presente, el sentimiento de culpa por no haber sido lo bastante listo como para inclinar la balanza.

De pronto, otro rostro acudió con toda claridad a su mente, uno que el artista no había dibujado por la razón que fuese, quizá por compasión: el de la esposa de Dundas. Había mantenido una asombrosa calma a lo largo de todo el juicio. Su lealtad fue tan patente que hasta el fiscal se vio obligado a elogiarla. Habló de ella con respeto, convencido de que la fe en su marido era al mismo tiempo sincera y absoluta.

Monk la recordó en una ocasión posterior, cuando había oído, con dolor y en silencio, la noticia de la muerte de su marido. Volvió a ver el salón, los rayos de sol, la palidez de su rostro, las lágrimas en sus mejillas, como si entonces ya fuese demasiado tarde para todo salvo el más íntimo y acallado dolor que nunca cesa. Fue en ella en quien pensó más que en Dundas; en ella, cuyo pesar superaba con creces el suyo, que aún seguía clavado en lo más hondo de su fuero interno, impidiendo que se cerrase la herida.

Y había algo más que no conseguía rememorar. Clavó los ojos en los viejos periódicos que amarilleaban por los bordes, esforzándose por recobrar lo que quiera que fuese. Una y otra vez lo tuvo casi allí para, acto seguido, ver cómo se dividía en fragmentos que no significaban nada.

Se dio por vencido y volvió a la siguiente fase del juicio. Más testigos, esta vez de la defensa. Llamaron a oficinistas, personas que habían anotado entradas en libros de contabilidad, archivado transferencias bancarias, adquisiciones de terrenos, títulos de propiedad, peritaciones... Pero todo aquello era harto complicado, y la mitad de los testigos se mostró insegura durante las repreguntas. El principal argumento de la defensa no fue que no hubiese habido fraude, sino que Nolan Baltimore era tan sospechoso de haberlo cometido como el acusado.

Ahora bien, Nolan Baltimore estaba en el estrado y Arrol Dundas en el banquillo: la imagen bastaba para marcar la diferencia. Todo dependía de a quién se decidiera creer, y en tales circunstancias el conjunto de las pruebas pesaba a favor de uno o del otro. Monk se había dado cuenta de lo que iba sucediendo, pero no había acertado a hallar un cabo suelto del que tirar para desvelar una verdad mayor.

Quedó establecido que Dundas había adquirido tierras a título personal, campos de escaso rendimiento que había pagado a precio de mercado, una suma modesta puesto que se empleaban para apacentar ovejas. No obstante, cuando la vía férrea se desvió del trazado original, rodeando una colina y cruzando aquellos pastos, lo que obligaba a pagar las tierras a un precio considerablemente más alto, Dundas obtuvo enormes beneficios de la noche a la mañana.

Cabía considerar que el hecho no era sino una especulación asaz afortunada, sin más, algo envidiable pero no censurable. Cualquiera podía contrariarse por no haber hecho lo mismo, pero sólo un hombre de miras estrechas detestaría a otro por sacar provecho de un golpe de suerte.

Sin embargo, dicha operación cobró un cariz fraudulento cuando salió a relucir que el nuevo trazado de la vía no sólo era innecesario, sino que se había acordado fundamentándose en documentos falsificados y mentiras dichas por Dundas. La ruta original se habría utilizado pese al hecho de que cierto terrateniente, propietario de una finca inmensa, anduviera haciendo campaña en contra porque interrumpía el recorrido de su coto de caza y estropeaba el magnífico panorama del que disfrutaba desde su casa. La colina que había servido de pretexto para el desvío existía y, obviamente, quedaba en medio del trayecto de la vía, pero en realidad era más baja que en el informe topográfico que habían utilizado, el cual se refería a otra colina de notable parecido con la primera, aunque más alta y de granito. Las coordenadas cartográficas se habían alterado mediante una imaginativa falsificación. La colina que se cruzaba en el trayecto de la vía podría haber sido volada para abrir una simple zanja con una pendiente razonable. Si no, nada hubiese impedido abrir un túnel tan corto. El coste de hacerlo se había inflado mucho en los cálculos de Dundas, demasiado para achacarlo a su ineptitud.

Se revisaron todos los planos anteriores de Dundas, y sólo se hallaron errores pequeños, de un palmo aquí y otro allí. El error de cálculo que se ponía en tela de juicio era de más de treinta metros. Bastaba con juntarlo con los beneficios obtenidos al vender el terreno para que la asunción de fraude deliberado resultara inevitable.

Una defensa fundamentada en la incompetencia, en un error de cálculo y unos beneficios fortuitos quizás hubiese tenido éxito, pero el nombre de Dundas figuraba en el contrato de compraventa y en el informe topográfico, y el dinero no estaba en el banco de Baltimore, sino en el de Dundas.

Ante semejantes pruebas, el jurado emitió el único veredicto posible. Arrol Dundas fue condenado a diez años de prisión. Murió a los pocos meses.

Monk, sumido en sus recuerdos, empezó a sentir frío. Una vez más la abrumadora sensación de derrota se apoderó de él. Le hizo tantísimo daño que llegó a sentir un dolor físico. Sufrió por Dundas, pálido, ojeroso y encogido como si en un solo día hubiese envejecido veinte años. También por su esposa. Había conservado la esperanza hasta el último momento, haciendo gala de una firmeza que había sido el sostén de todos ellos, pero ahora cualquier esperanza era vana.

Y también sufrió por él mismo, pues había sido la primera amarga y terrible soledad que recordaba. Supo lo que era la pérdida, esa dulzura real y personal que ya no formaría parte de su vida.

¿En qué medida había sabido la verdad entonces? Era mucho más joven, un buen banquero, aunque ingenuo en lo que al delito se refería. Todavía no había ingresado en la policía. Estaba acostumbrado a formarse una opinión del carácter de los hombres, mas no con el ojo puesto en la falta de honradez como luego había aprendido, no con el conocimiento de toda clase de fraudes, desfalcos y robos, ni con la sospecha grabada al fuego en todos los rincones de su mente.

Había querido creer a Dundas. Todas sus emociones, así como su lealtad, emanaban de su honradez y la amistad que los unía. Era como si a alguien le pidieran que aceptara que su padre lo había engañado adrede durante años y que todo cuanto había aprendido de él estaba empañado porque era mentira.

¿Era ése el motivo por el que había creído a Dundas mientras el resto del mundo no lo había hecho? Todas las pruebas habían sido meras hojas de papel. Cualquiera podría haberlas amañado, cualquier otro miembro de la empresa, incluso el propio Baltimore. ¡Pero Dundas había luchado tan poco! Al principio pareció que iba a hacerlo, pero luego se vino abajo como si, dando por sentado que iba a perder, hubiese renunciado a luchar de verdad.

Sin embargo, ¡Monk había estado tan seguro de la inocencia de Dundas!

¿Tenía conocimiento de algo que no había dicho al tribunal, algo que habría demostrado que no había engaño o que si lo había era obra de Baltimore? Al fin y al cabo, ninguna de las pruebas presentadas demostraba que el nuevo trazado de la vía férrea hubiese sido idea de Dundas. Como tampoco que éste conociera al terrateniente o que hubiese aceptado algún favor de él, económico o de otra índole. La policía no había revisado los archivos del terrateniente para rastrear posibles transferencias de dinero. En el banco de Dundas sólo encontraron el beneficio obtenido con la venta de los terrenos de su propiedad. Lo peor que cabía decir al respecto era que había tenido mucho ojo, pero eso ocurría constantemente. Así es como era la especulación. La mitad de las familias de Europa habían amasado sus fortunas de formas que en la actualidad no estarían dispuestas a reconocer.

¿Qué podía haber sabido? ¿El paradero del resto del dinero? ¿Por qué había guardado silencio? ¿Para encubrir el acto de Dundas, para evitar que le quitaran el dinero? ¿A quién, a la señora Dundas o a él mismo?

Cambió de postura en el asiento y le dolieron los músculos de tan entumecidos como los tenía. Hizo un gesto de dolor y se frotó los ojos con las manos.

Debía averiguar cuál había sido su participación en el asunto: ése era el meollo de quién había sido él entonces.

¿Entonces? Usaba esa palabra como si así pudiera separarse de la persona que era en la actualidad y librarse de toda responsabilidad.

Por fin se enfrentaba a lo que estaba entretejido tanto en eso como en la búsqueda de pruebas acerca del dinero, algo que había pasado por alto: el accidente. No se había mencionado en el juicio, ni siquiera de manera indirecta. Obviamente, o no venía al caso, o aún no había ocurrido. Sólo había un modo de averiguarlo.

Fue pasando páginas, leyendo sólo los titulares. Aparecería impreso con letras más grandes y gruesas.

Y allí estaba, casi un mes más tarde, encabezando la primera plana: MÁS DE CUARENTA NIÑOS MUEREN EN ACCIDENTE FERROVIARIO: UN MERCANCÍAS CARGADO DE

CARBÓN SE ESTRELLA CONTRA UN CONVOY REPLETO DE EXCURSIONISTAS DE LIVERPOOL.

El titular no le sonó, aunque sin duda lo había leído con anterioridad. De todos modos tendría que haberlo sabido. Ver aquello no le aportaría nada. Sólo sería la crónica que alguien habría escrito sobre un horror que no cabía relatar con palabras. Sin embargo, en cuanto comenzó a leer topó con la cruda realidad que le había planteado el dilema entre averiguarla y dejarla enterrada, entre el impulso de saber y el miedo a confirmarla por fin, arrancándola del ámbito de las pesadillas para convertirla en un hecho que ya no podría eludir o negar.

«Un tren que llevaba de excursión al campo a casi doscientos niños chocó y descarriló anoche cuando regresaba a la ciudad por la nueva línea recientemente abierta por Baltimore & Sons. El accidente ocurrió en la curva cercana a la antigua iglesia de Saint Thomas, donde la línea pasa a ser de una sola vía a lo largo de menos de dos kilómetros, que transcurren por una zanja. Un tren de mercancías con una pesada carga de carbón no consiguió detenerse mientras bajaba por la pendiente antes de que las vías se juntaran. Se estrelló contra el convoy de pasajeros, y éste se precipitó por el terraplén. Varios vagones se incendiaron por culpa del gas del circuito de iluminación, y los niños que quedaron atrapados en el interior murieron abrasados. Los demás niños salieron despedidos al romperse los vagones. Algunos sólo sufrieron magulladuras y breves pérdidas de conocimiento, mientras que muchos otros quedaron mutilados o tullidos al verse atrapados entre los restos del tren. Los dos maquinistas murieron en el impacto, así como los fogoneros y los guardafrenos de ambos trenes.»

Monk se saltó los párrafos siguientes, que explicaban las complejas tareas de rescate y el transporte de los heridos y muertos a los puestos de socorro más cercanos. A continuación se aludía al pesar y el horror de los familiares de las víctimas, para concluir con la promesa de que se abriría una investigación a fin de aclarar los hechos.

Sin embargo, ni siquiera después de revisar, aturdido, las noticias de las semanas subsiguientes, meses incluso, no halló una explicación satisfactoria sobre la causa del accidente. Finalmente se atribuía a un error humano por parte del maquinista del tren de mercancías. No estaba vivo para poder defenderse; además, nadie había descubierto ninguna otra posible causa. Era bien cierto que el propio accidente había deteriorado la vía, que quedó torcida y rota, aunque nadie dio a entender que estuviera en mal estado antes de la catástrofe. El mercancías que había pasado antes por allí cargado de madera no había tropezado con ninguna dificultad, llegando puntual y sin percances a su destino.

Tal como le había dicho el empleado unos días antes, la vía estaba bien construida, no había relación alguna con el fraude ni con Arrol Dundas y, por consiguiente, tampoco con Monk.

Presa de una incontenible sensación de alivio, se lo repitió a sí mismo una y otra vez. Regresaría a Londres y le aseguraría a Katrina Harcus que no había ningún motivo para temer otro accidente en la nueva línea férrea. Baltimore & Sons en ningún momento se había visto implicada en el accidente de Liverpool y se había exonerado de todo fraude al propio Baltimore en el juicio contra Dundas.

¡Aunque eso no significaba que fuese inocente!

Ahora bien, si lo que ahora había en marcha era otro fraude de las mismas características y alcance, parecía bastante razonable pensar que esta vez también estuviera envuelto Nolan Baltimore, más que Michael Dalgarno. Al menos eso era lo que diría a Katrina.

No obstante, todo fue decírselo a sí mismo y darse cuenta de que ella querría algo más que esperanzas, que necesitaría pruebas, tal como le ocurría a él.

Regresó a la estación y tomó el tren de la tarde a Londres. Quizá porque había pasado la mayor parte del día leyendo y había dormido poco y mal la noche anterior, a pesar de los incómodos asientos de madera se durmió arrullado por el rítmico movimiento del tren y el traqueteo de las ruedas en la vía. Se sumió en una oscuridad en la que aún era más consciente del ruido, que parecía llenar el aire y proceder de todas partes, cada vez con mayor intensidad. Tenía el cuerpo tenso y notaba un hormigueo en el rostro, como si lo tuviera expuesto a una corriente de aire frío, y en cambio veía chispas rojas en la noche, semejantes a pavesas que arrastrara el viento.

Había algo que debía hacer, algo más importante que cualquier otra cosa, aunque tuviese que arriesgar su vida. Eso lo dominaba en cuerpo y alma, borrando todo pensamiento sobre su propia seguridad, eliminando el dolor, el agotamiento, llevándolo más allá del miedo. ¡Y no le faltaban motivos para estar asustado! Rugía en la oscuridad circundante, zarandeándolo hasta dejarlo magullado, aferrándose desesperadamente, luchando por... ¿Por qué? ¡No lo sabía! ¡Tenía que hacer algo! El destino de cuantos le importaban dependía de ello... Pero ¿de qué se trataba?

Hurgó en sus pensamientos... y sólo encontró la obligación y el empeño de conseguirlo. El viento lo azotaba como hielo líquido mientras él oponía resistencia a una fuerza, arrojando todo su peso contra ella; pero no lograba moverla.

Oyó un ruido indescriptible seguido de un impacto, y después estaba corriendo, gateando, obnubilado por el terror. Por todas partes oía gritos desgarradores que lo alcanzaban como puñales, ¡y no podía hacer nada! Confuso fue a ciegas de un lado a otro, chocando con objetos en la oscuridad, hasta que las llamas lo deslumbraron. Sintió calor en la cara y frío detrás. Los pies le pesaban, frenando su avance, mientras el resto del cuerpo estaba empapado en sudor.

Volvió a ver el rostro con alzacuello, esta vez transido de horror, saliendo como podía de un vagón siniestrado, sin parar de gritar.

Se despertó con un sobresalto. Le dolía la cabeza, le faltaba el aire y tenía la boca seca. En cuanto se movió se dio cuenta de que el sudor era real y le pegaba la ropa al cuerpo, aunque en el vagón hacía un frío glacial y tenía entumecidos los pies.

Iba solo en el compartimento. El olor a humo estaba en su imaginación; pero el miedo era real; la culpa era real. La conciencia de haber fallado pesaba sobre él como si estuviera entretejida en todas las partes de su vida, manchándolo todo, filtrándose hasta el último rincón de su ser y estropeando cualquier otra alegría.

Ahora bien, ¿cuál era ese fallo? No había salvado a Dundas, pero eso hacía años que lo sabía. Y ahora ya no estaba tan racionalmente seguro de que Dundas hubiese sido inocente. Lo sentía así, pero ¿qué valor tenían sus sentimientos? Existía la posibilidad de que sencillamente se debieran a la lealtad y la ignorancia de un muchacho que estaba en deuda con alguien que se había portado como un padre con él. Le había visto tal como había querido que fuese, obrando igual que millones de hijos antes que él y como otros tantos lo harían en el futuro.

Había soñado con un accidente, eso era obvio, pero ¿surgía de una realidad o de los relatos que había leído de quienes habían estado allí, o incluso de la visita que había efectuado después al lugar de los hechos como parte de la investigación para esclarecerlos?

La vía férrea no había sido la causante. Tampoco el fraude en la adquisición de tierras, ya que éste sólo tenía consecuencias de orden económico.

Así pues, ¿por qué lo abrumaba esa terrible responsabilidad, ese sentimiento de culpa? ¿Qué había en su fuero interno que fuese tan espantoso como para no soportar verlo? ¿Algo relativo a Dundas o a él mismo?

¿Llegaría a averiguarlo? ¿Acaso acabaría por verse, como Katrina Harcus, empujado a descubrir una verdad que quizá destruiría todo lo que le importaba?

Se acurrucó en el asiento, temblando de frío, mientras el tren traqueteaba hacia Londres a través de la oscuridad. Sentía que sus pensamientos corrían por las vías en dirección a un túnel al final del cual se producía otra clase de choque.

7

La casa de socorro de Coldbath Square estaba prácticamente vacía de mujeres heridas en el desempeño de su oficio, pues apenas había trabajo para ellas. Muchos vecinos del barrio habían encontrado el modo de burlar la constante presencia policial y llevaban a cabo su actividad en otros lugares, pero en apariencia Farringdon Road volvía a ser la de siempre. Era preciso un ojo entrenado para detectar la frialdad de los vendedores ambulantes, el modo en que todo el mundo permanecía ojo avizor, no a causa de los tirones o los carteristas y demás maleantes de poca monta, sino por los omnipresentes y aburridos policías, destacados como medida preventiva más que como solución.

—Los tenemos encima como si fuesen jinetes azotando a un caballo que se niega a correr —dijo el agente Hart en tono de abatimiento, con un tazón de té caliente entre las manos, sentado a la menor de las dos mesas, delante de Hester—. ¡No corremos porque no podemos! —prosiguió. Era media tarde y llovía a ratos. Su capote mojado estaba colgado en el perchero que había junto a la puerta—. Nos pasamos el día apostados por ahí como pasmarotes, y lo único que conseguimos es que todo Dios se enfade con nosotros —se quejó—. Total, para que la familia Baltimore y sus amigos tengan la impresión de que estamos limpiando las calles de Londres.

Su expresión de indignación expresaba bien a las claras sus sentimientos.

—Lo sé —convino Hester, un tanto compadecida.

—Nadie lo ha hecho ni lo hará jamás —agregó Hart—. Londres no quiere que la limpien. Las mujeres de la calle no son el problema. ¡El problema son los hombres que vienen en busca de ellas!

—Por supuesto —admitió Hester—. ¿Le apetece una tostada?

A Hart se le iluminó el rostro. Fue una pregunta completamente innecesaria, como Hester había supuesto.

Hart carraspeó.

—¿Le queda mermelada de grosella negra? —preguntó esperanzado.

—Naturalmente —repuso Hester, y le sonrió. El agente se ruborizó un poco. Hester se levantó y pasó los minutos siguientes cortando rebanadas de pan, tostándolas con un tenedor delante de la estufa y sirviéndolas untadas de mantequilla y mermelada.

—Gracias —dijo Hart, ya con la boca llena.

Tanto Hester como Margaret habían dedicado las últimas jornadas a conseguir más fondos y promesas de ayuda, y a mantener conversaciones con Jessop, unas veces con tono conciliatorio y otras de claro enfrentamiento, según el estado de ánimo. Hester no conocía a nadie que le inspirase tanta repulsa.

—¿Han hecho algún progreso para averiguar quién mató a Baltimore? —preguntó a Hart.

Hart se encogió de hombros, adoptando un aire de impotencia mientras contemplaba con melancolía las migas de su plato.

—Que yo sepa, no —admitió—. Todas las chicas de Abel Smith juran y perjuran que no lo hicieron, y, por lo que a mí respecta, creo que es verdad. Pero los de arriba no están para escuchar lo que yo tenga que decir. —Levantó la vista hacia Hester, cuyo rostro reflejaba su enfado—. Y no seré yo quien los ayude a acusar del asesinato a una de esas desdichadas sólo para satisfacer a la familia y a los de su clase, y que todo vuelva a la normalidad. ¡Por más que algún capitoste diga, aunque de tapadillo, que quiere resolver el caso así!

Hester se estremeció.

—¿Cree que alguien podría intentar algo semejante?

Hart percibió el dejo de duda de su voz.

—Señora, la considero una buena persona, con una educación. Éste no es sitio para usted —dijo con amabilidad. Echó un vistazo a la sala con las camas de hierro, el fregadero de piedra en la otra punta y las jarras y baldes de agua—. Claro que lo harían, en un momento dado. Esto no puede seguir así mucho más tiempo. El bien y el mal acaban por percibirse de otra manera cuando has pasado hambre o te encuentras durmiendo en los portales. Lo he visto con mis propios ojos. Eso cambia a la gente, y ¿quién va a culparlos por ello?

Hester se preguntó si debía hablarle sobre Squeaky Robinson y su peculiar establecimiento, el cual, al parecer, estaba cerca de la fábrica de cerveza Reid's de Portpool Lane. Mientras lo sopesaba sólo escuchó a medias a Hart.

—Por supuesto —convino ausente.

Pensó que si se lo contaba a Hart, él a su vez se vería obligado a referirlo a sus superiores, y éstos cometerían el error garrafal de poner a Robinson sobre aviso sin averiguar nada acerca de Baltimore. Al fin y al cabo, Robinson lo negaría todo, tal como habían hecho los demás. Era harto probable, incluso, que ya lo hubiese hecho.

—No estoy seguro de que queramos descubrir la verdad —prosiguió Hart en tono sombrío—. Teniendo en cuenta lo que será, apostaría a que no.

Al oír eso, Hester prestó atención.

—¿No descubrirla? —inquirió—. ¿Se refiere a seguir fingiendo que investigan hasta que se harten y digan que se dan por vencidos? ¡No pueden tener a la mitad de los policías de Londres en Coldbath para siempre!

—Unas pocas semanas más, como mucho —repuso Hart—. Sería lo más fácil.

—¿Más fácil para quién?

Sin preguntar le sirvió más té y él se lo agradeció con un ademán de asentimiento.

—Pues para los que vienen a las casas de camas del barrio —contestó Hart—. Pero sobre todo para los jefazos de la policía. —Hizo una mueca, meneando ligeramente la cabeza—. ¿Le gustaría ser la encargada de ir a decir a la familia Baltimore que el señor Baltimore vino aquí a satisfacer sus vicios y que quizá se negó a pagar la cuenta, enzarzándose en una pelea con un chulo cualquiera en un callejón? Sólo que el chulo salió mejor parado y lo mató. Puede que no lo hiciera adrede, pero una vez hecho no había vuelta atrás, y quizás haya aprovechado para ajustar algunas deudas pendientes arrojando su cadáver en el burdel de Abel Smith.

Hester apretó los labios y frunció el ceño.

—Todos sabemos que seguramente ésa es la verdad —prosiguió Hart—. Pero una cosa es saberlo y otra declararlo. ¡Y dejar que los demás lo sepan es todavía peor! Hay cosas que más vale no airear.

Aquello sacó a Hester de dudas. Si la verdad era lo que se temía, a saber, que la muerte de Baltimore había sido provocada por la conducta de éste, bien por servirse de prostitutas, bien por algo relacionado con el fraude, siendo él u otro miembro de la familia el instigador, la policía no querría sacar a la luz ninguna de esas dos posibles respuestas.

—Tiene razón —convino Hester—. ¿Le apetece otra tostada con mermelada?

—Es muy amable de su parte, señora —aceptó Hart, retrepándose en la silla—. Si a usted no le importa, por mí encantado.

Hester sabía que necesitaba un pretexto para pasar a ver a Squeaky Robinson. Tras irse Hart y llegar Margaret, se dedicaron a atender a Fanny y a Alice, quienes daban muestras de una lenta mejoría. Luego, a medida que fue cayendo la tarde y un penetrante frío se apoderó del aire, Hester fue en busca de más carbón para la estufa y resolvió decir a Margaret que se marchara a casa. Las calles estaban desiertas y Bessie pasaría allí la noche.

Margaret estaba sentada a la mesa contemplando con desconsuelo el botiquín que acababa de reaprovisionar.

—He vuelto a hablar con Jessop —explicó, con el semblante tenso; el desdén endurecía la línea de sus labios—. Mi institutriz solía decirme cuando era niña que una buena mujer es capaz de ver el lado humano de cualquiera y percibir las virtudes del prójimo. —Encogió un poco los hombros con ademán compungido—. Yo la creía, probablemente porque la apreciaba mucho. Casi todas las niñas se rebelan contra sus maestras, pero ella era divertida, e interesante. Me enseñó toda suerte de cosas que desde luego no tenían ninguna aplicación práctica, sino que simplemente resultaban curiosas. ¡Ya me dirá cuándo voy yo a tener que hablar alemán! Y permitía que me subiera a los árboles y cogiera manzanas y ciruelas, siempre y cuando le diera alguna. ¡Le encantaban las ciruelas!

Hester vislumbró a Margaret de joven, con el pelo recogido en dos coletas, las faldas recogidas, trepando a los manzanos de una huerta ajena, algo que sus padres le tenían prohibido, y alentada por una muchacha dispuesta a arriesgar su empleo con tal de complacer a la niña y concederle una diversión un tanto ilícita, sí, pero inocente. Se sorprendió sonriendo. Era otra vida, un mundo que nada tenía que ver con aquel lugar donde los niños robaban para sobrevivir y ni siquiera sabían qué era una institutriz. Muy pocos asistían a las clases de la cochambrosa escuela del barrio, y mucho menos recibían clases particulares, por no hablar del lujo de una abstracta moralidad.

—Pero me parece que ni siquiera la señorita Walter habría encontrado algo que redimiera al señor Jessop —concluyó Margaret—. ¡No sabe hasta qué punto me gustaría no tener que alquilar un local a semejante sujeto!

—A mí me pasa lo mismo —convino Hester—. No paro de buscar otro sitio, para librarnos de él de una vez, pero aún no he encontrado nada.

Margaret apartó la vista de Hester y sus mejillas se sonrojaron levemente.

—¿Cree que sir Oliver podrá ayudarnos con las mujeres que, como Alice, están endeudadas con el usurero? —preguntó vacilante.

Hester volvió a tener aquella extraña sensación de hundimiento, una remota soledad debida a que Rathbone ya no se interesaba por ella del mismo modo que antes. Su amistad seguía siendo la misma y, a no ser que su comportamiento la hiciera indigna de ella, siempre sería así. Además, Hester nunca le había ofrecido nada más que eso. Era a Monk a quien amaba. A poco que fuese sincera consigo misma, siempre había sido así. El amor de un amigo era algo distinto, más sereno, e inconmensurablemente más seguro. El ardor no quemaba la carne ni el corazón, como tampoco encendía las llamas que disipaban las tinieblas.

Y ése era el meollo del asunto. Si a Hester le importaban Rathbone o Margaret, y en efecto le importaban, tenía que alegrarse por ellos, abrigar la esperanza de que estuvieran a punto de descubrir la clase de felicidad que exigía toda la fuerza y el compromiso que cupiera dar.

Margaret la miraba, aguardando.

—Me consta que hará todo lo posible —dijo Hester en voz alta—. De modo que si se puede hacer algo al respecto, sin duda lo hará. —Respiró profundamente—. Pero mientras, y dejando eso aparte, quiero seguir con mis pesquisas para averiguar dónde mataron al señor Baltimore, pues creo a Abel Smith cuando asegura que no fue en su casa.

Margaret se volvió hacia ella, con otra clase de inquietud reflejada en el semblante.

—Hester, por favor, tenga cuidado. ¿Quiere que la acompañe? No debería ir sola. Si le ocurriera algo malo, nadie se enteraría...

—Excepto usted —repuso Hester—. En cambio, si usted me acompaña, nadie se enterará, salvo Bessie, quizás. Y prefiero confiar en usted para que me rescaten. —Sonrió para que el comentario no resultara hiriente—. Prometo ir con mucho cuidado. Tengo una idea que, aunque no sirva para averiguar nada, tal vez resulte beneficiosa para nosotras. Quizás alivie un poco la estrechez pecuniaria. Y puede que incluso fastidie los planes al señor Jessop, lo que me gustaría sobremanera.

—A mí también —convino Margaret—. Pero no a expensas de que usted corra peligro.

—No entraña más peligro que venir aquí cada noche —aseguró Hester, diciendo una verdad a medias. Pero en su opinión el riesgo merecía la pena, y no había para tanto, si una lo pensaba bien. Se puso de pie—. Diga a Bessie que estaré de vuelta antes de medianoche. Si para entonces no he regresado, ¡avisen al agente Hart para que envíe una patrulla en mi busca!

—Me quedaré aquí hasta que vuelva —replicó Margaret—. Dígame adónde va, para que al menos sepa por dónde empezar a buscar.

Hester esbozó una sonrisa, si bien su mirada era de la mayor seriedad.

—A Portpool Lane —contestó—. Tengo intención

de visitar a un tal señor Robinson que regenta un establecimiento allí.

Se sintió mejor tras decírselo a Margaret, y se puso el chal y abrió la puerta de la calle con más confianza de la que sentía unos momentos atrás. Se volvió en el umbral.

—Gracias —añadió, y antes de que Margaret tuviera ocasión de decir algo más, salió con paso decidido bajo la lluvia hasta doblar la esquina de Bath Street.

No aminoró el paso una vez quedó fuera de vista desde la plaza, pues era preferible que una mujer sola diera la impresión de dirigirse a un sitio concreto, aunque también lo hizo para no darse tiempo a reconsiderar lo que se disponía a hacer, no fuese a perder el valor. Margaret sentía una admiración extraordinaria por ella, sobre todo por su coraje, y de pronto se sorprendió al darse cuenta de cuánto valoraba su estima. Ya sólo por eso valía la pena vencer el miedo que sentía latir en la boca del estómago y así ser capaz de regresar a Coldbath Square y decir que había llevado a cabo su plan, tanto si averiguaba algo como si no.

No la movía sólo el orgullo, aunque tuvo que admitir que en parte así era. También se trataba de algo más delicado, el deseo de estar a la altura de lo que Margaret creía de ella y aspiraba alcanzar algún día. La desilusión era un bocado amargo, y quizá ya le había hecho tragar suficiente. Le constaba que se había mostrado brusca unas cuantas veces, renuente al elogio aun siendo bien merecido. Saber que Monk estaba ocultándole algo que le hacía daño la había conducido a una sensación de aislamiento tan rara que incluso repercutía en sus amistades.

Al menos podría hacer honor a la máscara de coraje que todos le atribuían. También ella necesitaba creerse capaz de llevar a cabo cuanto se propusiera. El valor físico apenas tenía mérito comparado con la fortaleza interior para soportar el dolor del corazón.

Por otra parte, lo más probable era que Squeaky Robinson fuese un hombre de negocios de lo más normal y que no abrigara la menor intención de hacer daño a nadie salvo si se veía amenazado, y ella se guardaría de hacer algo semejante. Aquello no era más que una expedición para mirar y aprender.

La enorme mole de la fábrica de cerveza Reid's se alzaba oscura hacia el cielo lluvioso, y un asqueroso olorcillo dulzón flotaba en el aire.

Tuvo que detenerse donde Portpool Lane discurría pegada a los macizos muros. Ya no veía por dónde iba. Los aleros chorreaban sin parar. Había sombras en los portales, mendigos que se instalaban para pasar la noche. Teniendo en cuenta que estaba en las inmediaciones de exactamente la clase de burdel donde habría vivido ella de haberse visto obligada a hacer la calle, las probabilidades de provocar un malentendido eran elevadísimas. Si bien también era cierto que acababa de cruzarse con un agente a menos de cien metros de allí. Ahora ya no estaba a la vista, pero su mera presencia bastaría para disuadir a la clase de cliente que frecuentaba aquellas calles.

Se apoyó contra el muro de la fábrica de cerveza, y se mantuvo alejada del estrecho bordillo de la acera donde la pálida luz de una farola se reflejaba en los adoquines mojados. Con el chal cubriéndole la cabeza y ocultando casi todo su rostro no tenía el aspecto de desear llamar la atención. El callejón tenía unos doscientos metros de longitud y daba a Grays Inn Road; era una vía muy transitada hasta medianoche o más, y algún que otro coche de punto circulaba por ella incluso después de esa hora. El ayuntamiento del distrito quedaba justo a la vuelta de la esquina. Lo más probable era que Squeaky Robinson tuviera su casa entre las sombras de uno de los callejones del extremo donde se encontraba ella, enfrente de la fábrica de cerveza. Sin duda sus clientes querrían pasar tan desapercibidos como fuese posible.

¿Acaso esos hombres se avergonzaban de dar rienda

suelta a sus gustos? Sin duda querrían guardarlos en secreto ante el resto de la sociedad, pero ¿y entre ellos? ¿Acudirían también si sus iguales con gustos semejantes estuvieran al quite? No tenía ni idea, pero tal vez sería inteligente por parte del dueño de semejante garito tener más de una entrada, e incluso más de dos. De ser así, ¡los callejones de enfrente resultarían perfectos! En aquel extremo, no en el otro donde se erguía un edificio de apariencia muy respetable junto a un hotel.

Ahora que ya había sacado sus conclusiones, no tenía sentido seguir esperando. Se enderezó y respiró hondo, olvidando el dulzón olor a descomposición, y deseó no haberlo hecho mientras tosía y jadeaba, tragando más de lo mismo. ¡No debía olvidar dónde se encontraba, ni siquiera un instante! Maldiciendo su descuido, cruzó la calle y se adentró con presteza en el primer callejón hasta el fondo, donde los edificios daban a los dos callejones, así como a las callejas del otro lado.

El callejón era estrecho, pero con menos basuras de lo que habría cabido esperar. En un muro había un farol que iluminaba un camino despejado por el adoquinado desigual. ¿Era pura coincidencia o acaso Squeaky Robinson se preocupaba de la sensibilidad de sus clientes velando para que éstos no tropezaran con algún desperdicio cuando se dirigían en busca de placer?

Llegó al fondo del callejón y en el límite de la luz que arrojaba el farol entrevió una escalinata y un portal. Tenía claro lo que iba a decir, de modo que no titubeó. Se aproximó y llamó.

Abrió de inmediato un hombre con un traje oscuro que le iba demasiado grande, pese a ser de constitución mediana, y con rozaduras en los bordes. Por el modo que tenía de estar de pie, estaba listo para pelear si la ocasión lo exigía. Parecía un rufián imitando a un mayordomo desastrado. Tal vez formase parte de la imagen del establecimiento. La contempló sin el menor interés.

—¿Y bien, señora?

Hester lo miró directamente a los ojos. No quería que la tomaran por una suplicante desdichada cuya intención era utilizar el burdel para saldar sus deudas.

—Buenas noches —contestó con fría formalidad—. Me gustaría hablar con el propietario. Se llama Robinson, ¿verdad? Me parece que tenemos intereses en común, y quizá podríamos prestarnos útiles servicios mutuamente. ¿Sería tan amable de decirle que la señora Monk, de Coldbath Square, ha venido a verlo?

Empleó un tono de voz perentorio, tal como hubiese hecho en su antigua vida, antes de la estancia en Crimea, al ir a visitar a la hija de un amigo de su padre, cuyos sirvientes la conocían.

El hombre titubeó. Estaba acostumbrado a obedecer a la clientela —era parte de lo que compraban—, pero las mujeres eran mercancías en venta y, como tales, hacían lo que se les decía.

Hester no bajó la mirada.

—Iré a ver —concedió el portero a regañadientes—. Será mejor que entre. —Estuvo a punto de añadir algo más, pero en el último instante cambió de parecer y se limitó a conducirla hasta una habitación diminuta que daba al pasillo, poco más que un armario grande amueblado con una silla de madera—. Espere aquí —ordenó. Salió y cerró la puerta.

Hester hizo lo que le dijeron. No era momento de correr riesgos. No descubriría nada explorando el lugar. Por el momento no tenía el menor interés en saber cómo era un burdel por dentro, y esperaba no tenerlo nunca. Le sería más fácil tratar a las mujeres lastimadas cuanto menos supiera acerca de sus vidas. Lo que le preocupaba era la medicina, nada más. Además, si la sorprendían no podría dar una explicación satisfactoria a Squeaky Robinson, y era de suma importancia que éste la creyera. Bastante tendría que distorsionar la verdad tal como estaban las cosas.

Tuvo que esperar lo que le pareció un cuarto de hora antes de que la puerta volviera a abrirse y el aspirante a mayordomo la condujera a lo largo del laberíntico pasillo que se adentraba en el edificio. Era angosto y bajo. El suelo era irregular bajo la vieja moqueta roja, pero las tablas no crujían como ella había esperado que hiciesen. Alguien se había tomado la molestia de asegurarlas con clavos para que ninguna delatara los pasos de nadie. Reinaba un silencio absoluto salvo por los ocasionales ruidos que emitía la estructura del edificio al asentarse, suspiros de madera vieja lentamente consumida por la putrefacción. Las escaleras eran empinadas y subían y bajaban siguiendo un único corredor intrincado, como si hubiesen unido dos o tres casas vecinas para tener una docena de entradas y salidas.

Finalmente el mayordomo se detuvo y abrió una puerta, indicando a Hester que pasara. La habitación le causó una inesperada sorpresa, y sólo una vez dentro cayó en la cuenta de lo que había esperado encontrar. Había imaginado penumbra y vulgaridad y, en cambio, era espaciosa, de techo bajo y con las paredes forradas casi por completo de estanterías y armarios. Gruesas alfombras cubrían el entarimado y el mueble que presidía la decoración era un enorme escritorio con multitud de cajones. Sobre su abarrotada superficie había una lámpara de aceite que derramaba brillante luz amarilla en todas direcciones. Una estufa negra calentaba la estancia desde un rincón y, a pesar del desorden reinante, parecía bastante limpia.

El hombre que ocupaba el sillón tapizado de piel tenía el rostro enjuto, ojos de lince, el pelo castaño, canoso y un tanto desgreñado, y la espalda ligeramente encorvada. Contempló a Hester con inteligente cautela mas no con la curiosidad que en toda lógica habría mostrado si no hubiese sabido quién era. Cabía suponer que le habían llegado noticias acerca de la casa de socorro de Coldbath, cosa que Hester tendría que haber imaginado.

—Bien, señora Monk —la saludó Robinson—. ¿Cuál es ese asunto que nos atañe a los dos? —Su voz era aguda y baja, un poco nasal, pero no tanto como para justificar su apodo.* Hester se preguntó de dónde le vendría.

Hester tomó asiento sin que Squeaky Robinson la hubiese invitado a hacerlo para así dejar bien claro que no estaba dispuesta a que la engatusaran, sino que se quedaría allí hasta que el asunto quedara arreglado a su entera satisfacción.

—Pues el de mantener a tantas mujeres como sea posible en buena forma física para trabajar, señor Robinson —replicó Hester.

Robinson ladeó un poco la cabeza.

—Pensaba que era usted un alma caritativa, señora Monk. ¿No preferiría ver a esas mujeres de vuelta a las fábricas y talleres de confección para que se ganaran la vida con la aprobación de la ley y la sociedad?

—Una no puede ganarse la vida con los huesos rotos, señor Robinson —contraatacó Hester. Procuró mostrarse tan despreocupada como le era posible, conteniendo sus sentimientos de furia y desdén. Estaba allí para desempeñar un cometido, no para dejarse llevar por sus emociones—. Y mis intereses no le incumben, salvo cuando coinciden con los suyos, que me figuro será conseguir el mayor beneficio posible.

Robinson asintió lentamente con la cabeza, a todas luces tenso. Hester creyó detectar un mínimo parpadeo de sorpresa, pero fue tan breve que muy bien podría haberse equivocado.

—¿Y qué clase de beneficio busca usted? —inquirió Robinson. Cogió un abrecartas y jugueteó con él; sus largos dedos manchados de tinta no paraban de moverse.

—Eso es asunto mío —respondió Hester de manera

* Aplicado a la voz, *squeaky* significa «chillona». *(N. del T.)*

cortante, poniéndose derecha como si estuviera sentada en el banco de una iglesia.

Robinson no pudo ocultar su desconcierto, lo que en parte disimuló el hecho de que le picaba la curiosidad.

Hester sonrió.

—No tengo intención de convertirme en su rival, señor Robinson —dijo en tono distendido—. Supongo que habrá oído hablar de la casa de socorro que he abierto en Coldbath Square.

—En efecto —admitió Robinson, al tiempo que la observaba con atención.

—He atendido a algunas mujeres que me parece que han trabajado para usted, aunque es sólo mera deducción —prosiguió Hester—. Ellas no me cuentan nada y yo no hago preguntas. Si lo menciono es sólo para indicar que tenemos intereses que coinciden.

—Si usted lo dice...

Robinson seguía haciendo girar el abrecartas entre los dedos. Los papeles esparcidos sobre el escritorio tenían el aspecto de ser hojas de balance. Presentaban líneas trazadas en ambas direcciones y lo que parecían más bien cifras que palabras. La caída del negocio sin duda le afectaba más que a la mayoría, tal como Hester había supuesto. Eso la ponía en una posición ventajosa.

—Los negocios van mal para todos —comentó Hester.

—Pensaba que el suyo lo hacía a cambio de nada —respondió Robinson cansinamente—. De momento sólo me está haciendo perder el tiempo, señora Monk.

—Pues entonces iré al grano. —No podía permitir que se la quitara de encima—. Lo que yo hago sirve a sus intereses. —Lo expuso como un hecho consumado, sin esperar que él se mostrara de acuerdo o no—. Para llevar a cabo mi actividad necesito un local, y en este momento estoy teniendo ciertas dificultades con mi casero. No para de poner obstáculos y amenaza con subir el alquiler.

—Me dedico a los negocios, no a la caridad, señora Monk —dijo Robinson con aspereza, subiendo el tono de voz, agarrando con más fuerza el abrecartas.

—Por supuesto —convino Hester sin el más mínimo cambio en su expresión—. Lo que espero de usted es inteligente interés, no un donativo. Dígame, señor Robinson, ¿ha sacado beneficios desde la desafortunada muerte del señor... Baltimore, creo que era su nombre?

Robinson entornó los ojos.

—¿Lo conocía? —preguntó con suspicacia.

—En absoluto —contestó Hester—. Digo desafortunada porque ha interrumpido lo que a mi entender era una situación bastante satisfactoria en el barrio, y nos ha traído una presencia policial que todos preferiríamos no tener que soportar.

Pareció que Robinson iba a decir algo, pero finalmente no lo hizo. Hester notó que respiraba más aprisa y que volvía a cambiar de postura como si le dolieran los huesos.

—Según parece tienen intención de seguir desplegados hasta que encuentren a quien lo mató —prosiguió—. Y, a decir verdad, me cuesta creer que vayan a tener éxito. Por lo visto están convencidos de que murió en la casa que tiene Abel Smith en Leather Lane. —Sin apartar sus ojos de los de él, añadió—: Aunque a mí me parece poco probable que así fuera.

Robinson daba la impresión de no respirar.

—¿Ah, sí? —dijo. Medía tanto sus palabras que Hester se preguntó si estaba asustado y, en tal caso, de qué o de quién.

—Hay varias posibilidades —continuó Hester en tono desenfadado, como si estuvieran conversando sobre algo intrascendente—. Y ninguna de ellas les ayudará a descubrirlo —agregó—. En mi opinión, lo mataron en otro sitio, fuese intencionadamente o por accidente, y los responsables del crimen, como es lógico, no quisieron que los culparan ni atraer la atención de la policía, y, siguiendo la misma lógica, trasladaron el cuerpo. Cualquiera hubiese hecho lo mismo.

—Eso no tiene nada que ver conmigo —respondió Robinson, aunque Hester vio que los nudillos se le ponían blancos.

—Excepto que, como a todos nosotros, le gustaría ver cómo se marcha la policía, permitiéndonos reemprender nuestra vida con toda normalidad —convino Hester.

Una chispa de esperanza brilló por un instante en los ojos de Robinson, breve pero inequívocamente.

—¿Y usted sabe cómo conseguir eso, señora Monk? —preguntó. Ahora sus dedos estaban inmóviles, como si no pudiera apartar ni siquiera esa parte de energía de ella.

¡Ojalá Hester lo hubiese sabido! En ese momento le habría ido de perlas proponer cualquier plan concreto. Si aquél era el lugar donde habían trabajado Fanny y Alice, daría cualquier cosa para acabar con Robinson legalmente, de modo que sus socios pasaran el resto de su vida en la cárcel, de poder ser, en trabajos forzados.

—Tengo algunas ideas —dijo Hester de modo ambiguo—, pero mi preocupación más inmediata es conseguir alquilar un local con mejores condiciones. Puesto que a usted le conviene que las mujeres que tienen... accidentes... sean atendidas con celeridad, voluntariamente y con absoluta discreción, se me ocurrió que usted igual sería la persona indicada para... aconsejarme al respecto.

Robinson permaneció inmóvil, estudiándola mientras los segundos se convertían en un minuto, luego dos. Hester trató de juzgarlo a su vez. No contaba con que le ofreciera ayuda por las buenas, sólo era una excusa para poder conocerlo y hacerse una idea sobre aquel lugar. ¿Sería allí donde Fanny y Alice, y otras como ellas, habían trabajado? Si al menos pudiera dar a Rathbone un nombre y una dirección, ya tendría un cabo del que tirar. ¿Sería aquel hombre de rostro enjuto, hombros nervudos y rostro bien afeitado el cerebro que estaba detrás de la usura, de los beneficios y los despiadados castigos que ella había visto? ¿O no era más que otro propietario de burdel con un establecimiento un poco más cuidado que la mayoría?

Algo lo ponía nervioso. La forma en que movía sin cesar los largos y delgados dedos, la palidez de su rostro, el cuerpo rígido, todo revelaba su inquietud. ¿O era sencillamente que no se sentía bien, o que estaba preocupado por otro asunto? De todos modos, lo más probable es que nunca saliese a la calle durante el día y que aquella palidez fuese consecuencia de su forma de vida.

Hester había averiguado poca cosa. Si pretendía conseguir algo tendría que arriesgarse más.

—Me consta que está perdiendo dinero —dijo con todo el descaro.

En Robinson se produjo un cambio. Fue tan sutil que Hester no habría sabido definirlo, pero fue como si un temor oculto lo hubiese agarrado con más fuerza. A Hester se le cayó el alma a los pies. Sin duda estaba en el lugar equivocado. Squeaky Robinson no tenía las agallas ni la inteligencia necesarias para diseñar un plan tan osado y complicado como el que Alice había referido. Además de prever unos beneficios a largo plazo, se requería mucha serenidad y frialdad para llevar a cabo semejante fechoría. A Hester no le dio la impresión de que Squeaky Robinson poseyera ninguna de esas cualidades. El pánico que lo atenazaba estaba demasiado cerca de la superficie mientras se miraban fijamente.

Aunque tal vez no fuese a ella a quien temiera. Hester no lo había amenazado, ni siquiera de manera tácita. No estaba en condiciones de hacerle daño, y tampoco había dado a entender que ése fuese su deseo.

¿Sería a su socio a quien temía, al hombre que había

montado aquello, confiando en él para que lo dirigiera sacando el máximo provecho y sin llamar la atención de la ley? ¿Era eso?

—Quizá prefiera consultarlo con su socio antes de tomar una decisión —dijo Hester en voz alta.

Squeaky se puso tenso tan de repente que se le escurrió el abrecartas y dio un grito. Comenzó a decir algo y, de pronto, cambió de parecer.

—¡No tengo ningún socio!

Observó la herida que se acababa de hacer en la mano, y a continuación miró con resentimiento a Hester, como si ella fuese la culpable.

Hester sonrió con expresión de incredulidad.

—¿Está buscando un local nuevo? —dijo Squeaky con cautela.

—Es posible —respondió Hester—. Pero quiero un alquiler muy razonable, y nada de cambios imprevistos cuando a usted le convenga, sino un acuerdo comercial como Dios manda. Si no tiene que consultarlo con nadie más, reflexione en lo que le he dicho, a ver si puede ayudarme. Va en su propio interés.

Squeaky se mordió el labio inferior. Saltaba a la vista que se hallaba en un dilema, y la presión de tener que tomar una decisión no hacía más que aumentar su pánico.

Hester se inclinó un poco hacia delante.

—Las cosas van a ir aún peor, señor Robinson. Cuanto más tiempo se quede la policía por aquí, más probable será que sus clientes se vean obligados a buscar otros lugares en los que entretenerse, y entonces...

—¿Qué quiere que haga? —saltó Robinson de repente. Ahora su voz era lo bastante aguda y de pito como para justificar su apodo—. No sé quién lo mató, ¿vale?

—Lo desconozco —contestó Hester—. Quizá sí lo sepa. Estoy convencida de que un hombre capaz de dirigir una casa como ésta nunca baja la guardia y está al quite de lo que acontece. Difícilmente tendría éxito...

Hester se interrumpió. Squeaky se veía tan incómodo que temió que padeciera algún dolor corporal. El sudor le hacía brillar la piel y tenía los nudillos blancos.

—... Si no tuviera un excelente conocimiento del barrio y de todo lo que sucede en él —concluyó Hester.

El pobre hombre irradiaba tanta tensión y estaba tan cerca de ella que de pronto Hester quiso escapar de allí. La desesperación que reflejaba adquirió una presencia física que a duras penas concordaba con su supuesta astucia. Parecía que le hubiesen privado de una seguridad tan arraigada en él que le costaba trabajo ser consciente de su repentina desnudez, como si le hubiese faltado tiempo para protegerse o disimular.

—¡Sí! ¡Claro que estoy al corriente de todo! —exclamó bruscamente, a la defensiva—. Pensaré en ello, señora Monk. A todos nos conviene que todo vuelva a la normalidad. Si me entero de qué le ocurrió a ese tal Baltimore, veré si podemos... arreglar algo. —Señaló con un ademán los montones de papeles—. Ahora tengo cosas de las que ocuparme. No puedo dedicar más tiempo a... hablar..., pues no tengo nada más que decir.

Hester se puso de pie.

—Gracias, señor Robinson. Y no olvide comentar a su socio el asunto del local de alquiler... a precio muy razonable, puesto que es en interés de todos.

Robinson se puso tenso otra vez.

—No tengo... —comenzó, pero acto seguido endureció el semblante y sonrió. Fue un gesto repugnante, mostrando dientes y músculos rígidos—. Se lo diré. ¡Ja, ja! —rió forzadamente—. ¡A ver qué opina!

Hester salió, y el hombre con el traje oscuro que le iba demasiado grande volvió a conducirla por los pasillos hasta que se encontró de nuevo en el callejón que daba a Portpool Lane. Ahora la niebla se arremolinaba y el solitario farol del muro parecía flotar en la densa atmósfera. Permaneció inmóvil por unos instantes a fin de acostumbrarse al frío y al olor de la imponente fábrica de cerveza que se recortaba contra el cielo, arrojando una sombra tan oscura que borraba todas las demás siluetas, tal como la cárcel de Coldbath hacía en la plaza donde se encontraba la casa de socorro. Luego comenzó a caminar, manteniéndose arrimada a las paredes para no llamar la atención, y esperando no tropezar con ningún mendigo dormido sobre la acera de piedra o acurrucado en un oculto portal.

Tras haber conversado con él y observado sus reacciones, estaba casi segura de que Squeaky Robinson dirigía el burdel en el que ponían a trabajar a muchachas como Fanny y Alice para que saldaran sus deudas con el usurero. ¡Aunque había algo que ponía muy nervioso a Squeaky! ¿Se trataba únicamente de la momentánea pérdida de clientela? Si él era el usurero, seguro que podía permitirse esperar hasta que la policía descubriera al asesino de Baltimore o se viera obligada a darse por vencida.

Ahora bien, ¿y si no lo era? ¿Y si sólo era un socio de tan sórdida empresa, y el usurero también le estaba apretando las clavijas? En tal caso, ¿quién era el usurero y por qué bastaba con mencionar su existencia para que Squeaky se asustase tanto?

Cruzó Portpool Lane y giró a la izquierda hacia Coldbath Square sin aminorar el paso. La calle no estaba desierta. Las luces de una taberna brillaron sobre la acera cuando alguien abrió la puerta. Había un vendedor ambulante en una esquina y un agente en la otra, con cara de estar aburrido y pelado de frío, probablemente por llevar horas allí de plantón. No hacía más que entrometerse en la vida del vecindario y sin duda hacía tiempo que había perdido toda esperanza de descubrir algo útil.

¿Acaso el miedo de Squeaky se debía a que había perdido a su socio, alma máter inteligente del negocio que se llevaban entre manos? ¿Cómo? ¿Cárcel, enfermedad, incluso muerte? ¿Estaría asustado porque se había visto repentinamente solo y carecía de la habilidad necesaria para seguir adelante sin ayuda? Hester había quedado convencida, después de hablar con él, de que Robinson no era el usurero. No poseía el refinamiento y la confianza necesarios para engatusar a la clase de muchachas de las que se servía. De lo contrario, ella no lo habría puesto tan nervioso.

¿Qué le había sucedido al usurero? Una renovada esperanza se apoderó de ella, y avivó el paso. Poco importaba por qué se había ido o dónde, si dejaba a Squeaky en situación de no poder seguir con el negocio. Quizá su miedo fuese lo que le había puesto violento y de ahí que por poco hubiese matado a Fanny y a Alice con sus propias manos, aunque resultaba más plausible que hubiese encargado tan fea tarea a alguien como el aspirante a mayordomo. Pero su reinado tocaba a su fin. No conseguiría engatusar a más mujeres y, si el usurero en efecto había desaparecido, no estaría en condiciones de obligar a nadie a pagar, al menos no legalmente. ¡Tal vez Oliver Rathbone podría ayudarlas después de todo!

Al llegar a Coldbath Square encontró a Margaret caminando de un lado a otro de la habitación, aguardándola con impaciencia. Su rostro se iluminó en cuanto Hester cruzó el umbral.

—¡Qué alivio volver a verla! —exclamó Margaret, corriendo a su encuentro—. ¿Está bien?

Hester sonrió embargada por un placer que la sorprendió. Lo cierto era que Margaret le caía francamente bien.

—Sí, gracias. Sólo tengo un poco de frío —contestó con sinceridad—. Y me encantaría tomar una taza de té para limpiarme de la boca el regusto de ese lugar.

Se quitó el chal y lo colgó en el perchero. Margaret fue hacia la estufa.

—¿Qué ha averiguado? —preguntó Margaret mientras comprobaba que el hervidor estuviera lleno y lo ponía a calentar. Miraba ansiosa a Hester, con los ojos muy abiertos y brillantes.

—Me parece que la mujer con la que hablé en el tugurio de Abel Smith me dio las indicaciones correctas —contestó Hester, al tiempo que sacaba dos tazones del armario—. En ese sitio satisfacen gustos especiales —dijo, profundamente asqueada por el eufemismo, viendo sus sentimientos reflejados en la expresión de Margaret—. He conocido a Squeaky Robinson...

—¿Cómo es? —Margaret dejó de fingir que estaba pendiente del hervidor. Su voz sonó aguda por la impaciencia.

—Estaba muy nervioso, desde luego —repuso Hester de manera sucinta—. De hecho, diría que estaba asustadísimo.

Dejó los tazones en la mesa. Margaret se mostró asombrada.

—¿Por qué? ¿Supone que a Baltimore lo mataron allí?

Hester había estado tan ocupada dando vueltas a la idea del socio de Squeaky Robinson, y a la posibilidad de que se hubiese ausentado para siempre, con el consiguiente hundimiento del negocio de usura, que no había considerado en serio la posibilidad de que el miedo de Squeaky se debiera sobre todo a la policía más que a una quiebra económica. Ahora bien, la soga constituía una perspectiva infinitamente peor que la pobreza, incluso para el hombre más avaricioso de la tierra.

—Me figuro que es posible —admitió, un tanto a regañadientes, explicando las esperanzas que había abrigado.

—¿Y si fue el usurero quien lo mató? —insinuó Margaret, aunque con más voluntad que creencia en el semblante—. Quizá no pudo pagar una deuda y alguien perdió los estribos. O tal vez se trató de un accidente. Al fin y al cabo, matar a un cliente no convendría a sus intereses, ¿verdad? No es bueno para el negocio. Nadie está obligado a ir allí, la ciudad está llena de sitios semejantes, aunque sea en otros barrios.

—Y dejaron el cuerpo donde Abel Smith, tal como él asegura —convino Hester—. Sí, parece posible.

No conseguía que su voz dejara de traslucir un leve disgusto. Además, habría resultado de ayuda para Monk que la muerte de Baltimore hubiese guardado relación con el fraude en la adquisición de terrenos para el ferrocarril. Eso vincularía el presente con el pasado y confirmaría su creencia de que Dundas había sido inocente. A no ser, por supuesto, que hiciera aumentar el sentimiento de culpa de Monk por haber sido incapaz de demostrarlo cuando tuvo ocasión.

—¿No tendríamos que contárselo al agente Hart? —preguntó Margaret esperanzada—. Así se resolvería el asesinato y nos libraríamos de la policía. —El hervidor comenzó a silbar detrás de ella—. ¡Y de paso nos desharíamos del impulsor de ese sucio negocio de usura!

Se volvió hacia el hervidor y escaldó la tetera, luego introdujo las hojas de té y acto seguido el agua hirviendo.

—Todavía no —dijo Hester con cautela—. Antes me gustaría saber un poco más acerca del señor Baltimore, ¿a usted no?

—Sí, pero ¿cómo? —Llevó la tetera hasta la mesa y la dejó junto a la leche y los tazones—. ¿Qué puedo hacer? Quizá consiga encontrar a algún conocido a quien podría interrogar... o mejor, usted. —Un leve rubor le tiñó las mejillas y apartó un momento la vista—. Yo no sabría por dónde empezar. Si logramos establecer una relación, puede que consigamos llevar algo útil a sir Oliver...

Lo dijo con la mayor tranquilidad, y Hester sonrió, pues sabía exactamente cómo se sentía Margaret y por qué se obligaba a disimular, incluso considerándola una buena amiga o, tal vez, justo por eso.

—Me parece una buena idea —convino Hester—. Escribiré a Livia Baltimore para preguntarle si puedo pasar a verla mañana por la tarde a fin de llevarle más información sobre la muerte de su padre. Si envío un mensajero con la nota, tendré su respuesta con la antelación suficiente.

Margaret se quedó perpleja.

—¿Qué piensa decirle? —preguntó a Hester—. Supongo que no le contará que su padre estuvo en Portpool Lane.

—Bueno, siempre puedo obviar el motivo.

Hester sonrió torciendo las comisuras de la boca hacia abajo, y alcanzó la tetera.

Hester envió la carta a primera hora de la mañana. Contrató a un mensajero para que la llevara a la residencia Baltimore en Regent Square, y antes del almuerzo recibió respuesta de la señorita Baltimore. Ésta le decía que estaría encantada de recibirla aquella misma tarde a última hora y que aguardaba su visita con placer.

Entretanto, Margaret había efectuado discretas averiguaciones y convenido una cita para ella y Hester con su cuñado, quien tenía contactos en el mundo de los negocios y podría explicarles lo que se sabía públicamente de Baltimore & Sons, y tal vez algo de lo que se opinaba en círculos más restringidos. La visita quedó fijada para el día siguiente antes del ocaso.

A media tarde Hester salió de Fitzroy Street ataviada con un traje chaqueta azul celeste; llevaba sombrero —prenda que aborrecía— y una sombrilla para protegerse del brillante e intermitente sol. La sombrilla se la habían regalado hacía algún tiempo y todavía no la había estrenado. No obstante, le otorgaba cierto aire de respetabilidad, al dar a entender que era una damisela que disponía de tiempo para preocuparse de proteger su cutis del sol.

Tomó un ómnibus en Tottenham Court Road y se alegró de tener ocasión de caminar los últimos centenares de metros hasta la puerta principal en Regent Square. La hicieron pasar de inmediato y la acompañaron hasta una pequeña sala de estar a todas luces reservada para que las señoras de la casa recibieran a sus invitadas. Estaba amueblada con un estilo muy femenino. Las cortinas de las ventanas lucían un luminoso amarillo pálido y los sillones, bien acolchados y provistos de cojines en tonos pastel, invitaban a relajarse cómodamente. En un rincón había un bastidor para bordar junto a una canasta con sedas y lanas de colores. El guardafuegos estaba pintado con flores y, sobre una mesa redonda que había en medio de la habitación, un enorme jarrón de porcelana con tulipanes blancos y amarillos desprendía un leve y delicioso perfume.

Livia Baltimore estaba sentada en una butaca, esperándola con expectación. Iba vestida con el obligatorio negro del luto, lo que acentuaba la palidez de su tez de por sí clara. En cuanto Hester entró en la sala, se puso de pie y se acercó a ella, no sin antes poner un punto de lectura en el libro con que había estado entreteniéndose.

—Qué amable ha sido al venir, señora Monk. No me esperaba que, con todo el trabajo que hace por los pobres, fuese a acordarse de mí. ¿Le parece que tomemos un té? —Sin aguardar una respuesta, asintió con la cabeza a la doncella para confirmar sus instrucciones—. Siéntese, por favor. —Indicó uno de los sillones y volvió a ocupar su asiento—. La veo muy bien. Espero que lo esté.

Probablemente, lo más cortés hubiera sido conversar sobre toda clase de temas, tal como solía hacerse. No obstante, ninguno de ellos importaba; se trataba, sencillamente, de una forma de trabar conocimiento. Lo que contaba no era tanto lo que se decía sino cómo se decía; pero aquélla no era una amistad social convencional, y probablemente nunca volvieran a verse una vez que se hubiera resuelto el asunto que las ocupaba. Sólo las unía una cosa, y, a pesar de lo que dictaran las convenciones, nada más les importaba.

—Sí, gracias, estoy muy bien —respondió Hester, arrellanándose en el sillón—. Naturalmente, el barrio está pasando ciertas dificultades en este momento, y algunas mujeres han sido objeto de palizas, pues la frustración que conlleva la falta de negocio hace que haya quien pierda los estribos con facilidad.

Mientras hablaba observaba el rostro de Livia. Percibió el esfuerzo de ella por disimular su aversión por el «negocio» en cuestión. Se trataba de algo de lo que sabía muy poco. Las señoritas finas y distinguidas apenas si eran conscientes de la existencia de la prostitución, y mucho menos de los sórdidos detalles de quienes vivían inmersos en ella. Si le hubiesen preguntado antes de la muerte de su padre, aún habría sabido menos, pero las lenguas viperinas ya se habían asegurado de que ahora, por lo menos, estuviera al corriente de sus rudimentos.

—Hay policías en todas las esquinas —continuó Hester—. Hace un par de semanas que a nadie le han vaciado el bolsillo, aunque cada vez hay menos en ellos como para que alguien se tome la molestia de hacerlo. Los que pueden se van a otras partes, cosa que me figuro es natural. No sé por qué, pero la policía pone nerviosa hasta a las personas honradas.

—No veo por qué debería ser así —respondió Livia—. Sin duda los inocentes no tienen nada que temer.

—Tal vez muy pocos de nosotros seamos del todo inocentes —repuso Hester, aunque lo dijo con amabilidad. No abrigaba el menor deseo de herir a aquella muchacha cuya vida se había visto tan súbitamente afectada por la tragedia, ni hacerla partícipe de cosas para las que nada la había preparado y que, en otras circunstancias, jamás habría llegado a conocer—. Pero lo que he venido a decirle es que he seguido con los oídos bien abiertos e incluso he hecho algunas pesquisas a propósito de la muerte del señor Baltimore.

Livia permaneció inmóvil.

—¿Sí? —dijo con un hilo de voz. Parpadeó, haciendo caso omiso de las lágrimas que acudían a sus ojos.

—Fui a la casa de Leather Lane donde encontraron su cuerpo —dijo Hester muy seria, fingiendo no darse cuenta de que Livia estaba al borde del llanto. No la conocía lo bastante como para entrometerse—. Hablé con las personas de allí y me dijeron que no habían tenido nada que ver con lo que le ocurrió. Murió en algún otro sitio y después lo trasladaron, con vistas a implicarlos y, me figuro, para hacer recaer las sospechas sobre ellos.

—¿Creyó lo que le dijeron? —No había aceptación ni rechazo en el tono de voz de Livia, como si no osara abrigar demasiadas esperanzas de manera deliberada.

—Sí, en efecto —respondió Hester sin ambages.

Livia se relajó, sonriendo a su pesar.

Hester sintió una punzada de culpa tan aguda que se preguntó si realmente debía estar allí, diciendo a aquella muchacha cosas que, aun siendo ciertas, distaban mucho de ser toda la verdad. Aquello la llevaría por fuerza a tener conocimiento de asuntos que destruirían para siempre los recuerdos de felicidad e inocencia que habían moldeado su juventud.

—Entonces, ¿es posible que lo atacaran en la calle? —preguntó Livia, anhelante, recobrando el color—. Quienquiera que matara a mi padre aprovechó su muerte para vengarse del señor Smith y, de paso, dejar una pista falsa que lo encubriera. ¿Le ha contado esto a la policía?

—Todavía no —respondió Hester con cautela—. Preferiría saber más cosas antes de hacerlo, para asegurarme de que me crean. ¿Sabe usted qué pudo haberle llevado a la zona de Farringdon Road? ¿Iba allí con frecuencia?

—No tengo ni idea. —Livia pestañeó, esforzándose aún por contener las lágrimas—. Papá salía al menos dos o tres noches a la semana. Me consta que a veces iba a su club, pero casi siempre lo hacía por asuntos de negocios. Estaba... Quiero decir, estábamos... —Tragó saliva, abrumada otra vez por la realidad. Hizo un esfuerzo por mantener firme la voz—. Estamos a punto de lograr un gran éxito. Trabajó tan duramente que a todos nos duele que no esté entre nosotros para verlo.

—¿Se refiere a la nueva línea que van a inaugurar en Derbyshire? —preguntó Hester.

—¿Está enterada de eso? —inquirió Livia en tono de sorpresa.

Hester se dio cuenta de que había hablado más de la cuenta.

—Habré oído a alguien mencionarlo —explicó—. Al fin y al cabo, la expansión del transporte y las nuevas líneas interesan a todo el mundo.

La doncella regresó con el té, y Livia, tras darle las gracias, le indicó que se marchara, pues había decidido servirlo ella misma.

—Es muy emocionante —convino, al tiempo que pasaba a Hester su taza. Por un instante su rostro delató una confusa mezcla de sentimientos: júbilo, la sensación de estar al borde de un cambio que sería maravilloso, y también pesar por la pérdida de un familiar.

Hester no estaba segura de que tuviese alguna relación con la muerte de Baltimore, o con lo que Monk necesitaba saber, pero sentía curiosidad y quería conocer más detalles.

—¿Supondrá algún cambio para usted? Esta casa me parece encantadora. Cuesta trabajo imaginar algo mejor.

Cogió su taza y tomó un sorbo del líquido caliente y fragante. Livia sonrió. Su rostro se dulcificó, confiriéndole el aspecto de la jovencita algo tímida que sin duda había sido tan sólo un mes atrás.

—Me alegra que le guste. Siempre he sido muy feliz aquí, pero mi hermano me ha asegurado que cuando nos mudemos será todavía mejor.

—¿Van a mudarse? —preguntó Hester, sorprendida.

—Conservaremos esta casa para la temporada londinense —explicó Livia con un breve ademán de la mano—. Pero nuestro hogar será una gran finca en el campo. Lo único que va a empañarlo todo es que mi padre no esté para verlo. Quería construir todo esto para nosotros, y me parece injusto por demás que no pueda disfrutar de la recompensa de toda una vida de trabajo, con todos los riesgos que corrió y la habilidad que demostró tener.

Cogió la taza de té a su vez, aunque no bebió.

—Debió de ser un hombre excepcional —apuntó Hester, temiendo sonar hipócrita, pues despreciaba profundamente al difunto señor Baltimore.

—Sí que lo era —convino Livia, aceptando el cumplido con entusiasmo, como si su padre aún pudiera sentirse reconfortado a causa del mismo.

Hester se preguntó hasta qué punto había llegado a conocerlo su hija. El cambio en su tono de voz, ¿se debería no tanto a lo que recordaba de él como al hecho de decir lo que deseaba que fuese cierto?

—Y muy inteligente —añadió Hester—, y con mucho carácter. Un hombre débil jamás hubiese sido capaz de imponerse a los demás de la manera que me figuro es necesaria para tender una vía férrea. La menor señal de indecisión o titubeo lo habría conducido al fracaso. Una no puede por menos que admirar semejante... temple.

—Sí, era muy fuerte —convino Livia, con la voz cargada de emoción—. Cuando papá estaba cerca una siempre se sentía a salvo. En todo momento se mostraba muy seguro de sí mismo. Supongo que es una cualidad que poseen los hombres..., al menos los mejores, los que tienen madera de líder.

—Me parece que los líderes son los que no nos permiten ver sus incertidumbres —respondió Hester—. Después de todo, si uno no se muestra seguro de saber hacia dónde va, ¿cómo va a esperar que los demás lo sigan de buen grado?

Livia meditó por unos instantes.

—Tiene toda la razón —dijo, entendiéndolo de pronto—. Es usted muy perspicaz. Sí, papá siempre fue... valiente, me atrevería a decir. Ahora me consta que hubo tiempos más difíciles, cuando yo era niña. Hemos aguardado muchos años para este gran éxito que ahora se materializa. —Esbozó una sonrisa—. No se trata sólo de la línea ferroviaria, ¿sabe?, se trata de un invento relacionado con el material rodante, o sea, con los vagones de pasajeros y mercancías. Discúlpeme si le estoy contando algo que ya sabía.

—Ni mucho menos —aseguró Hester—. Sólo sé lo que dicen los periódicos o lo que he oído comentar. ¿En qué consiste el invento?

—Me temo que no lo sé muy bien. Papá apenas hablaba de esas cosas en casa. Él y mi hermano Jarvis no comentaban asuntos de negocios en la mesa. Siempre decía que no era apropiado hablar delante de las damas. —Una sombra de incertidumbre, que no llegó a ser una duda, cruzó por sus ojos—. En su opinión, había que mantener separados la familia y los negocios. —Volvió a bajar la voz—. Ponía mucho cuidado en eso..., en mantener el hogar como un lugar donde reinaban la paz y la elegancia, donde no tenían cabida cosas como el dinero y las batallas cotidianas. Conversábamos de los valores que importan: la belleza y la inteligencia, la exploración del mundo, los logros de la mente humana.

—Me parece un proceder excelente —dijo Hester, procurando mostrarse sincera. No deseaba herir los sentimientos de Livia, aunque sabía que la exclusión de lo feo y una cierta comprensión del dolor resultaban necesarias para la clase de verdad que hace posible los logros más hermosos. Pero aquél no era el momento ni el lugar para decirlo—. Habrán sido ustedes muy felices —agregó.

—Sí —convino Livia—. Lo éramos. —Titubeó, tomando un sorbo de té—. Señora Monk...

—Dígame.

—¿Considera probable que la policía llegue a averiguar quién mató a mi padre? Sea sincera, por favor... No me diga una mentira piadosa por pensar que será mejor para mí.

—Es posible —dijo Hester con cuidado—. Aunque no sé qué probabilidades existen. Tal vez dependa de si había un motivo personal o si fue, sencillamente, un infortunio, que pasara por la calle equivocada en el momento equivocado. ¿Sabe usted si tenía intención de reunirse con alguien?

Aquélla era la pregunta cuya respuesta más le interesaba y, no obstante, le constaba que el esclarecimiento del asesinato de Baltimore podía significar la ruina social de su familia, sobre todo la de Livia, tan joven y aún por casar.

Livia se mostró desconcertada y, justo cuando iba a hablar, reflexionó, dejando su taza sobre la mesa otra vez.

—No lo sé. Desde luego, no nos lo dijo, aunque como ya le he referido, nunca comentaba los asuntos de negocios con mamá ni conmigo. Tal vez mi hermano lo sepa. Puedo preguntárselo. ¿Cree que eso tiene importancia?

—Es posible.

¿Cuán sincera debía ser? No había confesado a Livia el verdadero motivo de su presencia allí. Pensaba en Monk y en su necesidad de saber más acerca del fraude, en Fanny y Alice, y en las demás muchachas como ellas, de hecho, en todas las mujeres del barrio de Coldbath que seguían ganándose la vida en la calle, incapaces de reunir dinero por culpa de la exagerada presencia policial. No estaba tratando de descubrir al asesino de Nolan Baltimore para mitigar la pena de su familia, como tampoco por la impersonal causa de la justicia.

—Sé lo que piensa la gente —dijo Livia en voz baja, con las mejillas encendidas—. Sólo que no puedo creer que sea cierto. Me niego.

Nadie podría creer algo semejante de su propio padre. Hester no lo habría creído del suyo. No era racional. El cerebro decía que tu padre era tan humano como cualquier otro hombre, pero todo el corazón y la voluntad negaban la mismísima idea de que pudiera rebajarse a satisfacer apetitos carnales pagando a una mujer de la calle. Despertaba algo dentro de una relacionado con el origen de la propia existencia, de la naturaleza de la creación física de una misma, y también algo insoportable sobre la madre de una. Suponía una traición imposible de aceptar.

—No —dijo Hester, no tanto como respuesta sino como mera señal de entendimiento—. Claro que no. Quizá su hermano sepa si tenía previsto reunirse con alguien y, si no, al menos hacia dónde se dirigía.

—Ya lo he probado —confesó Livia, con una mezcla de vergüenza y enojo—. Se limitó a decirme que no me preocupara, que la policía hallaría una explicación satisfactoria y que no escuchara a nadie.

—No deja de ser un buen consejo —reconoció Hester—. Al menos en lo que se refiere a no escuchar lo que diga la gente.

Llamaron a la puerta y, casi antes de que Livia terminara de contestar, se abrió. Un hombre moreno y ágil de treinta y tantos años irrumpió en la sala, titubeando al ver a Hester, aunque sólo un instante. Tenía un aire de confianza en sí mismo que resultaba arrogante, casi brusco y desagradable, si bien no estaba desprovisto de cierto atractivo. Tal vez fuese la sensación de energía que transmitía lo que resultaba atrayente, casi como un fuego, al mismo tiempo peligroso y vivo. Se desenvolvía con gracia y llevaba la ropa como si la elegancia le fuese connatural. A Hester le recordó fugazmente a Monk tal como habría sido con treinta y pocos años. Luego la impresión se desvaneció. Aquel hombre carecía de profundidad emotiva. Su fuego era de la cabeza, no del corazón.

Livia le dirigió una mirada y su rostro se iluminó al instante. No fue algo que hiciera de manera consciente, y resultó imposible no constatar su alegría.

—¡Michael! No te esperaba. —Se volvió hacia Hester—. Me gustaría presentarle al señor Michael Dalgarno, el socio de mi hermano. Michael, ella es la señora Monk, que ha tenido la gentileza de venir a verme a propósito de una obra de beneficencia en la que estoy interesada.

Apenas se sonrojó al mentir. Estaba perfectamente acostumbrada a las convenciones del trato social.

—¿Cómo está usted, señora Monk? —Dalgarno se inclinó ligeramente—. Encantado de conocerla. Le ruego me disculpe por haber interrumpido su conversación. No sabía que la señorita Baltimore tenía visita, de lo contrario no habría sido tan atrevido.

Se volvió hacia Livia y sonrió; fue un gesto deliberado e irresistiblemente encantador, y de una franqueza que lo hizo tan íntimo como una caricia.

Ahora sí que el rubor se apoderó del semblante de Livia, y ni a Hester ni al propio Dalgarno les cupo la menor duda acerca de lo que sentía por él.

Dalgarno apoyó la mano en el respaldo del sillón de Livia con la misma delicadeza que si lo hiciera en su hombro. Fue un ademán curiosamente posesivo. Tal vez, siendo la muerte de su padre tan reciente, y habida cuenta de las circunstancias, no correspondía añadir ninguna otra cosa, aunque el gesto resultó de lo más elocuente.

A Hester le pasó por la cabeza que siendo la hija de un hombre acaudalado que estaba a punto de hacerse inmensamente más rico mediante la venta de componentes, cabía esperar que a Livia Baltimore la cortejaran muchos más pretendientes, casi todos movidos por el menos noble de los motivos. Debía de conocer a Dalgarno desde hacía tiempo. ¿Era el suyo un amor verdadero, que había comenzado como amistad mucho antes de confirmarse las presentes expectativas de riqueza, o se trataba del típico caso de oportunismo por parte de un joven ambicioso?

Nunca lo sabría, y tampoco era asunto suyo, pero confió de todo corazón que se tratara de lo primero. Ya se había enterado de todo cuanto cabía esperar y no quiso quedarse más tiempo y arriesgarse a comentar algo que sacara a relucir la mentira que había dicho Livia para explicar su presencia en la casa. La única obra benéfica con la que tenía relación era la casa de socorro en Coldbath Square, y tuvo la impresión de que al señor Dalgarno le costaría trabajo creer que Livia estuviera interesada en eso.

Se puso de pie.

—Gracias, señorita Baltimore —dijo con una sonrisa—. Ha sido usted muy amable, y volveré a visitarla si así lo desea, o ya no la molestaré más si considera que...

—¡Oh, no! —la interrumpió Livia y se levantó a su vez, con un frufrú de sus almidonadas faldas negras—. Me encantaría que volviéramos a hablar cuando... a usted le venga bien.

—Estupendo —convino Hester—. Gracias de nuevo por su gentileza. —Se volvió hacia él—. Ha sido un placer conocerlo, señor Dalgarno.

Dalgarno le abrió la puerta. Hester salió de la sala de estar y un lacayo la acompañó hasta la entrada. Se cruzó con un hombre alto y rubio que acababa de llegar, cuyo vigor y enormes orejas le llamaron la atención. Él no reparó en ella, sino que fue a grandes zancadas hacia Dalgarno, a quien comenzó a decir algo desde una cierta distancia. Por desgracia, Hester se vio obligada a salir a la calle sin tener ocasión de oír la conversación.

Al día siguiente por la tarde Hester y Margaret acudieron a su cita en casa de la hermana de Margaret para averiguar lo que pudieran acerca de Nolan Baltimore.

Hester eligió con esmero la ropa que luciría para la ocasión, decidiéndose por su traje de chaqueta más sobrio, el mismo que se habría puesto si hubiese estado buscando trabajo de enfermera en una casa particular. Margaret llevaba un favorecedor vestido oscuro de color burdeos, con un corte muy a la moda. Tomaron un coche de punto juntas, y llegaron a Weymouth Street, al sur de Regent's Park, cuando acababan de dar las seis. La casa era en verdad imponente, y mientras cruzaban la acera y subían la escalinata de la puerta principal, Hester percibió un sutil cambio en el porte de Margaret. Se movía con menos brío, dejó caer un poco los hombros y llamó a la puerta con ademán casi vacilante.

Un lacayo altísimo y con buenas piernas, cualidades ambas muy apreciadas en alguien dedicado a tal profesión, abrió la puerta en el acto.

—Buenas tardes, señorita Ballinger —saludó, con fría formalidad—. La señora Courtney la espera a usted y a la señora Monk. Tengan la bondad de seguirme.

Se hizo a un lado para que entraran, y Hester no pudo por menos que admirar las perfectas proporciones del vestíbulo, con el damero blanco y negro del enlosado que conducía hasta la magnífica escalera, y las paredes decoradas con antiguas armaduras y espadas, así como trabucos de chispa con las culatas finamente adornadas con incrustaciones de nácar e hilo de oro.

El lacayo abrió la puerta del salón, las anunció y las hizo pasar. Hester vio que Margaret inspiraba profundamente antes de entrar.

Dentro de la estancia, que tenía el suelo de parqué de roble y las paredes forradas con paneles, unos pesados cortinajes enmarcaban los altos ventanales que daban a los jardines de diseño formal. Tres personas las aguardaban. Saltaba a la vista que la mujer era la hermana de Margaret. No era tan alta como ella, y a juzgar por su cutis y su figura un tanto más entrada en carnes, debía de ser cuatro o cinco años mayor. Era guapa de un modo convencional, y daba la impresión de estar extremadamente satisfecha consigo misma. Iba vestida a la moda, aunque con discreción, como si considerase no tener necesidad alguna de ponerse nada ostentoso para llamar la atención.

Se aproximó en cuanto vio a Margaret, sonriendo en señal de bienvenida. O estaba sinceramente contenta de ver a su hermana, o era una consumada actriz.

—¡Querida! —exclamó, dando un breve beso a Margaret en la mejilla, para a continuación echarse un poco hacia atrás y contemplarla con sumo interés—. Es maravilloso que por fin hayas venido. Hacía ya demasiado tiempo desde la última vez. ¡Te juro que estaba a punto de perder toda esperanza! —Se volvió hacia Hester—. Usted debe de ser la señora Monk, la nueva amiga de Margaret.

Este recibimiento no fue ni muchísimo menos tan caluroso; de hecho, fue puramente cortés. Sus ojos la observaban con cautela. Hester se dio cuenta enseguida de que Marielle Courtney no estaba nada segura de que la influencia de Hester sobre su hermana pudiera tener algo de bueno. Quizás hubiese sustituido la suya en parte y, a su juicio, con efectos menos deseables. Para colmo, no sabía dónde ubicar a Hester socialmente, cosa que la dejaba en desventaja a la hora de juzgar su conveniencia.

—Encantada, señora Courtney —contestó Hester con una educada sonrisa—. Tengo en tan alta consideración a Margaret que conocer a cualquier miembro de su familia constituye un inmenso placer para mí.

—Muy amable de su parte —murmuró Marielle, volviéndose hacia el hombre que tenía a su derecha, justo detrás de ella—. Permítame presentarle a mi marido, el señor Courtney.

—Encantado, señora Monk —respondió él con diligencia.

El señor Courtney era un hombre de rostro insulso que rondaba los cuarenta, algo metido en carnes, aunque seguro de sí mismo y perfectamente dispuesto a recibir a la familia de su esposa, y a quienquiera que viniera con ellos, con la debida cortesía.

La tercera persona presente en el salón era a quien habían ido a ver, el hombre que quizá podría referirles algo nuevo acerca de Nolan Baltimore. Era esbelto y de aspecto inusual. Su abundante cabellera se ondulaba hacia atrás desde una frente despejada, y las canas de sus sienes daban a entender que tenía más edad de la que representaba tanto por su desenvoltura como por su elegancia en el vestir. De rasgos netamente aguileños, el dibujo de su boca dejaba entrever un agudo sentido del humor. Marielle lo presentó como el señor Boyd, e hizo bastante más hincapié en Margaret del que Hester estaba preparada a encajar.

Vio que Margaret se ponía tensa y que el color le subía a las mejillas, aunque ésta disimuló su incomodidad tan bien como supo.

Siguiendo las formalidades al uso, les ofrecieron un tentempié. Marielle propuso que se quedaran también a cenar, invitación que Margaret rehusó sin siquiera aludir a Hester, alegando un compromiso previo que en realidad no tenía.

—Ha sido muy gentil de su parte venir a proporcionarnos ayuda e información, señor Boyd —dijo Margaret no sin cierta frialdad—. Espero no haberle estropeado la velada.

—Al contrario, señorita Ballinger —repuso Boyd

con un asomo de sonrisa, trasladando todo su humor a los ojos, como si acabara de oír una broma que cabía compartir pero bajo ningún concepto comentar en voz alta—. Por favor, dígame qué es lo que desea saber y, si puedo contestarle, lo haré con mucho gusto.

—Me hago cargo de las restricciones —dijo Margaret precipitadamente—. Sin duda estará al corriente de que el señor Baltimore murió en circunstancias trágicas hace poco más de dos semanas... en Leather Lane.

—Lo estoy.

Si Boyd sentía algún desagrado, su educación era demasiado buena como para permitir que se notara.

La consideración de Hester por él aumentó al instante. Echó una mirada a Marielle y se fijó en su penetrante interés. Su atención iba pasando de Margaret a Boyd y de Boyd a Margaret, como si el desenlace de la entrevista revistiera la mayor importancia para ella. Hester comprendió hasta qué punto anhelaba Margaret emanciparse de su familia, de la presión para que se casara como correspondía..., tal como había hecho Marielle y, posiblemente, las demás hermanas que tuviera. Recordó la mención de una hermana menor, quien sin duda estaría aguardando su turno con impaciencia.

¿Acaso Boyd también se daba cuenta de aquello? ¿Sabía que estaba siendo llevado, con tanta amabilidad como firmeza, hacia el lugar deseado? Parecía un hombre sobradamente capaz de tomar sus propias decisiones. Ninguna madre o hermana ambiciosa lograría ponerlo en una posición difícil, de eso Hester estaba segura. No obstante, lo que la preocupaba eran los sentimientos de Margaret.

—Trabajo en una obra de beneficencia en ese barrio —prosiguió Margaret con una franqueza tal que Marielle hizo una mueca de desagrado y su marido puso cara de susto y luego de descontento.

—La verdad, Margaret... —dijo, expresando su desaprobación—. Conseguir un poco de dinero para los que son desdichados es una cosa, pero no deberías implicarte de una manera tan personal, querida...

Margaret hizo caso omiso de su cuñado, manteniendo su atención en Boyd.

—La señora Monk fue enfermera en Crimea —continuó, implacable—. Ofrece asistencia médica a mujeres que no pueden permitirse pagar a un médico. Tengo el privilegio de prestar la ayuda adicional que está en mi mano, así como de recabar fondos para el alquiler del local y las medicinas.

—Eso es admirable —opinó Boyd, al parecer con sinceridad—. No veo cómo puedo contribuir yo, aparte de donando dinero, cosa que haré encantado. ¿Qué tienen que ver los negocios de Nolan Baltimore con todo eso? Las cosas le iban bien, aunque tampoco fuese nada del otro mundo. Y, además, tal como han señalado, ahora está muerto.

Hester escrutó el rostro de Boyd y no percibió ningún signo de aflicción personal, como tampoco de sorpresa o inquietud, y menos aún de indignación, cosa que a fin de cuentas no le habría resultado nada extraña.

—Lo asesinaron —dijo Margaret—. Como podrá figurarse, eso ha causado bastante agitación en el barrio, entre otras cosas por la intensa presencia policial...

—¡Cómo iba a ser si no! —exclamó Marielle con dureza, dando un paso al frente como para interponerse entre Margaret y Hester, quien representaba aquella lamentable participación de su hermana en tan feo asunto—. Resulta de lo más espeluznante que los seres inmorales y rapaces que viven en semejantes lugares ataquen y den muerte a un hombre respetable. —Volvió el hombro hacia Hester—. No comprendo por qué te empeñas en sacar a colación un tema tan desagradable, Margaret. Este atrevimiento es del todo ajeno a tu manera de ser. —Miró a Boyd—. Me temo que el bondadoso corazón de mi hermana a veces la lleva por derroteros extraños, por no decir equivocados.

—Marielle... —comenzó Courtney.

—¡No necesito que te disculpes en mi nombre! —espetó Margaret. Luego miró con franqueza a Boyd, sin dar tiempo a su hermana a replicar—. Señor Boyd, la señora Monk y yo tenemos motivos para creer que al señor Baltimore lo asesinó un rival y no una prostituta... —No hizo el menor caso de la exhalación que lanzó Marielle al oír esa palabra—. Y ambas le quedaríamos sumamente agradecidas si pudiera referirnos algo más a propósito de sus intereses comerciales, así como de su carácter, si es que tiene información al respecto. ¿Ve usted posible que fuera a reunirse con alguien con quien tuviera relaciones comerciales en un sitio como Leather Lane, o sus alrededores, en vez de hacerlo en sus oficinas como sería lo habitual?

Hester se sintió obligada a intervenir:

—Sabemos lo que su familia dice a propósito de sus intereses comerciales y su conducta profesional. Conozco a su hija. Pero es inevitable que sus opiniones sean un tanto sesgadas. ¿Cuál era su reputación en la City?

—Habla usted sin rodeos, señora Monk.

Boyd miró a Hester, y ésta comprendió al instante que su observación era fruto del respeto, no de la desaprobación, si bien el brillo de sus ojos conservaba todavía un leve matiz de humor. Se dio cuenta de que el señor Boyd le caía bien. De haberse encontrado en el lugar de Margaret, y si no hubiese conocido antes a Oliver Rathbone, quizá la habría puesto muy incómoda que intentaran endilgarle a aquel hombre en lugar de permitir que él la eligiera por su cuenta. Tuvo el convencimiento de que conocerlo más a fondo le resultaría de lo más grato.

—En efecto —convino Hester—. En un asunto tan delicado no caben los malentendidos. Le ruego que acepte mis disculpas si lo he ofendido. —Le constaba que no era así—. Mucho me temo que mi trabajo como enfermera ha perjudicado mis modales. —Sonrió abiertamente—. Eso ha sido un eufemismo. Lo cierto es que nunca han sido mi fuerte.

—En ese caso, seguiré su ejemplo, señora Monk —dijo Boyd al tiempo que le dedicaba una leve inclinación de cabeza, casi una reverencia, y una mirada traviesa—. Nolan Baltimore era un hombre de grandes ambiciones que corría extraordinarios riesgos para colmarlas. Tenía coraje e imaginación, cualidades por las que era admirado.

Hablaba mirándola de hito en hito, sopesando las reacciones de Hester a sus observaciones.

—Y... —apuntó Heser.

Boyd comprendió que le seguía el hilo.

—Y algunos de esos riesgos le reportaron buenos beneficios, mientras que otros no. Se las arreglaba para sobrevivir bastante mejor que algunos de sus amigos. No se lo conocía precisamente por su lealtad.

—¿En general? —preguntó Hester—. ¿O en particular?

—Nunca tuve trato con él.

Hester comprendió que su tacto se debía a Courtney, no a ella. Boyd confiaba que entendiera sus omisiones tanto como sus palabras.

—¿Por decisión propia? —agregó Hester enseguida.

—Sí. —Boyd sonrió.

—¿Es posible que alguno de esos... riesgos... le hubiese llevado a Leather Lane? —preguntó Hester.

—¿Recursos financieros turbios? —Boyd abrió significativamente los ojos—. No es del todo imposible. Si uno necesita dinero y los servicios habituales no están disponibles, puede llamar a otra puerta. En esa clase de sitios es posible conseguir un préstamo a corto plazo que vaya a saldarse cuando la inversión pertinente haya producido sustanciosos beneficios. Corre mucho dinero en el submundo del vicio, sea de la clase que sea. La gente que lo consigue así suele estar encantada de invertir en un negocio legítimo.

—Francamente... Boyd —gruñó Courtney—. No me parece nada apropiado comentar esta clase de cosas en presencia de las señoras.

—Perdona, James, pero si la señora Monk ha sido enfermera en el ejército y ahora trabaja en el barrio de Coldbath, dudo mucho que pueda decirle algo que no sepa mejor que yo —señaló Boyd con más humor que fastidio.

—¡Estaba pensando en mi cuñada! —exclamó Courtney de manera un tanto mordaz, lanzando una breve mirada a Marielle, como si en realidad respondiera en su nombre más que en el propio—. Y en mi esposa —agregó, tal vez sin reparar en el insulto implícito contra Hester.

Boyd lo miró con frialdad y vio que se sonrojaba. Acto seguido, se volvió hacia Margaret.

—Perdone si la he molestado, señorita Ballinger —respondió amagando una sonrisa, mas interrogándola con los ojos.

—Me veré obligada a exigirle una disculpa, señor Boyd, si me considera menos capaz de enfrentarme a la verdad que la señora Monk —replicó Margaret con fingida indignación—. Nos ha contestado usted con suma sinceridad, y le estoy muy agradecida. Por favor, no eche a perder su respeto por nuestra franqueza hablándonos con evasivas.

Boyd hizo caso omiso de Courtney y Marielle, como si no se encontraran presentes.

—En ese caso debo decirle, señorita Ballinger, que en mi opinión es tan probable que Nolan Baltimore fuese a Leather Lane por los motivos que por lo general se supone, como por algún asunto de negocios, fuera éste honorable o no. La calidad de su estilo de vida, el coste de su ropa, sus carruajes, su comida y su vino, nunca han dado a entender que su empresa necesitara buscar apoyo financiero. —Descartó con un ademán de impaciencia la intentona de interrupción de Courtney y, sin apartar sus ojos de los de Margaret, prosiguió—: Por lo que he visto de él en la City, nunca se privaba de nada. Corre el rumor de que su empresa está al borde de un gran logro. Quizá solicitara préstamos avalado por sus expectativas, o de lo contrario tenía un patrocinador con los bolsillos repletos. Y antes de que me pregunte quién podría ser, le diré que no tengo ni idea. Ni siquiera una conjetura con cierto fundamento. Lo lamento.

Hester tuvo un pensamiento insólito, poco más que una mancha oscura al principio, aunque cada vez menos absurdo a medida que pasaban los segundos.

—Por favor, no se disculpe, señor Boyd —dijo con sinceridad—. Nos ha sido usted de gran utilidad.

Ignoró la mirada de sorpresa de Margaret y de la ostensible desaprobación de Marielle.

Boyd le dedicó una sonrisa, con una mezcla de satisfacción y curiosidad.

—¡Qué suerte! —exclamó Marielle con frialdad, indicando así que el tema quedaba zanjado—. ¿Ya has visto la última exposición del Museo Británico, Margaret? El señor Boyd nos estaba contando lo fascinante que es. Egipto es un país que siempre he deseado visitar. El pasado debe de parecer tan inmediato, allí... Una ha de tener una perspectiva completamente diferente del tiempo, ¿no crees?

—Por desgracia no me daría más del que tengo —repuso Margaret, procurando parecer despreocupada y menos incómoda de lo que estaba ante una estratagema tan obvia. Miró a Boyd—. Gracias por su franqueza, señor Boyd. Confío sabrá disculparnos por marcharnos tan pronto, pero no hay nadie que pueda relevarnos si llevan a alguna mujer herida a la casa de socorro de Coldbath Square. —Miró a su hermana—. Gracias por haber sido tan generosa, Marielle. Estoy en deuda contigo.

—Espero que la próxima vez te quedes más rato —dijo Marielle—. Debes venir a cenar, o al teatro. Hay varias obras muy buenas en cartel. No puede ser que limites tanto tus intereses, Margaret. ¡Eso no te hará ningún bien!

Margaret pasó por alto el comentario y se despidió de todos. Poco después, ella y Hester respiraban el aire fresco de la calle camino de la esquina, donde les sería fácil encontrar un coche de punto.

—¿Qué ha dicho que nos vaya a servir de algo? —inquirió Margaret—. No acabo de verlo.

—El señor Boyd ha insinuado que Baltimore tenía otra fuente de ingresos, aparte de la empresa ferroviaria —explicó Hester con cierta vacilación.

—¿Entonces fue a Leather Lane por negocios? —Margaret tenía sus dudas—. ¿Qué nos aporta eso? No sabemos ni de qué negocio se trata, ni a quién fue a ver. Por otra parte, ¿no me dijo que su muerte no tuvo lugar en Leather Lane?

—Sí, es verdad. Dije que pudo muy bien haber ocurrido en Portpool Lane.

Margaret se detuvo de repente y se volvió hacia Hester.

—¿Quiere decir... en el burdel que regenta el usurero?

—Sí, eso es lo que quiero decir.

—¿Cree que le gustaba... humillar a muchachas que antes eran respetables? —La repugnancia y la ira eran patentes en su rostro.

—Es posible —respondió Hester—. Pero ¿y si ésa era su otra fuente de ingresos? Su familia no estaría enterada, como tampoco ningún recaudador de impuestos. Eso explicaría muy bien por qué disponía de más fondos que gastar en sus placeres de los que le proporcionaba Baltimore & Sons. Y su muerte coincide casi con exactitud con el pánico de Squeaky Robinson. ¡Quizá todo el asunto no tiene nada que ver con los ferrocarriles! Ahora bien, la pregunta es: ¿lo asesinaron por ser un cliente que se había propasado, o por ser un usurero que se había vuelto demasiado codicioso?

Margaret estaba tensa.

—¿Qué vamos a hacer? —preguntó en tono vacilante, aunque con expresión de firmeza—. ¿Cómo vamos a averiguarlo?

—Todavía no tengo ningún plan —respondió Hester—, ¡pero no dude que pronto lo tendré!

Vio un coche de punto y bajó de la acera levantando el brazo para detenerlo.

Margaret la siguió con la misma determinación.

8

Monk llegó exhausto a la estación de Londres. Le dolía tanto la cabeza que lo único que deseaba era ir a casa, darse un baño con el agua tan caliente como fuese capaz de resistir, beber varias tazas de té y meterse en la cama para dormir como era debido, entre sábanas limpias. El colmo de la dicha sería que Hester estuviera a su lado y que lo entendiese todo, sin culparlo ni criticarlo, pero eso sería imposible. Para ello tendría que carecer de juicio moral. ¿Y de qué le serviría entonces, qué clase de persona sería? O bien que no tuviera conocimiento de ninguno de los temores que se enmarañaban en su mente, limitándose a estar ahí, una presencia amable en la oscuridad.

Sólo que, por supuesto, ella sabría lo que estaba sintiendo: el miedo a la verdad, a encontrar en su ser la codicia y la cobardía que tanto despreciaba, una traición para la que no había pretexto. Mayor que el daño infligido a Dundas era el daño que se había hecho a sí mismo, a todo lo que había hecho y construido con su vida a partir del accidente. Si ella no sabía eso, ¿en qué sentido estaría realmente presente? En ninguno que mereciera la pena. Podría hallarse en cualquier otro lugar. Hablarían, se tocarían, incluso harían el amor, pero su corazón permanecería completamente solo. Esa soledad sería peor que una separación física puesto que constituiría una negación de lo que había sido real e importaba por encima de todo.

De modo que iría a unos baños públicos y compraría una camisa nueva. También iría al barbero para adecentar su aspecto de cara a encontrarse por la tarde con Katrina Harcus, a quien diría que no había motivo alguno para sospechar que Michael Dalgarno anduviera metido en algo que no fuesen prácticas habituales entre hombres de negocios. No existía ningún dato que indicara que hubiese comprado o vendido terrenos en nombre propio, como tampoco obtenido ningún beneficio que no fuese para la empresa cuyos intereses representaba.

Monk también le referiría que había investigado el accidente en el que Baltimore & Sons había estado implicada de manera tangencial dieciséis años atrás, y que el fraude en la adquisición de terrenos verificado contra uno de sus banqueros no guardaba ninguna relación con él. La causa de la tragedia no se había esclarecido, pero la vía se había reparado y seguía utilizándose. La habían inspeccionado a conciencia sin hallar ningún defecto o insuficiencia.

Estaba agotado y somnoliento, y se habría tumbado a dormir en el banco de un parque bajo el radiante sol de abril si no hubiese temido los horrores que podrían acudir a su mente en cuanto perdiera el control sobre sus pensamientos. No acababa de ver cómo podía ser culpable de algo relacionado con aquel lamentable suceso, pero no conseguía desprenderse de su obstinado sentimiento de culpa; la impotencia, la sangre, los gritos, el espantoso chirrido del metal contra el metal, y el resplandor, y el olor del fuego, y la eterna certeza de que pudo haberlo evitado.

Tomó un café en un puesto callejero y luego fue en busca del vendedor de pan de jengibre para ver qué le habían contado sus contactos del hampa. Lo encontró repartiendo rebanadas calientes de pan especiado a un grupo de niños, y aguardó a cierta distancia hasta que hubo terminado.

—¿Y bien? —planteó Monk. No necesitó preguntarle si se acordaba de él, pues el rostro de sinvergüenza del vendedor se animó nada más verlo.

—El tipo salió de la casa —dijo en tono triunfal—. Hacia medianoche. Estaba que echaba chispas. Volvió al cabo de unos treinta minutos.

Treinta minutos. Eso no daba tiempo para ir hasta Leather Lane, encontrar a Nolan Baltimore, matarlo y regresar. Monk experimentó un alivio enorme. Podría decirle a Katrina Harcus que era inocente.

—¿Y no volvió a salir?

—No, a menos que lo hiciera poco antes del alba —dijo el vendedor con firmeza—. Los cuervos tienen ojos de halcón. No pierden detalle de nada. ¡Por la cuenta que les trae!

Tenía razón. Quienes encontraban guardia para los ladrones sobrevivían gracias a su habilidad para ver, recordar e informar.

—¡Gracias! —dijo Monk sinceramente. Estaba tan aliviado que le dio un soberano, al que añadió media corona antes de comprar un trozo de pan de jengibre.

A las dos estaba cansado y le dolían los pies, pero aun así caminaba con paso ligero cuando entró por la verja de los jardines de la Royal Botanic Society, reparando brevemente en el estallido de color de las flores primaverales. Sólo tuvo que aguardar cinco minutos. Katrina llegó a la entrada y se detuvo, buscándolo con la mirada. Varios paseantes se volvieron para contemplarla. Monk no se sorprendió, pues su dramático semblante y su porte orgulloso llamaban poderosamente la atención. Lucía un vestido de muselina blanca con ribete azul marino, y las rayas del corpiño repetían el mismo color vivo, acentuando la feminidad del conjunto. Llevaba rosas en el ala del sombrero y su parasol estaba adornado con cintas también azules. Más de un caballero clavó sus ojos en ella, sonriendo por más tiempo del que aconsejaba la educación, aunque su expresión admirada distaba mucho de ser ofensiva.

En cuanto vio a Monk se le iluminó la cara, diríase que con alivio. Él comprendió que llevaba varios días acudiendo al parque con la esperanza de encontrarlo allí. Sintió cómo lo invadía la satisfacción ahora que por fin estaba en condiciones de decirle que de cuanto se desprendía de la investigación, Dalgarno era inocente de fraude y que, aun suponiendo que un tercero lo hubiese cometido, no cabía que guardara relación alguna con ningún accidente. Sus temores eran tan honorables como innecesarios.

Katrina se acercó a Monk y se detuvo tan cerca de él que éste percibió el olor de su perfume, cálido y almizcleño, bastante distinto del aroma dulce y fresco de las flores que los rodeaban.

—¡Tiene noticias! —exclamó, ahogando un grito—. Lo veo en sus ojos.

—Sí —confirmó Monk con una sonrisa.

Había cierto desenfreno en la mirada de Katrina, y estaba agitada. Monk alzó la mano como para tocarle el brazo y tranquilizarla, pero entonces cayó en la cuenta de lo poco que la conocía en realidad. La comprensión de sus temores, la identificación con ella, había sido sólo por su parte. Sin duda consideraría el contacto físico una intrusión, cosa que en efecto sería. Dejó caer la mano otra vez.

—Lo más importante es que he corroborado que el señor Dalgarno no salió de su casa a una hora ni durante el tiempo necesario para que pueda involucrárselo en la muerte de Nolan Baltimore.

Katrina quedó perpleja.

—¿Cómo? —preguntó en tono de incredulidad—. ¿Cómo lo ha verificado?

—Los ladrones dejan hombres montando guardia —explicó Monk con sequedad—. Los llaman cuervos. Hubo al menos uno en esa calle entre la medianoche y el amanecer.

Katrina soltó el aire muy despacio, con el semblante pálido.

—Gracias. Muchas gracias. Pero... ¿qué hay de...?

—He buscado exhaustivamente en Londres y en Liverpool, donde tenía antes su sede la empresa, señorita Harcus —dijo Monk—, y no he conseguido hallar ninguna prueba de fraude.

—Ninguna... —repitió Katrina, con voz aguda, meneando la cabeza lentamente en un gesto que era a la vez de negación e incredulidad.

—Algún que otro beneficio un poco demasiado repentino en ciertas operaciones —admitió Monk—, pero eso es moneda corriente. —Lo afirmó con autoridad, sin darse cuenta hasta pasado un instante de que hablaba de memoria. No era una suposición, sino algo que le constaba—. Y todo se hizo en nombre de la empresa, no en el del señor Dalgarno. Es un hombre de negocios con buena estrella y tan honesto como la mayoría.

—¿Está seguro? —suplicó Katrina, asombrada y cada vez más alegre—. ¿Completamente seguro, señor Monk?

—Estoy seguro de que no hay nada que ponga en entredicho su honorabilidad —repitió Monk—. Puede estar tranquila, su reputación no corre peligro.

Katrina se echó hacia atrás, con los ojos abiertos de par en par. Un espectador hubiese pensado que la había insultado a juzgar por la expresión de su rostro, rayana en el enojo.

—¿Tranquila? —exclamó—. ¿Y el accidente? ¿Y el peligro de que ocurra otro?

—El accidente de Liverpool no tuvo nada que ver con la vía —explicó Monk pacientemente—. Se debió a un error del maquinista, aunque también es posible que los guardafrenos...

Katrina apartó una mano, visiblemente enfadada, casi como si quisiera golpear a una persona que tuviera a la espalda.

—No me diga. ¿Todos a la vez? —cuestionó—. ¿Todos eligieron el mismo momento para equivocarse?

Monk le agarró la muñeca.

—No, no significa eso. Significa que uno de ellos se equivocó y que, tal vez, los demás se asustaron y no supieron qué hacer.

—¿Me está diciendo que Baltimore & Sons es inocente? —inquirió—. ¿Siempre? ¿Entonces y ahora?

—Inocente del accidente, sí.

Monk oyó su propia voz y percibió inseguridad en ella. ¿Por qué? No había nada que implicara a Nolan Baltimore en el accidente de Liverpool ni en el fraude que había arruinado a Arrol Dundas. Eran sus propias emociones, su propia sombra de culpabilidad, tratando de cargarla sobre las espaldas de alguien que le traía sin cuidado.

Katrina dio un paso hacia él. De pronto parecía excitada. Tenía los ojos brillantes, el cuerpo tenso, las mejillas arreboladas. Apoyó las manos sobre el pecho de Monk y aferró con fuerza los bordes de su abrigo.

—¿Hay alguna prueba de su inocencia? —preguntó con voz ronca—. Me refiero a una prueba concluyente, algo que un tribunal no dudara en aceptar. Tengo que estar segura. ¡Una vez condenaron a un hombre inocente!

Monk notó que el cuerpo se le ponía tenso y que la sangre le palpitaba en las venas. Agarró con firmeza las muñecas de Katrina.

—¿Cómo lo sabe? —preguntó entre dientes. Se asustó al comprobar que estaba temblando.

Katrina se zafó de un tirón, arrancando un botón del abrigo de Monk, quien no dio al hecho la menor importancia. La emoción reflejada en su rostro era tan intensa que los ojos le centelleaban. Lo miró durante un prolongado y desesperado momento, y acto seguido giró sobre sus talones y casi se echó a correr hacia la verja.

Monk fue consciente de que había bastantes personas observándolos, pero no le importó. ¿Qué sabía Katrina acerca de Arrol Dundas? Aquella pregunta ocupaba toda su mente, excluyendo todo lo demás. Fue tras Katrina a grandes zancadas y casi le dio alcance en la verja que se abría al sendero de Inner Circle, pero ella avanzaba deprisa: cruzó el sendero y siguió a través de la hierba y los árboles, dejando el recinto de la Toxophilite Society a la izquierda, para dirigirse al puente que cruzaba un brazo del lago. Monk se las arregló para hacerla parar en el otro extremo, despertando otra vez inquietud y curiosidad entre los paseantes.

—¿Cómo sabe eso? —inquirió Monk de nuevo—. ¿Qué le han contado? ¿Quién ha sido, Dalgarno?

—¿Dalgarno? —replicó Katrina incrédula, y acto seguido se echó a reír, casi al borde de la histeria. Pero no contestó, sino que volvió a darle la espalda y cruzó casi corriendo la verja de York Gate hacia Marylebone Road, sorteando el denso tráfico de carruajes y coches de punto que circulaban en ambos sentidos—. ¡Me voy a casa! —le gritó por encima del hombro.

Monk corrió tras ella, alcanzándola otra vez y caminando a su lado hasta que la joven, al llegar a la calle, levantó la sombrilla para parar un coche de punto. Uno se detuvo casi de inmediato, y Monk la ayudó a subir, haciendo lo mismo tras ella.

Katrina no protestó, como si hubiese contado con ello.

—Si no ha sido Dalgarno, ¿quién, pues? —insistió, una vez que Katrina hubo pedido al cochero que la llevara a Cuthbert Street, en Paddington.

Se volvió para mirar a Monk.

—¿Se refiere al caso de fraude, de hace años atrás?

—¡Sí, claro que sí!

Le costó lo suyo no perder los estribos. Aquello era sumamente importante. ¿Qué sabía Katrina? ¿Cómo se había enterado, si no era por los archivos de Baltimore o por haber oído a éste decir algo al respecto?

Katrina mantuvo la vista al frente, sonriendo, aunque su mirada estaba empañada.

—¿Acaso imaginaba que no había hecho averiguaciones por mi cuenta, señor Monk? —preguntó con voz opaca—. ¿Pensaba que no había indagado en la historia pasada de Baltimore & Sons cuando supe hasta qué punto estaba Michael metido en esa empresa y confiaba hacer fortuna trabajando para ella?

—¡Acaba de decir que le consta que condenaron a un hombre inocente por fraude en ese caso! —dijo Monk en tono grave, horrorizado ante la posibilidad de que su voz dejara traslucir la emoción que lo embargaba—. ¿Cómo lo sabe? ¡Nadie lo supo entonces!

—¿Nadie? —inquirió Katrina, sin apartar la vista del frente.

—¡Claro que no, de lo contrario no habría muerto en la cárcel! —Le agarró el brazo—. ¿Cómo lo sabe? ¿Qué sucedió?

Katrina cambió de postura en el asiento para mirarlo fijamente, y torció el gesto con una furia tan intensa que Monk retrocedió, soltándole el brazo.

—Fue una tremenda injusticia, señor Monk —dijo Katrina en voz baja y temblorosa, hablando casi entre dientes—. La gente fue injusta entonces y está siéndolo ahora. Pero llegará el momento de la venganza, ¡eso se lo prometo! Llegará..., por la tumba de mi madre..., o la mía si es preciso.

—Señorita Harcus...

—¡Por favor, salga ya! —Tenía el rostro ceniciento ahora—. Necesito pensar, y tengo que hacerlo a solas.

—Golpeó con la sombrilla la parte delantera del coche para atraer la atención del conductor—. Se lo contaré... esta noche.

Volvió a golpear la delantera, con más fuerza.

—Dígame, señorita —contestó el cochero.

—El señor Monk se apea aquí. Haga el favor de parar —ordenó.

—Sí, señorita —contestó con obediencia el cochero, y frenó junto a la acera. Estaban en la esquina de Marylebone Street y Edgware Road, con tráfico circulando en ambos sentidos.

Monk se sintió profundamente preocupado por Katrina. Se la veía tan desgarrada por pasiones contradictorias que era casi como si tuviera fiebre. Deseaba de verdad saber qué había querido decir al afirmar con tanta vehemencia que Dundas era inocente y que llegaría el momento de la venganza, así como cuál era la injusticia que él no acertaba a ver, pero ahora que sabía dónde vivía al menos podría dar con ella de nuevo cuando estuviera más tranquila. Quizás incluso podría echarle una mano. Lo que ahora necesitaba Katrina era descansar y serenarse.

—Iré a verla en otro momento, señorita Harcus —dijo Monk en un tono mucho más amable—. Comprendo que ahora necesita tiempo para meditar.

Katrina hizo un último esfuerzo por dominarse, inspirando profundamente y soltando el aire en una prolongada espiración.

—Gracias, señor Monk. Le quedaré muy reconocida si lo hace. Me consta que está demostrando mucha paciencia. Si tiene la bondad de pasar a verme a última hora de esta tarde, después de las ocho, le contaré cuanto desee. Hablaré con Michael Dalgarno otra vez, y pondremos punto final a este asunto, se lo prometo. Usted ha desempeñado su papel a la perfección, señor Monk. No hubiese podido esperar más. ¿Irá a verme después de las ocho? ¿Me da su palabra?

—Por supuesto —prometió Monk.
—Bien. —Una levísima insinuación de sonrisa se dibujó en el semblante de Katrina—. Es el número 23 de Cuthbert Street. ¡Me ha dado su palabra!
—Sí. No faltaré.
Se apeó y se quedó plantado en la acera mientras el coche de punto arrancaba de inmediato y se perdía entre el tráfico.

Monk fue a su domicilio en Fitzroy Street y encontró la casa vacía. Por fin consiguió lavarse y dormir. A las ocho y diez, con las últimas luces del día, tomó un coche de punto para dirigirse al número 23 de Cuthbert Street. Salió de su ensimismamiento con un sobresalto cuando el coche se detuvo en seco y el conductor se asomó para explicarle que no podía seguir adelante.
—Lo siento, caballero —dijo excusándose—. La policía ha cortado la calle. No sé qué ha pasado, pero hay un buen follón ahí delante. No puedo continuar. Tendrá que ir andando, si es que le dejan.
—Gracias.
Monk se apeó de un salto, pagó al cochero, indicándole que se quedara con la vuelta de los ocho peniques, y echó a andar hacia las siluetas que se recortaban bajo las farolas. Había tres hombres; dos discutían acaloradamente mientras el tercero, que le resultó familiar por su estatura y su figura envarada, contemplaba lo que parecía un fardo de ropa que tenía a los pies. Se trataba de Runcorn, su rival en la policía, y más tarde su superior, quien siempre lo había detestado y temido hasta el día en que se pelearon y acabó expulsándolo del cuerpo, al tiempo que Monk renunciaba a su puesto llevado por la ira. Luego, a raíz del caso de una modelo que posaba para artistas en el que el azar quiso que colaboraran de nuevo pocos meses atrás, las emociones compartidas,

tristeza y una inesperada compasión, acabaron por establecer una precaria alianza.

¿Qué estaría haciendo Runcorn allí?

Monk apretó el paso y tuvo que refrenarse para no salvar corriendo el último trecho.

—¿Qué ha pasado? —inquirió, aunque mientras Runcorn se volvía de cara a él pudo verlo con sus propios ojos.

La figura de una mujer yacía despatarrada en el suelo. El vestido de muselina blanca con ribetes azules se veía arrugado y sucio, además de empapado en sangre. Estaba tendida medio boca abajo, medio de costado, como un muñeco roto, con el cuello doblado en un ángulo imposible, un brazo debajo del tronco y las piernas torcidas.

Monk levantó la vista de manera instintiva hacia la terraza del tercer piso del edificio, y luego más arriba, hasta el ático. Una barandilla cerraba el amplio balcón de la habitación más alta. No llegó a ver la puerta, pues desde la calle quedaba oculta por la fachada.

Sintió náuseas, y luego lo dominó una pena inconsolable. Miró fijamente a Runcorn, pero tenía la boca demasiado seca para hablar.

—Parece que se ha caído —contestó Runcorn a su pregunta original—. Salvo que, a primera vista, está un poco demasiado lejos de la fachada. Y la gente, por lo general, cae hacia atrás. Puede que haya girado en el aire. —Miró hacia lo alto, entornando los ojos—. Hay una buena distancia. Me haré una idea más clara desde arriba. También existe la posibilidad de que haya saltado.

Monk abrió la boca como para decir algo, pero pareció pensárselo mejor.

—¿Qué ocurre? —preguntó Runcorn con aspereza.

—Nada —replicó Monk de inmediato. Más le valía no decir nada..., al menos por el momento. Las ideas se le agolpaban en la cabeza. ¿Qué demonios podía haber ocurrido? ¡Resultaba inconcebible que hubiese saltado! No casaba con Katrina Harcus. Estaba a punto de revelar una antigua injusticia. Quería venganza, y la tenía casi a su alcance. Y Dalgarno era inocente, justo lo que ella había deseado por encima de todo, desde el primer momento.

Un agente de uniforme se reunió con ellos en la acera, abriéndose paso entre los transeúntes que habían comenzado a congregarse.

—Hay un testigo, señor —dijo a Runcorn. Tenía el rostro transido de amargura y las sombras que proyectaba una farola cercana acentuaban su expresión—. Sostiene que había dos personas ahí arriba, y parece bastante seguro de lo que dice. Los vio forcejear. Oyó que ella gritaba algo, y asegura que luego la mujer retrocedió, tambaleándose, mientras el hombre se acercaba a ella, y que cuando volvió a mirar ya había caído al vacío. —Bajó la vista hacia la figura tendida en el suelo—. Pobre mujer. Parece que era joven... y muy guapa. Es una verdadera lástima.

—¿Qué más sabemos del hombre? —preguntó Runcorn, mirando brevemente a Monk y luego al agente.

El agente se enderezó.

—Poca cosa, señor. He preguntado al testigo, pero apenas lo vio. Había muy poca luz. A ella la distinguió porque iba de blanco. El hombre llevaba ropa muy oscura y una especie de capa. —Se encogió de hombros—. Vamos, una capa. El testigo dice que la vio inflarse cuando peleaban, justo antes de que ella cayera.

Monk se sintió asqueado al imaginarlo: Katrina forcejeando con alguien, pidiendo auxilio a gritos, ¡y nadie hizo nada aparte de mirar! Ni siquiera sabían quién había estado en la terraza peleando con ella... ¡matándola! ¿Dalgarno? Tenía que ser él. Era la única persona implicada. Sin duda se personó allí en cuanto ella se puso en contacto con él, tal como había referido a Monk que haría. Algo que dijo Katrina, alguna prueba que había hallado, y que a él le había pasado por alto pese a su meticulosa investigación, había llevado a Dalgarno a defenderse de aquella manera tan vil.

¿Pero el qué? ¿Cómo había llevado a cabo el fraude? ¿Por qué Monk no había sido capaz de detectarlo? ¿Por qué era tan estúpido? ¿Cómo podía haber sido tan ciego otra vez? Y ahora había muerto otra persona, alguien por quien había hecho todo cuanto había podido para ayudarla. Se lo había prometido... y había fracasado.

Runcorn seguía hablando con el agente. Monk se puso en cuclillas junto al cadáver. Katrina estaba con los ojos abiertos. El lado visible de su rostro no presentaba ninguna lesión; sólo un hilo de sangre. Sabía de sobra que no debía tocarla, pero eso no impedía que deseara apartarle el pelo de la mejilla, como si ella pudiera notarlo a través de la piel. Tenía una mano debajo del cuerpo y el otro brazo extendido. Al mirarlo con mayor detenimiento se percató de que había algo dentro del puño, algo muy pequeño. ¿Se habría agarrado al asesino en el último instante, justo antes de que éste le diera el empujón fatal, arrancándole algo?

Runcorn y el agente seguían absortos en su conversación, mirándose el uno al otro. Monk alargó un dedo y movió un poquito la mano de Katrina, sólo lo justo para que el objeto se deslizara fuera del flácido apretón y cayera a la acera. Era un botón, un botón de abrigo de hombre. Tomó aire para decírselo a Runcorn y, justo entonces, lo invadió un sudor frío. ¡Era su botón, el que le había arrancado aquella misma tarde en los jardines de la Royal Botanic Society! ¡Pero de eso hacía ya horas!

—¿Qué has encontrado?

La voz de Runcorn rompió su horrorizado aturdimiento, poniendo fin a su indecisión. ¡Ya no podía hacer nada, desde luego esconderlo no! Con dedos torpes se abrochó los botones bajos del abrigo para que la parte alta quedara cerrada a su vez, ocultando el botón que faltaba. Se puso de pie. Las piernas le temblaban.

—Un botón —contestó Monk con voz ronca. Carraspeó—. Tenía un botón en la mano.

Runcorn se agachó y lo recogió del suelo, dándole vueltas con curiosidad.

Monk contuvo el aliento. ¡Dios quisiera que Runcorn no se diera cuenta de que era exactamente igual a los del abrigo de Monk! Había oscurecido, y procuraba dar la espalda a la luz de la farola. Se marcharía tan pronto como pudiera.

—Un botón de abrigo de hombre, a juzgar por su aspecto —observó Runcorn—. Se lo arrancaría durante el forcejeo con el agresor. —Lo guardó en el bolsillo superior de la chaqueta—. Una buena prueba. —Volvió a centrar su atención en el agente—. Hable con la gente de por aquí. A ver qué averigua. ¿Sabemos ya quién era la víctima?

—No, señor —contestó el agente—. La veían entrar y salir, aunque por el momento no hemos dado con nadie que hubiese hablado con ella. Parecía muy respetable. Se llamaba Barker, o Marcus, o algo por el estilo, pero aún no hay nada seguro.

Eludirlo sería una mentira sin sentido y, además, tarde o temprano lo descubrirían.

—Harcus —dijo Monk en voz baja—. Katrina Harcus.

Runcorn lo miró.

—¿La conocías? —preguntó.

—Sí. Estaba trabajando en una investigación para ella.

La suerte estaba echada; además no habría podido ocultarlo, ni deseaba hacerlo. Sólo era un botón de abrigo, y no le costaría demasiado explicarlo. Era probable incluso que alguno de los paseantes de los jardines se hubiese fijado en ellos y recordara el gesto de Katrina cuando se lo arrancó sin querer.

—A lo mejor puedo ayudarte —agregó Monk.

Ya no se sentía impresionado sino furioso, y deseaba colaborar. Quería vengarla, descubrir a quien había hecho aquello y asegurarse de que recibía su merecido. Era cuanto podía hacer por ella. Había fracasado en todo lo demás, pero Katrina buscaba desquitarse, Monk recordaba con perfecta claridad su expresión de furia al decirlo. Al menos podría conseguir eso.

Runcorn, que lo miraba con los ojos muy abiertos, soltó el aire lentamente.

—¡Entonces no estabas aquí por casualidad! Debí suponerlo. ¿Qué ibas a estar haciendo tú en Cuthbert Street a estas horas del día? —Era una pregunta retórica y no esperó contestación—. ¿De qué iba ese caso en el que estabas trabajando? —preguntó—. ¿Sabes quién le ha hecho esto?

—No, no lo sé —respondió Monk—, aunque tengo una idea, y te aseguro que lo averiguaré... ¡y lo demostraré! Era la prometida de un tal Michael Dalgarno, directivo de Baltimore & Sons, una empresa ferroviaria...

—¡Aguarda un momento! —lo interrumpió Runcorn—. ¿No asesinaron a un tal Nolan Baltimore en Leather Lane hace cosa de semanas? ¿Hay alguna relación con esto?

—Ninguna que yo haya podido encontrar —admitió Monk—. Todo indica que Baltimore fue allí simplemente a pasar un buen rato y que se enzarzó en una riña que terminó mal. Quizá se negara a pagar lo que le pedían, aunque es más probable que se emborrachara y buscara pelea.

—Entonces, ¿qué hacías aquí? —presionó Runcorn.

—Nada relacionado con eso —contestó Monk.

—No viene a cuento que muestres tanta reserva, Monk. Esta pobre chica ha muerto. —Runcorn echó un vistazo hacia ella—. La única ayuda que puedes prestarle es averiguar quién la mató.

—¡Ya lo sé! —replicó Monk con aspereza. Hizo un esfuerzo para recobrar la compostura—. Como te decía, era la prometida de Michael Dalgarno. La inquietaba que hubiera alguna clase de fraude relacionado con la nueva vía férrea que están tendiendo entre Londres y Derby. —Advirtió que Runcorn comenzaba a interesarse—. Para ser más exactos, en la adquisición de terrenos...

—¿Y lo había? —interrumpió Runcorn con impaciencia.

—No encontré nada, y te aseguro que lo investigué a conciencia.

Monk era consciente de que parecía contestar a la defensiva. Lo notaba. Si hubiese encontrado alguna prueba, Katrina probablemente seguiría con vida.

Runcorn daba la impresión de tener sus dudas.

—Si hubiese sido algo evidente, cualquiera lo habría descubierto.

—Sé más sobre ferrocarriles que la mayoría de la gente —respondió Monk, sintiéndose vulnerable en cuanto cerró la boca. Acababa de contar más de la cuenta acerca de sí mismo, hablando con franqueza sobre aspectos de su vida donde sólo cabían las suposiciones, uniendo piezas sueltas como en un rompecabezas y, para colmo, ¡ante Runcorn!

La suya era una tregua incómoda; habían echado tierra sobre los viejos resentimientos, pero éstos seguían latentes.

—¿Ah, sí? —dijo Runcorn con expresión de sorpresa—. ¿Y cómo es eso? Creía que te habías dedicado a las finanzas antes de ingresar en la policía, donde trabaja gente corriente.

Sus palabras, e incluso su tono, fueron bastante corteses, aunque Monk detectó una vez más la antigua envidia de Runcorn por su dinero, su seguridad en sí mismo, por una vida que el otro jamás había tenido, por su elegancia y soltura en sociedad.

—Porque las vías férreas necesitan financiación —contestó Monk—. Lo último que hice antes de dejar la banca fue una línea de ferrocarril cerca de Liverpool.

Runcorn guardó silencio. Quizás había percibido la tensión de la voz de Monk o captado parte de su pesar y enojo.

—Así pues, no hallaste rastro de ningún fraude —dijo por fin—. ¿Significa eso que no lo hubiera con toda seguridad?

—No —reconoció Monk—. Significa que, si lo hubo, desde luego estaba muy bien camuflado. Pero ella estaba convencida de que lo había..., incluso más la última vez que la vi que al principio.

—¡Quizá descubriera algo que a ti te pasó por alto! —Runcorn lo miró de reojo—. ¿Te dio algún indicio sobre qué podía ser?

—No. Pero todo su convencimiento de que había algo malo era fruto de cosas que había oído en las oficinas de Baltimore o en su casa. Siendo la prometida de Dalgarno, tenía acceso a conversaciones que quedaban fuera de mi alcance.

Runcorn soltó un gruñido.

—Entonces más vale que entremos y veamos qué hay ahí dentro, ¡aunque no me extrañaría que se lo llevara con él! Lo más probable es que la matara por eso.

Echó a andar hacia la casa.

Monk cambió de parecer a propósito de su marcha y decidió aceptar las palabras de Runcorn como una invitación para acompañarlo. No podía permitirse rehusar. Se movió con presteza para seguirlo, lo alcanzó en el vestíbulo y entró detrás de él.

Acababa de anochecer y ya había corrido el rumor de que una mujer había caído o había sido arrojada desde la terraza y yacía muerta en la calle. Los vecinos aguardaban conmocionados y en silencio, o intercambiaban comentarios en voz baja. Los agentes de uniforme procedieron a interrogarlos uno tras otro para averiguar si habían visto algo que llamara su atención aquella misma tarde o en los días anteriores.

Un agente indicó a Runcorn las escaleras que conducían al apartamento de Katrina. Monk iba pisándole los talones, como si perteneciera al cuerpo, y nadie puso objeciones a su presencia.

—¡Muy bien! —dijo Runcorn en cuanto se encontraron dentro y con la puerta cerrada.

La lámpara de gas estaba encendida, tal como Katrina la habría dejado, aunque en los rincones seguía reinando la penumbra. Monk agradeció que así fuera, consciente del botón que le faltaba como si fuese una mancha de sangre.

—¿Dónde guardaba sus papeles, algo que pueda darnos pistas sobre esa vía férrea? —preguntó Runcorn, mirando a su alrededor.

—No lo sé. Nunca antes había estado aquí —respondió Monk, apartándose de la luz.

—Si lo he entendido bien, ella te contrató, ¡y esta noche venías hacia aquí! Acabas de decírmelo —añadió Runcorn en tono un tanto desafiante.

—Era la primera vez que venía a esta casa —insistió Monk—. Fue a verme a mi despacho, y después siempre nos encontramos en los jardines de la Royal Botanic Society.

Lo cierto era que sonaba raro.

—¿Y eso por qué? —preguntó Runcorn con curiosidad, lanzándole una mirada más bien escéptica.

—Se trataba de una mujer muy cuidadosa con su reputación —contestó Monk—. Era la prometida de un hombre extraordinariamente ambicioso. Buscaba la máxima discreción a propósito de haberme contratado. Supongo que su intención era que pareciéramos meros conocidos. —Se disponía a meter las manos en los bolsillos cuando cayó en la cuenta de que eso alteraría la caída del abrigo, con el consiguiente riesgo de mostrar el botón que faltaba, de modo que cambió de parecer—. Después de la primera vez, siempre nos encontramos en público y como por casualidad. Ella iba a pasear por los jardines cada día a la misma hora, y si yo tenía que referirle algo, sabía dónde encontrarla.

—Extremadamente cuidadosa —convino Runcorn—. Pobre muchacha —agregó como para sí—. Quizá ya supiera entonces que este tal Dalgarno era un hombre peligroso. —Meneó la cabeza—. Es curioso lo que a veces hace que una mujer se sienta atraída por un hombre. Nunca lo comprenderé. Bien, pues manos a la obra. Empecemos a buscar.

Monk echó un vistazo a la habitación. Estaba amueblada con sencillez aunque con gusto exquisito, pues los escasos muebles eran de buena calidad, otorgándole una sensación de amplitud fuera de lo común. No se sorprendió. La propia Katrina había sido una mujer con un carácter fuerte y una marcada personalidad. Volvió a invadirlo una profunda ira hacia Dalgarno, se acercó al escritorio y lo abrió. Dio la espalda a Runcorn. Éste seguía observándolo todo para formarse una opinión del estilo de la habitación; luego, fue instintivamente hacia las cristaleras que daban a la terraza desde donde con toda probabilidad la joven había caído.

El escritorio contenía una buena pila de papeles y documentos, y Monk comenzó a hojearlos, prestando una atención somera a su contenido. No sabía qué estaba buscando, y si Dalgarno la había matado porque había encontrado una prueba de su fraude, sin duda Katrina se la habría mostrado y él se la habría llevado consigo para destruirla. No obstante, quizás hubiese más de un papel que revistiera interés y, por tanto, tenía que mirarlos todos.

Encontró algo con sorprendente rapidez, aunque no fue lo que esperaba. Se trataba de una carta escrita, aunque a todas luces jamás enviada, dirigida a una tal Emma.

Querida Emma,

Prometí contarte todo lo que averiguara, de modo que debo cumplir con mi palabra, pese a que para mí resulte en extremo doloroso reconocer semejante equivocación. He descubierto documentos relacionados con el fraude anterior en Liverpool, y ahora parece incontrovertible que el señor Monk, en quien confiaba ciegamente, en realidad estuvo involucrado en ese terrible asunto. Hallé un viejo recibo entre los papeles de Baltimore, ¡y estaba firmado por él!

Tras seguir investigando, me enteré de que había trabajado en la banca mercantil y había estado relacionado con el préstamo para la vía férrea que por entonces estaba tendiendo Baltimore & Sons. Me ocultó esa información y no me extraña: el fraude fue sonado y de gran alcance. Un hombre murió por causa de él, y todavía hoy sigue sin conocerse el paradero de una gran suma de dinero. ¡Además se produjo aquel accidente! El señor Monk está implicado sin una sombra de duda. No te figuras hasta qué punto me apena.

Aún no me he encarado con él, pero creo que debo hacerlo. Es el único modo que veo de salvaguardar mi integridad.

Ay, Emma, ojalá estuvieras aquí para aconsejarme qué hacer. De repente tengo mucho miedo...

Eso era todo.

Monk clavó sus ojos en la carta. ¿Quién era Emma? ¿Dónde vivía? No había ninguna dirección en el papel. ¿Qué más le habría escrito Katrina?

Fue pasando con sumo cuidado los demás papeles del primer cajón y encontró facturas, una vieja invitación y otra carta, escrita con caligrafía apretada e inclinada.

Queridísima Katrina,

Me encantó recibir noticias tuyas, como siempre, aunque confieso que no me gusta ni pizca ese hombre, Monk, a quien has contratado; todo cuanto me cuentas no hace más que aumentar mi aprensión. Por favor, querida, ten mucho cuidado. No te fíes de él.

Leyó rápidamente el resto, pero no halló más que chismorreos sobre conocidos comunes, citados sólo por su nombre de pila. ¡Si Runcorn encontraba aquello, pensaría que el propio Monk podía haberla asesinado! Con dedos torpes y gestos lentos para procurar que el papel no hiciera ruido, sacó ambas cartas del montón, oyendo cómo crujían.

Runcorn había vuelto a entrar desde la terraza. Sostenía en alto una capa de hombre grande y ligeramente arrugada. A la luz de la lámpara de gas parecía negra.

—¿Qué es eso? —preguntó Monk, al tiempo que se movía para ocultar los papeles de la vista de Runcorn y alargaba la otra mano a fin de hojear el montón de documentos y disimular el sonido de los dos que estaba sacando. Los dobló aprisa y los deslizó en el interior de su camisa, desplazándolos hacia la espalda para que sus movimientos no los hicieran crujir.

—Estaba ahí fuera —respondió Runcorn frunciendo el entrecejo—, tirada en el suelo cerca de la barandilla por donde la chica se precipitó al vacío. —Le echó un vistazo—. Parece demasiado grande para ella y, en cualquier caso, no es de mujer.

Monk se mostró sorprendido.

—¿No es extraño semejante descuido? —dijo—. Me refiero a dejarse algo así.

—Debió de caerle mientras forcejeaba con ella. —Runcorn la dobló, con el forro hacia fuera—. No lleva la etiqueta del sastre, pero averiguaremos de dónde procede y a quién pertenece. ¿Has encontrado algo?

—Nada significativo, por el momento —respondió Monk, manteniendo la voz perfectamente desapasionada, de manera poco natural. Pasó unas cuantas hojas más y vio una nota garabateada. Notó el picor del sudor mientras la leía.

> Decir a Monk que oí cierta conversación que me hace estar segura de que actualmente Baltimore & Sons está cometiendo fraude, y que tengo mucho miedo de que Michael Dalgarno esté implicado. Van a ganar mucho dinero en poco tiempo, pero el asunto debe guardarse en secreto.
>
> El fraude con los terrenos es básicamente el mismo de antes: lo descubrirá cuando investigue con el debido cuidado. Preguntas a hacer: ¿es más barato y, por consiguiente, ilegal el beneficio que se obtiene de desviar la línea y robar de algún modo la diferencia a los inversores? ¿O existe soborno por parte de alguien que quiere que se usen o no se usen sus tierras? Hay varias posibilidades.
>
> Además, ¡Michael tiene que estar al corriente! Su firma aparece en los recibos de los sueldos y en las órdenes de compra de terrenos.

No había nada más, como si hubiera escrito aquello a modo de recordatorio.

—¿Y bien? —inquirió Runcorn, mirándolo—. ¿Son ésos los papeles que investigaste?

—Sí —respondió Monk.

—Y, sin embargo, no encontraste nada que incriminara a ese Dalgarno. —Runcorn se mostraba escéptico—. No es propio de ti que se te pase algo por alto,

¡menos aún sabiendo tanto sobre vías férreas! Ya no eres el que eras, ¿verdad?

Sólo había el más leve rastro de su vieja animadversión en su voz, pero Monk lo percibió. Los años de enemistad lo habían hecho muy sensible a todos los tonos y matices de la burla, cuando tal burla existía. También él se había servido de ellos, y la mayor parte de las veces Runcorn había sido su víctima.

—No existía ningún fraude como el primero —dijo Monk, a la defensiva.

—Vaya, ¿encontraste el primero, pues? —inquirió Runcorn.

—¡Por supuesto que sí! —Monk deseaba ardientemente no decir nada a Runcorn acerca de Arrol Dundas ni de ningún otro aspecto de su propio pasado, con todos sus secretos y heridas—. Aquél fue un fraude en la adquisición de terrenos, y esta vez parecía tratarse de lo mismo, sólo que Dalgarno no compró tierras a título personal, de modo que no obtuvo ningún beneficio con la venta de éstas.

Runcorn lo miró meditabundo.

—¿En qué consistió el fraude exactamente la primera vez?

—Un hombre compró unas tierras casi sin valor a un precio irrisorio; después consiguió que desviaran la línea del ferrocarril para que pasara por ellas sin que hubiese necesidad, y las vendió a la empresa ferroviaria a un precio mucho más alto —contestó Monk, detestando decirlo.

—Y ella pensaba que esta vez ocurría lo mismo, sólo que no era así —concluyó Runcorn.

—Eso parece.

—Entonces, ¿por qué la mató ese tal Dalgarno?

—No lo sé.

A Monk no se le ocurrió que tal vez no lo hubiera hecho Dalgarno. Katrina se había referido a él con tanta ansia de venganza, que sólo podía tratarse de alguien a quien una vez hubiese amado. Los desconocidos nunca despertaban pasiones tan profundas.

—Muy bien, pues pienso descubrirlo —dijo Runcorn acalorado—. ¡Le daré caza y lo llevaré a rastras hasta la horca! ¡Te lo prometo, Monk!

—Perfecto. Haré lo que esté en mi mano para ayudarte.

—Ayúdame a revisar el resto de papeles, por si puedes explicarme algo... relacionado con vías férreas y demás —pidió Runcorn—. Después podrás irte a casa, ¡y yo iré en busca del señor Dalgarno, a ver qué explicaciones me da!

Hacia las diez menos cuarto Monk llegó a su casa en Fitzroy Street. Hester estaba sentada junto a un fuego pequeño, pero se levantó en cuanto lo oyó abrir la puerta. Se la veía cansada y un tanto pálida, con el pelo recogido un poco hacia un lado, como si se hubiese puesto las horquillas sin mirarse en el espejo. Lo observó con ojos inquisidores. Si había tenido intención de hablarle, la expresión de su rostro había bastado para silenciarla.

El suplicio de su fracaso era para Monk como una niebla gris que lo envolviera. Deseaba ser capaz de hablar de ello a su esposa y permitir que lo consolara, que le dijera una y otra vez que no tenía importancia, que aquél no era su yo verdadero sino una mera conjunción de circunstancias.

Ahora bien, aunque ella le dijera todo eso, Monk no le creería. Le daba miedo que fuese verdad, y más aún que ella lo negase movida por la pasión y la lealtad, no porque así lo creyera. Se sentiría decepcionada, defraudada. Hacer algo tan deshonesto distaba mucho de estar a la altura de su integridad.

Era como si el pasado tendiese una mano oscura para apartarlo de todo lo que había construido, mancillando el presente, impidiéndole convertirse en el hombre que había intentado ser.

Pero tenía que decirle algo, y ese algo debía ser cierto, aunque no constituyese toda la verdad.

—He ido a ver a la señorita Harcus —explicó, quitándose el abrigo al que ésta le había arrancado un botón. Tendría que reemplazar la prenda o deshacerse de ella—. Quería decirle que no encuentro pruebas de que Dalgarno sea culpable de nada... De hecho, no me parece que haya nada de lo que alguien pueda considerarse culpable.

Hester aguardaba, pálida y expectante.

—La he encontrado muerta —dijo Monk—. La han arrojado desde la terraza de su apartamento. Runcorn estaba allí.

—William... Cuánto lo siento... —Era sincera. Una expresión de pena apareció en el rostro, por él, pero más aún por aquella mujer a quien no conocía—. ¿Tienes idea de quién...?

—Dalgarno —contestó Monk antes de que ella pudiese acabar la pregunta. De pronto se dio cuenta del frío que tenía y se aproximó a la lumbre.

—¿Michael Dalgarno? —dijo Hester despacio, volviéndose hacia él.

—Sí. ¿Por qué? —Estudió el rostro de Hester, la profunda desdicha que reflejaba, más intensa que un momento antes—. ¿Hester?

—¿Qué relación tenía con Dalgarno? —preguntó ella, sin apartar los ojos de los de Monk—. ¿Por qué lo consideraba culpable de algo, y por qué crees que él la mató, William?

—Era su prometida. ¿No te lo había dicho?

—Pues no.

—¿Por qué lo preguntas? ¡Dímelo!

Hester bajó la vista y volvió a levantarla de inmediato con una expresión de profunda tristeza.

—Fui a ver a Livia Baltimore para referirle lo poco que he descubierto con respecto a la muerte de su padre. No es gran cosa... —Hester debió de percibir la impaciencia de Monk—. Conocí a Michael Dalgarno. Estaba allí.

—Trabaja en Baltimore & Sons. No tiene nada de raro.

Fue acabar de hablar y comprender que su esposa no le había dicho todo lo que quería.

—Le estaba haciendo la corte a Livia —repuso Hester—, y por su modo de reaccionar ella no esperaba menos, de modo que el cortejo sin duda no es nada reciente. Si estaba prometido con la señorita Harcus, su conducta resulta de lo más vergonzosa.

Monk tenía muy claro que Hester no se dejaría llevar a engaño en un asunto de esa índole. Pese a no haber flirteado en su vida, comprendía los entresijos del noviazgo. También sabía cuál era el comportamiento correcto de una muchacha decente, así como lo que el galán interesado consideraba aceptable y reprobable.

Así pues, Dalgarno había traicionado a Katrina no sólo en cuanto a su rectitud profesional, sino también en el amor. ¿Habría llegado a saberlo? ¿Lo habría averiguado aquella misma noche al encararse con él a propósito del fraude relativo a los terrenos? ¿Se habría mostrado Dalgarno como el oportunista supremo y, al comprender que no abrigaba la menor intención de casarse con ella ahora que la hija de Baltimore lo había aceptado, Katrina lo amenazó con sacar el fraude a la luz, y por eso la había matado?

Monk se agachó para avivar el fuego, contento de ver que lo conseguía, así como de tener un pretexto para apartar la vista de Hester.

—Pobre Katrina —dijo en voz alta—. La traicionó

por todos los flancos. Primero resulta ser un ladrón, luego la deja por otra mujer, y cuando ella le planta cara, la mata. —No le resultó fácil terminar la frase.

—Pero tendrás que demostrarlo, ¿verdad? —dijo Hester en voz baja—. No vas a abandonar...

—¡Claro que no! —prometió Monk, levantándose—. No pude salvarla, ¡pero por Dios que veré que se le haga justicia!

—Ojalá eso sirviera de consuelo —dijo Hester. Dio un paso hacia él casi con vacilación y entonces, con suma dulzura, apoyó la cabeza sobre su hombro y lo abrazó con cuidado, como si estuviera herido y temiese hacerle daño.

Monk, en efecto, estaba dolido, pero se trataba de un dolor tan profundo que no había modo de llegar a él. El amor de Hester le resultaba un bien tan infinitamente precioso que habría dado cualquier cosa con tal de no perderlo, pero no tenía nada que dar, ningún trato que hacer. Alzó las manos y le acarició el pelo y el cuello, y la estrechó entre sus brazos.

Monk durmió hasta tarde. Hacía mucho que no se acostaba en su propia cama con Hester a su lado y un poco de paz interior, aunque sólo fuese la paz propia del agotamiento y de saber que ya no podía hacer nada más para ayudar a Katrina Harcus. En cuanto a vengarla, se trataba de un asunto distinto. También era importante, pero no estaría solo. Runcorn no cejaría. Monk estaba dispuesto a echarle una mano en cuanto se presentara la ocasión.

Cuando se levantó por la mañana se ofreció para limpiar el hornillo y encenderlo para el desayuno. Hester aceptó, no sin cierta sorpresa. Monk la descargaba con gusto de las tareas más pesadas, aunque no era un hombre especialmente hogareño. Estaba acostumbrado a que le sirvieran y lo daba por hecho, sin apenas reparar en los detalles.

Una vez solo en la cocina se afanó en separar la ceniza de los restos de carbón, pasándola con la pala al cubo correspondiente. Metió unas cuantas astillas para que el fuego prendiera deprisa, luego carbón menudo y, en cuanto lo tuvo bien encendido, sacó los papeles de la camisa, donde los había escondido al vestirse, y los arrojó a las llamas. Se consumieron en un abrir y cerrar de ojos, aunque sólo eran dos cartas y, obviamente, habría más. ¿Quién era Emma? ¿Cómo podría dar con ella? ¿Por dónde debía empezar a buscar? Cerró la puerta del hornillo y se puso de pie, justo cuando Hester entraba desde el comedor.

—Tira bien —dijo con una sonrisa.

—¡Qué rápido! —observó con sorpresa—. Ya que eres tan hábil, tal vez debería pedirte que lo hicieras cada día.

No era más que una broma, y se relajó al constatar que recuperaban el buen humor.

—Azar —dijo Monk con ligereza—. Pura buena suerte. Puede que nunca más lo consiga.

—¡No seas tan modesto! —exclamó Hester, mirándolo de reojo.

Los papeles estaban quemados. Se sentía culpable, aunque también aliviado, al menos por el momento. Eso le daba tiempo. Todavía no sabía qué pasaría con el botón arrancado.

—¡Pensaba que admirabas la modestia! —dijo, enarcando las cejas.

Hester puso los ojos en blanco, pero estaba sonriente.

Acababan de terminar el desayuno cuando Runcorn se presentó. Estaba tenso y enojado. De entrada rechazó la taza de té que le ofreció Hester, pero acto seguido cambió de tercio y se sentó pesadamente a la mesa mientras ella iba a preparar más infusión.

—Ese hombre es un canalla —masculló. Ni siquiera se había quitado el abrigo, como si el nerviosismo le impidiera relajarse—. ¡No pararé hasta que lo cuelguen, aunque sea lo último que haga! —Fulminó a Monk con la mirada—. Es un mentiroso de la peor calaña. ¡Dice que nunca tuvo intención de casarse con Katrina Harcus! ¿Puedes creerlo?

—No —dijo Monk fríamente—. Lo que sí puedo creer es que cuando vio que tenía la oportunidad de casarse con la única hija de Baltimore, no la dejó escapar y de pronto Katrina se convirtió en un estorbo.

Runcorn se puso rígido.

—¡Lo sabías! —dijo en tono recriminatorio—. Mentiste. Por el amor de Dios, Monk, ¿en qué pensabas? ¿Qué pretendías proteger, sus sentimientos o su dignidad? ¡Está muerta! ¡Y apuesto una libra contra un penique a que la mató Dalgarno! Es...

—¡No me enteré hasta anoche cuando llegué a casa! —le interrumpió Monk, furioso con Runcorn por prejuzgarlo, con Dalgarno por ser codicioso, deshonesto y cruel, y con Katrina por amar con tanta pasión a un hombre que no era merecedor de ella ni de ninguna otra mujer.

Runcorn lo miraba con expresión de incredulidad.

—Me lo contó Hester —le espetó Monk. Al advertir que Runcorn seguía dudando, prosiguió—. Notó que algo iba mal. Le expliqué que Katrina Harcus había muerto y que todo indicaba que la había matado Dalgarno. Al oír su nombre me dijo que había ido a ver a Livia Baltimore...

—¿Por qué? —inquirió Runcorn.

—Porque al padre de Livia Baltimore lo asesinaron en Leather Lane, y todo el mundo piensa que lo hizo una prostituta —repuso Monk de manera cortante—. Eso ya lo sabías. Y resulta que Hester ha abierto una casa de socorro en Coldbath Square donde prestan asistencia médica a las mujeres que resultan heridas.

Sintió una honda satisfacción al ver primero asombro y luego admiración en el semblante de Runcorn. Recordó el cambio radical que había constatado en el ánimo de su antiguo enemigo a propósito de las mujeres forzadas a prostituirse cuando habían investigado juntos la muerte de la modelo. En esa ocasión Monk no había tenido más remedio, a pesar de su enconada renuencia, que ver una bondad en Runcorn que no cabía pasar por alto ni desdeñar. Aquello le valió su más sincero aprecio.

—De modo que fue a ver a la señorita Baltimore... —apuntó Runcorn.

Hester regresó con el té recién hecho y, sin mediar palabra, sirvió a Runcorn y le alcanzó la taza. Éste se la agradeció inclinando la cabeza, aunque sin apartar los ojos de Monk.

—Sí —dijo Monk—. Dalgarno se encontraba presente, y sus sentimientos mutuos quedaron de manifiesto.

Ambos miraron a Hester, quien asintió en silencio.

Runcorn emitió un gruñido de repugnancia que dejó muy claros tanto su ira como su desprecio.

—¿Dónde estuvo él anoche? —preguntó Monk, sabiendo que Runcorn lo habría averiguado.

El rostro de Runcorn quedó partido por una súbita sonrisa.

—A solas en su casa —dijo con suma satisfacción—. O eso sostiene. ¡Pero no puede probarlo! El criado estaba fuera, sin portero, sin visitas.

—¿De modo que pudo haber ido a Cuthbert Street?

Monk se sorprendió ante la mezcla de emociones que ese dato despertaba en él. Si Dalgarno hubiese presentado una buena coartada significaría que no era el culpable, al menos personalmente, y eso habría dejado el asunto sin resolver. No conocía a nadie más que tuviera motivos para hacer daño a Katrina. Pero también le provocaba una angustia mayor de la que hubiese esperado, pues se la imaginaba enfrentada al hombre a quien tanto había amado, viendo en sus ojos que tenía intención de matarla. ¿Lo habría sabido de inmediato? ¿Habría aguardado, de pie en la habitación, o fuera, en la terraza, incapaz hasta el último instante de creer que sería capaz de hacerlo, hasta que le puso las manos encima y notó su fuerza y tomó conciencia de que iba a caer de espaldas?

—¡Monk! —La voz de Runcorn irrumpió en sus pensamientos.

—Sí... —contestó secamente—. ¿Qué más dijo? ¿Cómo reaccionó?

—¿Ante su muerte? —La aversión de Runcorn saltaba a la vista—. Con afectada sorpresa e indiferencia. Es el canalla más frío con el que jamás he tratado. Uno hubiese dicho, a juzgar por su conducta, que se trataba de una tragedia que apenas afectaba a su vida, de un asunto lamentable por mero decoro pero que, en realidad, le traía sin cuidado. Tiene la vista puesta en pasar a ser socio de la empresa de los Baltimore, y eso es lo único que le importa. ¡Lo pillaré, Monk, te lo juro!

—Tenemos que demostrar sus motivos —dijo Monk, concentrándose en el asunto. La ira, la indignación, la lástima eran emociones muy comprensibles, pero ahora de nada servían.

—Codicia —exclamó Runcorn, sin más, como si esa sola palabra bastara para condenarlo. Cogió la taza de té y tomó un sorbo con cuidado, como si temiera quemarse.

—Eso no demuestra que la matara —señaló Monk con contenida paciencia—. Hay muchas personas codiciosas. No sería el primer hombre en haber roto su compromiso con una mujer de pocos recursos económicos a favor de una heredera, si se le presentara la oportunidad. Sin duda resulta despreciable, pero no es un crimen.

—No puede demostrar dónde estaba. —Runcorn dejó la taza e hizo chascar las puntas de los dedos y levantó el índice—. Tuvo oportunidad de ir a Cuthbert Street. Se parece a la figura que los testigos vieron en la terraza...

—¿Vieron a alguien? —preguntó Monk de repente.

—Sí. Sólo tienen una impresión general, pero coinciden en que era un tipo elegante, que iba de oscuro, y más alto que ella aunque tampoco mucho. Pero ella era una mujer bastante alta. —Runcorn levantó el dedo corazón—. Para matarla le bastaba con su peso y su fuerza. Y, por supuesto, está el botón del abrigo de hombre que ella tenía en la mano. Revisaremos toda su ropa.

Monk sintió un escalofrío y notó que empezaba a sudar. Rezó para que Runcorn no lo advirtiese. El abrigo al que Katrina le había arrancado el botón estaba colgado en el armario del dormitorio. Afortunadamente no lo había quemado con los papeles, ¡pues se le había pasado por la cabeza!

—Confiemos en que no lo haya destruido —prosiguió Runcorn—. Pero aunque lo haya hecho, la gente sabrá que tenía otro abrigo y, ¿cómo explicará su desaparición?

Monk no dijo nada. Tenía la boca seca. ¿Dónde iba a encontrar otro botón como aquél? Si acudía a un sastre, Runcorn seguramente lo descubría.

Runcorn levantó el dedo anular.

—Y ella lo había acusado de estar involucrado en un fraude. ¡Nos consta que te contrató para que lo demostraras!

Monk se humedeció los labios.

—En realidad, para que lo desmintiera —matizó.

—Y quería dejarla de lado y casarse con la heredera Baltimore —continuó Runcorn, implacable—. Me parece que hay motivos de sobra.

Hester miraba en silencio a uno y a otro.

—Sólo si demostramos el fraude con los terrenos —arguyó Monk—. Además, es probable que Livia Baltimore tenga una posición bastante desahogada, pero no puede decirse que sea una heredera.

—Lo será cuando Baltimore & Sons venda componentes a las empresas ferroviarias de la India —contestó Runcorn con vehemencia—. Eso los hará a todos muy ricos, y sólo será el principio. Ganarán dinero a espuertas.

Algo parpadeó en el cerebro de Monk y se desvaneció.

—¿Qué ocurre? —inquirió Runcorn, mirándolo con los ojos entornados.

Monk permaneció inmóvil, tratando de recuperarlo, de atrapar parte de aquello en el confín de su mente, pero ya se había esfumado.

—No lo sé —reconoció.

Un destello de ira encendió la mirada de Runcorn, pero éste enseguida entró en razón.

—Si lo recuerdas, ya me lo dirás. Mientras tanto, tengo que vincular mejor a Dalgarno con el fraude. —El tono de su voz subió un poco al final, como si esperase que Monk completara la frase.

—Te ayudaré —dijo Monk de inmediato. Fue toda una declaración. Su intención era hacerlo, tanto si Runcorn lo aprobaba como si no. En caso de que sí estuviera conforme, simplemente resultaría más fácil.

Runcorn sin duda habría terminado de registrar la casa de Katrina. ¿Habría hallado más cartas de Emma? Igual en un sobre aparecía el remite. ¿Debía atreverse a preguntarlo? ¿Con qué pretexto?

El momento de hacerlo pasó.

Runcorn le dedicó una sonrisa irónica.

—Contaba con ello —indicó a Monk. Después, sacó un fajo de papeles del bolsillo, algo más de media docena, y por un instante Monk tuvo la sensación de haber estado pensando en voz alta—. Encontré esto en casa de la señorita Harcus. —Miró a Monk sin el más leve rastro de humor en los ojos—. Son órdenes de compra y recibos de Baltimore & Sons. Realmente sospechaba de él. Tuvo que pasar sus apuros y correr serios riesgos para hacerse con esto. Era una mujer valiente con un apasionado amor por la honestidad. —Alzó la mano con los papeles—. Por más que lo amara, no iba a encubrirlo en el fraude. Y eso a pesar de que cuando empezó a sospechar todavía era su prometida y, por lo tanto, lo lógico hubiese sido pensar que con el tiempo compartiría con él el beneficio obtenido. —Meneó lentamente la cabeza—. ¿Por qué será tan tonta la gente, Monk? ¿Cómo se entiende que Dalgarno prefiriera un montón de dinero sucio en vez de una esposa como Dios manda? Siendo además una mujer muy bella, y joven.

—Precisamente porque era una mujer honesta, espero —contestó Hester en lugar de Monk—. Lo amaba no por ser como era, sino a pesar de lo que era. Quizá su orgullo le impedía aceptar ese amor. Lo que él busca es admiración.

—En ese caso, tendría que haber sido un santo —dijo Runcorn en tono de reproche—. Tal y como están las cosas, acabará en la horca por ella. Lo siento, señora Monk, pero será así. —Le entregó los papeles a Monk—. Toma, a ver si consigues encontrar algo. Yo seguiré el rastro del dinero de Baltimore y me enteraré de cuánto irá a parar a manos de Dalgarno ahora, o cuando se case con su hija. —Se volvió hacia Hester—. Gracias por el té, y disculpe las molestias.

Hester sonrió y se levantó para acompañarlo hasta la puerta.

Monk se quedó plantado en medio de la habitación con los puños apretados y temblorosos, arrugando los papeles que sujetaba con demasiada fuerza.

Monk leyó con sumo detenimiento todo lo que Runcorn le había dejado. No había ninguna carta que implicara a Dalgarno en nada que no fuera el deseo de sacar el mayor beneficio posible, y eso era moneda corriente entre los hombres de negocios. No había nada ilegal, ni siquiera una maniobra poco limpia. Lo único que mostraban los documentos era que Dalgarno estaba al corriente de todos los aspectos de la inspección y la tasación, así como de las negociaciones para adquirir los terrenos. Pero eso era parte de su deber. Al parecer, Jarvis Baltimore se ocupaba de la compra de madera, acero y otros materiales necesarios para el tendido de la vía, y Nolan Baltimore supervisaba el conjunto de la operación, al tiempo que se encargaba de tratar tanto con el gobierno como con la competencia. La rivalidad más enconada entre empresas ferroviarias había tenido lugar en los gloriosos primeros tiempos de expansión, una generación atrás aproximadamente, pero aun después de tantos años era preciso tener conocimientos, habilidad y buenos contactos para llevar a buen puerto semejantes proyectos.

Lo que le llamó la atención al revisar los papeles por tercera vez, leyendo en voz alta a Hester los datos más relevantes, fue que los montantes de los beneficios no tenían nada de exorbitantes.

—Los Baltimore deben de vivir con holgura —opinó Hester—, pero no se puede decir que esa suma sea una fortuna.

—Desde luego que no —convino Monk en tono irónico—. Al menos, tratándose de vías férreas.

Le fastidió recordar que a Dundas lo habían acusado de estafar beneficios mucho mayores que los que figuraban en los documentos. Sólo fueron retazos tan breves que se esfumaron sin darle tiempo a entenderlos. Igual no guardaban relación alguna con el caso presente, pero tal vez contuvieran la clave, el elemento que seguía faltando. Y tarde o temprano saldría a la luz lo que lo vincularía todo y le otorgaría sentido, pero eso seguía flotando fuera de su alcance, ora disolviéndose en algo informe, ora a punto de definirse. Se devanó los sesos para captarlo y se diluyó en un miedo carente de sentido.

Sin embargo, había otro temor que poseía una forma muy definida: Emma, a quien Katrina había escrito con tanta sinceridad y confianza, diciéndole que no confiaba en él. ¿Quién era y por qué no se había dado a conocer? Sin duda habría llegado a sus oídos que habían asesinado a Katrina, bien a través de amigos, de los chismorreos o incluso por medio del abogado que llevara los asuntos de la difunta. Pues a juzgar por lo que Monk había visto durante la breve visita a su casa y la ropa que solía vestir, su posición económica no podía ser mala.

Si se carteaban con tanta franqueza tenían que ser íntimas y escribirse a menudo. Seguramente habría alguna anotación entre los papeles de Katrina, si no la dirección de Emma, al menos algo que le permitiera deducir dónde vivía.

Cabía incluso que supiera más sobre Dalgarno de lo que Katrina le había referido a él, algo que Runcorn pudiera utilizar en su contra.

Tenía que visitar de nuevo su domicilio. Ahora bien, ¿sería más sensato hacerlo abiertamente, a plena luz del día, o entrar por la noche y confiar en su destreza para que no lo pillaran? En ninguno de los dos supuestos podría explicarse con sinceridad. Lo peor de todo sería que lo sorprendieran tras encontrar la dirección de Emma o alguna otra carta suya en la que hablara mal de él.

No obstante, el riesgo de no hacer nada era demasiado grande, no sólo por si Runcorn encontraba algo, sino porque, por primera vez en su vida, según recordaba, tenía los nervios tan a flor de piel como para delatarlo, ante Hester al menos, y ella era lo que más le importaba, incluso por encima de la ley.

No sabía si se trataba de la opción más valiente, pero decidió ir de día. Tendría más oportunidades de marcarse un farol si le hacían preguntas y, además, todo iría más rápido. Quería zanjar el asunto. La espera resultaba tan ardua como prepararse y hacerlo.

En la puerta del edificio de Katrina no había nadie de guardia, aunque a unos veinte metros vio a un agente haciendo su ronda. Titubeó. ¿Debía aguardar hasta perderlo de vista y luego entrar a hurtadillas, teniendo listo un pretexto por si lo sorprendían dentro? ¿O sería mejor echarle arrestos e ir a su encuentro, sin más, y mentir, alegando que tenía permiso de Runcorn para efectuar unas comprobaciones? Implícitamente lo tenía. Runcorn quería que demostrara la culpabilidad de Dalgarno.

Sólo había dos opciones, y la segunda entrañaba riesgos, pero era la mejor. Se obligó a apartar de su mente las posibles consecuencias. El miedo se reflejaría en su rostro y el policía, si era realmente bueno, lo percibiría en el acto. Así pues, caminó con paso decidido y se detuvo delante de él.

—Buenos días, agente —dijo esbozando una sonrisa, un mero gesto de cordialidad—. Me llamo Monk. Tal vez me recuerde de la noche en que mataron a Katrina Harcus. —Advirtió con alivio que el hombre lo recordaba—. El señor Runcorn ha solicitado mi colaboración, ya que yo conocía a la víctima y estaba trabajando en un caso para ella. Necesito entrar en la casa otra vez y efectuar un nuevo registro. No es preciso que usted me ayude. Sencillamente quería informarle para que no se sorprendiera de verme por aquí.

—Muy bien, señor. Gracias —dijo el agente asintiendo con la cabeza—. Si me necesita, estaré cerca.

—Bien. Mandaré a alguien a buscarlo si surge algún imprevisto. Buenos días.

Antes de que el agente percibiera su nerviosismo, se volvió y echó a andar hacia la casa tan deprisa como se atrevió. No tenía llaves. Debería forzar la cerradura y colarse al interior, pero ése era un arte que le había enseñado un experto, antes del accidente, y no había perdido la habilidad.

Entró en el edificio en cuestión de segundos y subió al piso de Katrina. Aún le llevó menos tiempo forzar el cerrojo de su puerta, y en un abrir y cerrar de ojos se encontró en el apartamento. Una sensación de tragedia se cernió sobre él al percibir el silencio y la finísima capa de polvo sobre las superficies de madera a la luz del sol que entraba por las ventanas en voladizo. Quizás a otro le hubiese parecido simplemente el domicilio de alguien que estaba fuera, de vacaciones, pero para Monk la presencia de la muerte resultaba tan tangible como la presencia de una persona que estuviese observándolo, al acecho.

Se obligó a centrar su atención en el momento actual. No había tiempo para pensar en lo que había sucedido allí, para intentar imaginar a Dalgarno, si acaso había sido él, de pie donde ahora estaba Monk, cautivando con sus encantos a Katrina o discutiendo con ella, para después salir juntos a la terraza, las últimas palabras furiosas, el forcejeo y la caída...

Buscaba papeles, cartas, libretas de direcciones. ¿Dónde estarían? En el escritorio que Runcorn ya había registrado o en algún otro lugar semejante. Fue presuroso hasta el escritorio, lo abrió y comenzó por los casilleros; luego, los cajones. Resultaba sorprendente que hubiera en ellos tan pocas cosas tratándose de una mujer que llevaba sus propios asuntos, y nada que estuviera fechado antes de unos pocos meses atrás. Era de suponer que ése era el tiempo que llevaba instalada en Londres.

No había nada más dirigido a Emma, cosa que no era de extrañar, pues con toda lógica ya se habría echado al correo. Sintió un escalofrío al pensar lo que Emma podría tener consigo. Y, al parecer, Katrina no había conservado las demás cartas de Emma, al menos no en el escritorio. Tampoco había ninguna libreta de direcciones. ¿Acaso sabría tan bien la de Emma que no necesitaba tenerla anotada?

Se plantó en medio de la habitación, mirando a su alrededor. ¿En qué otro sitio podría guardar Katrina algo escrito? ¿Dónde cocinaba? ¿Tendría libros de recetas, las cuentas de la casa guardadas aparte? ¿Un diario personal? ¿Dónde solían guardar los diarios las mujeres? ¿En la mesita de noche o en el armario? Debajo del colchón, si era lo bastante íntimo.

Fue buscando con creciente desespero, procurando ser metódico, no pasar nada por alto, devolver todo a su sitio. No encontró más cartas ni una libreta de direcciones, sólo unas cuantas anotaciones culinarias como las que podría tener cualquier mujer, un libro de recetas firmado por Eveline Mary M. Austin, y breves apuntes sobre cómo lavar ciertos tejidos delicados.

Dio con el diario justo cuando estaba a punto de rendirse. Se había sentado en la cama con el rostro sudoroso, las manos agarrotadas por la frustración, cuando notó algo duro en la almohada decorativa de encaje que había en la cabecera, encima del cobertor. Metió la mano por el pliegue de la parte trasera y sacó un cuaderno de tapas duras. Supo al instante de qué se trataba y lo abrió, tragando saliva por miedo a lo que iba a encontrar. Podría ser cualquier cosa, más dudas acerca de él, palabras que demostraran la culpabilidad de Dalgarno o incluso la de un tercero, o nada que fuera a resultarle útil. Y aborreció la sensación de intrusión. Los diarios solían ser íntimos y tremendamente confidenciales. No deseaba saber qué contenía, pero no le quedaba otro remedio.

En la guarda figuraba una dedicatoria: «A mi queridísima Katrina, de tu tía Eveline.» Echó una ojeada a las páginas. La primera fecha tenía más de diez años, y las anotaciones eran más bien esporádicas: unas veces contenían poco más que una fecha, otras ocupaban una página o un poco más, hasta dos, cuando aludía a acontecimientos de gran importancia para ella. Monk no disponía de tiempo para leerlo todo y se concentró en las entradas más recientes, en especial a partir de la irrupción en escena de Dalgarno.

Se sintió culpable al leer lo que en algunos casos eran los pensamientos íntimos de una muchacha sobre las personas que formaban parte de su vida y las emociones que despertaban en ella, aunque con frecuencia el texto resultaba tan críptico que sólo podía adivinar, y prefería no hacerlo. Se imaginó cómo se habría sentido si alguna vez hubiese consignado sus pensamientos por escrito de aquel modo y un buen día hubiese encontrado a un perfecto desconocido leyéndolos.

Halló la carta de Emma casi al final. Presentaba la misma caligrafía apretada e inclinada de la que había destruido. Era bastante menos concreta, mero reflejo de una afinidad general, como en respuesta a una carta de Katrina a la que no fuese preciso aludir para comprender los sentimientos contenidos en la contestación.

La leyó dos veces y volvió a doblarla, la metió en el diario y éste en el bolsillo. Todo indicaba que Runcorn no lo había encontrado, de modo que no lo echaría en falta. Lo leería más tarde para ver si contenía algún indicio que lo llevara hasta Emma.

A la media hora de haber entrado, se encontraba de nuevo en la calle, diciéndole al agente que por desgracia no había hallado nada interesante, para luego desearle un buen día y dirigirse con presteza hacia la calle principal.

La noticia apareció en la última edición de la tarde: «Michael Dalgarno detenido por el brutal asesinato de Katrina Harcus. Nueva tragedia para Baltimore & Sons.»

Runcorn debía de pensar que tenía lo suficiente como para ir a juicio. ¡Dios quisiera que estuviera en lo cierto!

Pero Runcorn no estaba del todo seguro. Monk lo vio claro en cuanto habló con él a la mañana siguiente, a pesar de que el policía lo negara. Estaban en el despacho de Runcorn; había papeles esparcidos por el escritorio, y el sol entraba por la ventana, dibujando un estampado brillante en el suelo.

—¡Claro que es suficiente! —repitió Runcorn—. Estaba defraudando a los inversores de Baltimore & Sons, y Katrina Harcus lo sabía. Ella se lo dijo y le suplicó que dejara de hacerlo. Tenía dos motivos para querer verla muerta. —Levantó dos dedos—. Cerrarle la boca a propósito del fraude, del que era harto posible que ella tuviera pruebas y que él las destruyera, pues bien que fue lo que te dijo. Y porque ahora tenía la oportunidad de casarse con Livia Baltimore, quien no tardaría en ser una mujer muy rica. —Miró a Monk con aire retador—. Y en cuanto a si tuvo algo que ver con la muerte de Nolan Baltimore, lo más probable es que nunca lo lleguemos a saber, aunque es posible. —Inspiró sonoramente y levantó un tercer dedo—. A eso hay que añadir que no puede demostrar dónde se encontraba a la hora de la muerte. Dice que en casa, pero no hay nadie que pueda jurarlo.

—¿Y la capa? —preguntó Monk, arrepintiéndose acto seguido. Runcorn se acordaría del botón, y él no había destruido su abrigo ni había tenido la ocasión ni el coraje de buscar, en todo caso, un botón de recambio.

Runcorn suspiró irritado.

—Ni rastro —contestó—. No encuentro a nadie que lo haya visto con una capa que se parezca a ésa. Tenía una para asistir a la ópera. —Su tono de voz daba a entender cuál era su opinión al respecto—. Pero aún la conserva.

Monk quedó decepcionado.

—Tampoco hay nada sobre el botón —prosiguió Runcorn—. Todos sus abrigos y chaquetas están en perfecto estado, y su criado asegura que no falta ninguna prenda.

—Entonces, todo depende de que en efecto haya

fraude —señaló Monk. Detestaba tener que decirlo, pero era la pura verdad—. Y eso no podemos demostrarlo.

—¡La tierra! —exclamó Runcorn malhumorado y agresivo, adelantando el mentón—. ¡Me dijiste que allí hay conejos, que los viste con tus propios ojos! ¿Existe alguna especie de conejo capaz de abrir túneles en una colina que un equipo de peones no pueda volar con dinamita? ¡Por el amor de Dios!

—¡Claro que no! Al menos, eso espero —dijo Monk con ironía—. Pero aunque hubiese una ganancia un tanto abultada como resultado de desviar la línea, no se debería a que Dalgarno fuese dueño de las tierras por donde la hicieran pasar.

—Si no se obtiene un beneficio, ¿por qué molestarse en hacerlo? —inquirió Runcorn.

Monk hizo acopio de paciencia.

—No he dicho que no obtuviera un beneficio, sólo que éste no iría a parar a manos de Dalgarno, ya que no es el propietario de esas tierras. Ni él ni ninguno de los Baltimore. Puede que lo que haya habido sea un soborno. Que alguien pagara un buen dinero para que la vía no pasara por su propiedad, si bien no tenemos ninguna prueba de ello, y no creo que Katrina la tuviera. Al menos, no me dijo nada al respecto... —Se interrumpió.

—¿Qué pasa? —dijo Runcorn enseguida—. Dímelo, Monk. ¡Te has acordado de algo!

—Me parece que Katrina sabía algo más que aún no me había contado —admitió.

—¡Pues ya lo tenemos! —exclamó Runcorn, y se le iluminó el rostro—. ¡Ésa era la prueba que iba a darte, sólo que Dalgarno la mató antes de que lo hiciera! Quiso intentar convencerlo una vez más para que renunciara a sus planes...

—¡No tenemos ninguna evidencia de eso! —dijo Monk.

—¡Escúchame! —Runcorn apretó el puño y faltó poco para que golpeara la mesa—. ¡Este fraude es una copia del primero, por el que se encarceló a Arrol Dundas hace dieciséis años!

Monk notó que se ponía tenso.

—Eso parece —dijo en voz muy baja.

—Y del que Nolan Baltimore tuvo que tener conocimiento, bien cuando ocurrió, bien cuando se desveló durante el juicio. ¿Estamos? —presionó Runcorn.

—Sí...

—Muy bien. Pues ese Dundas no era ningún idiota. Se salió con la suya durante bastante tiempo; de hecho, le faltó poco para salir bien librado. Nolan Baltimore lo sabía todo al respecto y es muy probable que Jarvis Baltimore también, igual que Michael Dalgarno. A fin de cuentas, eso forma parte de la historia de la empresa. Averigua dónde metió la pata Dundas, Monk. Averigua todos los detalles, uno por uno.

—Eran sus tierras —dijo Monk en tono cansino—. Las compró antes de que desviaran el ferrocarril y después se las vendió muy caras, tras falsificar el informe topográfico en lo referente a la altura y la composición geológica de la colina.

—¿Y ahora Baltimore & Sons está haciendo exactamente lo mismo, desviando la vía otra vez? —Runcorn abrió los ojos con expresión de incredulidad—. ¿Y se supone que debo creer que se trata de una mera coincidencia? ¡Tonterías! Dalgarno lo sabía todo la primera vez, y ahora estaba valiéndose exactamente del mismo ardid..., por una muy buena razón. En alguna parte hay un beneficio para él, y Katrina descubrió cómo probarlo. Sabes sobre vías férreas, sabes sobre banca, así que averígualo, ¡y que sea antes de ir a juicio! Me encargaré de que tengas el dinero necesario para el viaje a Liverpool o donde tengas que ir. Pero regresa con pruebas.

Monk no estaba en condiciones de rehusar. Se lo debía a sí mismo tanto como a Runcorn y a Katrina. Alargó la mano y Runcorn, tras mirarlo de hito en hito unos segundos, abrió su escritorio y sacó seis guineas que puso en su palma abierta.

—Te enviaré más si es necesario —prometió—, pero demórate sólo lo imprescindible. Querrán llevar el caso a juicio muy pronto.

—Sí —convino Monk—. Sí, me lo figuro.

Se metió el dinero en el bolsillo y salió del despacho.

9

Cuando Hester regresó a casa y encontró un mensaje de Monk en el que le explicaba que se había marchado a Liverpool pues tenía esperanzas de hallar pruebas de la culpabilidad de Dalgarno en el fraude, comprendió perfectamente por qué lo había hecho. En su lugar, hubiese procedido igual. Aun así, sintió un gran vacío en la casa y también dentro de sí. No había sido capaz de ayudarlo en aquel caso y, pese a su comprensión y explicaciones superficiales, le constaba que había profundos e intensos sentimientos que Monk no había compartido con ella, y que en su mayoría eran dolorosos.

Tal vez había estado tan absorta en los problemas relativos a Coldabth Square que no le había insistido lo suficiente para que le hablara de ellos del modo en el que él necesitaba hacerlo. A Monk le costaba trabajo hablar de la verdad porque ésta alcanzaba una parte de su vida que le dolía, y en la que temía no haber sido la clase de hombre que era ahora.

¿Por qué seguía sin confiar en que ella fuese lo bastante generosa de espíritu como para refrenar de buen grado y con sinceridad su curiosidad acerca de cosas que más valía no desenterrar? ¿Acaso una parte de él todavía pensaba que era crítica, farisaica, todas las cosas frías y amargas de las que solía acusarla antes de que ambos osaran admitir que estaban enamorados el uno del otro?

¿O era que no había logrado hacerle entender que si lo había acusado de ser arrogante, cínico y oportunista fue sólo por miedo a su propia vulnerabilidad? Había buscado una relación cómoda, un hombre a quien pudiera amar conservando su independencia. Un amor que fuese agradable, seguro, que nunca le quitara más de lo que estaba dispuesta a dar, que jamás le causara un dolor comparable a sus dichas y alegrías.

¡Él se había echado atrás por las mismas razones!

Había buscado mujeres bonitas y que se amoldaran a los deseos de los demás, que no lo desafiaran ni le hicieran daño ni le exigieran todo lo que tenía que darles y, aún más, que no se despojaran de fingimientos y escudos para alcanzar su corazón.

En cuanto Monk regresara, Hester cambiaría de actitud: se dejaría de juegos acomodaticios, cortesías y rodeos para eludir la verdad. Retomaría la pasión por la sinceridad que los había unido al principio, el compartir las cosas con tanta intensidad que el contacto, las palabras e incluso el silencio devenían actos de amor.

Pero entretanto tenía que mantenerse ocupada y qué mejor que hacer algo por las mujeres que debían dinero al usurero y recibían palizas cuando no podían pagar. Estaba casi segura de que Squeaky Robinson era el culpable. Aunque hasta que hubiese vuelto a hablar con él a fin de esclarecer los hechos, sus sospechas carecían de peso. Squeaky tenía miedo de algo. Resultaría de lo más útil saber de qué.

Hacía un día bastante templado. Apenas necesitaría un chal y mucho menos un abrigo. Las calles estaban llenas de gente hasta Tottenham Court Road, donde buscó un coche de punto.

Le apeteció comprar un refresco de menta a un vendedor ambulante, pero se lo pensó mejor y decidió no concederse el capricho. Pasó junto a un vendedor de periódicos y le llamó la atención un artículo sobre la guerra en América. Se detuvo, con aire culpable, lo bastante para leer el principio del artículo, recordando con vívido horror la ocasión en que se había visto atrapada en la primera batalla de aquella contienda. Al parecer, las fuerzas de la Unión habían quedado profundamente avergonzadas al descubrir que los cañones que defendían kilómetros de frente más allá de las fortificaciones confederadas en realidad no eran más que maderos pintados. Los artilleros se habían retirado hacia el sur bastante tiempo antes.

Sonrió ante aquella ironía. Avivó el paso otra vez y encontró un coche de punto en la esquina siguiente.

El único motivo para pasar por la casa de socorro de Codbath Square era decirle a Bessie lo que tenía previsto hacer, de modo que pudieran ir en su busca en caso de necesidad, y también para que alguien supiera de su paradero. Era lo máximo que podía hacer para garantizar su seguridad. No era que pensase que Squeaky Robinson supusiera una seria amenaza, pues carecía de motivos para querer hacerle daño, ya que en apariencia ambos estaban en el mismo bando, o eso creía él. Aun así, todas las precauciones eran pocas.

A Bessie no le gustó la idea. Se cruzó de brazos y apretó los labios.

—Bueno, sólo puedo decir que si no está de vuelta sana y salva en dos horas, y sé cómo contar el tiempo, ¡iré en busca del agente Hart! ¡Y no me andaré con rodeos! Le diré adónde ha ido y por qué. ¡Se lo juro! ¡Y en menos que canta un gallo habrá dado con usted! ¿Sabe que le cae muy bien? —añadió con fiereza, como si se tratara de una amenaza. A pesar de ello, el hecho de que Bessie estuviera dispuesta a hablar con un policía, y encima a confiarse a él para pedirle ayuda, era una prueba elocuente de la gravedad que a su juicio revestía la empresa.

Satisfecha de que Bessie hubiese manifestado su preocupación, Hester le dio las gracias y, con la cabeza envuelta en el chal pese al sol, se encaminó a Portpool Lane.

Squeaky la recibió con frialdad, sentado muy rígido en su sillón, detrás del escritorio. Una bandeja con unas tazas y una tetera ocupaba el único hueco despejado de papeles. Llevaba las gafas apoyadas en la punta de su larga nariz y tenía los dedos manchados de tinta. Parecía sumamente descontento. Tenía el pelo alborotado, como si se lo hubiese estado tocando con las manos sin parar.

—¿Qué quiere? —preguntó con brusquedad—. ¡No tengo nada que decirle! ¡No he visto a Jessop!

—Yo sí —dijo Hester enseguida, sentándose al otro lado del escritorio y arreglándose la falda con elegancia, como dando a entender que pensaba quedarse un rato—. Sigue ávido de dinero... y no podemos dárselo.

—¡Nadie tiene dinero! —exclamó Squeaky con resentimiento—. ¡Y yo menos que nadie, de modo que no me mire! ¡Corren tiempos duros! Usted debería saberlo muy bien.

—¿Yo? ¿Y por qué, si puede saberse? —preguntó Hester haciéndose la inocente.

—¡Porque sabe de sobra que no hay un alma en las calles! —le espetó Squeaky—. ¡Esos encopetados están comenzando a ir a otras partes en busca de sus placeres! ¡Vamos a acabar todos en un asilo de pobres, delo por hecho!

Era una exageración. Robaría mucho antes de permitir que sucediera semejante desastre, aunque había un matiz subyacente de pánico en su voz que era del todo real.

—Me consta que la situación es grave —reconoció Hester muy seria—. Las presiones políticas hacen que siga habiendo policías por todas partes, aunque en realidad nadie confía en que vayan a descubrir quién mató a Baltimore.

Una curiosa expresión cruzó su semblante, una especie de ira contenida. ¿Por qué? Si sabía quién lo había hecho, ¿cómo era que no informaba a la policía, en secreto, por supuesto, y acababa de una vez con todo aquello? Así tanto él como los demás podrían volver a la normalidad.

Sólo había una respuesta posible: porque de un modo u otro él se vería implicado, o al menos su establecimiento. ¿Acaso protegía a sus mujeres, aun a costa del negocio? A Hester le costaba mucho creerlo. Utilizaba a las mujeres hasta que perdían su valor, y entonces se desentendía de ellas, tal como hacían todos los proxenetas. Sólo eran bienes.

Aunque los suyos eran unos bienes particularmente valiosos, difíciles de reemplazar. No le bastaba con salir a buscarlos a la calle, sino que tenían que caer en su trampa.

—No lo descubrirán —dijo Squeaky con sorna, aunque con creciente tensión, mientras la observaba con el mismo detenimiento que ella a él—. Si tuvieran la más remota idea ya tendrían el caso en el bote —prosiguió—. Están aquí para complacer a algún maldito ricacho indignado porque una fulana se ha atrevido a pagar con su misma moneda.

Había odio en su mirada, aunque Hester era incapaz de saber hacia quién.

¿Qué habría sido de la mujer que había matado a Baltimore, si en efecto se trataba de una mujer? ¿O sólo le había asestado un golpe, y tal vez soltado un par de gritos, y alguien como el aspirante a mayordomo de Squeaky era quien realmente lo había matado? Quizás incluso involuntariamente, durante una pelea en lo alto de la escalera, en el transcurso de la cual Baltimore había perdido el equilibrio y había caído.

—Alguien estará protegiéndolo —dijo en voz alta, callando acto seguido ante el ademán de negación de Squeaky—. ¿Piensa que no?

—¿Cómo voy a saberlo? —dijo Squeaky, inexpresivo—. Es posible.

—Pues no estaría de más que lo averiguara —repuso Hester, mirándolo fijamente—. ¿Quiere que lo tomen por incompetente, o por estúpido? —agregó, para dejarlo bien claro por si no la había entendido.

Squeaky se puso rojo de ira, o tal vez de vergüenza.

—Tiene una reputación que conservar —añadió Hester.

—¿Qué es lo que quiere? —le espetó Squeaky, quien apenas podía dominar sus nervios—. No estoy en situación de pararle los pies a Jessop, eso ya se lo dije. Si quiere que alguien le atice un poco para que sea más considerado, ¡le costará dinero! Me trae sin cuidado que lo tenga o no, no va a obtener nada a cambio de nada.

Hester se daba cuenta de que no lo empujaba sólo la avaricia, sino también el miedo. Pero ¿miedo a qué? A la policía, no, desde luego, pues estaba muy lejos de resolver el caso. Lo sabía por el agente Hart. ¿Miedo al hombre en la sombra que prestaba dinero a muchachas y luego las obligaba a prostituirse para devolverlo? Un hombre capaz de hacer eso debía de ser un socio cruel y posiblemente peligroso. ¿Estaría amenazando a Squeaky para que obtuviera los beneficios acostumbrados pese a las circunstancias?

Hester esbozó una sonrisa. La idea del aspirante a mayordomo poniéndole un ojo morado a Jessop para meterle el miedo en el cuerpo resultaba bastante atractiva.

Squeaky la observaba como el gato observa al ratón.

—¡Cinco libras! —dijo.

Se trataba de una suma relativamente modesta. A Margaret no le costaría reunirla. ¿Por qué se ofrecía Squeaky a hacer algo semejante por sólo cinco libras? ¿De verdad era tan exigente su socio? Por tratarse de un usurero, su mercancía era el dinero. ¿Tan mal le iban las cosas como para que cinco libras tuviesen valor?

—¿Para usted, en su posición? —preguntó Hester.

—¡Para mí! —espetó Squeaky—. Él... —De pronto el desdén y la burla se desvanecieron de su rostro, y se dio por vencido—. Para mí —repitió.

Pasaron un par de segundos antes de que Hester se diese cuenta de lo que Squeaky decía, y entonces lo comprendió todo de golpe: estaba solo. Por alguna razón, su socio lo había dejado. Ésa era la clave de su pánico: el hecho de no saber cómo llevar el negocio sin la ayuda de nadie.

La extravagante idea que se le había ocurrido en casa de Marielle Courtney cobró consistencia hasta convertirse casi en una certeza. Nolan Baltimore había sido el socio de Squeaky, y su muerte, bien por asesinato o por accidente, había dejado a Squeaky sin nadie que se ocupara de la parte del negocio que correspondía a la usura.

Necesitaba un nuevo socio, alguien que tuviera acceso a la clase de muchachas de modales refinados que pudieran incurrir en deudas, para ganarse su confianza y con la visión para los negocios que se precisaba para prestarles dinero e insistir en cobrar de aquel modo.

Tuvo una idea aún más singular. Era atrevida, pero quizá diese resultado. Si le salía bien, resolvería el problema. No revelaría quién había matado a Baltimore ni haría que la policía dejara en paz al vecindario, pero para su sorpresa constató que no era eso lo que más le importaba. Si Baltimore había sido el usurero y al mismo tiempo cliente de su terrible negocio, desde luego no lloraría su muerte.

—Tomaré en consideración su oferta, señor Robinson —dijo con aplomo. Se puso en pie. Ahora que se había trazado un plan, se moría de ganas de ponerlo en práctica.

Squeaky se mostró vagamente esperanzado. ¿Era por el dinero o por la perspectiva de ver al pesado de Jessop asustado de verdad? Tanto daba.

—Ya me dirá qué decide —concluyó con un amago de sonrisa.

—Así lo haré —prometió Hester—. Buenos días, señor Robinson.

Hester tuvo que aguardar hasta última hora de la tarde para plantearle su idea a Margaret. Una vez terminadas las tareas iniciales de la casa, Alice y Fanny descansaban, bastante recuperadas; de hecho conversaban entre sí y se las oía reír tontamente de vez en cuando. Hester se sentó con Margaret para tomar una taza de té y ya no pudo contenerse por más tiempo.

Margaret la miró incrédula, con los ojos como platos.

—¡Nunca lo hará! ¡Nunca!

—Es posible que no —reconoció Hester, alcanzando la mantequilla y la mermelada para untar su tostada—. Pero, si aceptara, podría dar resultado, ¿no crees?

—Si... piensa que...

Margaret se resistía a admitirlo, pero estaba radiante de emoción, con las mejillas sonrosadas.

—¿Me acompañará a probar suerte? —le preguntó Hester.

Margaret titubeó. Su entusiasmo era obvio, pero también el miedo a la vergüenza y el fracaso. Igual la considerarían demasiado descarada, dando pie a un rechazo que le dolería más de lo que estaba preparada para aceptar.

Hester aguardaba.

—Sí —convino Margaret. Pareció a punto de retractarse, pero suspiró y bebió un sorbo de té.

—Bien —dijo Hester con una sonrisa—. Iremos por la mañana. Nos encontraremos en Vere Street a las nueve.

No dio ocasión a Margaret para cambiar de parecer. Se levantó y, llevándose la tostada consigo, fue a hablar con Fanny, como si el asunto ya estuviera zanjado y no hubiera más que hablar.

La mañana era luminosa y fría, y Hester se vistió muy elegante; con un vestido liso azul marino y un abrigo. Tomó un coche de punto para ir a Vere Street y llegar justo antes de las nueve. Le constaba que Margaret sería puntual y que estaría temblando a causa de la inquietud. Sus sentimientos la preocupaban, pero, aparte de eso, no quería darle ocasión de batirse en retirada.

En realidad, Margaret llegó tarde, y Hester había comenzado a caminar impaciente de arriba abajo cuando por fin un coche de punto se detuvo y Margaret, ataviada con mucho gusto, se apeó con una torpeza nada propia de ella.

—¡Lo siento! —se apresuró a disculparse tras pagar al cochero—. Había un tráfico espantoso. Unos carruajes han chocado en Trafalgar Square y a uno se le ha roto el eje. Los conductores se han puesto a gritar como energúmenos. Menudo lío. ¿Llegamos...?

—Sí —repuso Hester, demasiado aliviada como para enfadarse—. ¡Llegamos tarde! ¡Vamos! —Y tomando a Margaret del brazo se encaminó hacia el bufete de Rathbone.

En realidad llegaban muy pronto, tal como Hester había previsto. La alivió sobremanera saber que Rathbone no tenía que ir a los juzgados aquella mañana y que, si aguardaban, les harían un hueco para que las atendiera después del primer cliente del día, quien tenía concertada una cita a las nueve y media, justo a la hora en que el pasante esperaba la llegada de Rathbone.

Así pues, las invitaron a pasar a su despacho poco después de las diez, aunque Hester tuvo la sensación de que si Margaret no la hubiese acompañado, quizás habría tenido que aguardar más.

Rathbone fue a su encuentro para recibirlas, sin saber muy bien a quién dirigir la palabra primero. Fue un instante tan breve de vacilación que Hester apenas lo percibió, aunque conocía a Rathbone mucho mejor que

Margaret y no se dejó engañar. Se dirigió a Hester, debido a la larga amistad que los unía, aunque su primer impulso fue dirigirse a Margaret.

—Hester, qué agradable verte —dijo sonriendo—. Y eso que estoy completamente seguro de que a estas horas de la mañana tu presencia se debe a asuntos de trabajo, sin duda relacionados con la casa de socorro de Coldbath Square. —Se volvió hacia Margaret—. Buenos días, señorita Ballinger. —Un discretísimo rubor encendió las mejillas del abogado—. Me alegra que también usted haya podido venir, aunque me temo que todavía no se me ha ocurrido ningún procedimiento legal para detener a ese usurero. Y créame, lo he intentado.

Margaret le devolvió la sonrisa, mirándolo a los ojos con franqueza, hasta que de pronto cayó en la cuenta de su atrevimiento y desvió la mirada.

—Estoy convencida de que habrá hecho lo posible... —comenzó, interrumpiéndose en seco—. También nosotras hemos reflexionado bastante, y ciertos acontecimientos han hecho que las cosas cambiasen de forma considerable. Hester le contará, pues la idea es suya... Aunque yo estoy completamente de acuerdo.

Rathbone se volvió hacia Hester con las cejas enarcadas y una expresión de manifiesta aprensión mientras las invitaba a tomar asiento.

—¿Y bien?

Hester sabía que disponía de poco tiempo y que por tanto no debía andarse con rodeos ni elegir mal sus palabras. No iba a tener ocasión de enmendar un error. Estaba dispuesta a arriesgarse a exagerar un poco si era preciso. En caso de no estar en lo cierto, ya se disculparía más adelante. Se lanzó sin miramientos.

—Sé quién es o, mejor dicho, quién era el usurero —afirmó con convicción—. Se trata de una sociedad, entre un hombre que localizaba a las muchachas y les prestaba el dinero, y otro que realmente lleva el burdel y que se ocupa de la gestión diaria del negocio. Cobra los pagos e impone los castigos cuando ellas se retrasan. El que ofrecía los préstamos es el que ha muerto —agregó.

—¿Debo entender que han cerrado el negocio? —preguntó Rathbone, dubitativo—. ¿No encontrará a otro usurero, o se encargará de ese aspecto él mismo?

—Él no puede reemplazarlo —contestó Hester—. Carece de la habilidad necesaria, así como de los contactos para relacionarse con las muchachas más vulnerables. Su trabajo es regentar el burdel, y su aspecto y modales lo hacen patente. —Se inclinó un poco hacia delante—. Lo que necesita con desesperación en este momento es alguien que aparente ser todo un caballero, pero con olfato para los negocios y una buena dosis de encanto para engañar a las muchachas endeudadas de modo que acepten su dinero, creyendo que podrán devolvérselo con lo que ganen honradamente.

Hester lo observó con detenimiento para asegurarse de que estaba exponiendo la situación con claridad, pero sin ponerse en evidencia, no fuese que él se anticipase y se negara a colaborar sin darle lugar a explicar todo su plan.

—Espero que lo encuentre —dijo Rathbone falsamente atribulado, haciendo gala de un humor que Hester conocía de sobra—. Resultaría muy reconfortante pensar que no va a ser así, aunque sería poco realista. Lo lamento.

—Estoy de acuerdo —convino Hester—. Si no lo encontrase, ya no tendríamos de qué preocuparnos.

—No puedo impedírselo, Hester —dijo Rathbone muy serio—. Como tampoco me parece viable averiguar quién será el próximo. Ojalá estuviese en mi mano el hacerlo. ¿O acaso quieres decir que si nos proponemos poner fin a ese turbio negocio disponemos de muy poco tiempo para actuar? —Se mostró sinceramente preocupado—. Si supiera cómo, lo haría. Pero no servirá de mucho que tratemos de cerrar ese antro. Londres está lleno de prostíbulos, y es fácil que siempre lo esté, como sucede con todas las grandes ciudades —concluyó con expresión de disculpa. No miró a Margaret.

—Eso ya lo sé —contestó Hester en voz baja—. No soy tan idealista como para pretender cambiar la naturaleza humana, Oliver, lo único que quiero es apartar a Squeaky Robinson de este negocio en concreto.

—La señorita Ballinger ha apuntado que tienes una idea —refirió preocupado, con el ceño un tanto fruncido.

Hester no pudo evitar una chispa de humor. Rathbone había participado en alguno de sus planes con anterioridad y hacía bien al ser precavido.

—Debemos atacar antes de que encuentre un socio —dijo Hester con firmeza, rezando para expresarse de tal modo que Rathbone creyera no sólo que era posible sino perfectamente moral y razonable, ¡cosa que no resultaría fácil!

—¿Atacar? —dijo él con cautela. Echó un vistazo a Margaret, que sonrió con esplendorosa inocencia.

Rathbone se rebulló en su asiento y volvió a mirar a Hester, quien soltó un profundo suspiro. Había llegado el momento.

—Antes de que encuentre un socio por su cuenta —dijo Hester—, debemos proporcionarle uno... que, por supuesto, antes de comprometerse a nada necesitará revisar los libros...

Rathbone guardó silencio.

—Y así tendrá ocasión de destruirlos —concluyó ella.

Rathbone se mostró desconcertado.

—No te va a creer —dijo con serio pesar—. Tu fama te precede, Hester, y salvo que sea un idiota redomado, tampoco creerá a Monk.

—Oh, eso ya lo sé —convino Hester—; pero a ti te creería, a poco que te esforzaras.

Rathbone la miró sin dar crédito a lo que acababa de oír.

La única alternativa era seguir hablando.

—Tendrías que ir a verlo, con nosotras, por supuesto, y decir que podrías estar interesado en invertir un poco de dinero en una actividad suplementaria tan rentable. —Sabía que estaba yendo demasiado deprisa—. Siempre y cuando una revisión de los libros, las deudas pendientes y demás, resultase satisfactoria, también tú podrías proporcionar muchachas adecuadas en el futuro. A menudo te tropiezas con ellas en el ejercicio de tu profesión...

—¡Hester! —protestó Rathbone, horrorizado—. Por el amor de Dios... —Se volvió hacia Margaret—. ¡Tendrá que disculparme, señorita Ballinger, pero jamás me involucraría en un asunto de usura y prostitución! Como tampoco toleraría el brutal castigo de personas incapaces de saldar sus deudas...

—¡Oh, pero no tendría que hacerlo! —dijo Margaret con sinceridad—. Sólo tendría que ir allí una vez. —Sostuvo la mirada de Rathbone—. Me figuro que los abogados tratan a menudo con personas de dudosa reputación. ¿Cómo iba si no a defender a los acusados de cometer un crimen, tanto si son culpables como inocentes?

—Sí, pero eso... —protestó él.

La sonrisa de Margaret iluminó su rostro con una dulzura y afecto inequívocos. Le habría resultado imposible disimular su admiración por él aunque se lo hubiese propuesto, y en aquel momento estaba totalmente ajena a todo lo demás.

—Si alguien se enterase y lo sacara a colación, llegado el caso podría exponer con toda franqueza los motivos de su presencia allí —razonó con sentido común—. ¿Qué mejor justificación que intentar apartar a muchachas perfectamente honestas de una vida en la calle?

Rathbone no pudo ocultar su confusión, tanto intelectual como emocional. Hester, que lo conocía muy bien, lo percibió con toda claridad.

—Eso no es exactamente lo que están proponiéndome —señaló Rathbone de mala gana, mirando alternativamente a Hester y a Margaret—. ¿Tengo que ir a ver a ese tal... Squeaky?

—Sí... Squeaky Robinson —confirmó Hester.

—¿Y ofrecerme como socio usurero y proxeneta? —añadió Rathbone.

—¡Sólo ofrecerte! —puntualizó Hester, como si fuese la cosa más razonable del mundo—. ¡No hacerlo de verdad!

—La diferencia entre intentarlo y llevarlo a cabo resultará difícil de demostrar —dijo Rathbone con un dejo de sarcasmo.

—¿Ante quién? —arguyó Hester—. ¿Quién va a saberlo, aparte de Squeaky Robinson, que no estará en posición de tomar represalias, y de Margaret y yo misma, que te quedaremos eternamente agradecidas? Además, huelga decir que nos consta cuáles son tus principios morales.

—Hester, esto es...

—Ingenioso y desagradable —terminó Margaret por él—. Tiene razón. —Su voz transmitía comprensión y decepción. Sus ojos, muy abiertos, estaban llenos de amabilidad, como si supiera que había esperado demasiado.

Rathbone se sonrojó. De pronto fue enteramente consciente de que ella y Hester trabajaban en Coldbath Square casi a diario, sin importarles la suciedad, el peligro ni el riesgo para su reputación.

—¿Cuándo tienen planeado hacer esto? —preguntó con vacilación.

—¡Esta noche! —respondió Hester sin titubeos.

Margaret sonrió esperanzada y no dijo nada.

—¡Esta noche! Yo... —Rathbone estaba perplejo—. Yo...

—Gracias —murmuró Hester.

—¡Hester! —protestó Rathbone, aunque ya se había dado por vencido, y los tres lo sabían.

A Margaret le brillaban los ojos y se le encendieron las mejillas, aunque nadie hubiese sabido decir si era por previsión de la posible victoria que los aguardaba aquella misma noche, o por saber que Rathbone había sucumbido, en gran medida, debido a ella.

Hester se puso de pie y tanto Margaret como Rathbone hicieron lo mismo.

El tiempo pasaba volando, pero aparte de eso lo más sensato era retirarse antes que el triunfo se convirtiera en derrota por culpa de una observación irreflexiva de más.

—Muchísimas gracias —dijo Hester con sinceridad—. ¿Dónde prefieres que nos encontremos? No me parece que Coldbath Square sea el lugar más adecuado.

—¿Qué les parece Fitzroy Street? —propuso Margaret—. Puedo estar allí a la hora que les parezca.

—En ese caso, me reuniré con ustedes a las nueve en punto —repuso Rathbone. Miró a Hester con una sonrisa sardónica—. ¿Cómo se viste uno para comprar acciones de un burdel?

Hester contempló su elegante traje gris y la camisa blanca con la corbata perfectamente anudada.

—Yo que tú no me cambiaría. Vestido así creerá que tienes dinero e influencias.

—¿Y qué pasa con la codicia, la inmoralidad y los gustos pervertidos? —preguntó él, torciendo apenas los labios.

—No hay ningún atuendo para eso —respondió Hester con gravedad—. Por desgracia.

—*Touché* —murmuró Rathbone—. Hasta las nueve. Me figuro que entonces ya me diréis qué más debo saber.

—Sí, por supuesto. Gracias, Oliver. Adiós —concluyó Hester.

Rathbone hizo una leve reverencia.

—Adiós.

Hester y Margaret se alejaron de Vere Street caminando muy juntas, con la cabeza bien alta, sin hablar, cada una sumida en sus propios pensamientos. Hester supuso que los de Margaret serían sobre Rathbone, tal vez llevada por la emoción más que por la razón. Los suyos también eran de índole emocional, pues ahora tenía claro que tanto si Rathbone lo sabía como si no, se estaba enamorando de Margaret Ballinger tanto o más de lo que antaño lo había estado de ella misma. Sintió una intensa mezcla de pesar y placer, aunque le constaba que muy pronto éste prevalecería.

Para cuando el coche de punto se detuvo en Farringdon Road justo después de las nueve y media, Hester, Margaret y Rathbone sabían exactamente qué papel iba a interpretar cada uno en lo que esperaban que fuese la ruina del negocio de Squeaky Robinson.

Se apearon y recorrieron un breve trayecto bajo la luz irregular de las farolas, pasando por Hatton Wall y Leather Lane, hasta la oscuridad de Portpool Lane a la sombra de la fábrica de cerveza. Ninguno de ellos habló, y se concentraron tanto en lo que iban a decir como en el modo en que asumirían sus diversos papeles.

Hester estaba nerviosa. Le había parecido una idea brillante cuando se le ocurrió. Ahora que estaba a punto de hacerse realidad, se dio cuenta de que todas las dificultades que había tenido que vencer para persuadir a Margaret primero y después a Rathbone ya no importaban.

Los condujo por el callejón, que seguía notablemente limpio de basura, y luego escaleras arriba hasta la puerta del burdel. Como de costumbre, abrió el hombre con el viejo uniforme de mayordomo.

—Usted otra vez —saludó mirando a Hester, más

bien descortés. Luego miró más allá y vio a los otros dos. Su semblante se ensombreció—. ¿Quiénes son? —inquirió.

—Amigos míos —respondió Hester en tono firme—. El caballero se dedica a negocios que quizás interesen al señor Robinson. Estoy al corriente de ciertas... —titubeó con delicadeza— necesidades presentes. Más vale que me anuncie.

El portero estaba autorizado a tomar decisiones; su rostro lo hacía patente. También era más que probable que tuviera pleno conocimiento de los problemas ocasionados por la muerte de Baltimore. Casi seguro que él mismo había trasladado su cuerpo hasta el establecimiento de Abel Smith. Abrió la puerta de par en par, no sin manifestar en su semblante cierto aire de sorpresa.

—Entonces será mejor que entren —dijo—, pero no se tomen confianzas. Voy a ver si el señor Robinson puede recibirlos.

Los dejó en la pequeña habitación lateral donde Hester había aguardado la vez anterior. No había espacio ni sillas suficientes para que los tres se sentasen.

Rathbone miró con curiosidad alrededor y arrugó la nariz en gesto de desagrado.

—¿Viniste aquí sola, Hester? —dijo sin ocultar su preocupación.

—Pues sí, claro —respondió ella—. No había nadie para acompañarme. No pongas esa cara. No me pasó nada malo.

—¿Lo sabía Monk? —preguntó.

—¡No! ¡Y confío en que no se lo cuentes! —exclamó Hester con vehemencia—. Ya lo haré yo, cuando llegue el momento oportuno.

Rathbone esbozó una sonrisa.

—¿Y cuándo será eso?

—Cuando el asunto haya concluido —repuso Hester—. Como bien sabes, no siempre es buena idea contarlo todo a todo el mundo. A veces una debe reservarse la opinión.

Rathbone le lanzó una mirada significativa.

—Hester es muy valiente —señaló Margaret—. Mucho más que yo..., en algunas cosas.

—¡Espero que usted sea más sensata! —exclamó Rathbone.

Margaret se sonrojó y bajó la mirada, pero sólo por un instante.

—Me parece que no debería criticar a Hester, sir Oliver —dijo—. Hace lo que tiene que hacer para proteger a personas que no cuentan con nadie más que vele por sus intereses. El hecho de que en algunos casos hayan cometido errores de juicio no las hace diferentes del resto de nosotros.

Rathbone sonrió. Fue un gesto cálido y encantador.

—No le falta razón. Sólo que no estoy acostumbrado a que las mujeres corran semejantes riesgos. El miedo por ella es lo que me ha hecho hablar así. Me cuesta mucho aceptar que mi desasosiego tal vez la preocupe, pero que sin duda no la detendrá.

—¿Preferiría que así fuese? —inquirió Margaret.

Rathbone meditó unos instantes.

Hester aguardó, sorprendentemente interesada en la respuesta de su amigo.

—No —dijo Rathbone por fin—. Hubo un tiempo en que sí, pero ya he aprendido la lección.

Margaret devolvió la sonrisa a Rathbone y enseguida apartó la vista, al advertir el modo en que éste la miraba.

El mayordomo regresó.

—Vengan conmigo —dijo, al tiempo que señalaba con la cabeza hacia el pasillo, para adentrarlos acto seguido por la maraña de corredores y escaleras.

Squeaky Robinson estaba sentado en la misma habitación donde había recibido a Hester la vez anterior. Lo rodeaban montones de papeles y había una lámpara de gas encendida que arrojaba un haz de luz amarilla sobre el escritorio. La bandeja con el servicio de té también estaba allí. El cansancio de Squeaky rayaba en el agotamiento. Presentaba la tez cetrina y oscuras ojeras. De haberse dedicado a un negocio corriente, Hester se hubiese apiadado de él, pero tenía demasiado presentes a Fanny y a Alice, y a otras como ellas, como para permitirse tal sentimiento.

Squeaky se levantó muy despacio, echando un breve vistazo a Hester pero con la atención puesta en Rathbone. Apenas si reparó en Margaret. Tal vez las mujeres le resultaran en buena medida invisibles cuando no las inspeccionaba como mercancía.

—Buenas noches, señor Robinson —saludó Hester con tanta calma como pudo—. Vengo con este caballero, cuyo nombre no es preciso que conozca aún, porque está interesado en invertir dinero en un negocio que se aparte un poco de lo normal, con vistas a obtener un rendimiento rápido y seguro. También sería conveniente que éste pasara inadvertido a los inspectores de hacienda y que no tuviera que ser objeto de explicaciones ante ciertos miembros de su familia con quienes, de lo contrario, se vería obligado a compartirlo. —Señaló a Margaret—. Y esta señorita es muy buena con los números y los libros de contabilidad, un atributo muy aconsejable a la hora de analizar una posible inversión.

El rostro de Squeaky parecía el de un hombre que ha atravesado una vasta y árida planicie y por fin cree que ve agua. Contempló a Rathbone, reparando en sus inmaculados botines, en el corte impecable del traje de costoso tejido, en la camisa blanca como la nieve, en el humor y la inteligencia que reflejaba su semblante.

—Encantado, señor Robinson —dijo Rathbone sin tenderle la mano—. La señora Monk me ha contado que su socio anterior sufrió un desgraciado accidente y que, por lo tanto, su puesto está ahora vacante. ¿Está en lo cierto?

Squeaky se humedeció los labios. Su indecisión resultaba patente. Cualquiera que fuese su respuesta conllevaba un riesgo intrínseco. Por un lado, igual revelaría demasiado acerca de sí mismo y, por el otro, podía perder el interés de Rathbone y con él al nuevo socio que necesitaba para sobrevivir.

Un silencio embarazoso llenaba la habitación. El edificio parecía combarse y crujir como si se asentara en el lodo invisible que lo sostenía.

Rathbone miró a Hester con impaciencia y frunció el ceño.

Squeaky lo vio.

—¡Sí! —dijo abruptamente—. Murió de repente.

—Un eufemismo, sin duda. —Rathbone enarcó las cejas—. ¿No lo asesinaron?

—¡Ah!... —Squeaky tragó saliva, moviendo la nuez—. Sí. ¡Aunque no tuvo nada que ver con sus inversiones aquí! Fue un asunto personal. Una pelea... por sus... apetitos. Una verdadera lástima.

—Comprendo —dijo Rathbone como si así fuera, aunque Hester sabía que no tenía la más remota idea—. En fin, eso a mí no me sucederá. No tengo intención de aprovechar sus servicios. Mi único deseo es invertir un dinero y cosechar beneficios. Aunque preferiría pensar que no tiene usted muchos clientes que sufran accidentes. No me interesa llamar la atención de las autoridades. Mi posición me permite sobrellevar la presencia policial por asesinato una vez, pero no dos.

—¡Eso no volverá a suceder! —le aseguró Squeaky—. Nunca había pasado, y me ocuparé de que no se repita. La mujer se ha marchado, se lo aseguro.

—¡Bien! —Rathbone esbozó una sonrisa—. Por el momento todo parece satisfactorio, pero, naturalmente, antes de comprometerme a nada necesito saber un poco más acerca de su negocio; por ejemplo, sobre los aspectos económicos del mismo, ingresos y gastos, balances y demás.

—¡Por supuesto, por supuesto! —Squeaky asintió enérgicamente con la cabeza—. ¡Faltaría más! Hay que ser cuidadoso.

—Yo lo soy en extremo —dijo Rathbone con una sonrisa pérfida.

Hester tuvo la súbita certeza de que Rathbone disfrutaba interpretando su papel. La despreocupada elegancia de su porte y la relajada postura de sus manos así lo daban a entender. Cuando todo hubiese terminado le tomaría el pelo por ello, aunque lo más probable fuese que jamás lo admitiera.

—Es un buen negocio —aseguró Squeaky—. Muy rentable y, por lo demás, ¡estrictamente legal! Sólo se trata de prestar un poco de dinero a personas que lo necesitan. Casi podría considerarse una obra de beneficencia. —Reparó en la expresión de Rathbone y trató de enmendar lo dicho—. Bueno..., poco importa lo que piense la gente, ¿verdad?, ¡ya que nadie lo sabrá!

—Por mí no, desde luego —repuso Rathbone con aspereza—. Y si sabe lo que le conviene, tampoco por usted.

—¡Oh, puede estar tranquilo, señor! —Squeaky asintió enérgicamente con la cabeza—. ¡Puede estar tranquilo!

—No verá un chelín de mi dinero hasta que lo esté —prometió Rathbone—. ¿Cómo entró en el negocio su difunto socio?

Hester le lanzó una breve mirada. No revestía el menor interés saber cómo se había metido Baltimore en aquello. A decir verdad, ya no le importaba saber quién lo había matado, si se trataba de una de sus propias víctimas, y no sólo por el dinero sino también por sus apetitos. En cierto modo, ya se había hecho justicia.

—Algunos caballeros tienen gustos especiales —dijo Squeaky torciendo el gesto con lascivia—. Él era uno de ellos.

—¿Suele usted confiar en esa clase de hombres? —preguntó Rathbone con indignación.

Hester se fijó en cómo cerraba los puños. Tuvo miedo de que la respuesta que ahora le diera Squeaky le hiciera difícil mantenerse en su papel de inversor. Había ido un poco demasiado lejos. ¿Debería intervenir para aliviar la tensión? Pero ¿qué decir?

—¿Montaron juntos el negocio? —intervino Hester—. ¿Es posible que fuese idea de él?

—¡Ni mucho menos! —exclamó Squeaky visiblemente molesto—. El negocio iba la mar de bien cuando él se incorporó. —Le había molestado la intromisión de Hester.

—Cuesta creerlo —dijo Hester en tono cáustico.

Squeaky la señaló con el dedo.

—Mire, señora, usted limítese a sus buenas obras en Coldbath y deje los negocios a quienes sabemos de qué hablamos. Yo tenía algo muy bueno en marcha antes de que el señor Baltimore apareciera por aquí. Sólo fue mala suerte. Mi socio de entonces, Preece se llamaba, era un tipo muy avaricioso. Intentó chantajear a uno o dos de los clientes más ricos. ¡Menuda estupidez, matar así a la gallina de los huevos de oro! Bueno está lo bueno, pero no lo demasiado. —Hizo un ademán tajante con su mano nervuda, cuyos dedos estaban manchados de tinta—. Sea como fuere, Baltimore se puso hecho una furia y se enzarzaron como boxeadores profesionales. —Frunció la boca, asqueado, aunque el recuerdo lo hizo palidecer—. Preece estaba muy gordo y le dio un ataque. Se puso de todos los colores y cayó al suelo, agarrándose el pecho. Murió justo ahí. —Miró más allá de Hester, directamente a Rathbone—. ¡Le falló el corazón! —exclamó sin mostrar afectación—. Demasiada barriga para tan poco cerebro. Fue culpa suya.

Rathbone asintió con la cabeza.

—Eso parece —convino.

Hester percibió que se relajaba tan levemente que apenas se notó. Lanzó una mirada a Margaret, que estaba en la penumbra detrás de él, y detectó alivio también en su rostro.

—En fin —prosiguió Squeaky—, yo necesitaba que alguien ocupara su lugar, y Baltimore necesitaba que el negocio siguiera abierto, por su propio interés. Éramos los únicos que ofrecíamos exactamente el servicio que él deseaba, de lo contrario hubiese tenido que empezar otra vez desde el principio, partiendo de cero, vamos. Las cosas salieron muy bien para todos.

—Hasta que él murió... —señaló Rathbone.

—¡Eso también fue culpa suya! —dijo Squeaky de inmediato—. Se puso tonto y pensó que porque tenía una participación en el negocio podía hacer lo que le viniera en gana con las chicas.

—¿Lo mató una de ellas? —preguntó Rathbone en voz muy baja.

—Sí. Pero se ha largado. Estaba desquiciada. Lo empujó por la ventana. Desde el último piso. —Se estremeció—. ¡Menudo lío! Aunque ahora todo está en orden, la policía ni siquiera sabe que sucedió aquí. —Sonrió—. Llevamos el cadáver a casa del viejo Abel Smith, como si se hubiese caído por la escalera.

—Buena jugada —observó Hester—. Tiene usted el don de sacar el máximo provecho de la mala suerte.

—Gracias. —Squeaky inclinó la cabeza.

Margaret inspiró con brusquedad.

—Ahora sólo me falta revisar sus cuentas, por favor —pidió Rathbone.

Squeaky titubeó, mirando fijamente a Rathbone como para atraer su atención mientras deliberaba. Lanzó una mirada a Hester, después a Margaret que estaba al fondo, casi inmóvil, y luego volvió a mirar a Rathbone.

Rathbone comprendió lo que quería decir al instante.

—Señorita... —Entonces cambió de parecer—. No puedo participar en un negocio sin una opinión solvente sobre la contabilidad, señor Robinson; la de una persona de mi confianza. —Esbozó una sonrisa—. Como comprenderá, no me apetece consultar este asunto con mis banqueros habituales.

Squeaky sonrió y asintió lentamente con la cabeza, dándose por satisfecho. Se volvió y fue hasta un armario que había al fondo del atestado despacho. Sacó una llave de su bolsillo, aunque siguió unida a él por una cadena, y abrió una de las puertas. Cogió un voluminoso libro de contabilidad, volvió a cerrar la puerta y lo llevó hasta la mesa.

Margaret se aproximó.

—Necesito un sitio tranquilo para revisar las cuentas —dijo con frialdad, aunque Hester notó por la tensión de sus hombros y el tono de voz más agudo de lo acostumbrado que Margaret era perfectamente consciente de que todo dependía de aquel momento—. A solas, y sin interrupciones, por favor —agregó—. Cuando haya terminado, si todo está en orden, pueden llegar al acuerdo que más les convenga.

Squeaky la miró con curiosidad. Saltaba a la vista que Margaret no era ni mucho menos como había supuesto, y quedó un tanto perplejo, pues no encajaba con su mundo.

Margaret aguardó. Nadie rompió el silencio.

Rathbone trasladó el peso del cuerpo de una pierna a la otra. Hester contuvo el aliento.

—De acuerdo —dijo Squeaky por fin. Tendió el libro de contabilidad a Margaret, quien lo tomó con manos levemente temblorosas y lo estrechó contra el pecho como una colegiala.

—Por allí —indicó Squeaky, señalando hacia un rincón del despacho donde había otra puerta medio oculta por una cortina.

—Gracias —aceptó Hester de inmediato, y para mayor alivio de Squeaky, lo dejó a solas con Rathbone.

La habitación contigua era opresivamente pequeña. Al encender la lámpara de gas vieron un ventanuco cuadrado que daba a los tejados vecinos, casi indistinguibles en el cielo nocturno.

Había una silla y una mesa desvencijada. Margaret se sentó y abrió el libro de contabilidad, y Hester se inclinó por encima de su hombro y fue leyendo con ella. Estaba escrito con una caligrafía apretada pero muy clara, y las cifras aparecían un poco inclinadas hacia la izquierda. Bastaba con echar un vistazo para que el beneficio saltara a la vista, siempre y cuando los asientos fuesen verdaderos. Pero lo que necesitaban eran los pagarés. Lo que las cuentas probasen era irrelevante. No había nada ilegal.

Margaret comenzó a pasar las páginas más deprisa y de pronto cogió el libro y lo sujetó del revés. Nada cayó.

—¡No están aquí! —exclamó con un dejo de desesperación.

—Aguardemos un poco más, como si lo hubiésemos leído todo —respondió Hester—. Entonces entraré a pedírselos. Diré que usted tiene que hacerse una idea sobre el futuro, además del pasado.

Margaret volvió a concentrarse obedientemente en las columnas, sumándolas por encima.

—Baltimore sacaba un buen provecho de esto —dijo con amargura al cabo de un rato—. Éstos parecen los pagos de Alice. —Los señaló—. Se interrumpen coincidiendo con el asesinato de Baltimore. Lo cierto es que apenas si hay asientos de pagos después de esa fecha. Sólo éste.

—Muy bien —dijo Hester con firmeza—. Es cuanto necesitaba saber. Voy a ver al señor Robinson.

Y sin llamar a la puerta volvió a entrar en la habitación donde Rathbone y Squeaky estaban sentados uno frente a otro, manteniendo lo que parecía una animada conversación. Squeaky se mostraba entusiasmado y ansioso, inclinado hacia delante, de modo que la luz daba relieve a su rostro marcado, mientras que Rathbone permanecía tranquilamente apoyado en el respaldo con una media sonrisa.

Ambos se volvieron cuando Hester entró.

—¿Qué pasa? —inquirió Squeaky.

Rathbone frunció el ceño, tratando de interpretar la mirada de Hester.

—En conjunto, parece un negocio muy rentable, señor Robinson —dijo Hester sin alterarse—. Sólo queda un asunto por aclarar.

—¿Ah, sí? —soltó Squeaky con brusquedad—. ¿Y cuál es, si puede saberse?

—Los pagos se han interrumpido últimamente, desde hace tres semanas para ser más exactos —contestó Hester.

—¿Y qué esperaba? —explotó Squeaky—. Por Dios, señora, ¡hay policías por todas partes! ¿Cómo se le ocurre que alguien pueda ganarse la vida? ¿En qué está pensando?

Rathbone se puso tenso.

—En ver pruebas escritas de que aún le deben dinero —contestó Hester con toda ecuanimidad, evitando los ojos de Rathbone—. Nadie quiere comprar un negocio en el que no haya entradas de forma regular.

Squeaky se puso de pie de un salto.

—¡Las hay! —exclamó furioso, levantando un dedo—. ¡Todavía tengo un montón de dinero por ingresar, pero nada dura siempre! ¿Por qué cree que necesito un socio? ¡Cuando esas deudas se salden, habrá que generar más! —Se dirigió de nuevo al armario de donde había sacado el libro de contabilidad, extrajo la llave del bolsillo y abrió la puerta. Metió la mano y tras hurgar unos instantes sacó un fajo de papeles. Dejó la puerta abierta de par en par y se aproximó a Hester, mostrándoselo—. ¡Mire! ¡Todo deudas! —exclamó, al tiempo que sacudía el fajo delante de sus narices.

—Estupendo —dijo Hester, resistiendo el impulso de arrebatárselo—. Las sumaremos, deduciremos un poco por... los accidentes y obtendremos una cifra que presentar.

Inclinó la cabeza hacia Rathbone, cuidándose mucho de no decir su nombre en voz alta.

Squeaky no soltaba los papeles.

Hester volvió a mirar a Rathbone.

Rathbone apretó los labios e hizo ademán de ponerse de pie.

—¡De acuerdo! —Squeaky tendió bruscamente los papeles a Hester—. Pero que no salgan de esa habitación. Valen un montón de dinero.

—Por supuesto —convino Rathbone—. De lo contrario, no estaría dispuesto a invertir en esta operación.

Hester tomó los papeles de las recelosas manos de Squeaky y fue derecha hacia la puerta, esperando oír los pasos de Squeaky tras ella en cualquier momento. Llegó aliviada a la puerta, la abrió y volvió a cerrarla a sus espaldas. Margaret, pálida y tensa, levantó la vista hacia ella. Tragó saliva al ver los papeles en la mano de Hester y se relajó un poco.

Hester los revisó sólo lo justo para asegurarse de que fueran los pagarés firmados, no copias de puño y letra de Squeaky. Cuando se dio por satisfecha, levantó la vista hacia Margaret y asintió.

Margaret cogió los documentos y fue hasta la chimenea. Acercó una astilla a la llama de la lámpara, la encendió y, protegiéndola con una mano, se agachó y la arrimó a los papeles, todo en absoluto silencio.

Hester se mantuvo con la espalda contra la puerta. El corazón le latía con fuerza.

Las llamas prendieron en los pagarés. Margaret estuvo atenta hasta que éstos quedaron reducidos a cenizas y a continución cogió las tenazas y los aplastó. Se volvió hacia Hester sonriendo victoriosa.

Hester cogió el libro de contabilidad.

—¿Quiere hacerlo usted? —invitó.

Margaret negó con la cabeza.

—Todo suyo —respondió—. Aunque quiero verlo.

Hester hizo una seña de que la siguiera, abrió la puerta con la mano libre y entró en el despacho donde estaban Rathbone y Squeaky.

Squeaky levantó la vista hacia ella.

—¿Y bien? —inquirió—. ¿No se lo dije?

—En efecto —convino Hester, dejando el libro de contabilidad encima del escritorio delante de él—. Le debían un montón de dinero, pero puesto que he quemado los pagarés, ya no va a poder cobrarlo.

Squeaky la miró fijamente sin comprender. Lo que acababa de decirle era demasiado terrible como para captarlo.

Hasta el propio Rathbone se mostró perplejo. Había previsto que Squeaky lo descubriera por sí mismo, una vez que hubiesen abandonado aquel lugar. Quedó un tanto desconcertado.

—Será... ¡Será estúpida! —chilló Squeaky al darse cuenta de la verdad—. Será... será...

—Estúpida, no, señor Robinson —puntualizó Hester con perfecta calma, aunque le sudaban las manos y estaba temblando—. Era precisamente eso lo que me proponía hacer.

—¡Estoy arruinado!

Squeaky se puso como la grana; tenía los ojos fuera de las órbitas. Alargó las manos como si estuviera pensando en agarrarla por el cuello y estrangularla.

Hester dio un paso atrás justo al tiempo que Rathbone se ponía de pie.

—No, no lo está —dijo con la voz entrecortada—. Tengo una idea sobre cómo utilizar este sitio..., y bastante buena, por cierto.

—¿Cómo dice? —exclamó Squeaky sin dar crédito a lo que oía. ¡Aquella mujer era monstruosa!

—Digo que tengo una idea —repitió Hester—. Necesitamos un nuevo local, mejor que el que tenemos ahora, y más barato...

—¿Más barato? —gritó Squeaky—. ¡Tendría que pagarme una indemnización! ¡Eso es lo que tendría que hacer..., loca!

—¡Tonterías! —replicó Hester—. Al menos no irá a la cárcel. Puede dirigir este lugar como un hospital para enfermos y heridos. Hay mucho espacio.

Squeaky tragó saliva y se atragantó.

—El dinero puede recaudarse mediante una obra benéfica —prosiguió Hester en medio de un profundo silencio—. Aquí hay muchas chicas que podrían aprender a hacer de enfermeras. Sería...

—¡Santo cielo! —soltó Squeaky, angustiado.

—¡Hester! —protestó Rathbone.

—A mí me parece un buen trato.

Hester adoptó un aire como de tener toda la razón.

Squeaky se volvió hacia Rathbone como pidiendo su ayuda.

—Lo siento —dijo Rathbone, con un extraño tono de voz, en parte de horror y en parte de jocosidad—. No voy a invertir en su negocio, señor Robinson. A no ser, claro está, que acepte la propuesta de la señora Monk. No sabía que tuviera esto en mente, pero considero que bien podría donar una suma razonable a tan elevado proyecto, y creo que no me costaría mucho encontrar a otros caballeros que hicieran lo mismo. —Soltó un profundo suspiro—. Comprendo que esto echará a perder su reputación entre sus colegas, pero quizá le granjee cierta indulgencia en otros sentidos.

—¿Qué otros sentidos? —gimió Squeaky—. ¡Me están pidiendo que sea algo peor que legal! ¡Sería realmente... bueno! —Pronunció esta palabra como si fuese una condena.

—La ley —dijo Rathbone razonablemente—. Soy abogado. —Se inclinó apenas—. Sir Oliver Rathbone.

Squeaky Robinson emitió un prolongado gruñido.

—Será lo mejor para todos —dijo Hester con satisfacción.

—Incluso podremos decir al señor Jessop que ya no necesitamos su local —agregó Margaret—. Cosa que para mí supondrá un inmenso placer. Es obvio que no le pagaremos muy bien, señor Robinson, pero los donativos serán suficientes, sin el gasto del alquiler, para que no le falten alojamiento, ropa y comida. La dirección del centro lo mantendrá ocupado, y también podría supervisar el trabajo del personal. Las muchachas que ahora tiene alojadas podrán ganarse la vida modestamente, aunque de manera honrada...

Squeaky bramó de cólera.

—Bien —dijo Margaret con honda satisfacción. Por fin miró a Rathbone y se sonrojó al ver admiración en sus ojos. Se volvió hacia Hester.

Hester le devolvió una sonrisa.

—¡Los tres están conchabados! —acusó Squeaky, con voz de falsete por la indignación.

—Tiene toda la razón —convino Rathbone en tono amable, sonriendo como quien está inmensamente satisfecho de sí mismo—. Y ahora tiene la suerte de formar parte de nuestra asociación, señor Robinson. Mi más sincero consejo, por el que no pienso cobrarle, es que saque el mejor provecho de ello.

Squeaky soltó un último gemido de desesperación sin que ninguno de los presentes le hiciera el menor caso.

10

El viaje hasta Liverpool fue exactamente igual que los anteriores. Monk oía el traqueteo de las ruedas de hierro sobre las junturas de los raíles incluso cuando caía dormido, por más que intentara evitarlo. Tenía miedo de lo que los sueños traerían consigo, la sensación de horror y pesar, la angustiante punzada de saberse culpable aunque todavía desconocía de qué.

Miraba por la ventanilla. El paisaje se deslizaba con sus campos arados, oscuros, donde el grano ya estaba sembrado pero aún no brotaba en la tierra y como cubiertos con una gasa verde donde los cultivos tempranos ya habían germinado. Los cerezos, los ciruelos silvestres y los perales ya estaban en flor, pero nada de aquello lograba impresionar sus sentidos. Se apeó y volvió a subir en cada parada, ansioso por llegar.

El tren entró en la estación de Lime Street en Liverpool justo antes del anochecer, y Monk, entumecido y cansado, fue en busca de alojamiento para pasar la noche.

A la mañana siguiente hacía un frío cortante, pero Monk ya había resuelto por dónde empezar. Por más dolor que le produjese, fueran cuales fueren las revelaciones no sólo acerca de su vida sino también de la propia, debía empezar por Arrol Dundas. ¿Dónde había vivido? ¿Quiénes fueron sus amigos y colegas? ¿Cuál había sido el estilo y la esencia de su vida? Monk había deseado saber todo aquello, al tiempo que le causaba espanto, desde que los primeros retazos de recuerdo habían comenzado a aflorar. Había llegado la hora de hacer realidad tanto las esperanzas como los temores.

Las actas judiciales decían dónde vivía Dundas en el momento de ser arrestado. Resultó muy sencillo comprobar ese dato y tomar un coche de punto hasta la elegante calle arbolada. Permaneció sentado en el vehículo frente al número 14, contemplando las hermosas casas, espaciosas y extraordinariamente bien conservadas. Las sirvientas golpeaban alfombras en los callejones traseros, riendo y coqueteando con los repartidores, o regateando los precios de las verduras y el pescado fresco. Aquí y allí, un limpiabotas aguardaba ocioso a sus primeros clientes o un lacayo parecía montar guardia dándose aires de gran señor. Monk no precisó que nadie le dijera que aquél era un barrio muy caro.

—¿Es aquí, señor? —preguntó el cochero.

—Sí. Pero no voy a entrar. Esperaremos un rato —contestó Monk. Quería pensar, dejar que el ambiente del lugar, lo que veía y oía a su alrededor, penetrase en su mente. Quizás algo rasgaría los velos que envolvían su memoria para mostrarle lo que anhelaba y temía ver: su ser tal como había sido, generoso o rapaz, leal o traidor. El pasado se iba aproximando. Sólo un dato más, un olor, un sonido, y por fin se encontraría cara a cara con él.

¿Quién vivía en aquella casa ahora? ¿Seguiría la vidriera en lo alto de la escalera, en el rellano entre los dos tramos? ¿Seguiría el peral presidiendo el jardín con sus flores blancas en primavera? La alfombra del salón ya no sería roja y azul, y lo más probable era que las cortinas granates de las ventanas también hubiesen cambiado.

De pronto recordó, con suma claridad, estar sentado

a la mesa del comedor. Las cortinas que cubrían la hilera de ventanas que tenía delante eran azules. Los candelabros brillaban cargados de velas cuya luz reflejaba la cubertería de plata y el mantel de lino blanco. Vio de nuevo el elaborado dibujo de los mangos como si estuviera sosteniendo los cubiertos, con una D grabada en el centro. Había incluso palas de pescado, una nueva invención. Antes de eso el pescado solía comerse valiéndose de dos cucharas. La señora Dundas estaba encantada con ellas. Volvió a ver su rostro, sereno y feliz. Llevaba un vestido de color ciruela que combinaba muy bien con su tez un tanto cetrina. No era una mujer bonita, pero a Monk siempre le habían agradado su dignidad e individualidad. Aunque era la voz su mejor atributo, grave y un poco ronca, sobre todo al reír. Transmitía una auténtica alegría de vivir.

Había una docena de invitados sentados a la mesa, todos vestidos de un modo impecable, joyas relumbrantes, rostros tersos y contentos, Arrol Dundas a la cabecera presidiendo la congregación.

Había dinero, y mucho.

¿Sería producto del fraude? ¿Acaso toda aquella elegancia y encanto se había comprado a expensas de las pérdidas de otras personas? Era un pensamiento tan feo que Monk se sorprendió de considerarlo sin que le dejara una herida abierta. Mas nada lo hirió. Tal vez estuviera demasiado anestesiado por la muerte de Katrina y los fragmentados recuerdos e imaginaciones acerca del accidente como para ser capaz de soportar más pesar.

Se inclinó hacia delante y dio un golpe para llamar la atención del cochero.

—Gracias. Lléveme otra vez al registro, por favor —indicó.

—Sí, señor. Enseguida.

El cochero se había topado con un buen puñado de excéntricos en su trabajo y lo mismo le daba una cosa que otra, siempre y cuando le pagaran lo que correspondía. Sacudió ligeramente el látigo y el caballo emprendió la marcha, contento de abandonar la espera bajo el brillante sol. La escarcha aún no se había fundido en las zonas en sombra del adoquinado.

¿Dundas había sido dueño de la casa o sólo su inquilino? Monk había investigado la vida privada de tanta gente que sabía de sobra que abundaban los hombres que vivían a crédito, y que muchas veces se trataba de las últimas personas en quien uno hubiese pensado. Recordó a la señora Dundas en una situación bastante distinta cuando le refirió la muerte de su marido. ¿Habría abandonado tan hermosa morada por motivos económicos o debido a que no soportó vivir tan cerca de sus antiguos amigos una vez su marido hubo caído en desgracia? Las invitaciones, las visitas, las conversaciones en la calle habrían tocado a su fin. Cualquiera hubiese preferido mudarse. ¡Sin duda él lo habría hecho!

Dundas debió de dejar un testamento, y en algún registro tenía que haber constancia de la venta de la casa y de la fecha de la operación.

Le llevó hasta media tarde rastrear lo que buscaba. Se quedó perplejo al cobrar conciencia de un nuevo misterio que ya tendría que haber resuelto, aunque si en efecto lo había hecho, nada conservaba en su memoria. La casa se había vendido antes de la muerte de Dundas. Para entonces, su finca apenas valía poco más que la nueva casa, muy modesta, donde vivió su viuda, y una discretísima anualidad que sólo alcanzaría para cubrir sus necesidades, siempre y cuando fuera muy cuidadosa con sus gastos.

Lo que sobresaltó a Monk, dejándolo con las manos temblorosas y una sensación de opresión en el pecho, fue descubrir el nombre del albacea testamentario: William Monk.

Se quedó plantado delante del mostrador con el libro abierto delante de él. Le flaqueaban las piernas.

¿Qué había sido del dinero procedente de la venta de la casa? El tribunal no lo había intervenido. El beneficio imputado a la venta fraudulenta de terrenos tampoco había aparecido. Dundas había sido propietario de la casa durante doce años. Su adquisición, por lo tanto, estaba libre de toda sospecha.

¿Adónde había ido a parar, pues? Miró y remiró, pero por más que buscó no consiguió hallar ningún rastro. Si él mismo se había encargado de la operación, y todo indicaba que gozaba de la confianza de Dundas, había ocultado todos los indicios. ¿Por qué? Cabía suponer que si un hombre escondía una transacción monetaria se debía a que ésta no era del todo legal.

¡Ascendía a una fortuna! De habérsela quedado, sería un hombre muy rico. Costaba creer que hubiese olvidado algo así. En el momento de ingresar en la policía sólo era dueño de la ropa que llevaba puesta y muy poco más. Ropa, Dundas le había enseñado a vestir bien, muy bien, lo cual todavía le gustaba.

Vislumbró recuerdos de pruebas en sastrerías, Dundas inclinándose hacia atrás con elegancia y dando instrucciones, una pinza aquí, un centímetro más o menos allí, las perneras un poco más largas. ¡Sí, perfecto! Este corte de camisa es el mejor, algodón egipcio, así es como hay que anudar la corbata. Parece elegante pero es vulgar: ¡nunca te pongas una corbata como ésa! Sobrio, ante todo sencillo. Un caballero no necesita llamar la atención. Discreto pero caro. La calidad es lo que distingue, a la larga.

Monk sonrió a su pesar, y sintió un nudo en la garganta.

Conservaba aquel legado, pues seguía gastando demasiado en ropa.

¿Qué había sido del dinero?

¿Qué había dejado la señora Dundas al morir?

Aquello también resultó fácil de averiguar una vez

que hubo dado con su testamento: bien poca cosa, a decir verdad. La anualidad había muerto con ella. La casa tenía cierto valor, pero buena parte del mismo se había destinado a saldar deudas pendientes. Había vivido dentro de los límites de sus exiguas rentas.

Si había sido el albacea testamentario de Dundas, ¿acaso había dispuesto del dinero de alguna manera? De ser así, ¿dónde? ¿Para quién? Y ante todo, ¿por qué? Esa pregunta latía en su mente a cada paso, como el roce del cuero sobre una ampolla que sangra.

A la hora del almuerzo sólo tomó una taza de café, pues estaba demasiado nervioso para comer.

¿Qué relación guardaba aquello con Baltimore? Quizá los negocios de Baltimore & Sons le proporcionaran alguna respuesta o lo condujeran hacia una nueva vía de investigación.

Le llevó hasta el día siguiente encontrar a alguien dispuesto y capaz de hablar del tema con él: el señor Carborough, quien estaba efectuando un estudio económico de tales negocios con vistas a una posible inversión por su parte.

—Es una buena empresa —dijo con entusiasmo, levantando un lápiz para enfatizar sus palabras—. Pequeña, pero buena. Obtuvo sustanciosos beneficios con las operaciones inmobiliarias, tampoco excesivos, aunque mejores, por supuesto, que los de las propias vías férreas. Ahora tienen las oficinas centrales en Londres, creo. Están construyendo otra línea en Derby.

Se encontraban en el despacho de Carborough, cuyas ventanas daban a una calle estrecha muy concurrida próxima a los muelles. El olor a salitre se colaba por la ventana entreabierta, junto con el griterío y los sonidos metálicos del tráfico y de los cabrestantes que cargaban y descargaban pacas de mercancías diversas.

—¿Qué puede decirme a propósito del fraude en que se vio envuelto Dundas? —preguntó Monk, manteniendo un tono de voz informal, como si no tuviera ningún interés personal en el asunto.

Carborough hizo una mueca.

—Menuda estupidez dejarse pillar en algo tan trivial —dijo, meneando la cabeza—. Nunca acerté a comprenderlo. Era un hombre brillante. Uno de los mejores banqueros mercantiles de la ciudad, si no el mejor. Y entonces va y comete una tontería tan grande como cambiar las coordenadas cartográficas de un informe topográfico para desplazar el recorrido de la vía hacia sus tierras, total para ganar... ¿cuánto? —Se encogió de hombros—. Mil libras todo lo más. ¡Como si le hicieran falta! Para colmo, cuando lo hizo, sin duda podía contar con una participación en los beneficios que la empresa sacara de los nuevos frenos. Él consiguió el dinero para desarrollarlos.

—¿Qué nuevos frenos? —preguntó Monk de inmediato.

Carborough enarcó las cejas.

—Oh... Inventaron su propio sistema de frenado para vagones de pasajeros y mercancías. Era bastante más barato que los convencionales que se utilizan ahora. Habrían amasado una fortuna. No sé lo que pasó. El caso es que abandonaron el proyecto.

—¿Por qué razón? —inquirió Monk. La misma chispa de recuerdo le encendió la memoria para fenecer al instante.

—Eso sí que no lo sé, señor Monk —respondió Carborough—. Después del juicio de Dundas todo pareció detenerse por un tiempo. Luego murió, ¿sabe? —Dejó el lápiz junto a un bloc de notas, perfectamente alineado—. En prisión, pobre diablo. Puede que la conmoción resultase demasiado intensa para él. Sea como fuere, después de eso se concentraron en el tendido de nuevas líneas. Al parecer, dejaron de lado el asunto de los frenos. Fabricaban sus propios vagones y demás, y lo cierto es que les fue bastante bien. Como le he dicho antes, se trasladaron a Londres.

Monk formuló otras cuantas preguntas, pero Carborough no sabía nada acerca de la vida privada de Dundas, como tampoco había oído el nombre de Monk con anterioridad, o al menos no lo recordaba.

De modo que no halló ningún indicio sobre el dinero que Dundas había tenido que recibir por la venta de su casa. Se había esfumado por completo, como si alguien hubiese quemado los billetes con los que se había pagado.

El paso siguiente fue localizar al reverendo William Colman, quien se había mostrado de lo más contundente al prestar declaración contra Dundas. Igual sería un encuentro desagradable, ya que Colman sin duda recordaría a Monk del juicio. Sería la primera persona con quien Monk hablaría que le hubiese conocido en aquella época. Tanto Dundas como su esposa habían muerto, igual que Nolan Baltimore. Se encontraría cara a cara con la realidad de quién había sido y por fin no tendría escapatoria ante lo que Colman recordara acerca de él.

¿Lo había detestado entonces, debido a su declaración? ¿Se había mostrado ofensivo con él, tratando de desacreditarlo? ¿Acaso Colman lo consideraba tan culpable como Dundas, pero le faltaron argumentos para demostrarlo?

Colman seguía en el sacerdocio y no fue tarea compleja encontrarlo en el Crockford's, el registro de párrocos anglicanos. Entrada la tarde, Monk subía por el breve sendero que conducía a la puerta de la vicaría de un pueblo en las afueras de Liverpool. Notaba el estómago encogido y las manos sudorosas y doloridas de tanto abrir y cerrar los puños. Se obligó a calmarse antes de hacer sonar la campanilla.

La puerta se abrió sorprendentemente deprisa, y un hombre alto con la ropa un poco arrugada y alzacuello lo miró con expectación. Era delgado, con el pelo gris y un rostro enérgico e inteligente. Monk supo enseguida, con un estremecido recuerdo tan claro que lo dejó sin aliento, que se trataba de Colman: había visto su rostro dibujado entre los manifestantes que se oponían al trazado de la vía férrea. Infinitamente más vívido que ése era el rostro que había visto en sueños, debatiéndose desesperado entre los restos del convoy en llamas.

En ese preciso instante Colman lo reconoció, y quedó boquiabierto.

—¿Monk? —Lo miró con mayor detenimiento—. Es Monk, ¿verdad?

Monk tuvo que esforzarse para que no le temblara la voz.

—Sí, señor Colman. Le quedaría muy agradecido si pudiera dedicarme un poco de su tiempo.

Colman titubeó, pero sólo un segundo, y abrió la puerta del todo.

—Pase. ¿En qué puedo servirle?

Monk ya había decidido que contar la pura verdad era el único modo de conseguir lo que necesitaba, suponiendo que tal cosa fuese posible. La verdad conllevaba por fuerza mostrarse sincero a propósito de su pérdida de memoria, con los retazos de recuerdo que le iban volviendo.

Colman lo condujo a la habitación donde recibía a sus parroquianos y lo invitó a sentarse. Contempló a Monk con curiosidad, cosa de lo más natural. No lo había visto en dieciséis años. Sin duda observaba los cambios que el tiempo había obrado, el carácter más profundamente grabado en el rostro, las minúsculas diferencias de textura en la piel, el modo en que sus carnes enjutas cubrían los huesos.

Monk fue plenamente consciente de que la gran

emotividad de Colman no había disminuido un ápice. El pesar seguía estando presente, así como el recuerdo de enterrar a los muertos, de tratar de llevar alguna clase de consuelo a las familias afligidas.

Colman aguardaba.

Monk comenzó. Le costó lo suyo resumir los dieciséis años transcurridos desde entonces sin atascarse más de la cuenta, para terminar con la historia de Baltimore & Sons y la nueva vía férrea.

Mientras Colman escuchaba, la cautela no abandonó su rostro, ni tampoco el eco del viejo enojo y una pena demoledora. Entonces habían estado en bandos contrarios, y eso se reflejaba claramente en su expresión, en la mirada prudente, los labios un poco apretados y, sobre todo, la rigidez de su cuerpo mientras permanecía sentado y con las piernas cruzadas. Tenía los puños cerrados, los músculos tensos. Seguían siendo oponentes. Eso nunca iba a olvidarlo.

—Han asesinado a Nolan Baltimore —anunció Monk. Vio la incipiente sorpresa de Colman, luego un brillo de satisfacción en sus ojos y, acto seguido, su sentimiento de culpa, incluso un rubor en las mejillas. Pero Colman no tuvo prisa por expresar las condolencias al uso. La sinceridad se lo impedía—. Lo mató una prostituta —agregó—, por buscar ciertos placeres un tanto fuera de lo común.

La reprobación fue patente en los ojos de Colman.

—¿Y por eso está aquí? —preguntó, incrédulo.

—Directamente, no —respondió Monk—. Pero eso significa que no podemos interrogarlo acerca de lo que tiene toda la pinta de ser un nuevo fraude por parte de Baltimore & Sons, como quien dice calcado del primero.

Colman se puso erguido en el asiento de golpe.

—¿Otro? Pero si Dundas está muerto, el pobre. ¡Usted debería saberlo mejor que nadie! Sin duda su memoria no puede estar tan afectada... Quiero decir... —Se calló.

Monk lo libró de su embarazo.

—Eso lo recuerdo —dijo—. Lo que se me escapa, en cambio, es cómo se descubrió el fraude..., los detalles concretos. Verá usted, al parecer esta vez el responsable sería un hombre que se apellida Dalgarno, sólo que la persona que se erigió en su principal acusador también ha muerto... asesinada. —Monk percibió la lástima que tiñó el rostro de Colman, en esta ocasión sin mezclar con ningún otro sentimiento—. Era una mujer —continuó—. La prometida de Dalgarno, y debido a su privilegiada posición como tal, descubrió algunos aspectos del negocio, oyó conversaciones, vio papeles, que la llevaron a darse cuenta de que se estaba tramando algo abyecto. Por eso acudió a mí. Yo investigué hasta donde me fue posible, si bien no logré dar con ningún fraude. Algunos beneficios un tanto dudosos, pero nada más.

—Sin embargo, la asesinaron —lo interrumpió Colman, inclinándose hacia delante.

—Sí. Y han acusado a Dalgarno. Ahora bien, para demostrar su culpabilidad es preciso tener pruebas fehacientes del fraude.

—Ya veo. —La expresión de Colman dejó claro que lo entendía a la perfección—. ¿Y qué quiere de mí?

—Usted fue el primero en sospechar que había fraude. ¿Por qué?

Colman frunció el ceño. Era obvio que lo fascinaba que la mente de Monk hubiese borrado de forma tan radical algo en lo que había estado tan apasionadamente implicado.

—¿De verdad no recuerda nada? —La emoción le puso grave la voz; el cuerpo se le tensó—. ¿No recuerda mi iglesia? ¿En el valle, con los viejos árboles alrededor? ¿El cementerio?

Monk se esforzó, pero en vano. Era como si estuviera viéndola, pero no se trataba de un recuerdo, sino de su imaginación.

—Era preciosa —dijo Colman, con una mezcla de pena y ternura—. Muy antigua, la original era normanda, con una cripta donde se enterraba a los creyentes hace casi mil años. El cementerio estaba lleno de antiguos linajes, más de quince o veinte generaciones de una misma familia. Era la historia de esta tierra. La historia la escriben las personas, ¿sabe? —Miró fijamente a Monk, buscando al hombre que había detrás de la fachada, las pasiones que cabía despertar y que penetraban más allá de la mente analítica—. Hicieron pasar la vía justo por el medio.

De pronto algo se removió en la mente de Monk, un obispo afable y razonable, profundamente apenado pero que admitía las exigencias del progreso, la necesidad de trabajo para los hombres, del transporte, el avance de la sociedad. También había un coadjutor, tímido y apasionado, que deseaba conservar lo antiguo y al mismo tiempo introducir lo nuevo, y que se negaba a admitir que resultaba imposible hacer las dos cosas a la vez.

Y, atrapado entre los dos, el reverendo Colman, un entusiasta, un amante de la cadena intacta de la historia que veía las vías férreas como agentes de destrucción que hacían añicos el aglutinante de los lazos familiares con los muertos, destrozando los monumentos materiales que daban consistencia a los vínculos espirituales. Monk volvió a oír los gritos de voces airadas y temerosas, y a ver los rostros crispados, encolerizados.

Ahora bien, Colman había hecho algo más que protestar: había demostrado un crimen. ¿Sería aquél el recuerdo escurridizo, la prueba? ¿A quién inculparía, a Baltimore o al propio Monk? Se aclaró la garganta. La tenía tan tensa que apenas podía respirar.

—¿Destruyeron la iglesia? —preguntó Monk en voz alta.

—Sí. La nueva línea pasa justo por encima de donde estaba.

Colman no agregó nada más; la emoción contenida en su voz bastaba por sí sola.

—¿Cómo descubrió el fraude? —preguntó Monk esforzándose para que su voz sonara normal. Estaba a punto de saber la verdad.

—Fue muy sencillo —respondió Colman—. Alguien me dijo que había visto conejos en la colina que según ellos era preciso rodear ya que excavar un túnel resultaba demasiado costoso. Era uno de mis feligreses, un cazador furtivo que tenía problemas con la justicia. Cuando le pregunté dónde lo habían pillado, me lo dijo. Los conejos no abren túneles en el granito, señor Monk. Los peones pueden volarlo casi todo. Horadar una montaña de roca sencillamente lleva más tiempo y, por consiguiente, resulta más caro.

»Encontré el informe original. Si uno revisaba con detenimiento el que estaba usando Baltimore, se notaba que estaba falsificado. Quienquiera que lo hiciera fue lo bastante listo como para no modificar la altura ni la composición del terreno, sino que encontró una colina casi exacta en otro lugar y cambió las coordenadas cartográficas. Era un trabajo muy delicado.

Monk formuló la pregunta que faltaba, aunque tuvo que carraspear otra vez para que le saliera la voz.

—¿Lo hizo Arrol Dundas?

—Eso parece —respondió Colman con cierto pesar, como si hubiese preferido que no fuese así.

—¿Él llegó a reconocerlo?

—No. Como tampoco acusó a un tercero, aunque en mi opinión fue más una cuestión de dignidad, incluso de principios morales, que de desconocimiento acerca de quién pudo haberlo hecho.

Pasó un momento antes de que Monk captara el alcance de lo que Colman acababa de darle a entender. Estaba comenzando a formular la siguiente pregunta cuando súbitamente se interrumpió.

—¿Me está diciendo que abrigaba usted dudas de que Dundas fuese culpable? —inquirió incrédulo.

Colman pestañeó.

—¡Usted siempre sostuvo que no lo era! Incluso después del veredicto, juró que él no era quien había falsificado el informe, y que los beneficios que había obtenido eran fruto de la mera especulación, no de una maniobra deshonesta. Se limitó a comprar barato y vender caro.

Monk estaba confundido.

—¿Quién falsificó el informe, entonces? ¿Baltimore? ¿Por qué motivo? ¡No poseía ninguna parcela de tierra!

—Como tampoco dinero en el banco, después —convino Colman—. No sé la respuesta. Si no fue Dundas, es muy probable que el dinero sirviera para sobornar a alguien, pero eso nadie logrará demostrarlo.

—¿Quién más podía tener interés en falsificar el informe? —insistió Monk.

Colman frunció el ceño, sopesando su respuesta antes de darla, y eligiendo sus palabras con sumo cuidado.

—La vía pasaba por el medio de mi iglesia, y eso era lo único que me importaba. —De pronto los ojos se le llenaron de lágrimas—. Y luego vino el accidente..., los niños... —Se le quebró la voz. No sabía cómo expresarse, y tal vez reconoció el horror en el rostro de Monk, de modo que las palabras estaban de más.

El recuerdo que Monk guardaba de él se fue haciendo más claro. Había querido apreciarlo, pero su testimonio contra Dundas lo había hecho imposible. Ahora todo aquello se hundía en la historia para ambos, y ya no había ninguna batalla que librar.

Colman parpadeó y sonrió a modo de disculpa.

—Me temo que no voy a serle muy útil para reunir las pruebas que necesita con vistas a probar la culpabilidad de Dalgarno en el asesinato de esa muchacha, como tampoco que Baltimore fuera el responsable del fraude.

Pero si lo he entendido bien, él ya había muerto cuando la asesinaron.

—Sí, lo mataron dos o tres semanas antes —convino Monk.

—En ese caso, ¿es posible que Dalgarno anduviera metido en el fraude con Baltimore, y que una vez éste muerto todo el provecho fuese para él? —sugirió Colman.

—O que lo compartiera con su hijo, Jarvis Baltimore —corrigió Monk—. Parece plausible, más aún si tenemos en cuenta que ahora Dalgarno está cortejando a la hija, Livia, según ha comprobado mi esposa.

Colman abrió los ojos con expresión de curiosidad.

—¿Su esposa tiene trato con los Baltimore?

Monk no se molestó en disimular su sonrisa ni el sentimiento de satisfacción que creció en su interior, acompañado de un dolor punzante por lo que podía perder.

—No. Dirige una casa de socorro en Colbath Square, donde ofrecen asistencia médica a prostitutas, y Livia Baltimore fue a verla para pedirle ayuda, considerablemente enfadada y afligida, poco después de la muerte de su padre. Hester hizo algunas averiguaciones y fue a visitarla para ponerla al corriente. —Al ver la cara que ponía Colman se apresuró a agregar—: ¡No, no! ¡Fue antes de eso! Mi esposa descubrió lo ocurrido cuando fue a destruir los pagarés de unas pobres muchachas que estaban atrapadas en un tipo de prostitución que atendía los gustos de hombres como Baltimore. Él era el usurero en cuestión. Hester engañó al socio superviviente para convertir el burdel en el nuevo local de la casa de socorro sin pagar alquiler.

Colman apretó los labios.

—Qué mujer tan extraordinaria —dijo sinceramente.

—En efecto —convino Monk, conteniendo sus emociones—. Fue enfermera en Crimea. Puede decirse que no hay nada que la detenga cuando está convencida de tener razón.

Colman meneó con la cabeza, aunque los ojos le brillaban.

—Confío en que no tenga que explicar a la señorita Baltimore cuál era la verdadera naturaleza de su padre —dijo con franqueza—. Pienso que pudo muy bien haber intentado llevar a cabo la misma clase de fraude por segunda vez. Pero no sé cómo logrará demostrarlo ante un jurado sin pruebas de que fuera a obtener ganancias. La primera vez se libró porque quedó claro que él no había obtenido beneficio económico y Dundas, en cambio, sí.

—Dundas murió con muy poco —señaló Monk, mientras la pena y la furia lo inundaban como una marea.

Colman también adoptó una actitud muy solemne.

—Eso tengo entendido, si bien me parece extraordinario —dijo—. Era un banquero excelente, de los mejores. Aunque me figuro que esto no lo habrá olvidado, ¿verdad?

—Lo olvidé en su momento, pero ahora lo sé. ¿Adónde fue a parar el dinero?

Colman lanzó una sombría mirada a Monk.

—No tengo ni idea —reconoció—. Nadie lo supo. Y poco después el accidente apartó esos detalles de los pensamientos de todos. —Hizo una mueca y palideció—. Fue lo más parecido al infierno que haya visto jamás. Recordaré los gritos hasta el día que me muera. El olor a pelo quemado todavía me provoca arcadas. Aunque usted lo sabe tan bien como yo, porque estuvo allí.

Colman torció el gesto. Monk bajó la vista. Sabía a qué se refería. Había vivido parte de aquello en sus pesadillas. Era extraño, casi irrelevante oír a Colman decir que Monk había estado allí, pues lo que recordaba con precisión terrible procedía de la pesadilla que surgía de lo más profundo de su mente.

—¿Qué lo causó? —preguntó.

Colman levantó la vista lentamente.

—Nunca lo descubrieron —repuso—, pero no fue la

nueva vía. Estaba en perfectas condiciones de uso. Al menos... eso fue lo que la investigación reveló. —El último vestigio de sangre desapareció de su rostro y su cuerpo se tensó—. ¡Oh, no! No pensará que eso pueda ocurrir otra vez, ¿verdad? ¡Por Dios, no! ¿Es eso lo que le da miedo?

—Es lo que Katrina Harcus temía —respondió Monk—. Pero he revisado cuanto he podido, he recorrido la vía a pie y no he detectado que haya nada malo en ella. Dígame, señor Colman, ¿cómo puedo demostrar este fraude? ¡Está volviendo a suceder y no acierto a ver cómo!

Colman lo miró con inmensa piedad.

—¡No lo sé! ¿Cree que de haberlo sabido habría guardado silencio todos estos años? Lo habría dicho sin que me importara a quién perjudicaba. Simplemente, ¡no lo sé!

Monk lo miró impotente, con la mente atrapada como un corredor entre las olas de una playa, notando que la resaca tiraba de sus pies haciéndole perder el equilibrio y, aun así, sin lograr que nada cobrara sentido.

—Busque un soborno —instó Colman—. ¡Es la única posibilidad!

Monk no discutió si había habido soborno o no. Colman hacía ya tiempo que había tomado una determinación. Se quedó un rato más, le dio las gracias y se marchó, caminando más ligero. Había exorcizado una vieja enemistad. Ahora ya no le daría pánico ver el rostro de Colman en sueños.

Sin embargo, no había dado con el hecho que, estaba convencido, le permitiría desenmarañar el apretado nudo de su memoria. Había algo que no se atrevía a rememorar por miedo al dolor que le produciría y, no obstante, hasta que no supiera de qué se trataba y le plantara cara, todo lo demás seguiría quedando fuera de su alcance.

Tenía el coraje de enfrentarse a ello, y también la voluntad consciente de hacerlo, pero esa diminuta parte de su fuero interno parecía estar demasiado honda como para tocarla, y era la que contenía la clave de todo.

¿Lo estaba desafiando... o protegiendo?

Monk regresó a Londres pasando por Derby, para comprobar una vez más la ruta original, antes que resultase alterada, y para averiguar con exactitud a quién pertenecían las tierras que antes atravesaba. Había una extensa granja cuyas fértiles tierras habrían quedado partidas en dos, haciendo imposible llevar el ganado de una mitad a la otra, cosa que la habría echado a perder en buena medida.

También habría cortado un soto, famoso en la zona por ser de los mejores para la caza del zorro. ¿Habría sido preciso sobornar a alguien para desviar la vía un par de kilómetros, de modo que pasara por tierras improductivas? Se dijo que no, pues le pareció que era lo más sensato. No hacerlo habría constituido un acto de vandalismo y suscitado una peligrosa animadversión entre los vecinos de la ciudad más cercana.

¿Acaso cabía considerar como un crimen algo de aquello? ¿Era siquiera un pecado al que mereciera la pena dedicar más que un pasajero lamento?

Michael Dalgarno había faltado a su palabra en su relación con Katrina. Había aceptado su amor mientras le convino y luego la había dejado de lado cuando se le presentó una mejor perspectiva económica con la aparición de Livia Baltimore. Aunque aquello tampoco era un crimen; un pecado, tal vez, pero ¿cuántos hombres no habían cometido el mismo? Así como los había que se casaban con una belleza, muchas mujeres vanas lo hacían con hombres ricos.

Nada daba un motivo a Dalgarno para asesinar a Katrina.

Ocultar un fraude sí, por supuesto, pero ¿qué fraude? Monk no tenía indicios de ninguno. Todo se reducía a insinuaciones y sospechas. Recordó la carta en la que aparecía su nombre que había sustraído de casa de Katrina. La mano le escoció como si se la hubiese quemado. De haberla dejado allí, sería él a quien Runcorn estaría dando caza en ese momento, y si se tratase de cualquier otro, ¡aún estaría más convencido de su culpabilidad!

—¡Claro que es culpable! —exclamó Runcorn indignado cuando Monk fue a verlo directamente desde la estación para informarlo de su fracaso.

Como de costumbre, su despacho estaba abarrotado de papeles, aunque todos muy bien apilados, como si ya los hubiese revisado. Estaba demasiado atareado y no ofreció té a Monk. De todos modos, ahora parecía tratarlo más como a un colega que como a un invitado. Lo miró con escepticismo y un tanto decepcionado.

—El hecho de que aún no hayas recordado ninguna prueba del fraude no significa que sea inocente —prosiguió Runcorn con gravedad—. Sólo quiere decir que la ocultó demasiado bien como para que tú des con ella. Es de suponer que aprendió de los errores de Dundas. ¿Dos granjas, o fincas o lo que sea, has dicho?

—Sí —contestó Monk fríamente—. Y si yo hubiese estado a cargo de la planificación de esa vía, nadie habría tenido que sobornarme para que la desviara rodeando una colina en lugar de atravesarla, si así se evitaba destrozar unas tierras como ésas.

—Y piensas que Dalgarno es como tú, ¿no? —Runcorn enarcó las cejas con una mezcla de sorpresa e incredulidad.

Monk titubeó.

Pese a que la pregunta encerraba un sarcasmo, se apercibió de cuánta verdad podía haber en ella. Tenían un cierto parecido físico que se veía acrecentado por una semejante seguridad en sí mismos que cabía tachar de arrogancia, pasión por la ropa cara, elegancia en el porte. Si los testigos de la muerte de Katrina realmente habían visto a alguien en la terraza, si sus descripciones encajaban con Dalgarno, también encajarían con Monk. Mucha gente lo había visto con Katrina, ¡que preguntaran a cualquiera en los jardines de la Royal Botanic Society! Y para un espectador bien había podido parecer que discutían. Con un nudo en la boca del estómago recordó el modo en que ella lo había agarrado del abrigo y había tirado del botón. Sabía cuándo lo había arrancado, ¡pero había muerto con él en la mano! ¿Por qué? ¿Cómo se explicaba que aún lo sujetara al cabo de tanto rato?

Sin un motivo, tan fácil era probar la culpabilidad de Dalgarno como la del propio Monk. ¿Era posible que las pruebas contra Dalgarno tuvieran su origen en el azar?

—¡Monk! —exclamó Runcorn—. ¿Me estás diciendo que Dalgarno es como tú?

Monk volvió al presente con un sobresalto.

—En cierto modo —contestó.

—¿En cierto modo? —repitió Runcorn, asombrado de que Monk estuviera considerándolo en serio.

Monk se sintió al borde de un precipicio y se retractó.

—En apariencia —puntualizó. Su mente ya se había enredado en otros pensamientos, adentrándose en sus dudas y necesidades—. Sólo en apariencia.

Deseaba largarse de allí cuanto antes. Con cada segundo que pasaba se sentía más impelido a ir a ver a Rathbone. Era imprescindible. Tal vez ya fuese demasiado tarde.

—No hay nada más —dijo en voz alta—. Tendrás que confiar en tu fiscal. Lo siento.

Runcorn gruñó.

—Supongo que debería darte las gracias por haberlo intentado.

Tuvo que esperar una hora y media hasta que Rathbone quedó libre de compromisos a fin de recibirlo. Fue un rato espantoso, demasiado largo para pasarlo pensando en la dificultad y el bochorno que implicaban lo que tenía que hacer.

Por fin llegó Rathbone y lo hicieron entrar a su elegante despacho.

—Han acusado a Michael Dalgarno del asesinato de Katrina Harcus, y para probarlo hace falta un motivo —dijo Monk sin rodeos.

—Por supuesto. —Rathbone asintió con la cabeza, mirando a Monk con creciente interés.

Se conocían lo bastante como para ser consciente de que Monk no estaba allí para decirle algo tan obvio, y que tampoco estaría tan nervioso si no se tratara de un asunto que revistiese gran importancia para él. La relación entre ellos era cualquier cosa menos superficial, y en ocasiones se veía enturbiada por cierta rivalidad. Rathbone era desenvuelto y social e intelectualmente seguro de sí, pero carecía de coraje emocional. En cuanto al arrogante y seguro Monk, que tenía el aspecto de un caballero y se comportaba como tal, era tan apasionado que solía sincerarse, para bien o para mal, sin medir las consecuencias. En ese momento temía que, después de tanto esfuerzo, de haber puesto tantas esperanzas, fuese para mal.

Rathbone lo contemplaba muy serio, aguardando a que se explicase.

—Runcorn supone que fue porque Katrina disponía de pruebas que lo implicaban en una compraventa fraudulenta de terrenos para la vía férrea que Baltimore está construyendo en Derby —comenzó Monk—. Yo también lo creí, pero lo he investigado tan a fondo como he podido, comparando incluso todos los acuerdos con los del fraude que cometió Baltimore & Sons en Liverpool hace dieciséis años, cuando yo trabajaba para los bancos que financiaron la operación. —Percibió una ligera sorpresa por parte de Rathbone, disimulada casi al instante—. Pero no he hallado ninguna prueba —continuó—. O al menos nada que justifique ahorcar a un hombre por asesinato.

Rathbone se miró las manos y a continuación levantó la vista hacia Monk.

—¿Hasta qué punto estuviste implicado, exactamente, en el primer fraude, que tú recuerdes? —preguntó.

Había llegado la hora en que sólo cabía decir la verdad sin tapujos. Cualquier evasiva podía volverse en su contra, señalándolo como culpable.

—Arrol Dundas, el hombre que me enseñó todo lo que sabía y que se comportó conmigo casi como un padre, fue acusado de comprar tierras a bajo precio para luego venderlas obteniendo enormes beneficios después de falsificar unos informes a fin de que la vía férrea fuese desviada de la ruta prevista en un principio —respondió Monk—. Lo declararon culpable y murió en prisión. —Sonaba extraño, expuesto de un modo tan liso y llano, sin aludir a la pasión que había hecho que todo aquello resultara tan aguda e irrevocablemente doloroso. Parecía una mera cuestión legal, algo por completo ajeno al desgarro de las vidas de los implicados. Lo mejor sería agregar los aspectos más desagradables ahora, poner todas las cartas boca arriba—. Y mientras estaba en prisión se produjo uno de los accidentes ferroviarios más terribles de todos los tiempos. Un tren cargado de carbón chocó contra un convoy repleto de niños que volvían de una excursión.

Rathbone quedó tan conmocionado al imaginar aquel horror que guardó silencio por unos instantes.

—Entiendo —dijo por fin, en voz tan baja que casi resultó inaudible—. ¿Y tuvo algo que ver con el fraude?

—Que yo sepa, no —contestó Monk—. Se atribuyó a un error humano, posiblemente del maquinista y el guardafrenos a la vez.

—¿Pruebas? —Rathbone enarcó las cejas.

—Ninguna. Nunca llegó a esclarecerse. Pero no existe constancia de que los peones hayan construido jamás una vía defectuosa. Se efectúan demasiadas comprobaciones, participa mucha gente competente.

—Comprendo. ¿Y Dundas era el culpable del fraude, o lo era alguien que todavía vive? ¿Dalgarno?

—Dalgarno no. Hace dieciséis años debía de ser un colegial. No sé si Dundas era culpable. Por aquel entonces yo estaba convencido de su inocencia... Al menos, eso creo. —Sus ojos no se apartaron de los de Rathbone—. Hice lo posible para que lo absolvieran..., y recuerdo el pesar y la sensación de impotencia cuando no fue así.

—¿Pero...? —dijo Rathbone con delicadeza, como un cirujano con una cuchilla, e igual que una cuchilla, dolió.

—Pero no me acuerdo. Me siento culpable de algo, quizá de que no pudiese ayudarlo. Acabo de estar en Liverpool investigando sus asuntos económicos hasta donde me ha sido posible sin más autoridad. Fue muy rico mientras trabajé con él y hasta el momento del juicio. Se dio por hecho que hizo bastante dinero con la venta de las tierras...

Rathbone asintió con la cabeza.

—Naturalmente. Se supone que eso formaba parte de las pruebas del fraude. ¿Acaso no fue así?

—Cuando murió apenas tenía nada. —Esta vez Monk no miró a Rathbone al hablar—. Vendió su casa y la viuda vivió con extrema modestia en un barrio mucho menos distinguido. Al morir ella no dejó nada. Se había mantenido gracias a una anualidad que se extinguió con su muerte.

—¿Y no sabes dónde fue a parar el dinero?

Monk levantó la vista.

—No, no lo sé —contestó—. He hecho lo posible por recordarlo, he regresado a los sitios, he leído periódicos de entonces, y sigue sin acudirme a la mente.

—¿De qué tienes miedo? —inquirió Rathbone, decidido a no ahorrarle nada. Tal vez fuera tan necesario como cuando un médico apretaba para ver dónde dolía más.

¿Podía mentir, al menos en aquello? ¿Con qué objeto? Tenía que contarle a Rathbone que había quemado las cartas que lo implicaban falsamente. Además, igual aparecían otras que dijeran lo mismo.

—De que entonces lo supiera —respondió Monk—. Fui su albacea testamentario. Sin duda confió en mí.

—¿Es posible que te lo quedases tú? —preguntó Rathbone, muy a su pesar.

—¡No lo sé! Supongo que sí. No lo recuerdo. —Monk se inclinó hacia delante en el asiento, clavando la vista en el suelo—. Lo único que acude a mi mente con claridad es el rostro de la viuda en el momento de decirme que había muerto. Estábamos en una casa normal y corriente, pequeña, limpia y ordenada. Yo no tenía el dinero, pero ignoro si había hecho algo con él. Me he devanado los sesos, ¡y no lo recuerdo!

—Comprendo —dijo Rathbone con amabilidad—. Y si Dundas fuese inocente, tal como tú creías entonces, ¿acaso en verdad no hubo tal fraude, o el culpable era otro?

—A mi juicio, ahí radica la diferencia —dijo Monk, incorporándose despacio para mirar a Rathbone a los ojos—. Es indudable que hace dieciséis años hubo fraude. Las coordenadas cartográficas se alteraron. Aunque no lo hiciera Dundas, alguien tuvo que hacerlo, quizá Nolan Baltimore...

—¿Por qué? —lo interrumpió Rathbone—. Si Dundas se benefició, ¿por qué iba Baltimore a falsificar el informe topográfico?

—No lo sé. Lo cierto es que no veo que acabe de tener sentido —admitió Monk, abatido. Todo apuntaba hacia él otra vez—. Aunque me parece que en esta ocasión no ha habido fraude. Se ha desviado la línea, pero Dalgarno no era propietario de esas tierras. Si ha habido algún beneficio ilegal, ha tenido que ser un soborno para cambiar el trazado y no dividir granjas o fincas. Y en los sitios donde están, cualquiera lo habría hecho llevado por el sentido común para preservar el paisaje, sin necesidad de sobornos.

Rathbone lo miraba fijamente, con el semblante muy serio.

—Monk, lo que me estás diciendo es que el tal Dalgarno no tenía motivos, que tú sepas, para matar a esa mujer. Y si no los tenía y nadie lo vio hacerlo, nos encontramos con que no hay ninguna prueba que lo vincule al crimen.

—Habría una... —dijo Monk despacio, con toda claridad, oyendo las palabras caer como piedras. Debía contárselo todo a Rathbone—. Está el papel que Katrina Harcus dejó acusándolo. Pero también dejó uno que aparentemente me incrimina a mí. Y el botón.

Ahora ya sería imposible retractarse. Rathbone le obligaría a contar toda la verdad.

—¿El botón? —Rathbone frunció el ceño.

—Murió con un botón de abrigo de hombre en la mano —aclaró Monk.

—¿Se lo arrancó durante el forcejeo? ¿Por qué diablos no me lo has dicho hasta ahora? —A Rathbone se le iluminó la cara—. Eso lo vincula por completo, ¡con motivo o sin él!

—Me temo que no —dejó caer Monk, consciente de la amarga ironía incluso en tan espantoso momento.

Rathbone abrió la boca como para ir a hablar, pero entonces percibió algo más profundo detrás de las palabras y no dijo nada.

—Me encontré con ella en los jardines de la Royal Botanic el día del crimen a primera hora de la tarde —prosiguió Monk—. Estaba muy consternada y seguía ciegamente convencida de la culpabilidad de Dalgarno. Tuvimos una pequeña disputa acerca de ello, al menos eso debió de parecerle a quien se fijara, y había un montón de gente paseando.

Rathbone apoyó los codos en el escritorio, concentrándose intensamente.

Monk sintió calor y luego frío. Estaba temblando.

—Se agarró a mí, como para exigir que la escuchara —continuó—. Y al apartarse me arrancó un botón del abrigo. Ese botón es el que apareció en su mano.

—¿Varias horas más tarde? ¿Después de luchar contra su asesino? —dijo Rathbone en voz muy baja—. Monk, ¿me estás contando toda la verdad? Si tengo que defenderte, es preciso que no me ocultes nada.

Monk levantó despacio la vista hacia él, temeroso de lo que iba a ver.

—He venido a pedirte que defiendas a Dalgarno —dijo, haciendo caso omiso de la sorpresa de Rathbone—. Pienso que puede ser inocente. En cualquier caso, necesito que cuente con la mejor defensa que se le pueda brindar. Si lo ahorcan, tengo que estar seguro, sin que quepa la menor duda, razonable o no, de que la mató.

—Pues a mí me preocupa más mantener tu cuello lejos de la horca —replicó Rathbone muy serio—. Conocías a esa mujer, te vieron discutir con ella el día en que murió y el botón de tu abrigo apareció en su mano. Y aún no me has dicho qué fue de las cartas que te incriminaban.

—Las robé —confesó Monk—. Runcorn me pidió que lo acompañara a su casa. Las vi antes que él. Las cogí y las quemé cuando llegué a casa.

Rathbone soltó un prolongado suspiro.

—Vaya. ¿Y a quién iban dirigidas esas cartas?

—A una tal Emma, pero no sé nada más, salvo que no vive en Londres. Volví al apartamento... —Hizo caso omiso de la mueca de Rathbone—. Busqué por si había más, o una libreta de direcciones, pero no hallé nada.

—¿Se escribían regularmente? —preguntó Rathbone.

—¡No tengo ni idea! —exclamó Monk con voz ronca. No mencionó el diario de Katrina. Nadie sabía nada de él, y se aferró a un delgado hilo de esperanza, pues aún confiaba que de un modo u otro le revelara alguna pista acerca de ella que le permitiera establecer una conexión, por frágil que fuese. Y también abrigaba el deseo de proteger los sueños de Katrina. Tal vez, siendo honesto, aquello fuese todo.

—Vaya —repitió Rathbone en voz baja—. Y te da miedo que tus actos lleven a la horca a un hombre que quizá sea inocente.

No se trataba de una pregunta. Conocía lo bastante a Monk para que no hubiese necesidad de que lo fuera.

Monk lo miró fijamente.

—Sí. Por favor —dijo.

—Puede que ya tenga su propio abogado —advirtió Rathbone—, pero haré todo lo que esté en mi mano. Te lo prometo.

Monk iba a decirle «debes hacerlo», pero comprendió que era una estupidez. Estaba pidiendo un favor que no podría pagar y que, para colmo, quizá fuese imposible.

—Gracias —dijo en cambio.

Rathbone esbozó una sonrisa, que pareció un instante de sol en un paisaje invernal.

—Pues manos a la obra. Si Dalgarno no la mató y tú tampoco, ¿quién lo hizo? ¿Tienes alguna idea?

—No —se limitó a responder Monk. Era la pura verdad. De pronto fue consciente de lo poco que conocía a Katrina Harcus. Habría podido describirla hasta el mínimo detalle (el cabello, el rostro, sus extraordinarios ojos, la manera en que se movía, las inflexiones de su voz), e incluso decirle a Rathbone lo que llevaba puesto cada vez que la había visto, pero hasta el día de su muerte no había sabido dónde vivía, y mucho menos de dónde procedía ni ningún otro aspecto de su vida cotidiana, su familia y su pasado.

Rathbone apretó los labios por un instante y tuvo que hacer un esfuerzo para abstenerse de comentar la credulidad de Monk. Tal vez él mismo lo ignorase prácticamente todo acerca de algunos de sus clientes.

—Pues en ese caso, lo primero que tienes que hacer es averiguar todo lo que puedas sobre ella, y tan aprisa como sea posible —dijo Rathbone sombríamente—. Ve donde tengas que ir, ¡pero infórmame a diario!

Le constaba que no era necesario hacer hincapié en aquello.

Monk se puso de pie. Rathbone había sido muy benevolente en su condena, sin criticarlo ni culparlo, pero Monk lo conocía lo bastante como para saber cuáles serían sus pensamientos y se sintió abatido por ellos como si su amigo los hubiese manifestado en voz alta.

Rathbone le entregó el dinero que iba a necesitar.

—Gracias —dijo Monk, que detestaba aceptarlo.

Aún estaba por ver que Dalgarno fuese a reembolsarlo, pero Monk no podía permitirse rehusar. No sabía adónde le llevaría la investigación de la que dependería no sólo la vida de Dalgarno sino su propia conciencia, su identidad y, en el peor de los casos, también su vida. Si el tribunal daba muestras de ir a condenar a Dalgarno, tendría que contarle lo de las cartas que había encontrado en casa de Katrina, y a continuación destruido, además de demostrar que el botón era suyo. Y entonces, ¿cómo se las arreglaría Rathbone para salvarlo de la horca?

Sin embargo, era inocente, y quizá Dalgarno también.

—Tengo que comenzar por el propio Dalgarno —dijo en voz alta—. Por favor, consígueme una entrevista con él.

El reloj ya había dado las nueve cuando Monk se encontraba de pie en una celda de Newgate, con Rathbone sentado a un lado en la única silla y Dalgarno, pálido y sin afeitar, caminando arriba y abajo, con expresión de abatimiento debido a la conmoción que le había causado comprender que tal vez acabara con una soga al cuello.

—¡Yo no la maté! —exclamó desesperado, y a punto estuvo de quebrársele la voz.

Monk ocultaba sus emociones haciendo alarde de tener sangre fría. Era el único modo de pensar con claridad.

—Alguien debió de hacerlo, señor Dalgarno —contestó Monk—. Ningún jurado lo absolverá a no ser que le proporcione una alternativa.

—¡No sé quién lo hizo, por el amor de Dios! —gritó Dalgarno fuera de sí—. ¿Cree que seguiría encerrado en esta prisión si lo supiera?

Miró a Monk como si fuese tonto de remate.

Monk sintió lástima de él, y también culpa por su participación en el asunto, aunque no conseguía que aquel hombre le cayera bien. Había tratado muy mal a Katrina Harcus, tanto si la había matado como si no.

—Ponerse histérico no le servirá de nada —dijo con frialdad—. Lo único que quizá le ayude será emplear la lógica. ¿Qué sabe acerca de Katrina Harcus? Y, por favor, cuéntemelo todo y diga la verdad aunque salgan a relucir aspectos poco favorables sobre usted mismo. Su vida puede depender de ello. No es momento de andarse con remilgos para salvaguardar su reputación y su vanidad.

Dalgarno lo fulminó con la mirada y acto seguido miró a Rathbone, quien asintió con un ademán casi imperceptible.

—La conocí en una recepción al aire libre —comenzó Dalgarno, conteniendo el tono de voz—. Era encantadora, rebosaba vitalidad. Pensé que se trataba de la mujer más interesante que había visto en mi vida. Pero no sabía nada acerca de su entorno social, aunque se la veía distinguida y con los medios suficientes para vestir a la última moda.

—¿Quiénes eran sus amigos? —preguntó Monk.

Dalgarno dijo de un tirón media docena de nombres. A Monk no le sonaron, pero advirtió que Rathbone los reconocía.

—¡Tal vez la haya matado uno de ellos! —exclamó Dalgarno con desesperación—. ¡No me figuro por qué, pero bien sabe Dios que yo no lo hice! ¿Por qué iba yo a matarla? Yo no quería casarme con ella, aunque, al parecer, ella pensaba que sí. —Se ruborizó levemente—. Y no existió fraude, ¡lo juro! —Agitó una mano—. Puede que hayamos rascado algo aquí y allí, pero todo el mundo lo hace.

Monk no hizo ningún comentario al respecto. Ahora era irrelevante.

—Justo por eso necesito saber más sobre ella, señor Dalgarno. Alguien la mató. ¿De dónde procedía? ¿Qué sabe de su familia?

—¡No sé nada! —respondió Dalgarno impaciente—. Nunca hablamos de eso.

—No obstante, tenía intención de casarse con ella —señaló Monk—. Como hombre ambicioso que es, sin duda hizo sus averiguaciones.

Dalgarno se puso colorado.

—Me parece... que era oriunda de la zona de Liverpool. Me dijo que sus padres habían muerto.

Aquello encajaba muy bien. El fraude del que Katrina había acusado a Dalgarno era una copia casi exacta del que había supuesto la condena de Dundas. Si se había criado en la zona de Liverpool resultaba plausible que hubiese oído hablar de ello, así como del accidente que con tanto horror le había referido.

Monk hizo unas cuantas preguntas más, aunque resultó sorprendente lo poco que Dalgarno sabía acerca de la mujer de quien supuestamente había estado enamorado. No obstante, Monk recordó con cruda sinceridad lo poco que había sabido y su escaso interés sobre algunas de las muchachas de las que había creído estar enamorado en el pasado.

Quizá se debiera a que había conocido a Hester pocos meses después del accidente, y eso le había hecho olvidar a todas las anteriores. Hester era real; las demás, meras idealizaciones que había creído desear.

¿Acaso Dalgarno se había conducido de igual modo con Katrina Harcus? En caso afirmativo, no podía culparlo de ello. Tampoco tenía demasiado sentido preguntar a Dalgarno acerca de su relación con ella, pues diría lo que quisiera que creyesen y no habría forma de corroborarlo.

—¿Qué me dice de su propia familia, señor Dalgarno? —preguntó—. ¿Les presentó a la señorita Harcus? Seguramente su madre quiso conocerla. ¿Es posible que ella esté mejor informada?

Dalgarno apartó la vista.

—Mi familia está en Bristol. Mi padre anda mal de salud, no puede viajar, y mi madre no se aparta de él.

—Pero usted y la señorita Harcus sí podían viajar —arguyó Monk.

Dalgarno se volvió con expresión enojada.

—¡Yo no pedí a la señorita Harcus que se casara conmigo! —le espetó—. Puede que ella se imaginara que tenía intención de hacerlo, pero ya sabe cómo son las mujeres.

—Sobre todo cuando se les dan motivos para imaginarlo —puntualizó Monk en tono áspero.

Dalgarno abrió la boca como si se dispusiera a negarlo, pero volvió a cerrarla y apretó los labios.

Monk no logró averiguar nada más. Finalmente, salió del agobiante y opresivo ambiente de la prisión y caminó junto a Rathbone a lo largo de Newgate Street. Ninguno de ellos manifestó agrado o antipatía por Dalgarno, como tampoco mencionaron el hecho de que no hubiera mostrado la menor compasión por Katrina Harcus, ningún remordimiento por haberla tratado mal.

—Liverpool... —dijo Rathbone—. Si guarda alguna relación con su pasado, todo comenzará allí. La policía estará investigando cuanto pueda investigarse en Londres, así que no pierdas el tiempo con eso. A decir verdad, Monk, no tengo ni idea de lo que debes buscar.

Monk no contestó, pues él tampoco lo sabía, pero le pareció que reconocerlo sería tanto como rendirse, y no podía permitírselo.

Al llegar a Fitzroy Street, Monk encontró la casa vacía, pero apenas llevaba allí poco más de un cuarto de hora cuando Hester entró presa de una gran excitación. El rostro se le iluminó al verlo y dejó el paquete con lo que había comprado encima de la mesa para dirigirse corriendo hacia él, como si no abrigara la menor duda de que la recibiría en sus brazos.

Monk la abrazó encantado, estrechándola con fuerza, notando la apasionada respuesta de su esposa.

Hester se echó un poco hacia atrás y lo miró.

—William, he resuelto el asesinato de Nolan Baltimore, al menos en parte. ¡No sé con exactitud quién lo hizo, pero sí por qué!

Monk sonrió.

—Todo el mundo lo sabe, querida. ¡Siempre lo hemos sabido! Pregunta a cualquier limpiabotas o vendedor callejero. No pagaba sus facturas. Un proxeneta se hartó y hubo una pelea.

—Verás, William, no fue exactamente así —dijo en el tono de una institutriz contrariada—. Eso es sólo una suposición. Te conté que hay un burdel donde un socio presta dinero a muchachas respetables que están endeudadas por distintas razones...

—Sí, en efecto, pero ¿qué tiene eso que ver?

—¡Él era el socio! —dijo Hester. Entonces, al advertir su cara de indignación, agregó—: Sabía que lo encontrarías repugnante. Él prestaba el dinero y Squeaky Robinson dirigía el burdel. ¡Pero Baltimore también era cliente! Por eso lo mataron, por querer llevar sus gustos demasiado lejos. Una de las muchachas se rebeló y lo empujó desde una ventana del piso más alto. Squeaky hizo que trasladaran el cadáver a casa de Abel Smith.

—¿Se lo has contado a la policía?

—¡No! Tuve una idea mucho mejor.

Resplandecía de satisfacción. Monk tuvo la sensación de que no podría evitar desilusionarla.

—¿Mejor? —preguntó con cautela.

—Sí. He quemado los pagarés, y con ello he puesto fin al negocio de Squeaky. Vamos a ocupar su local, sin pagar alquiler, y las muchachas que ahora viven allí se ocuparán de cuidar a las enfermas y lesionadas.

—¿Que has hecho qué? —inquirió Monk, incrédulo—. ¿Cómo...?

—Bueno, no fui sola...

—¡No me digas! —Monk levantó la voz sin querer—. ¿Y a quién reclutaste, si puede saberse? ¿O quizá preferiré no saberlo?

—¡Vamos, William, son de lo más respetable! —protestó Hester—. Margaret Ballinger y Oliver.

—¿Qué? —No le cabía en la cabeza.

Hester le sonrió y lo besó en la mejilla. Luego le refirió con todo detalle lo que habían hecho, terminando con una disculpa.

—Me temo que no servirá de mucho para esclarecer el fraude ferroviario. No tiene nada que ver.

—No —convino Monk, aunque en su fuero interno

sintió una diminuta chispa de orgullo—. Tengo que ir otra vez a Liverpool por ese asunto.

—Vaya...

Entonces Monk le contó lo que había dicho Runcorn.

—Eso no es una prueba —convino Hester—. Pero si han desviado la línea sus motivos tendrían, y la señorita Harcus dijo que esperaban obtener enormes beneficios que debían guardarse en secreto. —Lo miró fijamente—. ¿Qué vas a hacer?

Que Hester diera por sentado que iba a hacer algo le puso las cosas más fáciles.

—Volver a Liverpool —respondió Monk—. Tratar de averiguar qué errores cometió exactamente Dundas para que lo pillaran. —Vio que su esposa abría los ojos y la oyó inspirar aire y soltarlo sin decir nada—. Para este caso —agregó—. No el del pasado.

Hester se relajó y sonrió.

Monk regresó al mismo alojamiento de Liverpool donde ya se sentía a su anchas e incluso bienvenido. Lo primero sería averiguar si Katrina Harcus había nacido allí. A juzgar por la edad que aparentaba, tenía que haber sido a comienzos de la década de 1830, justo antes de que fuese obligatorio inscribir los nacimientos en el registro civil, de modo que debería hallar fe de su bautismo en alguna iglesia de la ciudad. Eso lo obligaría a ir preguntando de parroquia en parroquia. Telegrafió a Rathbone para hacérselo saber.

Pasaron cuatro cansados y tediosos días hasta que dio con la inscripción de Katrina en el archivo de una pequeña iglesia gótica que quedaba en las afueras de Liverpool. Katrina Mary Harcus, hija de Pamela Mary Harcus. El nombre de su padre no constaba. La inferencia resultaba obvia. La ilegitimidad era un estigma que muy pocos superaban. Sintió una punzada de lástima al leer la inscripción incompleta. Aguardó en el pasillo un tanto polvoriento donde el sol caía dibujando joyas de colores desde los altos vitrales mientras el párroco se aproximaba hacia él. Tal vez no fuese de extrañar que Katrina hubiese abandonado su hogar para ir a Londres, donde no la conocía nadie ni tenía amigos, en busca de un futuro mejor que el que la aguardaba en su ciudad natal con la indeleble mancha de ser una bastarda.

—¿Ha encontrado lo que buscaba? —preguntó el párroco amablemente.

—Sí, gracias —contestó Monk—. ¿Sigue viviendo en esta parroquia la señora Harcus?

—No —dijo en voz baja el reverendo Rider, en cuyo rostro anodino apareció una expresión de tristeza—. Falleció hace casi tres meses, la pobre. —Suspiró—. Era una mujer encantadora, llena de vida y esperanza. Siempre veía el lado bueno de las cosas. Nunca fue la misma después de... —Hizo una pausa en busca de las palabras más adecuadas—. Después de la muerte de su benefactor —concluyó.

¿Se trataría de un eufemismo para aludir a su amante, el padre de Katrina?

—¿Tuvo dificultades después de eso? —preguntó Monk, solícito. Fingió lástima para complacer al vicario; de ordinario la habría sentido, pero en aquel momento no podía permitirse que las emociones lo dominaran.

—Sí... sí. —Rider frunció la boca y asintió con la cabeza—. Encontrarse solo, mal de salud y con pocos recursos resulta duro para cualquiera. Las personas pueden ser muy crueles, señor Monk. Tendemos a mostrarnos muy caritativos con nuestras propias flaquezas y muy poco con las de los demás. Supongo que se debe a que conocemos la intensidad de la tentación que nos acosa, así como las razones por las que esa excepción a la regla resulta comprensible. De los demás sólo sabemos lo que vemos, y ni siquiera eso es siempre la verdad.

Monk sabía lo que era aquello mucho mejor de lo que el vicario podía imaginar. La pérdida de la memoria le había obligado a contemplar sus propios actos con esos ojos parciales y ajenos, casi siempre desde el punto de vista de los demás, sin entender nada. Ser juzgado de ese modo resultaba muy doloroso. Uno se sentía acorralado, amenazado con tener que responder por agravios cometidos en una época que no recordaba, como quien dice por otro hombre. Había bregado para despojarse de la falta de piedad y la indiferencia de antaño; ¿acaso ahora el pasado no se lo iba a seguir permitiendo?

Pero no tenía tiempo para ser indulgente con sus propios sentimientos, por persistentes y apremiantes que fueran.

—Sí —convino Monk, procurando no parecer brusco—. Con frecuencia somos muy intolerantes. Quizá nos hiciese bien pasar un poco de tiempo recibiendo el juicio de los otros, en lugar de juzgando.

Rider sonrió.

—Una observación muy perspicaz, señor Monk.

—¿Sabe usted quién era su benefactor? Tal vez lo fuese el padre de su hija, a quien yo conocía, y a quien traté de ayudar a resolver un problema.

—¿Conocía? —dijo Rider de inmediato al oír que hablaba en pasado.

—Lamento comunicarle que ha muerto.

Monk no tuvo que fingir su pesar. Y no era sólo que se sentía culpable por no haberlo evitado, sino que también lamentaba la pérdida de una mujer tan llena de pasión y vehemencia, buena parte de las cuales había compartido aunque ella no lo hubiese sabido.

Rider se mostró abatido.

—Dios mío..., cuánto lo siento —dijo en voz baja—. Era una criatura tan llena de vida... ¿Fue un accidente?

—No. —Monk se arriesgó a decir la verdad—. La asesinaron...

Se interrumpió en mitad de la frase al ver la conmoción en los ojos de Rider. Era como si el vicario hubiese tropezado con algo que no había visto y sin previo aviso se hubiera encontrado en el suelo, cubierto de magulladuras.

—Lo siento —se disculpó Monk—. Tendría que habérselo dicho con más delicadeza. Estoy preocupado porque temo que hayan arrestado al hombre equivocado, y queda muy poco tiempo para averiguar la verdad.

—¿Cómo puedo ayudarle?

Monk no estaba seguro, pero hizo la pregunta evidente.

—¿Quién era su padre? Y ¿cuánto hace que ella se marchó de aquí?

—Hará cosa de dos años —contestó Rider, frunciendo el ceño al concentrarse.

—¿Y su padre? —insistió Monk.

Rider lo miró atribulado.

—No veo qué relación puede guardar eso con su muerte. Fue hace muchos años. Todos los implicados en ese asunto han fallecido..., hasta la pobre Katrina. Deje que descansen en paz, señor Monk.

—Si están muertos —arguyó Monk—, ¿qué mal puede hacerles? No se lo diré a nadie, excepto si es necesario para salvar la vida de un hombre al que ahorcarán si no se prueba que es inocente de haberla matado.

Rider suspiró, indicando con una mueca que lo lamentaba.

—Lo siento, señor Monk, pero no puedo revelar los secretos de confesión, ni siquiera los de los difuntos. Aparte de contar con mi estima personal, esas personas eran mis feligreses y confiaban en mí. Si ese hombre es inocente, la ley no lo hallará culpable y, para hacer justicia a la pobre Katrina, encontrará al verdadero culpable. Quizá también para hacerle justicia a él, aunque no somos nosotros quienes debamos juzgarlo. —Soltó otro profundo suspiro—. Me entristece muchísimo enterarme de su muerte, señor Monk, pero no puedo ayudarlo.

Monk no insistió. Vio con claridad en su rostro amable y triste que Rider no daría el brazo a torcer.

—Lamento haberle traído tan malas noticias —dijo en voz baja—. Gracias por haberme recibido.

Rider asintió con la cabeza.

—Buenos días, señor Monk, y que Dios le guíe en su búsqueda.

Monk titubeó, armándose de valor, y se volvió.

—Señor Rider, ¿sabe si Katrina tenía una amiga que se llamara Emma?

El corazón le latía con tanta fuerza que notaba cómo se agitaba en su pecho. Vio la respuesta en los ojos de Rider antes de que éste se la diera.

—Que yo sepa, no. Lo lamento. Hasta donde sé, sólo tenía a su madre, y también a su tía, Eveline Austin. Pero murió hace diez o doce años. De todos modos, mencionaré su fallecimiento en la misa del próximo domingo y sin duda correrá la voz. —Sonrió con tristeza—. Las malas noticias se difunden deprisa.

Monk tenía la boca seca. Sentía que todo lo hermoso, toda la vida que conocía, infinitamente valiosa, se le escurría como arena entre los dedos sin poder hacer nada para retenerla.

—¿Se encuentra bien, señor Monk? —preguntó Rider inquieto—. No presenta buen aspecto. Perdone que le haya servido de tan poco.

—¡No! —Monk se recobró. No fue más que una huida, pero aún distaba mucho de ser libre—. Gracias. No ha hecho más que decirme la verdad. Gracias por el tiempo que me ha dedicado. Buenos días.

—Buenos días, señor Monk.

11

El acuerdo con Squeaky Robinson, al menos por el momento, estaba dando muy buen resultado. El traslado de las camas y demás mobiliario, así como las medicinas y equipos, desde Colbath Square a Portpool Lane constituyó una tarea agotadora, pero las mujeres que de pronto se vieron libres de sus deudas estuvieron encantadas de tener una forma de ganarse la vida digna de admiración y que no las obligaba a mentir ni a andarse con evasivas. Tampoco debían temer que las despidieran por no estar a la altura de los principios morales de sus patronas por culpa de un pasado que a partir de ahora tendrían que ocultar.

Squeaky se quejaba amargamente, aunque Hester pensaba que, al menos en parte, se debía a que creía que eso era lo que se esperaba de él. Su más apremiante motivo de preocupación había desaparecido y se sentía aliviado por demás pese a que se negara a reconocerlo.

Hester había tenido la gran satisfacción de decir a Jessop que ya no tendría que inquietarse por la dudosa reputación de los inquilinos de su casa de Coldbath, puesto que habían encontrado otro local más grande y con un alquiler mejor, de hecho sin alquiler, y que se marcharían lo antes posible, en cuestión de uno o dos días.

Jessop se había mostrado perplejo.

—¡Tenemos un contrato, señora Monk! —protestó—. ¡Sabe muy bien que debe avisar con un mes de antelación!

—Ni hablar —había respondido Hester de plano—. Usted amenazó con desahuciarnos, y yo le creí. He encontrado otro lugar, tal como me dijo que hiciera.

Jessop se negó de malos modos a devolver el alquiler de la última semana, que ya había sido satisfecho aunque el local fuese a quedar vacío.

Hester le sonrió, quizá no con tanta amabilidad como se había propuesto, y le dijo que no le importaba en absoluto, lo cual confundió a Jessop e hizo que se enojara. A esas alturas de la conversación ya se había congregado un público bastante nutrido, en su mayoría partidario de Hester.

Jessop se marchó enfurecido, si bien se guardó mucho de proferir amenazas. Aquél no era un vecindario en el que conviniera granjearse enemigos que podían ser más poderosos que uno mismo, y Jessop conocía sus limitaciones. Quienquiera que hubiese cedido un local a Hester y a Margaret sin cobrar alquiler, sin duda tenía mucho dinero, y el dinero era poder.

Lo observaron marcharse llenas de satisfacción, y Bessie no pudo contener la risa. Ésta aseguró a Hester y Margaret que se las podía arreglar muy bien sin ellas durante el día cuando comenzara el juicio de Michael Dalgarno. Si se producía una emergencia, mandaría a algún pilluelo del barrio en busca del señor Lockwood y, si con eso no bastaba, también a alguna de ellas. No obstante, como aún había poco movimiento en las calles y las gentes del barrio por lo general formaban una piña contra las circunstancias adversas, al menos mientras éstas durasen habría más paz de la acostumbrada.

El agente Hart también prometió prestarles ayuda con discreción en caso necesario. Hester le dio las gracias efusivamente, llegando incluso a incomodarlo, y le regaló un tarro de mermelada de grosella negra, el cual aceptó, tomándolo con ambas manos. Hasta la propia Bessie decidió que quizás Hart fuese una excepción a la norma en lo que a la policía atañía.

Así pues, cuando comenzó el juicio, Margaret, Hester y Monk se encontraban sentados en la tribuna del público. Dalgarno, pálido como la cera, ocupaba el banquillo de los acusados y Jarvis Baltimore, incapaz de estarse quieto un momento, se hallaba algunas filas por delante de ellos, con Livia abatida a su lado, cuando el señor Talbot Fowler comenzó a exponer los argumentos de la acusación.

Fue extremadamente eficiente. Llamó a un testigo tras otro para demostrar que Dalgarno era un hombre de talento, ambicioso, dotado para las cifras, y que sin asomo de duda había efectuado la mayoría de negociaciones en pro de la adquisición de terrenos para la vía férrea de Londres a Derby en nombre de Baltimore & Sons.

El segundo día demostró que Dalgarno había cortejado a Katrina Harcus, si bien era cierto que no abiertamente. Los habían visto juntos lo bastante a menudo como para dar pie a que ella creyera que contaba con su cariño. De hecho, dos de los testigos habían esperado que anunciaran su compromiso antes de un mes.

Margaret, sentada al lado de Hester, permanecía un poco inclinada hacia delante. En varias ocasiones pareció a punto de hablar, y Hester entendió que su amiga se preguntaba por qué Rathbone no repreguntaba a los testigos, para dar al menos la impresión de plantear alguna clase de defensa. El respeto hacia Rathbone fue lo único que evitó que cada vez manifestara su inquietud en susurros, pues hubiese parecido una crítica a su proceder.

Al otro lado de Hester, Monk se mostraba igualmente tenso, con los hombros rígidos y la mirada fija al frente. Debía de pensar exactamente lo mismo, aunque por razones bien distintas. Si Rathbone fracasaba, para él se trataría de algo bastante peor que decepcionarse con alguien de quien se estaba enamorando, pues casi con toda seguridad significaría cambiar de lugar con el hombre que en ese momento ocupaba el banquillo.

No obstante, mientras Fowler hizo desfilar a un testigo tras otro, Rathbone no hizo ni dijo nada.

—¡Por el amor de Dios! —exclamó Monk por la tarde, mientras caminaba preocupado de un lado a otro de la sala de estar—. ¡No puede ser que pretenda ganar por omisión! ¡Tendría que hacer algo más que confiar en que no puedan demostrarlo! ¿Acaso quiere que lo acusen de defensa incompetente? —Presentaba el semblante ceniciento, los ojos hundidos—. No lo estará haciendo para salvarme, ¿verdad?

—¡No, claro que no! —respondió Hester al instante, plantándose delante de él.

—¡No por mí, sino por ti! —dijo Monk con un dejo de amargura.

Hester le cogió el brazo.

—Ya no está enamorado de mí...

—¡Pues entonces está más loco de lo que pensaba! —repuso Monk.

—Está enamorado de Margaret —explicó Hester—. O al menos pronto lo estará.

Monk respiró hondo y la miró fijamente.

—¡Eso no lo sabía!

Un destello de impaciencia cruzó por un instante el rostro de Hester, quien repuso:

—Es lógico. Ignoro qué piensa hacer, William, pero algo hará, por honor, orgullo o lo que sea. No se rendirá sin librar batalla.

Sin embargo, Rathbone no estaría disponible en todo el fin de semana. Cuando Hester salió a por leche fresca el sábado por la mañana, Monk aprovechó la ocasión de encontrarse a solas para leer el diario de Katrina.

Aborrecía la idea de hacerlo, pero estaba lo bastante desesperado como para aferrarse a cualquier pista.

Con todo, el texto era muy críptico, y sólo lograba entender fragmentos del mismo, palabras aisladas que le recordaban sus sentimientos; las personas que los suscitaban estaban tan íntimamente ligadas a su vida que no necesitaba mencionarlas para saber de quién se trataba; no había ninguna concatenación coherente de hechos.

Rebuscó en su memoria. Había algo que quedaba justo fuera de su alcance, algo que lo definía todo, pero las sombras lo desdibujaban, y cuanto más lo miraba, más aprisa se disolvía en el caos, dejándolo en manos del lento y minucioso procedimiento legal.

El lunes por la mañana se reanudó el juicio por tercer día, y todo indicaba que Rathbone iba a darse por vencido sin combatir.

Monk, Hester y Margaret ocuparon sus asientos, angustiados e impacientes, mientras Fowler llamaba a los testigos de la policía, empezando por el agente que llegó primero a la escena del crimen y halló el cadáver, a quien siguió Runcorn para referir sus pesquisas.

Por fin Rathbone aceptó la invitación, ofrecida con cierto sarcasmo, para repreguntar al testigo.

—¡Dios Santo! —exclamó Fowler con exagerado asombro, actuando para el jurado, que hasta entonces no tenía nada que considerar salvo testimonios no refutados.

—Comisario Runcorn —comenzó Rathbone en tono cortés—. Nos ha descrito su trabajo con lujo de detalle. Al parecer no pasó nada por alto.

Runcorn lo miró con recelo. Su prolongada experiencia aportando testimonios le hizo suponer que no se trataba de un mero cumplido.

—Gracias, señor —dijo sin mostrar afectación.

—Y es de suponer que intentó hallar pruebas que demostraran que la capa encontrada en la terraza desde donde cayó la señorita Harcus pertenecía al señor Dalgarno.

—Naturalmente —admitió Runcorn.

—¿Lo consiguió? —inquirió Rathbone.

—No, señor.

—¿No tiene una capa del señor Dalgarno?

—Sí, señor, pero no es ésa.

—¿Tiene dos, entonces?

—No que nos conste, señor. ¡Pero eso no significa que no sea suya! —dijo Runcorn, a la defensiva.

—Por supuesto que no. Adquirió ésta en secreto con vistas a dejarla en la terraza después de arrojar a la señorita Harcus al vacío para matarla.

Una risita ahogada recorrió la sala. Varios miembros del jurado hicieron patente su confusión. Jarvis Baltimore se arrimó a Livia y puso una mano encima de la de su hermana.

—Si usted lo dice, señor —respondió Runcorn de manera insulsa.

—¡No, no, yo no digo eso! —replicó Rathbone—. ¡Es usted quien lo afirma! Yo digo que pertenecía a otra persona... que estuvo en la terraza y fue la responsable de la muerte de la señorita Harcus... ¡Alguien cuyo rastro nunca se le ocurrió seguir!

—Nadie más tenía motivos —dijo Runcorn conservando la calma.

—¡Que usted sepa! —lo desafió Rathbone—. Me dispongo a presentar una interpretación completamente distinta de las circunstancias, comisario, una que nunca se le pasó por la cabeza... y que nunca intentó demostrar, puesto que queda más allá de todo supuesto razonable y, por ende, a nadie se le iba a ocurrir por las buenas. Gracias. Esto es todo.

Monk se volvió hacia Hester con los ojos como platos.

—No lo sé —susurró ella—. ¡No tengo ni idea!

Los miembros del jurado intercambiaron miradas. Un murmullo de especulación recorrió la sala del tribunal.

—¡Menudo pavoneo! —dijo Fowler de forma audible, con la voz cargada de reproche.

Rathbone sonrió para sus adentros, pero Hester temió que estuviera haciendo justamente eso y que la actitud de Fowler no fuese una bravuconada.

Margaret tenía los nudillos blancos y el cuerpo inclinado hacia delante.

Fowler llamó a su siguiente testigo, el médico forense, a quien Rathbone no preguntó nada, y luego continuó con los vecinos que habían visto u oído algo el día de autos.

De vez en cuando, Rathbone echaba un vistazo a su reloj.

—¿Qué estará aguardando? —preguntó Monk entre dientes.

—¡No lo sé! —contestó Hester con más brusquedad de la que pretendía. ¿Qué esperanza podía abrigar Rathbone? ¿Qué otra solución cabía? No había puesto en entredicho ninguno de los testimonios y mucho menos sugerido la alternativa a la que había aludido con tanto dramatismo.

La vista se aplazó hasta el día siguiente y el público salió en tropel hacia los pasillos y vestíbulos. Hester oyó a más de uno comentar que no tenía intención de volver.

—No entiendo que un hombre como Rathbone haya aceptado semejante caso —dijo en tono indignado un caballero en lo alto de las escalinatas exteriores—. Lo único que puede conseguir es una derrota, y lo sabe.

—Será que las cosas no le van tan bien como suponíamos —contestó su acompañante.

—¡Le consta que es culpable! —exclamó el primer hombre, y apretó los labios—. ¡Aun así, hubiese esperado que lo intentara, al menos para salvar las apariencias!

Hester estaba tan enfadada que se adelantó para alcanzarlos, deteniéndose al notar que Monk le sujetaba el brazo. Se volvió hacia él.

—¿Qué piensas decirles? —preguntó Monk.

Hester abrió la boca para contestar, pero se dio cuenta de que no tenía nada preparado que resultara consistente. Vio el sufrimiento de Margaret y su creciente confusión.

—¡Luchará! —le aseguró, pues le constaba hasta qué punto Margaret deseaba creer que así sería.

Margaret trató de sonreír y se despidió para ir en busca de un coche de punto que la llevara a su casa antes de enfrentarse a la velada en Coldbath Square.

Hester comenzó el cuarto día del juicio con el corazón en un puño. Había permanecido despierta hasta bien entrada la noche, preguntándose si debía ir a casa de Rathbone y pedir que la recibiera, pero comprendió que no se enteraría de nada que sirviera de ayuda, como tampoco tenía nada que ofrecerle. No tenía la menor idea de quién había matado a Katrina Harcus ni por qué. Le constaba que no había sido Monk, y cada vez estaba menos segura de que hubiese sido Dalgarno, pese a no conseguir que éste le cayera bien. Observándolo a lo largo de los días que llevaba el juicio había detectado miedo en su rostro, en los hombros hundidos, en los labios prietos y en la palidez de la piel, pero ninguna compasión por la mujer asesinada. Como tampoco había percibido la menor preocupación por Livia Baltimore, quien se iba sumiendo en la desdicha con cada nuevo testimonio que demostraba la crueldad con que Dalgarno había tratado a una muchacha que había creído que la amaba y quien, a juzgar por las pruebas presentadas, estaba profundamente enamorada de él.

Durante la mañana se fijó en Livia. Estaba tensa y

tenía la piel pálida e hinchada alrededor de los ojos; Hester comprendió que aún se aferraba a la esperanza. Ahora bien, aun suponiendo que Rathbone realizara un milagro y consiguiera que absolvieran a Dalgarno del cargo de asesinato, ¿habría forma humana de demostrar que era inocente de duplicidad y oportunismo?

Fowler concluyó el turno de la acusación.

Hester estrechó brevemente la mano de Monk. Era más fácil eso que tratar de hallar palabras, pues no sabía qué decir.

Rathbone se puso de pie para iniciar la defensa. La tribuna del público estaba medio vacía. Llamó de nuevo al topógrafo.

Fowler objetó que estaba haciendo perder tiempo al tribunal. El topógrafo ya había prestado declaración. El tema estaba más que agotado.

—Señoría —dijo Rathbone pacientemente—, mi distinguido colega sabe tan bien como el resto de nosotros que sólo podía repreguntar al testigo sobre las cuestiones planteadas por la acusación.

—¿Acaso puede haber quedado alguna otra cuestión pendiente? —preguntó Fowler, provocando una cascada de risas entre el público—. A estas alturas, todos sabemos más de lo necesario, e incluso de lo que desearíamos, sobre el tendido de vías férreas.

—Posiblemente sepamos más de lo que desearíamos, señoría —reconoció Rathbone esbozando una sonrisa—, pero no de cuanto nos es necesario. Todavía no hemos alcanzado una conclusión incontestable.

—Ustedes son abogados —dijo el juez—. ¡Pueden argumentar la conclusión que les parezca! De modo que proceda, sir Oliver, pero no haga perder el tiempo a este tribunal. Si da usted la impresión de hablar por hablar, admitiré la objeción del señor Fowler. Es más, yo mismo objetaré.

Rathbone hizo una reverencia y sonrió.

—Haré lo posible para no resultar tedioso ni reiterativo, señoría —prometió.

El juez se mostró escéptico.

—Señor Whitney. —Rathbone se encaró al topógrafo una vez le hubieron recordado debidamente su juramento y éste hubo repetido su título profesional—. Ya nos ha contado que usted peritó tanto la ruta original prevista para la vía férrea que Baltimore & Sons iba a tender entre Londres y Derby como la que finalmente se tendió. ¿Hay una diferencia de coste importante entre ambas?

—No, señor, nada importante —contestó Whitney.

—¿Qué considera usted importante? —preguntó Rathbone.

Whitney lo meditó un momento.

—Por encima de unos cientos de libras —respondió finalmente—. Aunque no llegue al millar.

—Eso es mucho dinero —observó Rathbone—. Suficiente para comprar varias casas para una familia normal y corriente.

Fowler se puso de pie.

El juez le indicó con un ademán que se sentara y miró a Rathbone.

—Si lo que se propone es llegar a una conclusión, sir Oliver, sepa que se ha desviado más que la vía férrea en cuestión. Confío en que sepa justificar tan tortuoso recorrido.

El público rió con disimulo. Aquello, al menos, resultaba medianamente entretenido. La concurrencia disfrutaba al ver a Rathbone acosado, pues era mejor presa que el acusado, quien hacía ya tiempo que había dejado de contar con la poca compasión que hubiese llegado a suscitar.

Rathbone inspiró profundamente para no perder la calma. Admitió la observación del juez y se volvió de nuevo hacia el estrado de los testigos.

—Señor Whitney, ¿sería técnicamente posible cometer un fraude mucho mayor que el que se ha dado a entender aquí, uno por valor de varios miles de libras, mediante un desvío semejante de la ruta propuesta?

Whitney se mostró perplejo.

—Pues sí, ¡por supuesto! En este caso sólo se ha prolongado la vía unos pocos cientos de metros. Se pueden hacer otras cosas para ganar dinero.

—¿Por ejemplo? —preguntó Rathbone.

Whitney se encogió de hombros.

—Comprar tierras antes de desviarla y luego venderla a un precio inflado —contestó—. Y otras muchas cosas, si se tiene la imaginación suficiente y se cuenta con los contactos apropiados. Elegir un tramo donde sea necesario efectuar obras importantes como puentes, viaductos, túneles, incluso zanjas largas, y llevarse un porcentaje sobre los materiales. Las posibilidades son muy numerosas...

—¡Señoría! —exclamó Fowler levantando la voz—. ¡Lo que mi docto colega está demostrando es que el acusado es incompetente hasta para perpetrar un fraude! ¡Esto no es una excusa!

La concurrencia rió abiertamente. Nadie fingió no estar divirtiéndose. Cuando el alboroto remitió, Rathbone se volvió hacia Fowler.

—Lo que intento demostrar es que no es culpable de asesinato —dijo con cortesía, conteniendo el enojo—. ¿Por qué tengo la impresión de que no está dispuesto a permitírmelo?

—Son las circunstancias las que no se lo permiten, no yo —replicó Fowler, provocando más risas.

—¡Serán sus circunstancias! —espetó Rathbone—. ¡Las mías no sólo me lo permiten, sino que me obligan a hacerlo!

—¡Señor Fowler! —exclamó el juez—. Sir Oliver ha argumentado. ¡A menos que tenga alguna objeción que se fundamente en la ley, le ruego que deje de interrumpirlo, o estaremos aquí indefinidamente!

—Gracias, señoría —dijo Rathbone en tono irónico.

Hester creyó que, en efecto, Rathbone estaba ganando tiempo aunque no sabía muy bien para qué. ¿Qué, o a quién, estaba aguardando? De pronto tuvo un primer estremecimiento de esperanza.

Rathbone levantó la vista hacia Whitney.

—Nos ha dado ejemplos de otros modos en los que cabía perpetrar un fraude con más eficiencia. ¿Tiene usted conocimiento de algún fraude de ese tipo? Me refiero a un caso concreto.

Whitney se mostró un tanto desconcertado.

—¿Pongamos en Liverpool, hace casi dieciséis años? —apuntó Rathbone—. La empresa implicada era Baltimore & Sons. El informe topográfico se falsificó, alterando las coordenadas cartográficas...

Fowler se puso de pie otra vez.

—¡Siéntese, señor Fowler! —ordenó el juez. Miró severamente a Rathbone—. Supongo que se atiene a hechos demostrables, sir Oliver. Tenga cuidado con difamar a nadie.

—Todo consta en los archivos pertinentes, señoría —aseguró Rathbone—. Un hombre llamado Arrol Dundas fue condenado por el delito y, por desgracia, murió en prisión, pero los detalles del delito en cuestión se hicieron públicos durante el juicio.

—Entendido. La relevancia en el caso presente no es difícil de adivinar; sin embargo, será preciso que la demuestre.

—Sí, señoría. Demostraré que los archivos pertinentes fueron conservados por Baltimore & Sons y que, por lo tanto, su contenido era conocido por los actuales directivos de la empresa, aunque entonces no estuvieran implicados, puesto que, de hecho, algunos aún no habían acabado sus estudios.

—Muy interesante. Asegúrese de que además sea relevante para demostrar la inocencia del señor Dalgarno.

—Sí, señoría.

Rathbone arrancó unos cuantos pormenores más a Whitney antes de concluir su turno de preguntas. Pareció que Fowler iba a preguntarle algo, si bien al final rehusó, y Whitney abandonó el estrado.

Hester miró a Monk, pero le resultó obvio, tanto por la tensión y la palidez de su rostro como por la confusión de su mirada, que sabía tan poco como ella acerca de cuáles eran los planes de Rathbone. Presentaba el ceño fruncido y miraba fijamente al actuario, quien se afanaba en tomar notas. Tenía la mano derecha vendada, aunque, por suerte, escribía con la izquierda.

Luego Rathbone llamó a un empleado de Baltimore & Sons a quien hizo declarar que los archivos de los tratos comerciales antiguos estaban disponibles; dar con ellos no sería tarea fácil, si bien una búsqueda diligente por parte de un miembro de la empresa los sacaría a la luz.

—¿Y el público en general tuvo conocimiento del caso? —preguntó Rathbone por último.

—Sí, señor —respondió el empleado.

Fowler, por su parte, trató de demostrar que aquella información era abstrusa, que nunca se había comentado y que, por lo tanto, difícilmente habría llegado a oídos de Dalgarno.

—No sabría qué decir, señor —respondió el empleado con sensatez—. A mi juicio, esas cosas se saben, señor, aunque sólo sea a modo de lección sobre lo que no debe hacerse.

Fowler se batió en retirada.

—¡Sigo diciendo, señoría, que la incompetencia no equivale a la inocencia! —dijo con aspereza—. ¡La Corona no dice que el acusado cometiera bien un fraude, sino, simplemente, que lo cometió!

Rathbone enarcó las cejas.

—Si la Corona así lo desea, señoría, puedo llamar a un buen número de testigos que demostrarán que el señor Dalgarno es un hombre ambicioso y competente por demás que ascendió desde un puesto relativamente modesto hasta convertirse en uno de los socios...

El juez levantó la mano.

—Eso ya lo ha hecho usted, sir Oliver. Hemos entendido que la naturaleza del fraude del que se le acusa es mucho menos eficiente que el ejemplo previo del que fue hallado culpable el señor Dundas. La única cosa relevante al caso que nos ocupa parece ser el hecho de que el proceso anterior pudo muy bien estar en conocimiento del señor Dalgarno, lo cual nos lleva a preguntarnos por qué no lo emuló, si su intención era cometer un fraude. Por el momento, aún no ha completado su tarea. Por favor, ¡sea breve!

—Sí, señoría.

Rathbone volvió a llamar al capataz del equipo de peones que había trabajado en la línea de Derby, a quien hizo exponer un sinfín de tediosos detalles sobre las zanjas y las voladuras necesarias para hacer pasar la vía por la ladera de una colina, junto con los trabajos y el coste de construir un viaducto. Pudo haber preguntado todo aquello a Jarvis Baltimore, pero el peón no sólo conocía mejor los pormenores, sino que era a todas luces imparcial.

El tribunal no se molestó en disimular su absoluta falta de interés.

La vista se aplazó para almorzar. Monk pidió a Hester que fuese con Margaret y le indicó que él se reuniría con ellas después. Hester obedeció a regañadientes y Monk se marchó en dirección contraria, abriéndose paso con los hombros entre la muchedumbre que salía, hasta quedar frente al actuario de la sala.

—Disculpe —dijo, procurando no resultar brusco, aunque su tono era imperioso.

El funcionario hizo un esfuerzo para mostrarse cortés. Todavía estaba terminando de tomar notas. Su caligrafía era apretada, torpe, y con una curiosa inclinación hacia la izquierda. Monk tuvo una extraña sensación, casi un mareo, al detectar algo familiar en aquella escritura. ¿Acaso estaría en lo cierto?

—Dígame, señor —dijo el funcionario con paciencia.

—¿Qué le ha sucedido en la mano? —preguntó Monk.

—Me quemé, señor. —El funcionario se ruborizó levemente—. En la cocina.

—Ayer escribía usted con la otra mano, ¿verdad?

—Sí, señor. Por suerte puedo escribir con las dos. No igual de bien, pero me las arreglo.

—Gracias —dijo Monk, con un repentino entendimiento que fue como un rayo de sol.

Recordó con exactitud las características «ges» y «es» mayúsculas del diario de Katrina, con la misma inclinación hacia la izquierda, igual que en las cartas de Emma. Y, súbitamente, la inscripción en el libro de recetas; Eveline Mary M. Austin: ¡EMMA! Aquella mujer había amado a Katrina, y Katrina la había conservado con vida en su imaginación y se había inventado una correspondencia con ella, sirviéndose de la mano izquierda.

Resultaba penoso y excéntrico, y, pese a tener una explicación, la inquietud no abandonó el ánimo de Monk.

Al iniciarse la sesión de la tarde aún había menos gente en los asientos destinados al público.

—Llamo a la señorita Livia Baltimore —dijo Rathbone, suscitando un inmediato siseo de especulación y desagrado.

La propia Livia se mostró asustada, como si no estuviera preparada para aquello, pero la concurrencia hizo patente su interés. Varios miembros del jurado se enderezaron en sus asientos mientras Livia atravesaba la sala y subía los escalones del estrado, agarrándose a la barandilla como si necesitara apoyarse en ella.

—Ruego acepte mis disculpas por someterla a tan dura prueba, señorita Baltimore —dijo Rathbone amablemente—. Ojalá pudiera evitarlo, pero la vida de un hombre está pendiente de un hilo.

—Lo sé —dijo Livia en voz tan baja que apenas resultó audible. Dejó de oírse el más leve ruido en la sala, como si todos los presentes se estuvieran esforzando para no perder una palabra—. Haré cuanto esté en mi mano para ayudarle a demostrar que el señor Dalgarno no cometió ese terrible acto.

—Y su testimonio me será de gran utilidad —aseguró Rathbone—, siempre y cuando diga lo que sepa que es verdad con absoluta exactitud. Le ruego que confíe en mí, señorita Baltimore.

—Así lo haré —susurró Livia.

El juez le pidió que hablara más alto y Livia repitió:

—¡Así lo haré!

—Me figuro que compadecerá usted a la señorita Harcus —dijo Rathbone con una sonrisa—. Era joven, como usted, a lo sumo tendría cuatro o cinco años más, y estaba muy enamorada de un hombre dinámico y encantador. Sin duda sabrá cómo se sentía, con todo un prometedor futuro por delante.

Livia tragó saliva convulsivamente y asintió con la cabeza.

—Lo siento, pero es preciso que responda en voz alta —dijo Rathbone excusándose.

—Sí, así es —dijo Livia con voz ronca—. Me lo imagino muy bien.

—¿Ha estado enamorada alguna vez, señorita Baltimore, aunque ese sentimiento no haya ido más allá de una mera comprensión mutua?

Fowler se puso de pie.

—¡Señoría, eso es del todo irrelevante para la causa que debate este tribunal, además de resultar groseramente intrusivo! Los sentimientos personales de la señorita Baltimore no tienen cabida aquí y deberían ser respetados...

El juez lo interrumpió con un ademán de impaciencia.

—Sí, sí, señor Fowler. Sir Oliver, vaya al grano. De lo contrario me veré obligado a poner punto final a esta laberíntica excursión.

—Señoría. —Rathbone levantó la mirada hacia Livia—. Señorita Baltimore, ¿le ha hecho la corte el señor Dalgarno? Por favor, no sea modesta o discreta en detrimento de la verdad. ¡Confíe en mí! Y no me obligue a pedir a otros testigos que rebatan una negativa por su parte con el fin de salvaguardar su reputación. No hay nada de qué avergonzarse si alguien la ha cortejado, o incluso si le ha profesado amor y ha pedido su mano en matrimonio.

Livia estaba roja como la grana pero miró directamente a Rathbone.

—Sí. El señor Dalgarno me ha hecho el honor de pedirme que me case con él. Lo que sucede es que no estábamos en posición de hacer público el compromiso habiendo transcurrido tan poco tiempo desde la muerte de mi padre. Habría sido una falta de sensibilidad... y, además..., incorrecto.

Un grito ahogado resonó en la sala. Rathbone por fin había captado la atención de los presentes. El juez abrió mucho los ojos y meneó la cabeza, no en ademán de negación, sino de sorpresa.

Fowler se puso de pie y antes de que nadie se lo ordenara volvió a sentarse.

—En efecto —dijo Rathbone cuando los comentarios en la sala cesaron—. Por no mencionar la muerte de su novia anterior, quien se enteró de que amaba a otra mujer pocas semanas antes y que aún conservaba intactos sus sentimientos para con él. Supongo, señorita Baltimore, que aunque ella sí sabía de su existencia, usted no estaba enterada de la de ella.

Hester miró a Dalgarno y vio su cara de desesperación. Sin duda percibía el creciente desdén que inspiraba en los miembros del jurado. Según la ley, engañar y desentenderse de una mujer no constituía un delito, salvo si había una promesa de por medio. Pero también sabía que la lógica no siempre invalidaba los sentimientos. Lanzó una mirada de pura aversión a Rathbone, quien, de haberla visto, igual hubiese cerrado la boca.

Livia daba la impresión de que Rathbone la hubiese abofeteado. El rubor desapareció de su rostro, dejándola pálida y casi sin aliento.

—¡Michael no la mató! —exclamó Livia, jadeando—. ¡Jamás haría algo así! —Aunque sonó más como una súplica que como una convicción.

—No, señorita Baltimore —convino Rathbone en voz alta y clara—. ¡Por supuesto que no! No tenía motivo para desearle ningún mal, sólo para desear que lo dejara en paz y así buscar una novia más adecuada. ¿La vio usted en su casa una vez que el señor Dalgarno comenzara a cortejarla a usted?

Livia negó con la cabeza. Se le saltaban las lágrimas.

—No —repitió Rathbone por ella—. ¿O en algún lugar público, con la intención de incomodar al señor Dalgarno?

—No —susurró Livia.

—¿Podemos decir que, de hecho, usted no sabía que ella estuviera interesada por él?

—Sí..., así era.

—Gracias, señorita Baltimore. Es cuanto tenía que preguntarle.

Fowler negó con la cabeza.

—Todo esto es irrelevante, señoría. Estamos persiguiendo fantasmas. Lo único que ha demostrado mi docto colega es que el señor Dalgarno renunció a su compromiso con una mujer relativamente pobre cuando otra más rica le dio pie a pensar que podía cortejarla con éxito.

—No, señoría —dijo Rathbone—. Lo que estoy demostrando al tribunal es que la señorita Harcus tenía sobrados motivos para sentirse traicionada por el hombre al que amaba, creyendo sinceramente que era correspondida. Esto, junto con otros hechos que demostraré mediante testigos y documentos, explicará lo sucedido la noche de su muerte y por qué. Y demostrará que el señor Dalgarno no participó directamente en los hechos. Sólo es culpable de haber insultado el amor de una mujer, lo cual, lamento decir, muchos hombres han hecho antes que él sin tener que pagar por ello. La mayoría de nosotros lo considerará un acto deleznable, pero en absoluto criminal.

—Pues entonces hágalo, sir Oliver —ordenó el juez—. Aún le queda un buen trecho que recorrer.

—Sí, señoría —obedeció Rathbone.

Se estaba marcando un farol, Hester estaba convencida de ello. Sintió un escalofrío.

—Un testigo, por favor, sir Oliver —dijo el juez con tono lastimero—. Procedamos. Aún nos queda al menos una hora antes de que sea razonable aplazar la vista.

—Sí, señoría. Llamo al señor Wilbur Garstang.

—Ya hemos escuchado todo lo que el señor Garstang tenía que decir... ¡Y no ha sido poco! —protestó Fowler.

—Ya hemos escuchado lo que todo el mundo tenía que decir, incluido usted —repuso el juez—. Por favor, reduzca sus interrupciones al mínimo, señor Fowler. Sir Oliver, ¿realmente hay algo que el señor Garstang pueda hacer, aparte de llenar tiempo muerto?

—Sí, señoría, eso creo —contestó Rathbone, aunque seguramente el comentario del juez encerraba más verdad de la que podía permitirse reconocer.

—Llamen al señor Wilbur Garstang —dijo el juez, un tanto desalentado.

El señor Garstang subió al estrado y renovó su juramento. Era un hombre menudo con una actitud criticona y cierta tendencia a buscar defectos.

—Ya he referido lo que observé —dijo a Rathbone, mirándolo por encima de la montura de oro de sus gafas.

—En efecto —convino Rathbone—, pero me gustaría recordárselo al jurado desde otra perspectiva. Es usted un observador meticuloso y perspicaz, señor Garstang, por eso he considerado oportuno que nos hablara de nuevo. Mis disculpas por las molestias que sin duda esto le causa.

Garstang soltó un gruñido, aunque un aire de satisfacción suavizó un poco sus rasgos. No se consideraba un hombre sensible a los halagos, aspecto en el que andaba tremendamente equivocado.

—Lo haré tan bien como pueda —dijo, al tiempo que se alisaba las solapas de la chaqueta y adoptaba una actitud bien dispuesta.

Rathbone disimuló una sonrisa, aunque estaba tenso. Incluso sus movimientos carecían de la gracia habitual en él.

—Gracias. Señor Garstang, usted estaba asomado a la ventana de su domicilio la noche en que murió la señorita Harcus. ¿Tendría la bondad de recordarnos por qué?

—Cómo no —repuso Garstang—. Mi sala de estar queda enfrente del apartamento de la difunta, sólo un poco por debajo, ya que los pisos del edificio donde se encuentra mi apartamento tienen uno o dos palmos menos de altura. Oí un ruido, semejante a un chillido. Quise comprobar si era así por si alguien necesitaba ayuda, de modo que fui a la ventana y descorrí la cortina para averiguar qué pasaba.

—Muy bien —lo interrumpió Rathbone—. Ahora cuéntenos exactamente lo que vio, con la misma precisión que si estuviera pintando un cuadro. Por favor, no nos diga lo que creyó ver ni se deje influir por lo que ha oído en esta sala. Comprendo que no es tarea fácil y que hacerlo requiere una mente muy exacta que no se deje llevar por la imaginación.

—Vaya..., la verdad... —rezongó Fowler.

Garstang le lanzó una mirada de profundo desagrado. Se sintió insultado y menoscabado antes de que hubiese comenzado siquiera.

—Por favor, señor Garstang —le alentó Rathbone—. Es sumamente importante. De hecho, la vida de un hombre depende de ello.

Garstang adoptó una actitud de intensa concentración y la mantuvo hasta que se hizo el silencio en la sala. Entonces carraspeó y comenzó.

—Vi una figura oscura en la terraza de enfrente. Parecía moverse y cambiar de silueta violentamente, y avanzar desde la puerta abierta hacia la barandilla. Avanzó y retrocedió varias veces, no puedo decir cuántas porque estaba horrorizado ante la perspectiva de la tragedia que iba a ocurrir.

—¿Y eso por qué? —preguntó Rathbone.

—Me ha pedido que fuese literal —dijo Garstang, a todas luces enfadado—. Le he descrito justo lo que vi, pero para mí resultaba obvio que se trataba de dos personas forcejeando, una tratando de arrojar a la otra de la terraza a la calle.

—Pero no llegó a ver dos figuras separadas, ¿verdad? —preguntó Rathbone.

—No. Estaban enzarzadas en una lucha a muerte —explicó Garstang con el tono de un maestro que se dirige a un niño especialmente estúpido—. Si la hubiese soltado una sola vez, la mujer podría haberse zafado y ahora no estaríamos aquí para ver que se haga justicia.

—No olvidemos que estamos aquí para ver que se haga justicia —le recordó Rathbone—, no para expresar nuestros sentimientos personales. Hasta ahora nos ha descrito con mucha precisión lo que vio, señor Garstang.

¿Llegó a ver una figura caer por encima de la barandilla y precipitarse al vacío?

—Sí, por supuesto. Entonces fue cuando me alejé de la ventana para atravesar la sala y bajar corriendo a la calle, por si podía ayudar a la pobre mujer o atrapar al asesino —respondió Garstang.

Rathbone levantó una mano.

—Un momento, señor Garstang. Me temo que necesito que sea más exacto en esto. Le ruego que me perdone por insistir en algo tan penoso para cualquier persona decente. Le aseguro que no lo haría si no fuese imprescindible.

Fowler se puso de pie.

—Señoría, este testigo ya nos ha contado con todo lujo de detalles lo que vio. Mi distinguido colega está halagando...

—¡No estoy halagando al testigo de ningún modo, señoría! —lo interrumpió Rathbone—. El señor Garstang quizá sea el único hombre que observó exactamente lo que ocurrió, y es del todo capaz de contarlo tal como sucedió, sin dejarse llevar por cualquier conclusión a la que haya llegado durante esta vista.

—Si no tiene un argumento, sir Oliver, no le consentiré más divagaciones —advirtió el juez—. ¡Proceda, pero sea breve!

El alivio de Rathbone fue visible, incluso desde donde Hester estaba sentada, aunque ésta no sabía por qué. No percibía que nada hubiese cambiado. Echó una mirada a Monk y lo vio igualmente confundido.

Rathbone levantó la vista hacia Garstang.

—Señor Garstang, usted la vio caer desde la terraza. ¿Está seguro de que era ella?

Hubo un instante de silenciosa incredulidad, seguida de un creciente murmullo de indignación, risa, enojo.

Garstang lo miraba fijamente, mientras la incredulidad daba paso, poco a poco, a un terrible recuerdo.

El ruido de la sala se fue apagando. Hasta Fowler se hundió en su asiento.

Monk estiró el cuello para ver y oír mejor.

Hester apretó los puños.

—Vi su rostro... —dijo Garstang con voz ronca—. Vi su rostro mientras caía... Estaba pálido... —Se estremeció de un modo violento—. Estaba entre el asesinato... y la muerte.

Se tapó el rostro con las manos.

—Perdóneme, señor Garstang —dijo Rathbone amablemente y con tanta sinceridad que conmovió a la sala. Por un instante estaba hablando sólo a Garstang, no al tribunal—. Pero su testimonio encierra la clave de esa terrible y trágica verdad. Todos le agradecemos su valentía, señor. Hoy ha salvado la vida de un hombre.

Fowler se puso de pie y se volvió en varias direcciones como si buscara algo que no estaba allí.

Rathbone se volvió hacia él y sonrió.

—Su testigo, señor Fowler.

—¿Para qué? —inquirió Fowler—. ¡No ha dicho nada nuevo! ¿Qué importancia puede tener que viera o dejara de ver su rostro? ¡Todos sabemos que fue ella quien cayó! —Miró al juez—. Esto es ridículo, señoría. Sir Oliver está convirtiendo en farsa una tragedia. Puede que legalmente no suponga un desacato al tribunal, pero moralmente resulta deleznable.

—Me inclino a pensar lo mismo —dijo el juez a regañadientes—. Sir Oliver, no cabe duda de que ha captado nuestra atención, pero no ha demostrado nada. No puedo permitirle que siga actuando de esta manera. Si tenemos público en las salas de vistas es para que éste pueda dar fe de que se hace justicia, no para proporcionarle entretenimiento. No voy a consentir que vuelva a caer en la tentación de ofrecer una función, pese a que haya demostrado sobrado talento para hacerlo.

Un murmullo de risas nerviosas recorrió la sala. Rathbone se inclinó como si estuviera arrepentido.

—Le aseguro, señoría, que no tardaré en demostrar que el hecho de que el señor Garstang viera su rostro reviste la mayor importancia...

—¿Está cuestionando la identidad de la víctima? —preguntó el juez con asombro.

—No, señoría. ¿Puedo llamar a mi próximo testigo?

—Llámelo, pero más le vale que su testimonio sea relevante, de lo contrario incurrirá en desacato al tribunal, sir Oliver.

—No ocurrirá, señoría. Gracias. Ahora llamo al reverendo David Rider.

Hester oyó el grito ahogado de Monk y vio que se erguía en el asiento.

Margaret se volvió para mirar a Hester, y luego a Monk, con expresión inquisitiva. Hester la miró con impotencia.

El tribunal observó en silencio al párroco mientras éste subía al estrado de los testigos, asiendo con fuerza la barandilla, como si necesitara apoyarse para no perder el equilibrio. Parecía cansado, aunque más consumido por la emoción que por un esfuerzo físico. Tenía la piel pálida e hinchada alrededor de los ojos, y miró a Rathbone como si existiera un profundo entendimiento entre ellos que fuese más allá de la aflicción, una abrumadora carga de conocimiento que ambos compartían.

Rider prestó juramento dando su nombre, ocupación y lugar de residencia en las afueras de Liverpool.

—¿Por qué está usted aquí, señor Rider? —preguntó Rathbone muy serio.

Rider habló en voz muy baja.

—He estado batallando con mi conciencia desde que el señor Monk vino a verme hace algo más de una semana, y he llegado a la conclusión de que tengo la obligación de contar la parte de verdad que sé en relación con Katrina Harcus. Mi deber para con los vivos es demasiado importante como para rehusar hacerlo con vistas a proteger a los difuntos.

Un leve murmullo recorrió la sala y luego se hizo un silencio sepulcral.

Hester miró a Dalgarno, igual que varios miembros del jurado, pero lo único que vieron fue la más absoluta confusión.

—¿Conocía a Katrina Harcus? —preguntó Rathbone.

—Desde la cuna —respondió Rider.

Fowler se revolvió en el asiento con evidente desasosiego, aunque no interrumpió.

—¿Debemos suponer entonces que también conoce a su madre? —dijo Rathbone.

—Sí. Pamela Harcus se contaba entre mis feligreses.

—Ha dicho «contaba» —observó Rathbone—. ¿Es que ha fallecido?

—Sí. Murió hará cosa de tres meses. Me... alegra que no haya vivido para presenciar esto.

—Lo comprendo, señor Rider. —Rathbone inclinó la cabeza en señal de reconocimiento—. ¿Conocía también al padre de Katrina Harcus?

—Personalmente no, pero sabía quién era. —Entonces, sin esperar a que Rathbone se lo preguntara, agregó—. Se llamaba Arrol Dundas.

Monk soltó un grito involuntario, y Hester apoyó una mano en su brazo, notando los músculos tensos debajo de la ropa.

El juez se inclinó hacia delante.

—¿Se trata del mismo Arrol Dundas que fue condenado por fraude hace dieciséis años, sir Oliver?

—Sí, señoría.

—A ver si lo entiendo —prosiguió el juez—. ¿Era su hija legítima o ilegítima?

Rathbone miró a Rider, quien contestó.

—Ilegítima, señoría.

—¿Y eso qué tiene que ver con su muerte? —inquirió Fowler—. Todos sabemos que ese estigma puede arruinar una vida. Los hijos cargan con los pecados de los padres tanto si nos gusta como si no, pero eso es irrelevante en lo que atañe a la muerte de la señorita Harcus, pobre desdichada. ¡Eso no sirve como excusa!

—No lo presentamos como excusa —dijo Rathbone con aspereza. Se volvió de nuevo hacia Rider—. Que usted sepa, ¿conocía Katrina la identidad de su padre?

—Por supuesto —respondió Rider—. Mantuvo con esplendidez tanto a Pamela Harcus como a su hija. Era un hombre rico y generoso. Katrina conocía a su padre y también al colega de éste, quien al parecer la trataba como si fuese su sobrina.

—Sería un hombre de la edad de su padre, supongo —dijo Rathbone.

—En efecto —convino Rider.

—Pero, a pesar de todo, su padre no la legitimó —prosiguió Rathbone.

Rider se mostró aún más triste. Cambió el peso del cuerpo de una pierna a otra y sus manos, cuyas articulaciones aparecían hinchadas, se aferraron a la barandilla del estrado. Saltaba a la vista que todavía le costaba un gran esfuerzo revelar esa información, pues a su juicio era demasiado íntima y dolorosa.

Hester miró a Monk y vio en su rostro la mella de la desilusión, el esfuerzo por recordar, la búsqueda de cualquier atisbo de luz que compensara la oscuridad que se cernía sobre él. Anhelaba ayudarlo, pero no había ningún bálsamo para mitigar la crudeza de la verdad.

—Pudo haberlo hecho —dijo Rider en voz tan baja que el silencio se hizo aún más religioso, pues todos los presentes aguzaban el oído para oír sus palabras—. Quizás hubiese sido deshonroso. Su esposa no tenía ninguna culpa. Abandonarla a su edad hubiese sido una barbaridad... La ruptura de la alianza sellada al casarse con ella. Aunque no hubiese sido imposible. Hay hombres que repudian a sus esposas. Con dinero y mentiras no es difícil lograrlo.

—Sin embargo, Arrol Dundas no lo hizo —apuntó Rathbone.

Rider parecía muy desdichado.

—Tuvo intención de hacerlo, pero le planteaba un grave dilema. Su esposa no tenía hijos. Pamela Harcus había tenido uno y quizá tuviese más. Pero el señor Dundas también tenía un protegido, un muchacho a quien consideraba casi como un hijo, y que finalmente fue quien lo convenció de que no lo hiciera. Me atrevería a decir que por el bien de la señora Dundas.

Monk estaba tan pálido que Hester temió que fuera a desmayarse. Apenas si respiraba y no daba muestras de notar que ella le estaba sujetando el brazo. Hester ni siquiera echó un vistazo a Margaret.

—¿Sabe cómo se llamaba? —preguntó Rathbone.

—Sí... William Monk —respondió Rider.

Monk se llevó lentamente las manos a la cara, ocultándola incluso a Hester. Rathbone no se volvió, aunque sin duda fue consciente del efecto que tendrían aquellas palabras.

—Entiendo —dijo—. ¿Y sabe si Pamela Harcus o Katrina estaban al corriente de quién había impedido que gozaran de una buena posición económica y, mucho más importante, de honor, legitimidad y aceptación social?

—Katrina no era más que una niña de siete u ocho años —contestó Rider—, pero me consta que Pamela lo sabía. De hecho fue ella quien me lo dijo, aunque después lo verifiqué por mi cuenta. Hablé con Dundas.

—¿Intentó hacerle cambiar de parecer? —preguntó Rathbone.

—Por supuesto que no. Lo único que le pedí fue que

hiciera lo preciso para asegurar su bienestar económico en el caso de que él falleciera. Me juró que ya lo había hecho.

—Así pues, ¿tuvieron garantizado el sustento después de su muerte?

—No, señor —respondió Rider con voz casi inaudible—, no fue así.

—¿No fue así? —repitió Rathbone.

Rider asió con fuerza la barandilla.

—No. Dundas murió en prisión, por un fraude que a mi juicio no cometió, aunque las pruebas que se presentaron entonces parecieran incontestables.

—Pero, ¿y su testamento? —inquirió Rathbone—. Sin duda se ejecutó según lo que había dispuesto el finado.

—Imagino que así fue. El compromiso de provisión para Pamela y Katrina debía de ser verbal, tal vez para proteger los sentimientos de su viuda. Puede que se enterara de él o puede que no, pero dado que un testamento es un documento público, hubiese resultado muy doloroso para ellas que se mencionara —respondió Rider. Bajó la vista a sus manos—. Era una nota escrita, o eso me dijo él. Una instrucción dirigida a su albacea.

—¿Quién fue el albacea?

Rathbone lo miró fijamente, sin volverse ni por un instante hacia la tribuna donde Monk estaba sentado, pálido y tenso.

—Su protegido, William Monk —contestó Rider.

—¿Eso significa que no fue el colega a quien se ha referido antes? —preguntó Rathbone.

—No. Confiaba plenamente en el señor Monk.

—Ya veo. Entonces, ¿todo el dinero fue para la viuda de Dundas?

—No. Ella recibió una miseria —respondió Rider—. Dundas era un hombre rico cuando fue a juicio. Al morir, pocas semanas después, apenas dejó lo suficiente para proporcionar una casita y una anualidad a su viuda, que desapareció con la muerte de ésta.

Un murmullo de desaprobación resonó en la sala. Varias personas se volvieron para mirar a Monk. Se oyeron insultos y abucheos.

—¡Silencio! —ordenó el juez, dando un sonoro golpe con el mazo—. No voy a tolerar este alboroto tan impropio en la sala. Están aquí para escuchar, no para opinar. Otro revuelo como éste y mando desalojar el tribunal.

El ruido cesó, pero no así la ira que se respiraba en el ambiente.

Hester se aproximó más a Monk, aunque no se le ocurrió qué decir. Notaba el dolor de su marido como si fuese algo transmisible, parecido al calor.

Al otro lado de ella, Margaret le cogió la mano. Fue un momento de generosa amistad.

—En tal caso, y salvo que otra persona las ayudara, ¿significa eso que Pamela y Katrina Harcus pasaron grandes apuros económicos después de la muerte de Dundas? —preguntó Rathbone, implacable.

—En efecto —contestó Rider—. Me temo que nadie más las ayudó. La tía de Katrina, Eveline Austin, también había muerto para entonces.

—Ajá. Sólo una cosa más, señor Rider. ¿Tendría la bondad de describirnos a Katrina Harcus, por favor?

—¿Que la describa? —Por primera vez Rider se mostró desconcertado. Hasta aquel momento lo había entendido todo con íntimo sentido de la tragedia, pero aquello escapaba a su comprensión.

—Por favor. ¿Qué aspecto tenía? Sea tan exacto como pueda —insistió Rathbone.

Rider se quedó sin saber qué decir. Saltaba a la vista que lo incomodaba dar detalles tan personales.

—Katrina... era... bastante alta, para ser una mujer. Era guapa, muy atractiva, aunque de una belleza poco convencional... —Rider se interrumpió.

—¿De qué color tenía el pelo? —preguntó Rathbone.

—Oscuro... Castaño oscuro, y brillante.

—¿Y los ojos?

—Ah..., sí, tenía unos ojos poco corrientes, muy bonitos, a decir verdad. De un marrón dorado parecido a la miel: muy bonitos.

—Gracias, señor Rider. Comprendo que esto ha sido muy difícil para usted, tanto porque concierne a la trágica muerte de una mujer que usted conocía desde la infancia, como porque le ha obligado a hablar en público sobre asuntos que hubiese preferido con mucho mantener en secreto. —Se volvió hacia Fowler, sin mirar aún a Monk ni a Hester—. Su testigo.

Fowler miró a Rider, meneando lentamente la cabeza.

—Una historia muy triste, aunque no poco frecuente. ¿Algún aspecto de ella guarda la relación que sea con el hecho de que Michael Dalgarno la arrojara desde la terraza de su casa?

—No lo sé, señor —contestó Rider—. Suponía que estábamos aquí precisamente para decidir eso. Por lo que he oído decir a sir Oliver, me parece que sí.

—Veamos, por lo que hemos oído decir a sir Oliver, se trata sólo de una trágica obra teatral muy conmovedora, pero en ningún caso relevante —dijo Fowler secamente—. La pobre mujer está muerta... ¡Ambas lo están! Como también Arrol Dundas y su esposa, y todos ellos, salvo Katrina, fallecieron antes de que se cometiera el crimen que nos ha reunido aquí.

—¿Debo deducir que eso significa que no tiene preguntas que hacer al testigo, señor Fowler? —inquirió el juez.

—Oh... Claro que tengo una pregunta, señoría, pero dudo que nos la pueda contestar —dijo Fowler con aspereza—. Mi pregunta es: ¿cuándo abordará sir Oliver la defensa de su cliente?

—Estoy abordando algo que, si bien es un poco más elevado, servirá al mismo propósito, señoría —dijo Rathbone.

Puede que Hester fuese la única en toda la sala que percibiera el matiz de nerviosismo en la voz de Rathbone. Pese a su propio miedo y a su inquietud por Monk, tuvo claro que el abogado también temía algo. Estaba apostando mucho más de lo que podía permitirse perder, pues la vida de Monk todavía pendía de un hilo. Rathbone, al menos en parte, estaba avanzando a ciegas.

Sintió una oleada de calor y luego de frío.

—La verdad —terminó Rathbone—. Estoy tratando de desvelar la verdad. —Y antes de que Fowler pudiera hacer más que componer una expresión de burla, agregó—: Llamo al estrado a William Monk, señoría.

12

Transcurrió un instante antes de que Monk cayera en la cuenta de lo que Rathbone acababa de decir.

—¡William! —susurró Hester en tono apremiante.

Monk se puso de pie. Era más que consciente de la animadversión que había suscitado en el tribunal. Hester podía palparla en el aire, verla en los ojos y los rostros de quienes se volvieron para observarlo mientras avanzaba con paso vacilante por la sala y subía al estrado de los testigos.

Rathbone se enfrentó a él con rostro inexpresivo, como si estuviera haciendo un esfuerzo enorme para dominarse y evitar así que se le escapara siquiera un comprensible gesto de desdén.

—Tengo poco que preguntarle, señor Monk. Sencillamente quiero que refiera al tribunal cómo iba vestida Katrina Harcus cuando se reunió con usted en las distintas ocasiones en que se citaron para referirle sus progresos a propósito de la investigación que efectuó para ella en busca de pruebas de fraude.

—¡Señoría! —exclamó Fowler en un arranque de exasperación—. ¡Esto es absurdo!

Monk se mostró igualmente perplejo. Su rostro estaba tan pálido como el de Dalgarno en el banquillo, y los miembros del jurado lo miraban como si desearan verlo sentado junto al acusado.

—¡Por favor! —instó Rathbone, dejando traslucir por fin su propio pánico—. ¿Su ropa era cara o barata? ¿Llevaba puesto lo mismo cada vez?

—¡No! —exclamó Monk, como si por fin saliera de su estupor—. Siempre iba muy bien vestida. ¡Ojalá pudiera permitirme vestir así a mi mujer!

Hester cerró los ojos, llena de ira, lástima e impotencia, furiosa con él por preocuparse de algo tan trivial y atreverse a mencionarlo en público. ¡Aquello no era de la incumbencia de nadie!

—¿Y le pagó de manera apropiada por el trabajo que hizo para ella? —prosiguió Rathbone.

Ahora Monk se mostró sorprendido.

—Sí..., en efecto.

—¿Tiene alguna idea sobre la procedencia de ese dinero?

—No... Ni la más remota.

—Gracias. Eso es todo. ¿Señor Fowler?

—¡Estoy tan perdido como todos los demás presentes! —dijo Fowler, cada vez más airado.

El juez miró a Rathbone con gravedad.

—Esto plantea varias preguntas que no han sido contestadas, sir Oliver, pero no acabo de ver que guarden relación con la muerte de esa pobre mujer.

—Todo se aclarará, señoría, con el testimonio de mi último testigo. Llamo al estrado a Hester Monk.

Hester no dio crédito a sus oídos. Aquello carecía de sentido. ¿Qué diablos estaba planeando Rathbone? Monk la miraba fijamente. A su lado, Margaret estaba pálida de miedo, con los labios rojos allí donde se los había mordido. Sus lealtades se estaban distanciando ante ella y no podía hacer nada para controlar la situación.

Hester se puso de pie. Le flaqueaban las piernas. Caminó vacilante entre las filas de asientos, notando los ojos del público clavados en ella, su desprecio por ser la esposa de Monk, y se enfureció al sentirse prejuzgada.

Mas no podía arremeter contra los presentes ni siquiera para defender a Monk.

Cruzó la sala en dirección al estrado de los testigos, repitiéndose una y otra vez que debía confiar en Rathbone. Jamás traicionaría su amistad, ni por Dalgarno, ni para ganar un caso, ni por ninguna otra cosa.

Ahora bien, ¿y si realmente creía que Dalgarno era inocente y Monk culpable? De ser así antepondría el honor a cualquier amistad. ¡No dejaría que ahorcaran a un inocente por nadie! Por nadie en absoluto.

Subió los escalones del estrado asiéndose a la barandilla tal como había hecho Rider. Una vez arriba le faltó el aire, pero no por el esfuerzo físico, que no había sido nada, sino por la asfixiante tensión que le oprimía los pulmones porque el corazón le latía con demasiada fuerza, demasiado aprisa, a tal punto que la sala parecía girar a su alrededor.

Oyó que Rathbone pronunciaba su nombre. Se obligó a concentrarse y contestar, a declarar quién era y dónde vivía, y a jurar decir la verdad y nada más que la verdad. Fijó la mirada en el rostro de Rathbone, que estaba delante de ella, aunque algo más abajo. Presentaba el mismo aspecto de siempre, la nariz larga, ojos oscuros de mirada firme, boca sensible llena de un sutil humor, un rostro inteligente y desprovisto de crueldad. No hacía mucho tiempo, la había amado profundamente. Como amigo, sin duda seguiría queriéndola.

Le estaba hablando. Debía prestar atención.

—¿Es cierto, señora Monk, que dirige usted una casa de beneficencia donde se presta asistencia médica a las prostitutas que caen enfermas o resultan lesionadas en el barrio de Coldbath Square?

—Sí...

¿Por qué demonios le preguntaba aquello?

—Hace poco se han mudado a otro local, pero la noche en que murió Nolan Baltimore, ¿esa casa de socorro estaba aún ubicada en Coldbath Square?

—Sí...

—¿Estaban usted y la señorita Margaret Ballinger de servicio aquella noche?

—Sí, en efecto.

Fowler comenzó a poner de manifiesto su impaciencia. Rathbone hizo caso omiso de él deliberadamente. De hecho, incluso procuró darle la espalda en la medida de lo posible.

—Señora Monk —continuó—, ¿hubo alguna mujer que llegara herida a la casa de socorro aquella noche?

Hester no tenía la más remota idea de por qué se lo preguntaba. ¿Acaso pensaba, después de todo, que la muerte de Nolan Baltimore tenía algo que ver con el fraude de la vía férrea? ¿Algo que Monk había pasado por alto?

Todo el mundo la miraba, expectante.

—Sí —contestó—. Sí, llegaron tres mujeres juntas, y otras dos por separado, más tarde.

—¿Malheridas? —preguntó Rathbone.

—No más que otras muchas. Una tenía la muñeca rota. —Trató de recordar con claridad—. Las otras presentaban magulladuras y cortes.

—¿Sabe cómo se hicieron esas heridas, señora Monk?

—No. Nunca lo pregunto, señor Rathbone.

—¿Sabe cómo se llamaban las mujeres?

Fowler no pudo contener más su impaciencia.

—Señoría, todo esto es muy encomiable, ¡pero supone una absoluta pérdida de tiempo para este tribunal! Creo...

—¡Es decisivo para la defensa, señoría! —lo interrumpió Rathbone—. Me es imposible avanzar más deprisa y, al mismo tiempo, hacerme entender.

—¡No hay nada que entender! —explotó Fowler—. Es la sarta de tonterías más grande que he oído en veinte años de juicios... —Se interrumpió en seco.

El juez había enarcado las cejas.

—Tal vez prefiera expresar de otra manera su observación, señor Fowler. Tal como consta resulta un tanto desafortunada. Por otra parte, quizá desee permitir que sir Oliver continúe, con la esperanza de que lleguemos a alguna conclusión antes de esta noche.

Fowler se sentó.

—¿Sabe cómo se llamaban, señora Monk? —preguntó Rathbone de nuevo.

—Nell, Mary y Kitty —respondió Hester—. Sólo pido que me den un nombre para poder dirigirme a ellas.

—¿Y les explica usted algo más que eso sobre sí misma? —preguntó Rathbone.

El juez frunció el ceño.

—¿Lo hace? —insistió Rathbone—. ¿Es posible que esas mujeres supieran quién es usted o dónde vive, por ejemplo? ¡Por favor, sea muy exacta en su respuesta, señora Monk!

Hester intentó hacer memoria y recordó las bromas de Nell, su admiración por Monk.

—Sí —respondió con toda claridad—. Nell lo sabía. Dijo algo sobre mi marido, su aspecto, su carácter, y me llamó por mi nombre.

El alivio iluminó el rostro de Rathbone como un rayo de sol.

—Gracias. ¿Cabe suponer que también supieran, al menos aproximadamente, en qué barrio vive usted?

—Sí... aproximadamente —convino Hester.

—¿Mencionó alguna de ellas la ocupación del señor Monk? —prosiguió Rathbone.

—Sí..., sí, fue Nell. Ella... lo encuentra interesante.

El juez miró a Rathbone.

—¿Está haciendo algún progreso hacia una conclusión, sir Oliver? De momento no alcanzo a verlo. No voy a permitir que esto se prolongue indefinidamente.

—Sí, señoría. Lamento que me lleve tanto tiempo, pero si no expongo toda la historia, no creo que consiga demostrarla.

El juez hizo un amago de mueca y se echó hacia atrás en su asiento.

Rathbone volvió a fijar su atención en Hester.

—¿Siguió recibiendo mujeres heridas en la casa de socorro de Coldbath Square, señora Monk?

—Sí.

¿Acaso pretendía desvelar el hecho de que Baltimore había sido el usurero que colaboraba con Squeaky Robinson? Pero ¿por qué? Su muerte no tenía nada que ver con Dalgarno. ¡Ni con Katrina Harcus!

—¿Hubo alguna más que presentara heridas graves? —insistió Rathbone.

Aquello debía de ser lo que andaba buscando.

—Sí —contestó Hester—. Hubo dos en concreto, no estuvimos seguras de que fueran a sobrevivir. A una la habían acuchillado en el vientre, a la otra le habían propinado una paliza tan brutal que tenía catorce huesos rotos en las extremidades y el tronco. Pensamos que moriría de una hemorragia interna. —Percibió ira en su propia voz, y lástima.

Se oyó un murmullo de protesta en la sala; los presentes se revolvían incómodos en los asientos, violentados por un estilo de vida del que habrían preferido no saber tanto, y, no obstante, conmovidos a su pesar.

El juez miró a Rathbone con ceño.

—Todo esto es atroz, pero este tribunal no es lugar indicado para una cruzada moral, sir Oliver, por más justificada que pudiera estar en otra ocasión.

—No se trata de ninguna cruzada moral, señoría, sino que forma parte de los argumentos que explican cómo halló la muerte Katrina Harcus —respondió Rathbone—. Me falta poco para terminar. —Y sin esperar contestación volvió a dirigirse a Hester—. Señora Monk, ¿llegó a enterarse de cómo habían resultado tan malheridas esas mujeres?

—Sí. Habían sido mujeres respetables. Una de ellas,

institutriz de profesión, se había casado con un hombre que la había llevado a endeudarse antes de abandonarla. Ambas habían pedido dinero prestado a un usurero para pagar lo que debían y, cuando no pudieron satisfacer la deuda contraída con él con lo que ganaban honradamente, éste las obligó a trabajar en un burdel del que él era socio, cuyos clientes buscaban placeres nada corrientes...

El creciente murmullo de indignación y repulsa que se apoderó de la sala la obligó a guardar silencio.

El juez golpeó por dos veces con la maza. Poco a poco el alboroto fue remitiendo, aunque la ira reinante no se desvaneció.

—¿Muchachas respetables, con cierta educación, cierta dignidad y el deseo de ser honradas? —dijo Rathbone con la voz ronca por la emoción.

—Sí —contestó Hester—. Les sucede a muchas si las han abandonado y despedido de un empleo sin referencias...

—Ya —interrumpió Rathbone—. Y a raíz de esto, ¿decidió usted tomar cartas en el asunto, señora Monk?

—Sí. —Hester sabía que la tolerancia del juez no iba a durar mucho más—. Conseguí averiguar dónde se encontraba exactamente ese burdel y, a fuerza de preguntar, también descubrí la identidad del socio que ejercía la usura. No así la del autor de las palizas y los cortes. —Sin saber si Rathbone quería que lo dijera, agregó—: Ese lugar ha cesado en su actividad. Conseguimos cerrar el negocio y en la actualidad el antiguo burdel alberga la casa de socorro de Coldbath.

Rathbone esbozó una sonrisa.

—Caramba. ¿Qué fue del usurero?

—Lo asesinaron... —contestó Hester.

¿Acaso Rathbone quería hacer público que se trataba de Baltimore? Lo miró de hito en hito y no supo a qué atenerse.

—¿Y el archivo de las deudas? —preguntó Rathbone.

—Lo destruimos.

—¿Fue entonces cuando se enteró de que lo habían matado, señora Monk?

—Sí... Además de usurero, también era cliente. Llevó sus gustos demasiado lejos y una de las mujeres, que era nueva en el negocio, se sublevó tanto ante sus exigencias que arremetió contra él, haciéndole perder el equilibrio contra el alféizar de una ventana, de modo que cayó a la acera, muriendo en el acto.

Una exclamación ahogada llenó la sala. Hubo quien aplaudió.

—¡Orden! —pidió el juez levantando la voz—. ¡Orden en la sala! ¡Entiendo su indignación, de hecho la comparto, pero la ley exige respeto! Sir Oliver, este relato es espantoso, pero sigo sin ver la relación que guarda con la muerte de Katrina Harcus y con la inocencia o culpabilidad del señor Dalgarno.

Rathbone se volvió de nuevo hacia Hester.

—Señora Monk, al revisar ese archivo, ¿encontró usted los pagarés de esa muchacha, Kitty, que fue a la casa de socorro con cortes y magulladuras la noche en que fue descubierto el cuerpo de Nolan Baltimore en Leather Lane, cerca de Coldbath Square?

—Sí.

—¿Podría describirla para el tribunal, señora Monk? ¿Qué aspecto tenía?

De pronto Hester lo comprendió todo. Era tan terrible que sintió un vahído. La sala parecía balancearse como si estuvieran en el mar, el silencio rugía como las olas. Oyó la voz de Rathbone a lo lejos.

—¡Señora Monk! ¿Se encuentra bien?

Hester se aferró a la barandilla, apretándola con fuerza para que el dolor físico la hiciera volver al presente.

—¡Señora Monk!

—Era... —Tragó saliva y se humedeció los labios resecos—. Era bastante alta, muy guapa. Tenía el cabello castaño oscuro y los ojos de color miel... Muy hermosa. Me dio el nombre de Kitty..., y en el archivo constaba como Kitty Hillyer...

Rathbone se volvió lentamente hacia el juez.

—Señoría, me parece que ahora ya sabemos cómo obtenía Katrina Harcus el dinero necesario para vestir tan bien como era preciso que vistiera una muchacha agraciada pero sin un chelín, hija ilegítima, que quedó en la indigencia cuando su padre murió y que nunca vio materializarse el legado prometido. Emigró al sur y se instaló en Londres, con la esperanza de contraer un feliz matrimonio que la sacara de apuros. Sin embargo, en el espacio de dos meses su madre murió, su prometido la abandonó por una novia más rica y sus deudas crecieron tanto que se vio arrastrada a la más repelente forma de prostitución para satisfacer al usurero, quien, para colmo, era el antiguo colega de su padre, un hombre a quien había tratado de niña y a quien pidió ayuda en una ciudad extraña, y que no dudó en traicionarla a su vez. Quizá por ser quien era, sus exigencias la sublevaron hasta tal punto que le plantó cara y, en el transcurso de la pelea, lo mató sin querer.

El juez ordenó silencio ante la oleada de indignación que llenaba la sala, pero tuvo que aguardar varios segundos hasta verse obedecido, de intensa que era la emoción que embargaba a los presentes. Asintió a Rathbone para que continuara.

—Y esa misma noche, cuando dos prostitutas la llevaron a Coldbath Square para que le curaran las heridas —prosiguió Rathbone, mirando al jurado—, ¿quién resultó ser la enfermera que la atendía, sino la esposa del hombre que, a su entender, era el responsable de su desdicha, de todas las injusticias sufridas desde la infancia? Oyó el nombre de la señora Monk, así como una descripción del aspecto y el carácter de su marido, enterándose también de cuál era su nueva ocupación. Creo que a partir de ese instante comenzó a urdir una terrible venganza.

Un pensamiento horrible comenzó a tomar forma en la mente de Hester.

Fowler se puso de pie, pero no supo qué decir. De todos modos, nadie estaba prestándole atención.

Hester sólo podía pensar en Monk. Dalgarno, el jurado, incluso Rathbone desaparecieron de su campo visual. Monk estaba sentado inmóvil, pálido, con los ojos muy abiertos y hundidos en las cuencas. Margaret se había aproximado a él, pero no sabía qué hacer ni decir para darle consuelo.

—Katrina Harcus ya no tenía nada —continuó Rathbone en voz baja, pero a causa del silencio sepulcral que en ese momento reinaba en la sala cada palabra se oyó con absoluta claridad—. Su madre estaba muerta, el hombre a quien amaba la había abandonado, y no abrigaba la menor esperanza de recuperarlo, ya que resultaba más que obvio que no había nada que recuperar, pues él era tan incapaz de amar como de cumplir su palabra. La señorita Harcus tenía más deudas de las que nunca podría pagar y había vendido su cuerpo a una clase particularmente degradada de prostitución de la que es harto probable sintiera que jamás se llegaría a limpiar. Y ahora, para postre, también era responsable de la muerte de un hombre. Conocía lo bastante el funcionamiento del mundo como para saber que la sociedad lo vería como un asesinato, a pesar de las provocaciones que había aguantado o de que nunca hubiese tenido intención de matarlo. Sólo sería cuestión de tiempo que la policía diera con ella, y pasaría el resto de su vida atemorizada.

Rathbone abrió las manos.

—Lo único que le quedaba era la venganza —prosiguió—, y el destino le brindó la oportunidad perfecta cuando tropezó con la señora Monk en Coldbath Square. Sabía cuanto había que saber acerca del fraude original cometido en Liverpool por el que su padre, Arrol Dundas, fue condenado. Se inventó la existencia de un nuevo fraude casi igual que aquél, sabedora de que Monk no podría resistir la tentación de investigarlo. La probabilidad de que éste la reconociera era muy remota, pues la última vez que la vio era una niña de ocho años, suponiendo que en efecto hubiese llegado a verla.

Dejó de dirigirse al juez para volverse hacia el jurado.

—La señorita Harcus puso buen cuidado en reunirse con Monk en lugares públicos, donde los observarían testigos imparciales. Estoy convencido de que se las arregló para asegurarse de que éste acudiera a su domicilio en Cuthbert Street la noche de autos. Si es preciso, llamaré al señor Monk al estrado para que testifique al respecto. —Respiró hondo y se volvió de nuevo hacia el juez—. Por eso, señoría, he insistido en que el señor Garstang nos diera su testimonio con toda exactitud. Vio el rostro de la señorita Harcus mientras caía. El inspector Runcorn la describió tendida en el suelo, sobre un costado..., ¡no boca arriba! Nadie llegó a distinguir dos figuras, y la capa quedó en la terraza, señoría, porque nadie la empujó ni la arrojó, ¡sino que ella sola saltó!

El asombro, la incredulidad y el horror levantaron tal barahúnda que Rathbone se vio obligado a callar, aunque la interrupción sólo duró lo justo para que la terrible verdad calara entre los presentes y éstos la creyeran.

Cuando Rathbone reanudó su discurso, su voz resonó en el más absoluto silencio.

—Señoría, Michael Dalgarno es inocente de asesinato porque no hubo tal asesinato..., al menos no el de Katrina Harcus cuando se precipitó desde la terraza de su casa muriendo al chocar contra el suelo. En cuanto a la noche en que ella asesinó a Nolan Baltimore, debemos...

Rathbone se vio interrumpido de nuevo, sólo que esta vez fue Livia quien le impidió decir lo que se proponía.

—¡No es verdad! —gritó fuera de sí, manteniendo a duras penas el equilibrio—. ¡Eso es una infamia! ¡Es mentira! —El llanto le ahogó la voz—. ¡Cómo se atreve a decir algo tan malévolo! Mi padre... —Sacudió los brazos a derecha e izquierda como si se abriera paso ante un obstáculo físico—. ¡Mi padre jamás hubiese hecho algo así! ¡Es..., es asqueroso! ¡Repugnante! Yo vi a esas mujeres: estaban... —Las lágrimas corrían por sus mejillas—. Estaban destrozadas, sangraban... ¡Quienquiera que les hiciese eso era un monstruo!

Rathbone se sentía muy mal y no intentaba disimularlo. Se devanaba los sesos sin saber qué decir para aliviar su aflicción.

—¡No es posible que muriera así! —prosiguió Livia, volviéndose hacia el juez—. ¡Aquella noche tuvo una discusión espantosa con Michael y Jarvis! —explicó desesperada—. Fue otra vez por culpa de esa maldita vía férrea, por el fabuloso pedido que tenemos de los nuevos frenos que han inventado. Michael y Jarvis lo consiguieron juntos, ¡y papá no lo supo hasta aquella noche, señoría! Se puso hecho una furia y dijo que iban a arruinar la empresa, porque años atrás el señor Monk le había obligado a firmar una carta prometiendo que nunca volvería a fabricar esos frenos. Mi padre pagó una fortuna para comprar el silencio de alguien, pero el precio fue que nadie volviera a utilizarlos jamás...

Monk se levantó de un salto.

—¿Dónde está Jarvis Baltimore? —gritó dirigiéndose a Livia—. ¿Dónde está?

Livia lo miró fijamente.

—El tren —dijo con la voz quebrada—. El viaje inaugural...

Monk dijo algo a Margaret, miró por un instante a

Hester, que seguía en el estrado de los testigos, salió como pudo de la fila de asientos y echó a correr por el pasillo arriba hasta la puerta de salida.

El juez miró a Rathbone.

—¿Lo entiende usted, sir Oliver?

—No, señoría. —El abogado se volvió hacia el estrado—. ¿Hester?

—El accidente de tren de hace dieciséis años —contestó Hester—. Me parece..., me parece que mi esposo sabe ahora qué lo causó. —Miró a Livia—. Lo siento... No pensaba decírselo. Ojalá no hubiese tenido que enterarse. Casi todo el mundo consigue guardar sus secretos.

Livia permaneció de pie, llorando a lágrima viva, y finalmente se sentó muy despacio, ocultando el rostro entre las manos.

—Lo siento muchísimo... —volvió a decir Hester. Odiaba a Nolan Baltimore tanto por lo que había hecho a su familia como por el daño infligido a Katrina, Alice, Fanny y las demás muchachas como ellas. Éstas quizá se recobrarían. En cuanto a Livia, no lo tenía tan claro.

Rathbone miró a Dalgarno, pálido y resentido en el banquillo, y luego al juez.

—Señoría, propongo que se retiren los cargos contra el acusado. Katrina Harcus no fue asesinada. Se quitó la vida en un desesperado intento por conseguir lo único que creía que le quedaba: la venganza.

El juez miró a Fowler.

Fowler giró sobre sus talones, miró al jurado y se volvió de nuevo hacia el juez.

—Admito la derrota —dijo, encogiéndose de hombros—. Que Dios la ayude...

Frente a los tribunales la calle estaba casi vacía, y Monk tardó menos de cinco minutos en encontrar un coche de punto y montar en él, gritando al conductor que lo llevara a la estación de Euston tan rápido como pudiera correr el caballo. Le daría una libra de propina si lograba acceder al tren inaugural de la nueva línea de Derby. Monk le hubiese dado más de buen grado, pero no llevaba mucho dinero encima y tenía que conservar el resto por si necesitaba pagar un soborno para subir al tren.

El cochero le tomó la palabra y, dando al caballo un grito de aliento y un chasquido de látigo prácticamente entre las orejas, arrancó como si estuviera en un hipódromo.

Fue un viaje espeluznante, pues en varias ocasiones pasaron rozando a otros vehículos, y más de un peatón tuvo que dar un salto para salvar el pellejo, abundando quienes los insultaron a su paso. El coche llegó a la estación y se detuvo en seco. Monk tendió bruscamente el dinero al conductor, ya que consideró que se lo había ganado tanto si le daba tiempo a coger el tren como si no, y echó a correr hacia el andén.

En realidad, aún faltaban más de cinco minutos para la hora de salida. Alisó su chaqueta, se pasó la mano por el pelo y se acercó con paso lento pero decidido a la puerta del vagón de cola, como si tuviera todo el derecho de estar allí.

Sin mirar alrededor para ver si alguien lo observaba, lo cual hubiese podido delatar que carecía de invitación, asió el picaporte, abrió la puerta y subió.

El interior del vagón estaba amueblado con suma elegancia. Era un tren muy largo, pero sólo había primera y segunda clase. Aquel compartimento era de segunda, y aun así tan lujoso que despertaba admiración. Sin duda Jarvis Baltimore viajaría en primera clase. Desde la muerte de su padre aquel tren y la empresa eran suyos. Andaría ocupado conversando con los numerosos dignatarios invitados al viaje inaugural, vanagloriándose de la nueva vía, los nuevos vagones y, tal vez, del nuevo sistema de frenado con su aciago punto flaco. Aunque cabía suponer que no sabía toda la verdad a ese respecto.

Efectuarían varias paradas a lo largo del camino. Iría adelantándose en cada una de ellas hasta encontrar a Jarvis.

Saludó con una inclinación de la cabeza a los demás pasajeros del compartimento y se sentó en uno de los bancos de madera lustrada.

Hubo una sacudida. El silbato sonó por la cabecera del tren y el vagón arrancó dando un tirón, otro, y luego empezó a cobrar impulso. Nubes de humo pasaron flotando ante las ventanillas. Se oyeron gritos en el exterior y exclamaciones triunfales en otros compartimentos. A través de las ventanillas abiertas de los vagones delanteros alguien pronunció un brindis y chilló: «¡Hurra!»

Monk se acomodó para el viaje, contando con que tendría que aguardar al menos una hora hasta tener ocasión de encontrar a Baltimore. Pero irían por vía doble durante todo ese tiempo. Probablemente conocía la ruta tan bien como el propio Baltimore.

El tren iba ganando velocidad. Las calles grises y los tejados de la ciudad iban quedando atrás. Cada vez había más árboles y campo abierto.

El compartimento disponía de calientapiés, uno de ellos muy cerca de Monk, pero aun así éste tenía frío; de hecho se puso a temblar. En cuanto a Baltimore, nada podía hacer hasta la primera parada. Por fin su mente iba aceptando el conocimiento que Monk había logrado extraerle a partir del momento en que se había dado cuenta del peligro que entrañaban los frenos.

Katrina Harcus no había muerto asesinada, al menos no en la terraza de Cuthbert Street. Podía ver su rostro de ojos brillantes como si ocupara el asiento de enfrente. Pero nada era ya lo que había parecido. Ahora estaba claro: había orquestado aquel montaje con una pasión y una habilidad extraordinarias, incluido el detalle de arrancarle el botón del abrigo y agarrarlo con el puño antes de saltar.

Le producía escalofríos saber que lo había odiado tanto como para arrojarse al vacío enfrentándose al abismo de la muerte y de lo que hubiera más allá, sólo para asegurarse de que él se hundiría con ella.

¡Y qué cerca había estado de conseguirlo!

Resultaba espantoso pensar que otro ser humano lo hubiese odiado hasta tal extremo. No había reparación posible, puesto que ella estaba muerta. No tendría ocasión de explicarse, de contarle por qué, de mitigar la pena que la había desgarrado.

¡Y se trataba de la hija de Arrol Dundas! Aquello era una herida que nunca se cerraría ni dejaría de doler.

Se acurrucó, evitando las miradas de los otros pasajeros del compartimento, hasta la primera parada, y entonces se apeó, igual que todos los demás. Cuando sonó el silbato anunciando la siguiente etapa del viaje, subió a un vagón de primera clase y fue avanzando de compartimento en compartimento, entre maderas lustrosas y asientos mullidos, sin encontrar a Baltimore.

En las dos estaciones siguientes volvió a cambiar de vagón. El tiempo se agotaba. Tuvo un instante de pánico. Por fin dio con él en el primer vagón. Seguramente él también había ido avanzando a lo largo del convoy para conversar con todos sus invitados. De hecho, lo encontró hablando con un corpulento caballero que sostenía una copa de champaña en la mano.

Monk tenía que atraer su atención, evitando en lo posible provocar una situación violenta. Avanzó discretamente hasta situarse lo bastante cerca de él como para sujetarle el brazo por el codo con firmeza, de modo que no pudiera zafarse.

Baltimore se volvió hacia Monk, molesto por el daño que le hacía. Lo reconoció tras titubear por un segundo, y su expresión se endureció.

—Señor Baltimore —dijo Monk en tono neutro, mirándolo sin parpadear—. Traigo noticias de Londres para usted que debería oír lo antes posible. Me parece que en privado sería lo mejor.

Baltimore entendió lo que quería decir, y además no estaba dispuesto a estropear su momento de gloria con una conversación fuera de tono.

—Discúlpenme, caballeros —dijo con una sonrisa que no alcanzó sus ojos—. Sólo será un momento. Por favor, sigan disfrutando del viaje y acepten nuestra hospitalidad. —Se volvió hacia Monk, mascullando algo mientras prácticamente lo empujaba hasta la puerta que daba a un compartimento vacío del mismo vagón—. ¿Qué demonios hace usted aquí? —inquirió—. ¡Pensaba que a estas alturas estarían interrogándolo sobre el paradero del dinero de Dundas! ¿O es que acaso está intentando huir? —Puso cara de pocos amigos—. Pues conmigo no cuente. La noche en que murió, mi padre me refirió cómo intentó usted arruinarle el negocio. ¿Por qué lo hizo? ¿Para vengarse porque había desenmascarado a Dundas?

—Lo que intenté fue salvar cientos de vidas sin arruinar el negocio de su padre —dijo Monk en voz baja. Volvió a sujetar el brazo de Baltimore—. Por el amor de Dios, cierre el pico y escuche. Tenemos muy poco tiempo. Si...

—¡Mentiroso! —gruñó Baltimore—. Me consta que hizo firmar una carta a mi padre para que nunca volviera a fabricar esos frenos. ¿Con qué lo amenazó? No era un hombre que se amedrentara fácilmente... ¿Qué le hizo? —Soltó el brazo de un tirón—. A mí no va a asustarme. Antes le veré en prisión.

—¿Por qué cree que su padre se avino a firmar esa carta? —preguntó Monk, conservando la calma con gran dificultad mientras miraba el rostro arrogante y enojado de Baltimore y notaba el creciente balanceo y traqueteo del tren a medida que iba cobrando velocidad, lanzado hacia la prolongada pendiente que conducía al viaducto—. ¿Sólo porque se lo pedí?

—No lo sé —respondió Baltimore—. ¡Pero yo no voy a ceder para que se salga con la suya!

—Su padre nunca hizo un solo favor a nadie —dijo Monk—. Dejó de fabricar los frenos después del accidente de Liverpool porque yo pagué para que la investigación emitiera un veredicto de fallo humano y evitar así que la empresa se hundiera..., pero lo hice a condición de que su padre firmara esa carta en la que se comprometía a dejar de fabricarlos.

Monk se sobresaltó al constatar con cuánta claridad recordaba estar de pie en el magnífico despacho de Nolan Baltimore con sus vistas sobre el río Mersey, y al propio Baltimore sentado a su escritorio con el rostro colorado, negando con la cabeza entre enfurecido y aturdido mientras escribía la carta que Monk le dictaba para luego firmarla. El sol entraba a raudales por las ventanas y la luz que bañaba el suelo hacía resaltar las partes desgastadas de la suntuosa alfombra verde. Los libros de las estanterías estaban encuadernados en piel y la madera lustrada del escritorio era de nogal. ¡Aquélla era la pieza que faltaba! ¡Por fin! De pronto todo cobró sentido.

Jarvis Baltimore lo miraba fijamente con los ojos como platos. El pecho le palpitaba y se esforzaba por respirar. Tragó saliva e intentó carraspear.

—¿Qué..., qué está diciendo? ¿El accidente de Liverpool...? —La voz se le quebró.

—Sí —dijo Monk con dureza; no había tiempo para andarse con remilgos—. El accidente se debió a un fallo de sus frenos. ¡Había doscientos niños que iban de excursión en aquel maldito tren! —Vio que Baltimore palidecía—. Y debe de haber más de cien en éste. Ordene al maquinista que lo detenga mientras aún esté a tiempo de hacerlo.

—¿Con qué dinero? —inquirió Baltimore, empeñado en no aceptar la evidencia, al tiempo que meneaba la cabeza—. ¿Cómo iba usted a conseguir el dinero suficiente para sobornar a los responsables de la investigación? Eso es absurdo. Está intentando... No entiendo por qué... ¡Para encubrirse! Usted robó el dinero de Dundas. ¡Estaba a cargo de todo! Ni siquiera dejó nada para su viuda... ¡Maldito sea!

—¡El dinero de Dundas! —Monk procuró no gritar. Ambos se balanceaban con el movimiento del tren, que no dejaba de acelerar—. Él estuvo de acuerdo. No pensará que de lo contrario yo habría tocado un céntimo, ¿verdad? El pobre hombre estaba en prisión, ¡no muerto! Les di todo lo que había, salvo la pequeña suma que aparté para la señora Dundas, ¡pero demonios, no era gran cosa! Hubo que darles casi todo lo que había para que no revelaran la verdad.

Baltimore seguía resistiéndose a creerle.

—Dundas era un estafador. Ya había engañado a la empresa con...

—¡No, no lo era! —exclamó Monk. La verdad afloraba por fin, nítida y resplandeciente como la luz del amanecer—. ¡Era inocente! Advirtió a su padre que no habían comprobado la fiabilidad de los frenos como era debido, pero nadie quiso escucharlo. No disponía de pruebas, aunque hubiera llegado a reunirlas, sólo que le tendieron una trampa para incriminarlo por fraude y después de eso nadie creyó nada de lo que dijo. A mí me lo contó todo... Pero tampoco pude hacer nada al respecto. Sólo tenía su palabra, y para entonces ya lo habían tildado de mentiroso.

Baltimore negó con la cabeza, pero no llegó a decir nada.

—Me costó todo el dinero que fui capaz de reunir —prosiguió Monk—, pero al menos la reputación de la empresa quedó a salvo. Y su padre juró que Dundas se hundiría con él si mi misión fracasaba. No podíamos demandar al maquinista. Mejor culparlo a él que dejar a todo el mundo sin trabajo. Nos encargamos de su familia. —Sintió una punzada de vergüenza—. Pero con aquello no bastaba. No había sido culpa de Dundas..., sino del señor Baltimore. Y ahora usted va a hacer lo mismo que su padre, a no ser que detenga este tren.

Jarvis Baltimore negó enfáticamente con la cabeza, con los ojos desorbitados.

—¡Pero si estamos suministrando esos frenos a toda la India! ¡Tenemos pedidos por valor de decenas de miles de libras! —protestó.

—¡Pues retírelos! —exigió Monk—. ¡Pero antes diga al maquinista que pare este maldito tren antes de que los frenos fallen y nos caigamos del viaducto!

—¿Cree... que fallarán? —preguntó Baltimore con voz ronca—. ¡Funcionaron perfectamente cuando los probamos! No soy un estúpido.

—Sólo fallan en una pendiente y con una determinada carga —dijo Monk.

Los fragmentos de su memoria iban encajando cada vez más aprisa. Recordó haber vivido aquella misma sensación de apremio, el mismo traqueteo de las ruedas sobre los raíles, el estruendo del movimiento, hierro contra hierro, la certidumbre del desastre que se avecinaba.

—Casi siempre dan un resultado excelente —continuó—, pero cuando el peso y la velocidad sobrepasan cierto nivel y hay una curva en la vía, no aguantan. Este tren es más pesado de lo normal, y hay un lugar exactamente como el que acabo de describir justo antes del viaducto. No debe de faltar mucho para que lleguemos. ¡No se quede ahí parado, por el amor de Dios! ¡Vaya a decirle al maquinista que aminore la marcha y que luego frene! ¡Venga!

—No me lo creo... —Era una protesta y una mentira. La mirada desesperada y los labios resecos de Baltimore bastaban para dejarlo claro.

El tren iba cada vez más rápido. Les costaba mantenerse derechos, pese a que Baltimore apoyaba la espalda contra la pared del vagón.

—¿Tan seguro está de eso como para arriesgar su propia vida? —preguntó Monk, con voz despiadada—. Pues yo no. Me voy, con o sin usted.

Se echó hacia atrás, faltando poco para que perdiera el equilibrio al volverse y encaminarse hacia los demás compartimentos a fin de dirigirse a la delantera del vagón, junto a la máquina.

Baltimore sacudió los brazos con rabia y lo siguió.

Monk se abalanzó a través del compartimento siguiente, dispersando a los escasos hombres de la empresa congregados para el viaje inaugural. Se sobresaltaron tanto que nadie le impidió pasar.

Sentía una desenfrenada euforia que no cabía comparar con nada de lo que había experimentado en años. ¡Por fin recordaba! Y por más que una parte de ese recuerdo resultara espantosa, llena de dolor y pesar, de impotencia y de la certeza de que Dundas era inocente y no lo había salvado, ¡ya no había lugar para la confusión! Todo estaba tan claro como la realidad del momento presente. Le había fallado a Dundas, cierto, pero no lo había traicionado. Había sido honesto. Lo sabía a ciencia cierta, no porque tuviera pruebas o creyera en la palabra de terceros, sino porque lo recordaba.

Se encontraba en el compartimento siguiente, abriéndose paso a empujones entre hombres enojados por su intromisión. El tren iba a toda velocidad a través de los campos hacia la pendiente, y la vía única del viaducto le hizo rememorar la vez anterior a bordo de aquel otro tren como si todo hubiese ocurrido pocas semanas antes. Recordó a Dundas contándole cómo había intentado convencer a Nolan Baltimore para que esperara y probara los frenos más a fondo, y cómo Baltimore se había negado. No había pruebas, sólo el miedo de Dundas.

—¡Disculpen! ¡Disculpen! —gritó Monk con más dureza.

Los pasajeros le abrieron paso, si bien uno le agarró la manga.

—¿Qué sucede? —preguntó inquieto, notando el balanceo lateral del tren.

—¡Nada! —mintió Monk—. ¡Disculpe! —Se zafó y siguió adelante, seguido de cerca por Baltimore.

Entonces, habían acusado a Dundas del fraude y Monk se había olvidado por completo de los frenos, concentrándose en demostrar su inocencia llevado por el miedo y la consternación. Pero existían demasiadas pruebas, cuidadosamente elaboradas. Y Dundas fue juzgado, condenado y encarcelado.

Antes de que transcurriese un mes, se produjo el accidente... Un día exactamente como aquél, otro tren rompía con su estruendo la paz de la campiña, escupía humo y chispas, se lanzaba a ciegas hacia una muerte de hierros retorcidos, sangre y llamas.

Monk se había dado cuenta de todo, pero ya era demasiado tarde para hacer otra cosa que salvar lo que pudiera del desastre y evitar que Baltimore repitiera semejante atrocidad. Dundas había estado más que dispuesto a dar cuanto tenía para evitarlo.

¡Era aquello! La última pieza encajaba en el rompecabezas de la forma más repugnante, haciendo que Monk parara en seco al final del vagón que quedaba detrás de la máquina. Jarvis Baltimore, un paso detrás, chocó con él y vació el aire de sus pulmones.

No lo sabía en el momento de entregar el dinero a Nolan Baltimore para sobornar a los investigadores, sino que se había enterado después, ¡cuando ya no había vuelta atrás! No había sido para salvaguardar la reputación de Dundas o la empresa de Baltimore, aunque eso también importaba, ¡mil hombres y sus familias! ¡Nolan Baltimore había dicho que implicaría a Monk en el asunto de los frenos defectuosos! Su firma figuraba en los documentos bancarios que habían proporcionado el dinero para su desarrollo. Había sido para salvar a Monk por lo que Dundas había estado dispuesto a sacrificar lo que le quedaba de su fortuna.

Mientras Monk empujaba con todas sus fuerzas la puerta del vagón contra el viento y salía al estribo, aferrándose al marco de la puerta, fue algo más que el viento, el humo y la carbonilla lo que le acribilló la piel y los ojos, fue el martirio de recordar el sacrificio, la pérdida, el precio de su propia salvación de la ruina y la cárcel.

Se volvió para comprobar cuánto trecho tendría que salvar por el estribo hasta alcanzar las plataformas que conectaban el vagón con el ténder y la máquina.

Baltimore le gritaba algo desde detrás.

Para entonces, Dundas había comprendido cuál era el precio a pagar. Tal vez ya hubiese notado los estragos del escorbuto en sus huesos y hubiera comprendido que moriría allí. Sin duda era consciente del odio que sentirían contra él los heridos y las familias que habían perdido a sus hijos en el accidente. Semejante culpa bastaba para hundir a cualquier hombre en la miseria, y lo perseguiría durante el resto de su vida. La pobreza era un precio ridículo en comparación. Quizá confiara en que su esposa fuese capaz de soportarla quitándole importancia con tal de no arruinar también la vida de Monk. Era probable incluso que lo hablara con ella.

Quizá por eso sonreía a la vez que lloraba al contarle que Dundas había fallecido.

Monk tenía que continuar. El tren seguía acelerando. Si le resbalaba una mano, si soltaba el marco de la puerta moriría en cuestión de segundos. No debía mirar hacia abajo. La campiña era una mancha borrosa, como un paisaje visto a través de una ventana salpicada de lluvia.

Comenzó a avanzar lentamente, moviendo primero

las manos y luego los pies. No estaba lejos de la parte delantera del vagón, a un par de metros tal vez, pero eran los dos metros más largos que hubiese recorrido jamás.

No había tiempo para demorarse o pensar. Puso una mano todo lo lejos que se atrevió y adelantó el pie hasta afianzarlo. Soltó la otra mano y empujó el cuerpo hacia delante. El vagón se balanceó. Monk resbaló y volvió a sujetarse. Casi cayó al saltar a la plataforma de detrás del ténder, y se puso a sudar hasta que tuvo la ropa mojada y fría contra la piel.

Se volvió y vio a Baltimore tambaleándose en el estribo, blanco de terror, y tendió el brazo para tirar de él. A Baltimore le flaquearon las piernas y se desplomó sobre la plataforma.

El ruido era indescriptible. Monk señaló hacia el ténder cargado de carbón.

Baltimore se levantó con dificultad y se puso a hacer señas.

—¡Es imposible que nos oiga! —gritó, desesperado. El cabello revuelto le azotaba la frente; tenía los ojos desorbitados y el rostro manchado de hollín.

Monk volvió a señalar el ténder y avanzó hacia él.

—¡No podrá! —chilló Baltimore, encogiéndose contra la pared del vagón.

—¡Ya lo creo que podré! —gritó Monk—. ¡Y usted también! ¡Venga!

Baltimore estaba a todas luces aterrado ante la perspectiva de trepar al ténder e intentar gatear por el carbón suelto con el asfixiante humo en contra mientras el tren corría a toda velocidad por los raíles, cada vez más deprisa, dando bandazos. La prolongada pendiente se hacía más pronunciada delante de ellos, y Monk veía el declive que los separaba del viaducto como si fuese producto de su imaginación.

Volvió la cabeza hacia Baltimore.

—¿Está previsto que vaya a pasar otro tren por esta

línea? —gritó, gesticulando con las manos para hacerse entender.

Baltimore se llevó una mano al rostro, gris ceniciento. Apenas asintió con la cabeza. Dio un paso al frente como en medio de una pesadilla, se balanceó, se enderezó y alargó las manos hacia el ténder. Fue una respuesta más contundente y terrible que cualquiera que hubiese dado con palabras.

Monk lo siguió, encaramándose hasta los trozos de carbón, aguantando el azote del viento y notando los tumbos que daban los vagones como barcos en el mar.

El fogonero se volvió pala en mano. Al verlos se quedó boquiabierto. Baltimore, con el pelo rubio hacia atrás y el rostro petrificado en una mueca de terror, gateaba por el carbón dirigiéndose hacia la máquina. Un metro tras él, Monk lo seguía, moviéndose con más agilidad.

El fogonero tiró la pala al suelo y se lanzó hacia Baltimore.

Baltimore le gritó algo, pero el viento le arrancó las palabras de la boca.

El fogonero se acercó con las manos extendidas.

El tren seguía acelerando a medida que la pendiente se hacía más pronunciada.

Monk hizo un esfuerzo desesperado para alcanzar a Baltimore. El carbón cedió bajo su peso. Un trozo grande se desestabilizó y cayó hacia un lado, y Monk resbaló tras él, faltando poco para que se hiciera daño en el hombro contra el montón de arriba.

Monk se incorporó, sin prestar atención a los arañazos de sus manos y echó su peso hacia delante.

Baltimore estaba casi encima del fogonero.

Monk lo llamó, pero su grito quedó ahogado en el estruendo del hierro contra el hierro y el bramido del viento.

Baltimore resbaló hacia delante, derribando al fogonero.

Monk se volvió para caer de pie.

El guardafrenos lo miraba fijamente, con el rostro bañado en sudor mientras luchaba con la palanca, notando que ésta cedía. El maquinista se estaba acercando a ellos agitando los brazos.

De pronto, Monk supo lo que había que hacer. Lo había hecho antes, apoyando su peso y su fuerza contra los frenos y notando cómo se rompían como estaba ocurriendo ahora. Sabía exactamente lo que sucedía y el recuerdo le dio ganas de vomitar de miedo. La diferencia era que entonces se encontraba en el vagón de cola del tren, y que el impacto lo arrojó al terraplén, donde rodó cuesta abajo sangrando y magullado pero con vida, mientras los demás morían. Aquélla era la culpa que lo había estado atormentando: él había sobrevivido y ellos no, ninguno de ellos. Todos habían perecido aplastados en aquel infierno de llamas y hierro.

—¡Más carbón! —gritó Monk al maquinista, agitando los brazos. De pronto entendió lo que debían hacer, cuál era su única posibilidad—. ¡Los frenos no van! ¡Son inútiles! ¡Hay que acelerar!

Detrás de él, Baltimore y el fogonero se estaban incorporando. Monk giró sobre los talones.

—¡Echen carbón! —dijo a Baltimore articulando las palabras para que éste las leyera en sus labios—. ¡Más rápido!

Baltimore se quedó de una pieza. El fogonero quiso avanzar para reducir a Monk e impedírselo, pero Baltimore cargó contra él y forcejearon mientras el tren rugía cuesta abajo, cabeceando como un barco, y la noche caía sobre ellos.

Monk cogió la pala del suelo y comenzó a echar más carbón a la caldera. El interior estaba ya al rojo vivo, y aunque el calor que despedía le abrasaba la cara, siguió echando más y más. Tenían que atravesar el viaducto antes de que viniera el otro tren; era su única posibilidad, pues ya no había forma de aminorar la marcha.

Baltimore gritaba algo detrás de Monk, moviendo los brazos como las aspas de un molino de viento. El fogonero estaba estupefacto. De pronto veía su reino invadido por dos locos, su tren aullaba en el crepúsculo como un cohete encendido, y el viaducto de vía única se extendía delante de ellos, y estaba previsto que otro tren lo atravesara en sentido contrario en cuestión de minutos.

Finalmente, el guardafrenos comprendió la situación. Había advertido que se habían roto los frenos y le constaba que no serviría de nada aplicar más fuerza a la palanca. Cogió la otra pala y se puso a trabajar junto a Monk.

El convoy seguía acelerando. El ruido era ensordecedor. El calor chamuscaba la piel, quemaba las pestañas, y aun así siguieron echando carbón, hasta que el fogonero agarró a Monk del brazo y tiró de él. Meneó la cabeza. Cruzó los brazos sobre el pecho y acto seguido los extendió.

Monk lo entendió. Si echaban más, la caldera explotaría. Lo único que podían hacer era esperar y, tal vez, rezar. Iban todo lo rápido que una máquina podía correr. El cañón de la chimenea escupía chipas y nubes de humo que el viento desvanecía. Las ruedas rugían sin parar.

El viaducto apareció ante sus ojos y un instante después ya lo estaban atravesando.

Monk miró a Baltimore y vio el terror de su rostro, mezclado con una especie de júbilo. Sólo cabía aguardar. O bien llegaban al otro extremo de la vía única a tiempo, o se produciría un choque que haría explotar la máquina y enviaría los restos del tren a miles de metros a la redonda hasta que no quedara nada humano que buscar en las rocas de abajo.

El viento quemaba y lanzaba cenizas, hollín y chispas rojas como avispones, dificultando la respiración. Llevaban la ropa desgarrada y chamuscada.

El fragor era como el de un alud.

Ahora bien, Monk había acertado: Dundas era inocente, los frenos eran tal como él había dicho en su momento. Y aunque había pagado un precio terrible por ello, lo había hecho a sabiendas, por voluntad propia, con el fin de salvar a un muchacho a quien había amado profunda y desinteresadamente, sin cortapisas; el de Dundas fue un amor mayor que el odio de Katrina, y lo conservaría en el corazón para siempre.

¡Y ahora limpiaría su nombre!

Se hizo la oscuridad, un ruido aún más atronador, y algo pasó como una exhalación junto a ellos, tan aprisa que ya había desaparecido cuando comprendieron que volvían a circular por la vía doble. Había sido el tren que iba en sentido opuesto. Estaban a salvo.

Los demás hombres lanzaron vítores aunque no pudo oírlos, sólo ver a la luz de la caldera abierta sus brazos alzados en señal de victoria y sus rostros ennegrecidos. El maquinista se tambaleó hacia atrás afianzándose contra la pared, sin alcanzar casi los mandos. El fogonero y el guardafrenos se abrazaron.

Jarvis Baltimore y Monk se dieron un fuerte apretón de manos.

—¡Gracias! —dijo Baltimore articulando las palabras para que pudiera leerle los labios—. ¡Gracias, Monk! ¡Por el pasado y el presente!

Monk se encontró sonriendo estúpidamente y no supo qué decir. De todos modos, el nudo que tenía en la garganta no le habría dejado hablar.